지리산에 오르는 길은 여러 갈래가 있습니다
드라마 '지리산' 과는 또 다른
대본집 '지리산' 이라는 길을
같이 올라주셔서 감사합니다

　　　　김 은 희 작가 드림

지리산

1

김은희 대본집

지리산 1

초판 1쇄 인쇄 2021년 12월 10일
초판 1쇄 발행 2021년 12월 17일

지은이 | 김은희
펴낸이 | 金滇珉
펴낸곳 | 북로그컴퍼니
책임편집 | 김옥자
디자인 | 김승은
주소 | 서울시 마포구 와우산로 44(상수동), 3층
전화 | 02-738-0214
팩스 | 02-738-1030
등록 | 제2010-000174호

ISBN 979-11-6803-018-3 03810

· 블로그: blog.naver.com/blc2009
· 인스타그램: @booklogcompany
· 페이스북: facebook.com/blc2009
· 유튜브: 북로그컴퍼니

김은희 대본집

1

지리산

북로그컴퍼니

작가의 말

큰 산은 오르기 힘든 만큼 더 큰 깨달음을 주는 것 같습니다.
지리산이라는 드라마를 완등하면서 결과보다는 과정이 중요하고,
수많은 사람들의 협업이 얼마나 중요한지 다시금 깨달았습니다.
드라마 〈지리산〉은 끝났지만 여기서 배운 것들 잊지 않고
소중하게 간직하겠습니다.

언제나 밝은 얼굴로 힘이 돼주는 장항준 감독님,
이제 고등학교 올라가는 장윤서양,
아직도 딸 뒷바라지해주시는 고마운 송정순 여사님,
〈지리산〉 기획 초반에 고생 많이 한 형민이,
대본 작업 때 큰 힘이 되어준 작가팀 박세리, 김성숙, 공지은 양 정말 감사해요.

고된 〈지리산〉을 함께 해준 배우들께 고마움의 인사를 드리고 싶고,
고된 〈지리산〉을 함께 해준 시청자분들께 진심으로 감사 인사 드립니다.

2021년 겨울, 김은희

일러두기

1. 이 책의 편집은 김은희 작가의 집필 방식을 따랐습니다.

2. 드라마 대사는 글말이 아닌 입말임을 감안하여, 한글맞춤법과 다른 부분이라 해도 그 표현을 살렸습니다. 지문의 경우 한글맞춤법을 최대한 따르되, 어감을 살리기 위해 고치지 않고 그대로 둔 경우도 있습니다.

3. 대사와 지문에 등장하는 말줄임표와 쉼표, 느낌표와 마침표 등의 문장부호 역시 작가의 집필 의도를 살리기 위해 그대로 실었습니다.

4. 이 책은 작가의 최종 대본으로, 방송된 부분과 다를 수 있습니다.

차례

하늘과 만나는 곳, 이승과 저승의 경계

지리산

* 산

지리산은 위로의 산이다.

조선 후기 동학교도들, 일제 강점기의 독립투사들 등 많은 이들의 피난처였고 희망의 땅이었던 이 산을 지금도 여전히 많은 사람들이 각각의 아픈 사연을 가지고 오르고 걷고 견디어낸다.

외롭고 쓸쓸한 회색의 도심에서 벗어나 넓고 광활한 지리산의 비경(秘境)을 배경으로 죽으러 오는 자, 죽이러 오는 자, 살리러 오는 자 등 산을 오르는 사람들의 이야기를 다양하게 그려보고자 한다.

* 누군가를 살리는 사람들

등산의 가장 큰 목표는 살아서 산을 내려가는 것이다.

그 목표를 도와주기 위해 존재하는 사람들, 지리산 국립공원의 레인저들이다. 집중호우, 폭설, 산사태, 태풍 등 악천후 속에서도 산을 누비며 조난자들을 구하고 헬기가 뜨지 못하는 날은 다섯 시간이 넘는 거리를 조난자를 업고 뛰어야 하는 사람들. 그 누구보다 산을 잘 알기에 산에서 일어나는 모든 사건들을 해결해야만 하는 진정한 산지기들. 어쩌면 지금 이 시간에도 산 어딘가를 헤매고 다닐 누군가를 위해 희생하는 그들의 얘기를 담아보고자 한다.

* 작은 가치, 공존

아프리카 돼지 열병 때문에 전국의 축산 농가가 같이 열병을 앓았다. 이 열병의 확산 원인은 오염된 사료와 잘못된 위생관리, 사람들의 탐욕이었지만 불똥은 야생 멧돼지에게 쏠렸다. 멧돼지 한 마리의 출현에도 다들 입을 모아 죽여야 한다고 했다. 고라니 역시 마찬가지. 다른 나라에선 멸종 위기종이지만 우리나라에선 경작지에 피해를 주기 때문에 유해동물종으로 분류가 됐다. 누구의 기준인가.

국립공원이 추구하는 가치는 공존이다. 만약 당신이 키우는 개가, 고양이가 길을 잃는다면.. 그들 역시 길을 헤매는 야생동물이 된다. 동물은 사람의 기준으로 집단 폐사시켜도 마땅한 존재일까..

비단 동물만의 얘기가 아니다. 우리가 사는 사회 역시 혐오와 배척으로 더욱 삭막해져가고만 있다. 우리 모두가 어떻게 공존하며 살아갈 것인지에 대한 가치를 이 얘기를 통해 고민해보고자 한다.

* 산에 오르지 못하는 여자와
   산을 벗어날 수 없는 남자의 이야기

누구보다 산을 사랑했지만 불의의 사고로 뇌사 상태에 빠진 남자는 귀신이 되어 산을 떠돌고, 누구보다 사람들을 구하려고 노력했던 여자는 휠체어에 올라 더 이상 산에 오르지 못하게 된다. 서로를 볼 수 없고 만날 수도 없지만 지리산이 그들에게 준 특별한 선물로 그들은 산에서 위험에 처한 사람들을 또다시 돕기 시작한다. 더 이상 사람들이 산에서 죽지 않도록 할 것이다.

자신들의 생명을 걸고 산을 지키며 진실을 밝히려는 레인저 이강과 현조의 이야기를 그려보고자 한다.

등장인물

서이강 (30대, 여)

지리산 국립공원 최고의 레인저.

흙길, 너덜길, 암벽, 절벽 등 산을 어떻게 타야 하는지 본능적으로 알고 있고, 조난자의 배낭에 묻은 풀잎 하나만으로 조난 장소를 알아맞힐 정도로 기후, 식생 분포, 토질에도 박학다식하며, 작은 샛길과 숲길까지 익숙한 내비게이션 기능 또한 탑재되어 있다. 동료들에게 산귀신, 서마귀라고 불릴 정도로 구조에 관해서는 그 누구보다 뜨겁지만 산을 바라보는 시선은 냉소적이기만 하다. 그녀에게 산은 곧 죽음이기 때문이다.

1995년, 어마어마한 집중호우로 100명이 넘는 사람이 사망한 최악의 수해가 있었고, 그 희생자들 명단에는 이강의 어머니와 아버지도 포함되어 있었다. 그저 아름답다고 생각했던 산의 무서움을 뼈저리게 느낀 이강은 산을 떠나고 싶었지만, 혼자 남은 할머니 때문에 결국 산에 남아 레인저가 된다. 그런 그녀가 원하는 것은 단 하나.. 조난자가 죽기 전에 구해내는 것이다.

레인저로서 산의 모든 업무를 완벽하게 해내지만 시신을 수습하는 일은 과거 수해사건에서 벗어나지 못한 이강에게 두렵기만 하다. 그러던 중 신입 현조를 만난다. 이해하기 힘든 아이지만, 누구보다 따뜻하고 산을 사랑하는 현조를 통해 다시 산을 바라보게 되는 이강. 산이 무섭기만 한 공간이 아니라 과거 가장 아름다웠던 추억이 깃든 공간이었다는 걸 깨닫게 되면서 20년 동안 진심으로 보내지 못했던 부모님을 떠나보내고 진심 어린 애도(哀悼)를 배워나간다. 그렇게 다시 산을 사랑하게 됐지만, 다시는 산에 오르지 못하게 되는 이강.

이제 그녀는 휠체어에 올라타 산을 바라볼 수밖에 없다.

눈부신 일출, 아름다운 운해, 반짝이는 숲, 그리고 현조가 있는 곳, 지리산을..

강현조 (30대, 남)

아무에게도 말하지 못할 비밀을 간직한 국립공원 신입 레인저.
육사 출신의 전직 육군 대위로 지리산 행군 훈련 때 후임을 잃는 사고를 당한 뒤 이해할 수 없는 환영을 보기 시작했다. 지리산에서 죽임을 당하는 사람들에 대한 편린들이다. 왜 어떻게 자기 눈에만 보이는지 이유는 알 수 없지만 산이 사람들을 살리라고 준 선물이라 생각하고 지리산으로 돌아왔다.

겉으로는 차가워 보이지만 구조에는 누구보다 열정적인 선배 이강에게만은 비밀을 털어놓게 되고 함께 산을 누비며 사람들을 구하게 된다. 조난자의 생명뿐만 아니라 서로의 목숨까지 맡길 정도로 진정한 파트너가 되어가는 두 사람. 그러던 와중에 현조는 아름답게만 보이던 지리산에 숨겨진 무서운 비밀을 눈치채게 된다.

누군가 산에서 조난을 이용해 사람들을 죽이고 있다. 그 사실을 알게 되자, 푸르른 숲 아래 피어난 독버섯이 보이기 시작했고, 광활하게 펼쳐진 녹음보다 위험하기 짝이 없는 절벽들이 눈에 들어오기 시작했으며, 산길에서 오가며 건네는 미소 뒤에 숨겨진 살의가 느껴졌다.
의심이 확신이 되던 그때, 이강과 함께 불의의 사고를 당한 현조는 귀신이 되어 산을 헤매게 된다. 이제는 두렵고 무서워진 산 안에서 사람들이 죽어가는 환영에 시달리면서..

이 악몽에서 현조를 구할 수 있는 유일한 사람은 이강뿐이다. 아무도 그를 보지 못하고 느끼지 못하지만, 이강은 들을 수 있다. 죽어가는 사람들을 구하고자 하는 현조의 간절한 목소리를..

조대진 (50대, 남)

지리산 국립공원 해동분소 분소장.

지리산 국립공원에서 반평생을 보낸 지리산맨. 레인저로서의 투철한 사명감과 우직함으로 모든 사람들의 존경을 받아왔지만, 가족들에게는 늘 필요할 때 곁에 없는 사람이었다. 결국 가족들은 그를 떠났고 이제 그에게 남은 것은 지리산뿐이다. 그렇기 때문에 더욱 구조에 모든 것을 바친다.

국립공원과 후배 레인저들에 대한 책임의식이 남다르다. 오래전 도원계곡에서 벌어졌던 대규모 수해사건 때, 자신의 선택으로 인해 숨진 이강의 부모에 대한 부채감이 있다. 그렇기에 이강은 대진의 가장 아픈 손가락이다.

정구영 (30대, 남)

해동분소 소속 레인저. 이강의 동기.

근무가 힘든 지리산을 벗어나 본가가 있는 경기도로 발령받기 위해 승진시험에 목을 매지만 번번이 낙방의 고배를 마셨다. '내가 살아야 남도 산다'를 입버릇처럼 달고 사는 극현실주의자.

퇴근 시간은 칼이고 휴가는 당연한 거고 월차 역시 놓칠 수 없다. '해산'의 '해' 자만 나와도 이미 어느 순간 사라져 있다. 약삭빠르긴 하지만 심성은 착해 동료애가 깊다. 물론 그중 한 대원에 대한 애정이 좀 더 깊긴 하다. 해동분소의 행정직원 이양선 계장. 아직 마음을 전달하지 못해 전전긍긍 중이다.

박일해 (30대 중반, 남)

이강과 구영의 동기.

순발력은 약하지만 우직한 근성으로 똘똘 뭉친 융통성 없는 강원도 산사나이.

국립공원에서 만난 사내 커플끼리 결혼해 부인은 설악산에서 근무 중이다.

한 가정의 가장으로서 투철한 책임감으로 승진시험에 패스. 지리산 동기들 중 유일하게 팀장을 달았다는 자부심이 가득하다. 무사 안일주의인 구영과는 사사건 건 부딪치기 일쑤다.

김솔 (30대, 남)

국립공원 본소 자원보전과 직원.

지리산과 관련된 문화, 역사, 인문학에 빠삭한 모범생 스타일의 외골수. 산신제, 무속, 성모 신앙에 관련된 행사나 지리산에 남은 역사적인 흔적들이 발견될 때마다 가장 먼저 나타난다. 남들이 미신이라 치부하는 것을 과학적, 논리적으로 이해했다고 생각하는 고지식한 4차원 귀신 마니아.

지리산 인근 산골마을에서 태어나고 이곳에서 자란 토박이.

이다원 (20대, 여)

해동분소 소속 병아리 레인저.

어느 곳, 어떤 상황에서건 좋은 일, 즐거운 일, 기분 좋은 일을 발견하는 엄청난 능력을 가진 분위기 메이커. 핸디캡이 있는 이강이 분소로 복귀한 후 이강의 능력과 매력에 반해 자신의 롤모델로 삼는다. 산을 오르지 못하는 이강을 대신해 그녀의 부탁을 들어주던 중, 피투성이가 된 채 산을 헤매는 현조와 마주치게 되고.. 그때부터 이강과 현조를 이어주는 역할을 하면서 죽음을 앞둔 사람들을 구조하기 시작한다.

이양선 (30대, 여)

해동분소 소속 행정직원.

꼼꼼하고 조용하고 미소조차 사근사근하다. 타고난 체력이 약해 구조 활동은 힘들지만, 분소의 모든 궂은일을 도맡아 하며 레인저들을 서포트한다.

지리산이 고향이고 근처에 친척들도 살고 있어서 지리산을 좋아했다. 어려서 부모님을 따라 인근 대도시로 이주해 그곳에서 성장했지만, 명절 때마다 할아버지 집을 놀러 와 이곳이 친근하다. 그래서 국립공원 직원이 됐을 때도 지리산에 자원했다.

김웅순 (30대, 남)

지리산에서 나고 자란 지리산 토박이.

십오 년 넘게 해동파출소에 근무하면서 마을의 대소사를 챙겨왔고, 마을에서 벌어지는 일이라면 무엇이든 속속들이 알고 있는 척척박사이다.

고향 지리산에 대한 애정과 자부심이 남다르다. 그렇기에 마을이 언제나 평화롭길 바라며, 행여나 범죄나 분란이 생기지는 않을까 늘 근심 걱정, 경계 태세이다.

박순경 (20대 중반, 남)

인근 소도시 출신. 첫 발령지로 해동파출소에 온 신참 순경.

오가며 마주치는 등산객들은 물 좋고 공기 좋은 데서 일한다며 좋아하지만 한창 놀 나이의 박순경 머릿속에는 오로지 삐까번쩍 클럽, 편의점이 줄지어 있는 최첨단 도시 서울뿐이다. 어떻게든 사건 하나 잘 잡아서 특진해 서울로 갈 생각으로 눈에 불을 켜고 일에 매진한다. 비슷한 시기에 신입으로 들어온 현조에게 같은 신입이라며 동질감을 가진다.

이문옥 (70대, 여)

지리산 인근에서 식당을 운영하는 지리산 터줏대감.

20년 전 아들, 며느리를 갑작스런 사고로 한꺼번에 잃었지만, 하나 남은 손녀 이강을 꿋꿋하게 키워냈고, 그 손녀가 지리산을 지키는 레인저로 일하는 것에 자부심을 느끼는, 목소리도 웃음소리도 배포도 큰 화통한 할머니. 이강이 산을 떠나지 못한 가장 큰 이유가 자신이라는 것을 알기에, 이강이 사고를 당한 후 깊은 자책감에 괴로워한다.

용어정리

씬	장면(Scene)을 의미하며 같은 장소, 같은 시간 내에서 이루어지는 일련의 행동이나 대사가 한 씬을 구성한다.
D	그 장면이 이루어지는 시간대를 표시. 낮.
N	그 장면이 이루어지는 시간대를 표시. 밤.
(소리)	등장인물은 나타나지 않고 소리만 나는 경우를 표시.
틸업	Till up. 카메라를 아래에서 위로 움직이며 활용하는 기법.
몽타주	따로따로 편집된 장면들을 짧게 끊어 붙여서 하나의 긴밀하고 새로운 장면을 만드는 기법.
인서트	화면의 특정 동작이나 상황을 강조하기 위해 삽입한 화면. 이 장면이 없어도 상황을 이해하는 데는 문제가 없으나 인서트를 삽입함으로써 상황이 더 명확해지고 스토리가 강조되는 효과가 있다.
화이트 아웃	그림이 사라지면서 흰색 화면으로 전환하는 장면 전환 방법.

1^부

———

원래 우리 일은
위험한 데서 무사히 살아 돌아가는 거야.

씬/1   타이틀

- 암전된 화면에서 '탁' 빔 프로젝트 켜지는 소리와 함께 화면에 비춰지는 오래되어 낡고 빛바랜 흑백 사진들. 지리산에서 체포된 남루하고 지친 무표정한 빨치산들, 토벌대, 당시 뱀사골, 피아골이 찍힌 흑백 사진들 위로 중년의 묵직한 전시관 관장(50대 초반, 남)의 목소리.

관장(소리) 아주 오랜 시간, 이 산이 버텨온 나이만큼 수많은 사람들이 이곳, 지리산을 찾았습니다.

- 1960년대 이후, 천왕봉에 표지석 석각작업을 하는 인부, 천왕봉 성모 석상 앞에서 기원하고 있는 사람들, 노고단에서 결혼식을 올린 신혼부부 등 흑백 사진들에서 서서히 80년대 촌스런 컬러 사진의 지리산 철쭉제, 피아골 단풍제 등 사진 사이사이 도원계곡 대규모 수해, 소방헬기 추락사건 등 사고 사진들이 교차되는데..
그런 사진들에서 빠지면 지리산 전시관 어두운 영상실, 빔 프로젝트에서 차례로 보여지는 사진들을 관람하고 있는 관람객들에게 설명을 하고 있는 관장의 모습.

관장   이 산은 누군가에게는 간절한 염원을 담은 희망의 땅이었지만 또 다른 이
         에게는 한 맺힌 죽음의 땅이었습니다.

         - 전 씬, 마지막 사진에서 현재 시원하게 뻗은 넓고 깊은 지리산의 푸르른
         전경으로 변하는 화면. 탐방로를 오르며 사진을 찍는 등산객들. 지리산이
         품은 사찰을 찾아 절을 하고 있는 사람들. 천왕봉에 올라 시원한 바람을 맞
         고 있는 등산객들. 백토골, 여기저기 쌓인 돌무더기들 위에 새로운 돌 하나
         를 올려놓은 뒤 그 앞에서 합장을 하는 중년남, 인생에 치인 듯 어둡고 초
         췌한 인상의 박재일(40대 후반, 남)이다. 합장한 손목에 오래전 입은 듯한
         흉터.

관장(소리) 지금도 많은 사람들이 각자의 사연을 가지고 이 산에 오르지만, 모든 사람
         들이 희망을 가지고 돌아가는 건 아닙니다.

         - 지리산 해동분소 탐방로 초입. 버스 정류장에 멈춰 서는 버스에서 내리는
         평범해 보이는 등산객들. 커플은 커플끼리, 친구들은 친구들끼리 떠들썩하
         게 등산 장비를 챙기고 탐방로를 향해 멀어지는데..
         가장 마지막으로 버스에서 내려서는 낡은 운동화. 서서히 틸업하면 평범한
         교복을 걸친 가냘픈 체격의 다문화가정 자녀 염승훈(14세, 남)이다. 옷 아
         래 드러난 팔에는 여기저기 날카로운 물건으로 긁힌 자국과 흐릿하게 멍
         자국이 남아 있고.. 무슨 생각인지 모를 무표정한 눈빛으로 가만히 산을 올
         려다보다가 하늘색 배낭을 하나 달랑 메고 한 발 두 발 탐방로를 향해 사라
         지는 승훈의 뒷모습에서..

관장(소리) 이곳은 여전히 경계에 있습니다. 부푼 희망과 혹독한 좌절의 경계. 새로운
         시작과 처절한 피비린내가 공존하는 삶과 죽음의 경계.

         - 승훈이 걸어 들어간 지리산의 모습에서 서서히 날아오르듯 지리산의 푸
         르른 녹음을 비추는 화면. 그러다가 서서히 지리산의 일몰, 일출, 운해 등이
         보이면서

관장(소리) 지리산은 이승과 저승의 사이.. 그 경계에 있는 땅입니다.

씬/2 D, 과거, 해동분소 외곽

전 씬 지리산을 보여주던 화면, 지리산 중턱, 탐방로 초입, 우거진 산속에 위치한 이층 건물로 다가가면 '지리산 국립공원 해동분소'라는 푯말.

* 자막 – 2018년, 여름

해동분소 앞, 험한 길을 많이 다닌 듯 여기저기 진흙이 묻은 순찰차량들이 세워져 있는 주차장으로 '끼이익' 멈춰 서는 택시 한 대. 차 문 열리며 차에서 내려서는 신형 등산화에서 틸업하면 가방을 들고 건물을 올려다보는 누군가.. 각 잡힌 유니폼 바지에 셔츠, 패기와 열정이 엿보이는 강현조(30대 초반, 남)다. 긴장과 설렘이 뒤섞인 눈빛으로 건물을 보다가 한 걸음 떼려는 순간, '타타타타' 굉음과 함께 현조의 머리 위를 날아서 사라지는 구조헬기. 현조, 뭐지 올려다보는..

씬/3 D, 해동분소, 복도/사무실

유리문을 열고 복도로 들어서는 현조. 그때 사무실을 나온 구영을 비롯한 서너 명의 레인저들, 현조를 지나쳐 빠르게 장비보관실을 향해 멀어진다. 인사하려다가 어정쩡한 얼굴로 서 있는데, 또다시 들려오는 발자국 소리들. 보관실 쪽에서 장비를 모두 착용한 다른 레인저들, 또다시 우르르 현조를 지나쳐서 유리문 열고 주차장으로 나가버리는..
어떡해야 하지? 섰는데 복도 한쪽 열린 사무실 문 안쪽에서 들려오는 무전기 소리들. '수색 하나 낙석 구간으로 이동 중' '민간 하나, 탐방로 입구 도착!' 현조, 그 소리에 사무실 쪽으로 다가가는데 안에서 지도를 체크하고 있던 완고해 보이는 조대진(50대 초반, 남), 인기척을 느낀 듯 문밖을 힐긋 보다가 현조를 발견하고 문 쪽으로 걸어 나오며

대진	신입이야?
현조	(긴장해서 각 잡고) 예. 안녕하십니까. 이번에 해동분소로 발령받은 강현조라고..
대진	산 좀 타봤어?
현조	예!

대진, 장비보관실 쪽을 향해

| 대진 | 정구영! |

그 소리에 보관실에서 장비 착용하던 중인 듯한 순박한 인상의 구영(30대 중반, 남), '네?' 삐죽 얼굴 내미는데

대진	(구영, 가리키며 현조에게) 쟤 따라가.
현조	(아직 상황 파악이 안 되는) 네? 어디로..
대진	산. 조난이다.

조난이란 소리에 현조, 긴장하는 눈빛.

씬/4   D, 몽타주

- 해동분소, 장비보관실. 숙련된 손짓으로 무전기, 로프, 안전벨트, GPS 등을 착용하는 대원들. 그 옆에서 현조에게 장비들을 건네주는 구영. 현조, 낯설지만 다급히 장비들을 착용하기 시작한다.

- 해동분소 건물 밖, 주차된 순찰차량에 올라타는 레인저들. 구영, 문 닫으면 옆에는 긴장한 얼굴의 현조가 앉아 있다. 탐방로로 향하는 산길 입구에 설치된 차량 차단기가 올라가고, 덜컹덜컹, 산길 비포장도로로 진입하는 차량들.

씬/5 D, 해동분소, 사무실

책상 네댓 개가 붙어 있는 사무실, 팩스 기기 앞에는 얌전하게 생긴 행정직
원 이양선(30대 초반, 여), 계속 넘어오는 팩스 종이들을 간추리고 있고..
사무실 옆쪽으로 칸막이가 쳐진 상황실. 원탁 위에는 지리산 대형지도가 펼
쳐져 있고 그 뒤쪽으로는 조난자에 대한 자료들이 붙어 있는 화이트보드.
벽면, 긴 테이블 위에는 각 대피소와 탐방로 입구들, 분소 CCTV 화면들이
떠 있는 여러 개의 모니터들. 측벽에는 기온, 풍속, 금일 강수량이 떠 있는
실시간 기상정보 전광판. 모니터 앞 무전기 앞에는 대진이 앉아 무전을 전
파하고 있다.

대진   분소 상황실. 전 대원에게 알린다.

씬/6 D, 몽타주

- 비포장도로 위를 순찰차를 타고 이동하는 현조와 레인저들의 모습 위로
깔리는 대진의 목소리.

대진(소리) 조난자 이름 염승훈. 나이 14세.

- 1씬, 몽타주에서 탐방로로 걸어 들어가던 승훈의 모습, CCTV에 잡힌 영
상으로 보인다.

대진(소리) 입산 시간, 전일 11시 45분. 해동분소 탐방로로 입산.

- CCTV 영상 캡처본이 붙여진 상황실 화이트보드판. 실종 23시간이라는
글씨와 함께 이름, 나이 등 부가정보들. '할머니와 단둘이 부모 없이 거주'
'할머니 미안해'라는 마지막 문자, '자살 징후를 보이며 가출신고'.

팩스 자료를 보면서 그 아래에 추가로 기입하는 양선. '학교에서 왕따를 당했고, 그 사실을 할머니가 알게 되자 힘들어했다고 함'.

대진(소리) 상의 하얀 셔츠에 하의 회색 바지. 재학 중인 복선중학교 교복에 하얀 운동화, 하늘색 배낭.

- 탐방로를 따라 지리산으로 올라가는 승훈. 함께 버스에서 내렸던 등산객 중 한 명, 그런 승훈을 힐긋 본다.

대진(소리) 핸드폰 마지막 발신지는 지리산 내 삼홍봉 중계기. 마지막으로 조난자를 본 목격자의 진술과도 일치한다.

- 부감으로 보이는 지리산, 산기슭 등산로 초입에 위치한 해동분소 건물이 보이다가 다시 날듯이 지리산을 따라 빠르게 올라가는 화면, 엄청난 거리를 올라가다가 천왕봉 지척의 낡고 아담한 비담대피소 건물을 비추면 비담대피소에서 배낭을 메고 걸어 나오는 수색1팀장 박일해(30대 중반, 남)와 수색1, 2. 다시 비담대피소를 출발해서 지리산 천왕봉을 보여줬다가 산 능선을 타고 내려와 규모가 크고 등산객들로 가득한 장터목대피소를 비추는 화면. 장터목대피소 건물에서도 출동 준비를 하고 있는 다섯 명의 레인저들의 모습에서..

대진(소리) 삼홍봉 중계기를 기준으로 반경 3킬로미터 이내를 1차 수색범위로 지정. 해동분소, 비담대피소, 장터목대피소 레인저들로 구성된 수색1팀.

- 장터목대피소에서 다시 산 능선을 타고 세석대피소를 비추는 화면. 세석대피소에서 내려와 우송대피소를 찍고 반대편 산기슭의 무진분소에서 출동 준비를 하는 레인저 세 명이 보인다.

대진(소리) 세석대피소, 우송대피소, 무진분소 레인저들의 수색2팀이 수색에 나섰지만 조난자 발견 실패.

- 해동분소, 상황실. 테이블 위 펼쳐진 지리산 지도를 내려다보는 대진, 반경 3킬로미터 이내에 그려졌던 동그라미보다 더 크게 동그라미를 그리며 A, B, C, D 지점으로 나누기 시작하는 모습 위로

대진(소리) 반경 10킬로미터로 수색범위를 늘려서 2차 수색에 들어간다.

- 탐방로 나무 데크 주변. '의용소방대'라고 적힌 형광조끼를 입은 10여 명의 민간 의용소방대원들, 울타리 너머를 두리번거리기도 하고, 지나가는 등산객에게 탐문을 해보기도 하지만 못 봤다는 듯 고개 젓는 등산객들.

대진(소리) 법정 탐방로인 A구역은 민간 의용소방대.

* 자막 – 법정 탐방로 : 자연공원법에 따라 출입이 허가된 탐방로. 안전을 위한 시설물 설치·관리가 이루어진다.

- '컹컹컹' 탐방로 너덜길을 뛰어오르고 있는 수색견들과 그 뒤를 따르는 핸들러와 대여섯 명의 산악 구조대원들.

대진(소리) B구역은 119 산악 구조대.

- 전 씬의 탐방로에 비해 확연히 험해 보이는 가파른 비법정을 부감으로 비추는 화면. 절벽 옆 좁은 길을 따라 이동하는 레인저들, 70도가 넘는 경사를 능숙하게 올라가고 있는 또 다른 레인저들 등 비법정 C구역을 2인 1조로 수색 중인 수색2팀 모습들 보인다.

- 비법정, 절벽 일각. 로프를 타고 깎아지른 절벽을 내려가고 있는 헬멧을 쓴 수색1팀, 레인저들. 절벽 중간중간 수풀들을 살펴보며 하강하고 있다. 조난자가 보이지 않는다는 듯 서로 수신호를 하는 모습 위로

대진(소리) 탐방로에 비해 위험한 비법정 C, D구역은 국립공원 소속 레인저 수색1, 2팀, 그리고 지원팀이 맡는다.

* 자막 - 비법정 탐방로 : 자연 보전, 야생 생태계 보전, 위험성 등을 이유로 법적으로 이용을 금지시킨 탐방로. 휴대폰 발신제한구역이 많고 안전시설이 미비하다.

- 비포장도로를 달리던 순찰차들. 목적지에 도착한 듯 수풀 사이 공터에 멈추자 '탕' '탕' 문 열리며 일사불란하게 내리는 레인저들, 수풀을 헤치며 합류 지점으로 빠르게 이동하는데.. 가장 뒤에서 그들 뒤를 따르는 현조의 시야에 수풀 사이 깎아지른 절벽을 타고 내려오고 있는 수색1팀의 모습이 보이기 시작한다.

대진(소리) 등산 장비가 전무했던 조난자의 복장 상태를 고려하면 골든타임은 30시간 전후. 현재 23시간이 경과됐다. 일곱 시간, 그 안에 조난자를 찾아야 한다.

씬/7   D, 해동분소, 상황실

무전기를 내려놓는 대진, 뒤쪽의 양선에게

대진   기상상황은?

양선, 준비해 놓은 듯한 태풍 자료들을 대진에게 건네주며

양선   (걱정스런) 태풍 북상 속도가 예상보다 빨라지고 있다는데요.

대진, 태풍 자료들을 불안한 눈빛으로 바라보는데..
순간, 무전기 너머에서 들려오는 '낙석!! 위험해!!' 소리.

씬/8   D, 지리산 비법정 절벽 인근

'쿠쿠쿵' 소리에 암벽으로 다가가던 구영 일행과 현조, 놀라서 바라보면 절벽 위에서 떨어지고 있는 크고 작은 여러 개의 낙석들. 하강 중이던 레인저1의 머리를 정통으로 치고 순간 정신을 잃으면서 로프가 꼬여버린 레인저1, 절벽 중간에 아슬아슬 매달려버린다. 하강 중이던 다른 레인저들, 거리가 있어서 어찌할 바를 모르고..

또다시 들려오는 '쿠쿠쿠쿵' 소리. 2차 낙석이다. 다들 당황해서 쳐다보는데 가장 위쪽에서 수색 중이던 레인저2, 마치 비상하듯 레인저1을 향해 하강한다. 아슬아슬 떨어지기 시작하는 낙석들. 레인지2, 빠르게 레인저1에게 접근해 레인저1의 확보줄을 보라색 카라비너로 자신의 안전벨트와 연결한 다음 레인저1를 감싸듯 안고 벽을 등진 뒤 레인저1의 로프를 절단한다. 아슬아슬 '쿠쿠쿵' 떨어지기 시작하는 2차 낙석들. 아래쪽에 먼저 도착했던 레인저들, 모두 놀라서 쳐다보다가 낙석을 피해 절벽 쪽으로 붙고..

쿠쿠쿠쿵... 2차 낙석이 모두 떨어지고 난 뒤 자욱하게 일어나는 먼지들. 멀리서 이 모습을 보다가 다급히 뛰어가는 구영을 비롯한 지원팀 레인저들. 현조도 정신 차리고 뛰어가는데 먼지 사이 어느새 무사히 바닥에 도착해 있는 레인저1, 2가 보이기 시작한다. 다급히 레인저1에게 달려가는 사람들. 레인저1의 헬멧을 벗기고 맥박 호흡 확인하는데 서서히 정신 차리기 시작하는 레인저1. '들것 가져오고 차량 준비해!'

다시 낙석이 있을 것을 대비해 빠르게 안전구역으로 대피하는 레인저들. '상황이 어때? 괜찮아?' '수색 하나, 낙석에 부상자 발생. 맥박, 호흡, 생체 반응은 괜찮습니다. 우선 병원으로 이송할게요' 무전 소리 깔리고..

레인저2, 먼지를 털면서 안전구역 쪽으로 저벅저벅 걸어 나오는데 빠르게 절벽을 내려오면서 돌들에 긁힌 듯 한쪽 팔 유니폼이 찢어져 있다.

현조, 각오는 했지만 실전에 일어난 위급상황에 잠시 넋이 나가 있다가 퍼뜩 정신이 나는 듯 물병을 가지고 레인저2에게 뛰어가 내밀며

현조   괜찮으십니까?

레인저2, 헬멧을 벗는데 땀범벅이 된 강단 있어 보이는 눈빛의 서이강(30대 중반, 여)이다. 이강, 현조가 내민 물병 받아 물 마시고 난 뒤

이강	누구?
현조	이번에 새로 발령받은 강현줍니다.

그때 뒤쪽에서 '수색1팀! 양석봉으로 이동한다!' 외치는 일해.
이강과 현조에게 다가오는 구영.

구영	(이강에게) 민석이 후송시켰어. 대타로 신입 데려가. (현조에게 낮게) 쟤 별 명이 서마귀다. 물리지 않게 조심해.

이강, 그런 구영을 보면 구영, 장비 챙기는 척 빠르게 멀어진다.
이강, 현조 슥 한번 훑어보고는

이강	수색은 2인 1조야. 알지?
현조	예!
이강	신발끈 고쳐 매고 잘 따라와. 뒤처지면 버리고 간다.

씬/9   D, 몽타주

- 여전히 탐방로 주변을 수색 중인 민간 의용소방대 대원들, 울타리 너머로 넘어가 한 나무 주변을 수색하다가 보이지 않는다는 듯 건너편의 대원1에게 고개 가로젓는다. 무전을 하는 대원1, '민간 하나, 탐방로 7킬로 지점, 조난자 없습니다'.

- 또 다른 탐방로 주변, 계속 냄새를 맡으면서 전진하는 수색견들과 119 구조대. '구조 하나, 칼바위 지점, 조난자를 찾지 못했습니다' 무전 하는데.. 대원 중 한 명 불안한 얼굴로 하늘을 올려다본다. 흐린 구름들이 몰려오고 있다.

- 분소 상황실. 테이블 위 펼쳐진 지도에 엑스 자를 긋는 대진. 지도 위 꽤 많은 부분들에 엑스 자가 그어져 있다. 상황실 밖 사무실에 켜져 있는 텔레

비전에서 흘러나오는 기상예보. '제3호 태풍 비탁이 당초 예상보다 빠르게 북상하고 있습니다'. 걱정스럽게 예보를 바라보는 양선.
대진, 창밖으로 산을 보면 이미 운해가 산을 둘러싸고 있다.

씬/10　D, 양석봉 인근 절벽 위 일각

먹구름이 몰려오는 하늘 아래, 깎아지른 절벽 위를 수색 중인 구영과 수색 2팀원. 그 절벽에서 조금 떨어진 다른 절벽 위를 비추면 절벽 아래를 망원경으로 보며 수색 중인 이강. 그때, 절벽을 둘러싸고 있는 숲속에서 헉헉 숨이 턱에 차서 뛰어나오는 현조.

현조　이쪽엔 없습니다.

이강, 다시 한번 절벽 아래를 확인하고는 무전으로

이강　수색 다섯, 양석봉 귀신바위 주변 조난자 보이지 않습니다. 성황나무로 이동하겠습니다.

무전기 갈무리하고 돌아서서 산속으로 걸어가는 이강.
헉헉거리다가 이강을 놓칠세라 쫓아가는 현조, 이동하며

현조　성황나무는 또 어딥니까?
이강　(앞서 걸으며) 있어. 사람 많이 죽는 데.

현조, 멈칫하다가.. 다시 이강 뒤를 빠르게 쫓으며

현조　설마 지금까지 수색한 데가 다 자살 포인트예요?
이강　맞아. 한 번 자살사건이 벌어진 곳은 또다시 같은 사고가 반복되는 경우가 많아.
현조　(낯빛 굳는) 그럼.. 우린 죽은 애를 찾아다니는 건가요?

앞서가던 이강, 멈춰 서서 뒤를 돌아본다.

이강   재수 없는 소리 할래? 누가 죽은 애 찾는대? 죽기 전에 막을려고 찾는 거
         아냐.

         이강, 다시 앞장서서 걸어가기 시작하고..
         현조, 그런 뒷모습 멍하니 보다가.. 입가에 엷은 미소 지어진다. 다시 기운
         내 뛰어 이강 쫓아가며

현조   같이 가요!

         하는데 멈춰 서는 이강, 하늘을 바라보는데.. '툭' 빗방울 하나가 떨어진다.
         현조도 같이 하늘을 바라보면 '투툭' 떨어지기 시작하는 비.

씬/11   D, 해동분소, 사무실

         한 방울, 두 방울 창문을 타고 떨어지기 시작하는 빗줄기를 바라보는 대진
         과 양선. 무전기에서는 '수색 하나, 기상이 악화돼서 둥지나무 지점에서 합
         류해 같이 수색하겠습니다' '수색 둘, 현재 지점 도상폭포. 수색2팀도 합류
         해 수색하겠습니다' 기상 악화를 전하는 무전들이 이어지고 있고.. 텔레비
         전 기상예보에서는 태풍 예상 경로가 나오고 있다.

캐스터(소리) 초속 50미터가 넘는 강풍을 동반한 태풍 비탁은 오늘 밤 10시경 우리나라
         에 상륙할 것으로 예상되며 현재 영향권에 든 제주와 전남 지역에는 태풍
         주의보가 내려졌습니다.

         그때, 인기척이 느껴지며 빗물을 털면서 들어서는 소방 유니폼 차림의 소방
         대장.

소방대장	아직도 못 찾았어요?
대진	예.
소방대장	큰일 났네. 수색견들하고 구조대는 철수시켰습니다. 비가 오면 수색견들은 무용지물이에요.

대진, 눈빛 가라앉는데.. 밖에서 또다시 들려오는 문소리.
조심스런 눈빛의 김웅순 경장(30대 중반, 남), 사무실 안의 분위기를 확인하고

웅순	저.. 조난자 가족분이 오셨습니다.

멈칫해서 바라보는 소방대장과 양선. 대진, 빠르게 상황실로 가 무전기를 꺼버리는데 쭈뼛쭈뼛 들어서는 승훈할머니(70대, 여). 그간 고생을 많이 한 듯 초췌하고 야윈 손에는 작은 음료수 박스 하나가 들려 있다.

웅순	(대진을 가리키며) 수색 지휘하시는 대장님이세요.

승훈할머니 허리가 굽어져라 대진에게 인사하며

승훈할머니	우리 승훈이 때문에.. 죄송합니다. (다시 꾸벅) 죄송합니다.

대진, 다가가 다시 인사하려는 승훈할머니를 만류하며

대진	멀리서 오셨을 텐데 가서 쉬고 계세요. 뭐든 연락이 오면 바로 말씀드리겠습니다. (양선 보며) 숙직실로 모셔드려.

양선, '예' 다가와서 할머니 부축해서 모시고 나가고..
벽면에 걸린 실시간 기상정보 전광판을 불안한 눈빛으로 보는 대진.
강수량 13mm 풍속 11.4m/s에서 점점 올라가고 있다.

씬/12   D, 몽타주

- 탐방로 인근을 수색 중이던 민간 대원들, 쏟아지기 시작하는 비를 보면서 '민간 하나. 수색 중단하고 인근 대피소로 대피해 있겠다'.

- 우거진 수풀에 퍼붓기 시작하는 빗줄기. 수풀 사이 샛길을 이용해 이동 중인 수색2팀. 물이 불어나 온통 진흙탕인데 미끄러운 진흙길을 꽤 오래 걸어온 듯 여기저기 진흙투성이다. 그때 앞서가던 수색2팀장, 멈춰 선다. 수풀이 끝나고 나오는 계곡, 물이 불어 거세게 흐르고 있다. 바라보다가 '수색 둘, 계곡물이 불어났다. 우회하겠다'.

- 비바람을 뚫고 미끄러운 비탈길을 내려가고 있는 구영과 수색1. 순간 구영, 중심을 잃고 쭉 미끄러져서 구른다.

- 분소 상황실. '수색 셋, 부상자 발생!' '수색 넷, 기상상황이 너무 악화됐습니다. 어떻게 할까요?' 여기저기서 들려오는 다급한 무전기 소리에 낯빛 어두워지는 대진. 실시간 기상 전광판의 수치들, 강수량 22mm, 풍속 15m/s. 뒤에서 안타깝게 지켜보는 양선. 소방대장은 갔는지 보이지 않고..
그 위로 '콰콰콰쾅' 천둥 번개 소리.

씬/13   D, 비법정 산길/비담절벽 밑

눈을 뜨기 힘들 정도로 점차 거세지는 비바람을 뚫고 전진하고 있는 이강과 현조. 앞쪽으로 나무들이 빼곡한 급경사지가 나타난다. 경사길이 끝나는 지점은 깎아지른 비담절벽 아래와 맞닿아 있고..
그때 멀리서 들려오는 천둥소리. 이강, 자기 배낭 열어 스틱을 버리며 현조에게

이강   너도 버려.
현조   예?

이강, 현조 배낭 열어 자기가 직접 스틱 버리며

이강　나중에 주우러 오면 되니까 버리라고.
현조　왜 그러시는데요?
이강　여기 낙뢰구간이야.

현조, 놀라서 비싹 긴장하는 눈빛. 또다시 멀리서 울리는 천둥소리에 뒤이어 번쩍하며 급경사지 위로 떨어지는 번개에 맞아 폭발하듯 타오르는 나무 한 그루. 현조, 정신이 번쩍 난다. 배낭 버클들 다시 확인해서 채우며

현조　이런 날씨에 꼭 낙뢰구간을 지나야만 하는 어쩔 수 없는 불가피한 이유가 있겠죠?
이강　이쪽이 지름길이야. 한 시간은 벌 수 있어. 기상이 더 나빠지기 전에 빨리 합류해서 수색해야 해.

이강, 먼저 내려가려는 듯 앞서며

이강　큰 나무 근처로는 절대 가지 마. 피뢰침 역할을 하니까. 미끄러지더라도 다른 걸 잡아. 잡을 게 없으면 그냥 굴러서 내려오던지. 그게 더 빠를 거니까.

뭐라 물을 틈도 주지 않고 먼저 경사지를 하강하기 시작하는 이강.
다시 들려오는 천둥소리. 현조, 긴장한 듯 보다가 에라 모르겠다. 이강 뒤를 따라 빠르게 내려가기 시작하는데.. 비바람이 정신없이 때려대는 데다가 비에 젖어 미끄러운 급경사. 어떻게든 균형을 잡아보려 하지만 순간 휘청한다. 앞에 보이는 나무. 안 된다. 결국 포기하고 다른 걸 잡아보려 하지만, 잡을 게 없다. 그냥 데구르르 구르기 시작하는 현조. 정신없이 구르다가 경사지 가장 아래쪽 부드러운 관목 쪽에서 결국 멈춘다.
아.. 몰려오는 아픔에 꼼짝을 못 하겠는데.. 뒤이어 사뿐히 옆에 도착하는 이강.

이강   괜찮지?

현조, 대답도 못 하고 미치겠다. 삐걱거리는 몸을 겨우 일으키려다가 순간 멈칫한다.

현조   선배님..
이강   왜? 다쳤어?

비담절벽 아래 몇 그루 나 있는 나무 아래를 가리키는 현조.

현조   저.. 저기요!!

이강, 현조가 가리키는 곳을 보다가 역시 눈빛 굳는다.
나무 아래 떨어져 있는 하늘색 배낭이다.
머뭇거릴 틈도 없이 빠르게 그쪽으로 달려가며 무전을 친다.
아픈 것도 잊고 일어나서 그 뒤를 따르는 현조.

이강   수색 다섯! 비담절벽 아래! 조난자 것으로 추정되는 배낭 발견!

씬/14   D, 해동분소, 상황실

무전기 앞에 앉아 있다가 놀라서 일어나는 대진.

대진   (무전기에 대고) 확실해?
이강(소리)   하늘색 배낭이에요!

씬/15   D, 비법정, 수색1팀 합류지점

비바람을 피할 수 있는 큰바위 아래 모여 있는 수색1팀, 구영을 비롯한 몇

몇 부상자들은 바닥에 앉아 있다가.. 무전 듣고 멈칫한다.
역시 무전에 촉각을 곤두세우는 일해. 대기하라는 듯한 수신호.

씬/16   D, 비담절벽 밑

거센 바람을 뚫고 나무 밑으로 빠르게 달려오는 이강과 현조, 바닥에 떨어진 가방을 열어 내용물을 확인하는데 다이어리 앞에 '복선중 1-5, 염승훈'이란 글씨.

이강   (무전 치는) 수색 다섯! 조난자의 배낭이 확실합니다!
대진(소리)   조난자는? 같이 추락한 거 아냐?

이강도 현조도 같이 주변을 두리번거리며 수색해보지만, 승훈은 보이지 않는다.

이강   아뇨. 조난자는 보이지 않습니다. 추락한 흔적도 없어요. 배낭만 떨어진 걸로 보입니다.

혹시라도 뭐라도 승훈이를 찾을 수 있는 단서가 없을까 배낭을 뒤지던 현조, 가방 앞 지퍼 안에서 찾은 사진을 보고

현조   선배님. 이거 혹시 지리산이에요?

이강, 현조가 건네준 사진 보는데 옛날에 찍은 듯 빛바랜 사진. 어린 승훈과 엄마, 아빠가 함께 야생화 군락지에서 웃고 있는 모습이다.

이강   (눈빛 굳으며 대진에게) 대장님. 비담절벽 위 야생화 군락지 사진이 있어요. 조난자는 거길 찾아온 것 같습니다. 거길 수색해봐야 합니다.

씬/17   D, 해동분소, 상황실

대진, 굳은 시선으로 풍속 확인해보는데 18.7m/s까지 올라가 있다.

대진   비담절벽 야생화 군락지면 기상이 좋아도 가는 데만 세 시간 반이야. 이 날
씨라면 두 배가 걸릴 수도 있어.

그때, '쾅' 문 열리는 소리.

씬/18   D, 비담절벽 밑

무전 하고 있는 이강.

이강   다녀오겠습니다. 수색 허락해주십시오.

대답이 없는 무전기. 옆의 현조 초조한 눈빛으로 바라보고..
이강, 다시 한번 '대장님..' 부르려는데 무전기 너머에서 들려오는 냉정한 목
소리.

소장(소리)   철수해.

놀라서 보는 이강과 현조.

씬/19   D, 해동분소, 상황실

대진, 굳은 얼굴로 서 있고, 무전기 앞에는 흐트러짐 하나 없는 옷매무새의
대쪽 같아 보이는 김계희 소장(50대 초반, 남)이다. 그 뒤쪽으로는 눈치 보
는 양선과 소장과 함께 온 듯한 직원들 서 있고..

씬/20   D, 비담절벽 밑

당황해서 흔들리는 눈빛의 이강.

현조   대체 누구예요?

이강   (조용하라는 듯 손짓하고 다시 무전 하는) 소장님. 골든타임 30시간 얼마 남지 않았습니다. 게다가 조난자는 제대로 된 장비도 없었어요. 살아 있다면 지금 찾아야 합니다.

씬/21   D, 해동분소, 상황실

무전기 너머 이강의 얘기를 듣고 있던 소장.

소장   (버튼 누르고는) 죽었을 수도 있어.

대진도 양선도 눈빛 굳어서 바라본다. 차가운 목소리로 무전을 이어가는 소장.

소장   자살하러 산에 온 애야. 지금 시신 찾으러 니 목숨 걸겠다는 거야? 그러다 너네 사고 나면 다른 팀원들까지 지원 나가야 될 텐데 그 사람들 목숨까지 니가 책임질래?

씬/22   D, 비담절벽 밑

굳은 눈빛으로 무전기에서 흘러나오는 소장의 목소리를 듣고 있는 이강과 현조.

소장(소리) 지금 풍속이 초속 20미터가 넘었어. 시간 없으니까 당장 철수해. 이건 명령

이야.

씬/23   D, 해동분소, 상황실

무전기에서 돌아서는 소장, 대진에게

소장   다른 팀들도 빨리 철수시켜요.

씬/24   D, 비법정, 수색1팀 합류지점

무전을 들은 수색1팀, 가라앉은 눈빛으로 무전기를 떨구는 구영.

씬/25   D, 비담절벽 밑

굳은 눈빛으로 무전기를 내려다보는 이강.

현조   정말 철수할 거예요?
이강   ...
현조   살아 있다면 지금 찾아야 한다면서요.
이강   ..철수하자.
현조   예? 안 됩니다.
이강   철수해.

굳은 낯빛으로 이동하기 시작하는 이강. 현조, 안타까운 눈빛으로 어찌할
바를 모르는 그때, 순간 뭔가 이상한 느낌이 오는 듯 눈빛 굳는 현조. 그런
현조의 귓가로 엄청난 바람 소리가 서서히 멀어진다. 앞서가던 이강, 그런
현조를 의아한 듯 바라보는데..
그런 이강의 모습도 바람 소리도 점점 멀어지며 정적만이 현조를 감싸고 그

사이로 '쿵쿵.. 쿵쿵.' 점점 크게 들려오는 심장 박동 소리.
순간, 현조의 뇌리를 스치는 편린.

- 인서트
- 날이 밝아오기 시작하는 일출. 검은 바위 사이, 상수리 잎들과 가지들이 가득 쌓여 있는 마른 땅 위에 만들어진 사각형 모양의 표식. 나뭇가지 네 개가 사각형을 만들었고 꼭짓점마다 네 개의 돌이 놓여 있다. 가운데에는 삭은 돌들로 만들어진 돌무더기. 세월이 많이 흐른 듯 거미줄과 이끼가 가득 끼어 있다.

- 다시 비담절벽 밑으로 돌아오면
편린이 끝나고 서서히 커져오는 비바람 소리. '야! 괜찮아?' 부르는 이강의 목소리와 함께 현조, 현재로 돌아오는데..
순간 바람에 날아온 나무등걸이 현조를 강하게 강타한다. '쾅' 바닥으로 쓰러지는 현조. 놀라서 달려오는 이강. 서서히 의식을 잃어가는 듯 눈을 감는 현조의 모습에서 블랙아웃.

씬/26 N, 해동분소, 남자 숙직실

창문을 뚫고 새어 들어오는 덜컹덜컹 강한 바람 소리. 강렬한 형광등 불빛 아래, 정신을 잃은 채 침대에 누워 있는 현조. 순간 눈을 번쩍 뜨고 일어나는데 이마에 반창고가 붙어 있다. 이게 어떻게 된 거지? 아직 상황 파악이 안 되는 듯 주변을 둘러보는데.. 들려오는 구영의 소리.

구영   어이, 신입. 괜찮나?

현조, 돌아보면 옆 침대에 퉁퉁 부은 다리에 임시로 부목을 댄 구영이다. 그 옆쪽으로도 접이식 침대들이 줄줄이 놓여 있는데 부상을 입고 지친 박일해를 비롯한 수색1팀 레인저들이 누워 있다. (수색2팀은 다른 분소로 대피한 걸로)

구영	서마귀 암튼 독해. 어떻게 태풍이 부는데 낙뢰구간으로 데리고 갈 생각을 해..
현조	(멍하다가 생각이 나는 듯) 승훈이는요?

하다가 나무등걸에 맞은 부분에 아픔이 몰려오는 듯 아.. 머리를 잡는데..

구영	야, 니 몸 먼저 챙겨. 니 몸이 제일이야.

하는데, 침대에 누워 있던 박일해. 몸을 일으켜 세우며 융통성 없는 강직한
말투로

일해	그게 레인저로서 할 말이야? 몸이 부서지는 한이 있더라도 산을 지켜야지. 팀장으로서 한 마디 하겠는데 정신 차려.

구영, 보다가 뒤로 누우며

구영	하.. 지친다..

씬/27　N, 해동분소, 상황실

승훈의 정보가 적힌 화이트보드판 가장 위. 실종 23시간이라는 글씨를 지
우고 32시간이라고 정정하는 손. 이강이다.
그 뒤쪽 원탁에 앉아 있는 대진. 원탁 위에는 승훈의 배낭과 안에 들어 있
던 듯한 교과서, 다이어리, 간식 봉지 등이 놓여 있다. 대진, 가만히 그 내용
물들을 바라보다가

대진	소장님 말씀 틀리지 않아. 태풍이 지나가고 내일 아침 수색 재개할 거다. 그 때까지 좀 쉬어.

대진, 일어나서 나가려는데..

이강   ...가족한테는 뭐라고 하죠?

대진, 멈칫하다가..

대진   ...사실대로 말씀드려야지.

대진도 이강도 낯빛 어두워지는데..
순간, '따르르릉' 울리는 사무실 유선전화. 혹시라도 승훈이와 관련된 전화
일까 싶어 대진도 이강도 다급히 긴장한 눈빛으로 각각 앞에 있는 책상에
놓인 전화 수화기를 드는데..

이강   (대진보다 먼저) 국립공원입니다.

대진도 수화기를 들고 상대편의 얘기를 기다리는데.. 수화기 너머에서 들려
오는 앳된 대학생의 목소리.

(소리)   (술이 꽐라가 된) 우리가요~ 친구들이랑 내기를 했는데요~ 천왕봉이 몇 미
터예요?

인상 차가워지는 이강, 금방이라도 입에서 욕 나갈 듯한데

대진   (이강 얘기할 새를 주지 않고) 1915미텁니다.

하고 수화기 끊으려고 하는데 다시 들려오는 소리.

(소리)   천왕봉 비석 높이까지 다 해서요?

이강, 도저히 참지 못하고 인상 찌푸려지면서 뭐라 말하려는데 옆에 있던
대진, 그런 이강의 어깨를 참으라는 듯 누르며

대진	비석 높이까지 1916미터 35센치입니다. 그럼 이만 끊겠습니다.

하고는 더 이상 말할 틈도 없이 전화를 끊어버린다. 이강, 기가 막힌 듯 굳은 얼굴로 수화기를 내려놓는데.. 대진, 그런 이강을 보다가 기운 내라는 듯 어깨를 무겁게 툭툭 치고는 사무실을 나간다.
이강, 힘이 빠지는 듯 가만히 생각에 잠기는데.. 문 쪽에서 들려오는 발소리. 돌아보면 현조다.

이강	(보다가 걸어 나가며) 보약이라도 한 재 지어 먹어야 되는 거 아냐? 뭔 레인저가 그렇게 픽픽 쓰러져.
현조	죽지 않았어요.
이강	(멈춰 서서 보는)
현조	그 애 살아 있어요. 분명해요.
이강	(보다가) 그걸 어떻게 아는데?

현조, 뭐라고 얘기하고 싶지만 쉽게 입을 열지 못하는데..

이강	니 추측 하나만으로 수색을 강행할 순 없어.

현조를 지나쳐서 사무실을 나가는 이강. 답답한 듯 서 있던 현조의 시선, 승훈의 자료가 적힌 화이트보드판, 그리고 원탁 위에 가지런히 놓인 승훈의 배낭과 내용물들. 천천히 다가와서 보다가 다이어리에 멈추는 시선. 조심스럽게 다이어리를 한 장 두 장 넘겨본다. 과목 시간표와 숙제들, 그리고 가계부가 남자아이답지 않게 꼼꼼하게 적혀 있다.
'1월 0일 알바 15000원, 할머니 폐지 일당 8000원.
할머니 약값 3000원, 연탄값 11000원.'
작은 돈이지만 소중하게 살았던 두 사람의 생활을 가만히 한 장 두 장 넘겨 보는데..

– 인서트

- 전 씬의 가계부에서 빠지면 허름한 단칸방. 앉은뱅이책상 위에서 스탠드 불빛 아래 가계부를 쓰고 있는 승훈. 뒤를 한번 돌아보면 할머니가 곤하게 잠들어 있다. 다시 가계부를 쓰는 듯 고쳐 앉는 승훈의 뒷모습.

- 그렇게 가만히 앉아 있는데 가만히 보면 어깨가 떨려오고 있다. 수없이 멍들고 긁힌 듯 상처가 남은 팔을 바라보며 할머니가 깰까 싶어 소리도 내지 못하고 엎드려 울음을 삼키는 승훈. 그러다가 가만히 가계부를 써 내려가던 연필로 자기 속마음을 가계부에 삭게 <u>꾹</u>적인다. **'도와주세요'**

- 다시 해동분소 상황실로 돌아오면
승훈이가 남겼던 **'도와주세요'** 글씨를 가만히 내려다보고 있는 현조.

씬/28 N, 산, 모처

귀청이 찢어질 듯 불어대는 바람. 나무라도 쓰러지는 듯 엄청난 굉음. 한 치 앞도 보이지 않는 어둠 속, 핸드폰을 켠 듯 화면에 불이 들어오면서 불빛에 주변이 비춰지는데 바위틈 사이인 듯 빗물이 똑똑 떨어지고 있다.
핸드폰 배터리, 4프로에서 3프로로 떨어진다. 119에 전화를 해보지만, 발신 제한구역인 듯 전화가 걸리지 않는다. 바들바들 떨리는 손, 커지는 흐느낌. 바람 소리에 흩어져 사라지고..

씬/29 N, 해동분소, 복도/여자 숙직실

복도를 걸어 여자 숙소 쪽으로 다가오는 이강. 숙소 앞에는 어찌할 바를 모르고 서 있는 양선, 이강 다가서자 낮은 목소리로

양선 선배님. 저기 뭐라고 말씀드려야 할지 모르겠어서..

이강, 열린 문틈 너머로 보면 불 꺼진 숙직실 안 침대 위에 걸터앉아서 낡은

핸드폰을 꽉 쥐고 있는 승훈할머니, 눈을 꼭 감고 뭔가를 기원하듯 작은 목소리로 중얼거리고 있다.

그런 모습을 가만히 바라보던 이강, 천천히 다가가 할머니 앞에 눈높이를 맞춰 무릎을 꿇고 앉는다. 할머니, 인기척을 느낀 듯 고개 들어 이강을 보는데..

이강　　　저... 수색이 중단됐습니다.

그저 멍하니 이강을 바라보는 승훈할머니.
이강, 그런 할머니를 볼 낯이 없는 듯 고개 떨구며

이강　　　태풍이 잦아들면 다시 수색을 시작할 거예요... 그러니까..

하는데 부들부들 떨려오는 할머니의 손. 고개 들어 보면 할머니, 애써 참았던 눈물을 흘리고 있다.

승훈할머니　　...죄송합니다.. 죄송합니다.

바들바들 떨면서 눈물을 흘리는 할머니의 모습에 할 말을 잃은 이강, 다시 고개 떨구다가.. 할머니가 꼭 쥐고 있던 핸드폰 화면이 눈에 들어온다. '할머니 미안해요'라는 마지막 문자 위쪽으로 쭉 이어지는 승훈이 보낸 문자들. 담벼락 너머 핀 야생화를 찍은 사진 아래에 '할머니가 좋아하는 꽃이 피었어요' '지금 약 드실 시간이에요. 빼먹지 마시고 드세요' '할머니 사랑해요'.
숨죽여 눈물을 흘리는 할머니와 주름진 손으로 꼭 쥔 핸드폰, 그리고 승훈의 문자를 가만히 바라보는 이강의 모습에서..

씬/30　N, 해동분소 외경

모두 잠이 든 듯 어둠에 휩싸인 채 태풍을 맞고 있는 해동분소 건물.

씬/31   N, 해동분소, 숙소

불 꺼진 숙소에서 잠을 청하고 있는 구영을 비롯한 레인저들. 덜컹덜컹 바람에 창문이 흔들리고 있다. 잠이 오지 않는 듯 뒤척이는 구영.

씬/32   N, 해동분소, 상황실

불 꺼진 어두운 상황실. 실시간 기상 전광판을 비추면 풍속 31m/s, 강수량 35mm. 미친 듯이 치솟고 있다.

씬/33   N, 지리산 전경

시커먼 먹구름에 휩싸인 지리산. 전광판의 수치가 느껴지는 가공할 비바람이 몰아치고 있다.

씬/34   N, 탐방로 일각

한 치 앞도 보이지 않는 어둠. 그 위로 더욱 심해진 바람 소리와 뭔가가 날아다니고 부딪치는 듯 엄청난 굉음들이 들려오는데.. 그런 어둠 사이 한 줄기 불빛이 움직이고 있다. 방수장비에 헬멧까지 완전무장하고 헤드랜턴을 쓴 채 탐방로에 설치된 나무 데크를 붙잡고 겨우겨우 올라오고 있는 이강이다. 한 걸음 내디딜 때마다 바람에 휩쓸릴 듯 위태롭다.
점점 거칠어지는 숨소리. 헤드랜턴을 끼고는 있지만, 눈앞에 보이는 건 랜턴 불빛이 비추는 작은 공간뿐. 시야가 한정된 데다 바람 소리 때문에 청각마저 마비된 상태. 게다가 불쑥불쑥 바람에 날아온 나뭇가지와 풀무더기가 이강을 스치듯 날아가고 그때마다 아슬아슬 나무 데크를 붙잡고 겨우겨우 버티며 전진하고 있는데.. 순간, 멈칫하는 이강. 헤드랜턴에 비춰진 광경.

밀려든 토사와 빗물에 길이 휩쓸려가 있다. 굳은 얼굴로 루트를 찾기 시작하는 이강. 나무 데크 너머 경사지에 그나마 바람을 막아줄 수 있는 큰 바위들이 줄지어 있는 우회로가 있다. 하지만 그곳까지 가려면 나무 데크에서 벗어나 온몸으로 바람을 이겨내면서 오르막을 올라야 한다.

배낭에서 피켈을 꺼내는 이강, 오르막길을 마치 빙벽을 타듯 피켈을 이용해 오르기 시작하는데.. 순간, 이강의 헤드랜턴 불빛을 향해 날아오는 커다란 나뭇가지. 피할 새도 없다. 어쩔 수 없이 피켈에서 손을 놓는 이강, 바람에 날려 내리막길로 속절없이 구르기 시작하는데 누군가 이강을 낚아챈다.

현조   괜찮아요?!!

이강, 놀라서 보면 자신을 감싸 안고 있는 현조다.

씬/35   N, 탐방로 인근, 큰 바위 일각

바람을 막아주는 큰 바위 사이로 비춰지는 헤드랜턴 불빛. 뒤이어 피켈을 든 손 하나가 올라온다. 오르막을 올라온 이강이다. 뒤이어 비춰지는 랜턴 불빛. 현조까지 올라서고.. 그제야 거친 숨을 고르는 두 사람.

이강   너 나 쫓아온 거야? 너 미쳤어? 여기가 어딘 줄 알고 올라와.
현조   내가 미쳤으면 선배도 미친 거죠. 외롭진 않네요. 쌍으로 같이 미쳐서..
이강   (기가 막힌) 너 진짜..
현조   안 오면 후회할 거 같아서 왔어요.
이강   ...
현조   선배도 그래서 온 거 아니에요? 만에 하나라도 살아 있다면 지금 가지 않으면 죽을 테니까..
이강   ...
현조   어차피 이렇게 된 거 데리고 가주세요. 수색은 2인 1조라면서요.

이강, 어이가 없다는 표정으로 잠시 생각하다가 현조 보는.

이강	중간에 돌아가겠다고 징징거리면 죽여버린다.
현조	징징거려봤자 신경도 안 쓸 거잖아요.
이강	니 생각보다 훨씬 위험할 거야.
현조	원래 우리 일이 위험한 거 아니에요?

이강, 보다가 현조 허리춤에 보라색 카라비너 하나를 꽂고 로프를 연결한
다.

| 이강 | 원래 우리 일은 위험한 데서 무사히 살아 돌아가는 거야. |

현조의 허리춤에 묶은 로프를 자기 허리에도 연결한 뒤 출발하려는 듯 바
위틈 입구로 다가가는 이강. 비바람의 기세가 더욱 거세어져 있다.

이강	서로 지지대가 돼줘야 해. 니가 날라가면 나도 날라가고 내가 떨어지면 너
	도 떨어져. 그러니까 서로 몸조심하자구.
현조	예!

다시 태풍이 몰아치는 지리산으로 한 발 두 발 내딛기 시작하는 두 사람의
모습에서..

씬/36   N, 해동분소 외경

여전히 몰아치고 있는 비바람.

씬/37   N, 해동분소, 대진의 숙소

새벽 4시를 가리키고 있는 벽시계. 밤을 샌 듯 책상에 앉아 책을 바라보고
있는 대진. 생각은 딴 데 가 있는 듯 가만히 펼쳐진 부분을 바라보고만 있

는데..

그때, 바깥 복도에서 들려오는 '쨍그랑' 소리.

씬/38　N, 해동분소, 복도

어두운 복도로 걸어 나오는 대진, 복도 등을 켜는데 출입구 쪽에 몰래 출동
하려던 듯, 장비를 갖춘 레인저들이 난감한 얼굴로 서 있다. 그중 구영, 헬멧
을 떨어뜨린 듯 어색한 표정으로 헬멧을 주워 드는데..

대진　지금 뭣들 하는 거야! 소장님 명령 못 들었어?!
구영　(눈치 보며) 아니 저도 좀 말려보긴 했는데..
일해　풍속이 줄고 있습니다. 이제 곧 해도 뜰 거구요. 올라가게 해주십시오.
대진　(보다가) 수색은 태풍이 완전히 지나가면 시작한다. 돌아가.

대진, 돌아서서 가려는데

구영　서이강이 안 보입니다. 신입도 안 보이구요.
대진　(꿈틀해서 돌아보며) 뭐?
구영　장비도 없어졌어요.
대진　이 새끼들이..

그때, 안쪽 복도 쪽에서 눈치 보며 걸어 나오는 양선.

양선　저기.. 조난자 가족분께서 드릴 말씀이 있으시다고 하셔서요.

대진과 레인저들 뭐지? 보면 복도 안쪽에서 걸어 나오는 승훈할머니, 떨리
는 손으로 자신의 핸드폰을 대진에게 내민다.

씬/39　N, 비법정, 야생화 군락지

여전히 비바람이 몰아치고 있는 산. 여기까지 올라오면서 비바람과 사투를
벌인 듯 흠뻑 젖은 데다 여기저기 진흙투성이, 날아다니는 나뭇가지와 잔
돌들에 긁힌 듯 옷이며 배낭 여기저기가 찢어지는 등 만신창이가 된 이강
과 현조, 바람을 이겨내며 군락지 안으로 들어서고 있다.
둘의 헤드랜턴, 작은 사각에 보이는 주변, 태풍에 야생화들이며 풀이며 뽑
히고 흐트러져 온통 엉망이 된 초원이다. 헉헉대며 우뚝 멈춰 서는 이강.

이강   여기야.

현조, 후들거리는 다리를 부여잡고 둘러보다가..

현조   이제 어떡하면 되죠?

그때, 이강의 주머니에서 울리기 시작하는 무전기.
이강도 현조도 울리는 무전기를 굳은 표정으로 바라보는데..

대진(소리) 서이강, 어디야?
이강   ...
대진(소리) 서이강! 대답해!

이강, 어쩔 수 없다는 듯 무전기를 켜고

이강   수색 다섯, 서이강입니다.
대진(소리) 너 어디야?!
이강   죄송합니다. 하지만..
대진(소리) (급한 마음에 이강의 말을 끊고) 거기 도착했어? 비담절벽 위 야생화 군락
           지.
이강   .. (뭐지 보다가) 예. 도착했습니다.
대진(소리) 그 아이가 문자를 보냈어.

바람 소리에 잘못 들었나? 이강도 현조도 놀라서 보는..

씬/40   N, 해동분소, 상황실

한 손에 할머니의 핸드폰을 들고 있는 대진, 무전을 하고 있고.. 그 뒤쪽에
는 초조한 눈빛으로 연신 승훈에게 전화를 걸고 있는 양선.

대진   조난자가 할머니한테 보낸 문자. 그게 마지막 문자가 아니었다구.

할머니 핸드폰을 바라보는 대진의 시선 쫓아가 보면 '할머니 미안해' 뒤쪽
으로 새벽 네 시에 연이어 문자들이 도착해 있다. 오후 야생화 군락지에서
과거 어색하게 웃으며 찍은 승훈의 셀카 사진.

씬/41   D, 야생화 군락지/이강의 추리

전 씬의 사진에서 실사로 바뀌는 야생화 군락지. 넓은 군락지 주변을 빽빽
이 둘러싼 숲. 천천히 두리번거리면서 군락지 안으로 들어오는 승훈. 평화
로운 바람이 불어온다. 엷은 미소.. 앉아서 고요한 세상을 가만히 바라보다
가 할머니 생각에 마음이 무거운 듯 핸드폰을 꺼내 만지작거리다가 '할머니
미안해..' 문자를 보낸다. 문자를 보내고 나서 가만히 생각하다가 야생화 군
락지 한가운데로 들어가는 승훈, 어디가 좋을까? 여기저기 화면에 담아보
다가 가장 중앙 쪽에서 셀카를 찍는다. 그리고 나서 사진을 다시 전송한 뒤
'여기 기억나요? 엄마 아빠랑 같이 왔던 데 왔어요' '여기 오니까 좋다' '나중
에 꼭 다시 와요' '할머니 속상하게 해서 죄송해요' 문자를 계속 보내는데,
셀카 사진부터 모두 전송 실패로 뜬다. 보면 발신제한구역이다.
뭐지? 의아한 얼굴로 사방을 둘러보는 승훈. 군락지 사방을 빼곡히 둘러싼
숲. 어디서 들어왔는지 길이 보이지 않는다.

씬/42 N, 동 장소

전 씬에서 서서히 변하면 전 씬의 평화로운 느낌과는 전혀 다른 비바람으로 엉망이 된 군락지. 그러나 군락지를 둘러싼 숲은 똑같다.
무전기 너머에서 들려오는 대진의 소리.

대진(소리) 그 아이 아직 살아 있어. 자기 힘으로 발신제한구역에서 발신구역으로 이동한 거야.

숲 쪽을 바라보는 이강과 현조의 눈빛에 희망이 감돌기 시작한다.

씬/43 N, 해동분소, 상황실

대진, 무전을 하다가 뒤돌아 승훈에게 전화를 걸고 있는 양선 보는데 양선, 계속 안 된다는 듯 고개 가로젓는다.

대진   지금 계속 전화를 걸고 있는데 전화기가 꺼져 있어. 아무래도 밧데리가 다 된 것 같아. 너네밖에 없다. 너희가 찾아내야 해.

씬/44 N, 해동분소, 주차장

차량에 올라타서 출동하는 레인저들의 모습 위로

대진(소리) 지원팀이 출동했지만, 거기까지 가려면 아무리 빨라도 세 시간 반이 넘게 걸릴 거야.

씬/45 N, 야생화 군락지/숲

바람을 뚫고 군락지에서 숲 쪽으로 빠르게 이동하는 이강과 현조의 모습 위로

대진(소리) 군락지에서 비담절벽으로 이어지는 동선 중 발신이 가능한 지역에 있을 거야. 서둘러. 골든타임이 지났어. 살아 있다고 해도 상태가 위독할 거야.

씬/46   N, 군락지 인근 숲 일각

숲으로 뛰어드는 이강과 현조. 나무들이 가려줘서 그나마 바람이 잦아들었다. 로프를 풀고 GPS를 꺼내는 이강.

이강 시간이 없어. 찢어지자.

현조, 역시 GPS를 꺼내 든다.

이강 GPS를 보면 발신 가능지역이 표시돼. 그 지역만 수색해. 이번엔 자살 포인트가 아니라 생존 포인트를 찾아야 해.

씬/47   N, 몽타주

- 숲 일각, 커다란 나무 아래 등걸 주변을 수색하는 이강.

- 또 다른 숲 일각을 헤매고 다니는 현조, '승훈아!!' '염승훈!!' 외치다가 저 앞쪽으로 바위 두 개, 그 아래를 비춰보지만 아무도 보이지 않는다.

이강(소리) 살고자 하는 사람들이 본능적으로 찾아가는 곳이 있어. 큰 바위들 사이. 커다란 나무등걸 아래. 덩굴처럼 촘촘히 엮인 작은 관목 사이. 동굴 형태로 파여 있는 큰 바위 밑. 비바람을 피할 수 있고, 체온을 유지할 수 있는 곳. 그 아이는 살려고 산에 온 아이야. 어떡하든 그런 곳을 찾았을 거야.

- 내리는 빗속에서 빼곡히 가득 찬 숲들을 헤치고 다니며 커다란 나무등걸 아래, 바위들 사이를 쉬지 않고 찾아다니는 이강과 현조의 모습 깔리는데 서서히 시간이 지나면서 날이 밝는 듯 푸른 새벽빛이 돌기 시작한다.

씬/48   D, 군락지 인근 숲 일각

어느새 빗줄기도 점점 가냘파지고 있는데.. 숲 여기저기를 수색하던 이강, 다시 한번 GPS 기기를 살펴보는데 이제 더 이상 찾을 곳이 없다. 이강, 현조에게 무전을 하는..

이강   어떻게 됐어?

씬/49   D, 숲 일각/비담절벽 위

역시 GPS 기기를 들고 숲 여기저기를 살펴던 현조, 무전기에 대고

현조   아직 못 찾았어요.

하다가 멈칫한다. 어느새 숲의 끝, 비담절벽에 다다랐다. 현조도 수색 범위가 끝난 것.

현조   아무 데도 없어요. 선배가 말해준 지역 다 수색해봤는데 보이지 않아요.

씬/50   D, 군락지 인근 숲 일각

이강 역시 초조한 눈빛으로 주변을 둘러본다.

이강   그 애는 아직 살아 있어. 분명히 여기 어디 있을 거야. 대체 어디지?

씬/51   D, 비담절벽 위

현조 역시 초조한 눈빛으로 주변을 둘러보다가 뭔가를 보고 멈춰 선다.
푸르른 미명을 뚫고 서서히 떠오르기 시작하는 해. 일출의 주홍빛을 보던
현조의 모습에서 빠르게 스치고 지나가는 화면.

- 인서트
- 25씬, 현조가 봤던 편린. 날이 밝아오기 시작하는 일출. 검은 바위 사이,
상수리 잎들과 가지들이 가득 쌓여 있는 마른 땅 위에 만들어진 사각형 모
양의 표식.

- 다시 비담절벽 위로 돌아오면
현조, 잠시 생각하다가 이강에게 무전을 치는

현조   선배, 어디예요?

씬/52   D, 군락지 인근 숲 일각

서로 마주 보고 서 있는 이강과 현조.

이강   할 말이 뭔데?
현조   산에서 나뭇가지랑 돌로 만든 이상한 표시 못 봤어요?
이강   그게 무슨 소리야?
현조   사각형 모양이었어요. 몰라요?
이강   뭘 얘기하는 거야. 그런 거 본 적 없어. 빨리 조난자나 찾아.

현조, 그런 이강 앞을 가로막으며

현조	그럼 검은 바위는요?
이강	너 뭐야? 왜 자꾸 그런 걸 묻는데?
현조	옆에 상수리나무가 있었을 거예요. 상수리 나뭇잎이 많이 떨어져 있었거든요.

이해할 수 없다는 듯 현조를 보는 이강.

이강	대체 무슨.. (하다가) 설마 너 상수리바위 얘기하는 거니?
현조	그런 데가 있어요? 이 근처예요?
이강	...하지만 거긴 발신구역 밖이야.
현조	거기예요. 거기에 있을 거예요.
이강	내 말 모르겠어? 거기에 승훈이가 있었다면 문자를 보냈을 수가 없다구.
현조	이미 다른 데는 찾을 만큼 찾아봤잖아요.
이강	(보는)
현조	그러니까 마지막으로 한 번만 거기에 가봐요.

굳은 얼굴로 자신을 바라보는 현조를 혼란스럽게 보는 이강.

씬/53 D, 비담절벽 인근, 상수리바위

아직 물러가지 못한 운해를 뚫고 올라오고 있는 해, 상수리나무들로 둘러싸인 큰 검은 바위를 주홍빛으로 물들인다. 간밤, 태풍의 여파인 듯 여기저기 널브러진 나뭇가지들과 나뭇잎들. 들려오는 발소리. 보면 이강과 현조다.

이강	저기가 상수리바위야. 접근할 수 있는 길이 험해서 아는 사람도 별로 없어.

바위를 목격한 현조, 눈빛 흔들린다. 빠르게 다가와 바위를 살펴보다가 현조, 바위 아래에 쌓인 나뭇잎들을 파헤치기 시작하고..
이강, 여전히 이해하기 힘든 얼굴로 다가와 그런 현조를 돕기 시작하는데,

순간 멈칫하는 두 사람. 나뭇잎 아래쪽으로 숨겨진 공간이 있다. 더욱 빠르게 파헤치자 더 드러나는 공간. 바위 아래쪽으로 비트처럼 파여 있는 사이로 현조, 안을 보면 비트 저 안쪽으로 보이는 사각형의 표식. 입구를 통해 비춰진 일출, 주변의 나뭇잎이 현조가 본 바로 그 표식이다. 현조, 떨리는 눈빛으로 보다가 나뭇잎들이 가득 쌓여 있는 내부를 둘러보는데 순간 놀라서 멈칫한다. 나뭇잎들 사이로 보이는 건 핸드폰을 꼭 쥔 손이다.

현조   여기예요!! 선배!! 여기예요!

비트 밖의 이강, 놀라서 무전 하는

이강   발견했어요!! 비담절벽 상수리바위 밑 조난자 발견!!

씬/54 D, 해동분소, 상황실

무전을 받고 놀라는 대진과 양선.

대진   조난자 상태는?

하지만, 무전기 너머에선 정적만이 흐른다.

대진   서이강!!
이강(소리) 의식이 없어요! 몸이 너무 차갑습니다!
대진   맥박은? 호흡은?!

그때, 무전기 너머 멀리에서 들려오는 간절한 현조의 목소리. '승훈아!! 염승훈!!' 점점 굳어지는 대진과 양선의 낯빛.

씬/55 D, 해동분소, 복도

복도에 비치된 긴 의자에 홀로 앉아 있는 승훈할머니. 미세하게 떨리는 손을 부여잡고 기도를 하고 있는 모습 위로... '맥박이 안 잡힙니다'라는 무전기 너머 이강의 목소리, '승훈아! 눈떠! 정신 차려봐' 외치는 현조의 목소리 들려오다가.. 이강, 현조의 목소리 멀어지고 서서히 암전.

씬/56   D, 몽타주

- 암전된 상태에서 화면 밝아지면 태풍 때문에 엉망이 된 탐방로를 땀범벅이 돼서 뛰어오르고 있는 구영을 비롯한 레인저들.

- 산, 탐방로를 빠르게 내려오고 있는 누군가의 발.

- 탐방로 입구, 차가 최대한 접근할 수 있는 비포장도로로 사이렌을 켜고 올라오고 있는 앰뷸런스와 순찰차량들.

- 산, 탐방로를 내려오고 있는 발에서 틸업하면 보온담요에 둘러싸인 채 여전히 의식이 없는 승훈을 업고 뛰어서 내려오고 있는 현조와 그 옆에서 서포트를 하고 있는 이강이다.

- 탐방로 입구에서 산 쪽을 바라보는 구급대원들. 대진. 그리고 승훈할머니.

- 산, 숨이 턱에 차서 뛰어 내려오는 현조와 이강. 저 앞쪽으로 구영과 레인저들이 뛰어 올라오고 있다. 인사할 틈도 없이 승훈을 인계받고 뛰어 내려가버리는 구영과 레인저들. 그 자리에 주저앉아버리는 이강과 현조.

- 탐방로. 교대로 승훈을 업고 빠르게 내려오고 있는 레인저들. 저 멀리 입구 쪽에서 기다리던 사람들이 눈에 들어온다. 레인저의 등에 업힌 승훈을 보자, 눈에 눈물이 맺히는 승훈할머니. 구급대원들에게 인계돼 구급차량으

로 눕혀지는 의식이 없는 승훈. 맥박, 호흡을 확인해보는 구급대원. '맥박, 호흡 정상입니다'.

- 산 위, 만신창이가 돼서 주저앉아 있는 이강과 현조. 그런 두 사람에게 불어오는 산들바람. 태풍은 지나갔다.. 가만히 넓게 펼쳐진 지리산을 바라보는 두 사람의 모습에서 서서히 암전.

씬/57 D, 지리산 법정 탐방로 일각

거친 숨소리와 함께 화면 밝아지면 커다란 배낭을 짊어진 채 숨이 턱까지 차올라 가파른 탐방로를 오르고 있는 현조다. 거의 오바이트가 쏠릴 지경인 듯 눈도 풀리고 다리도 풀린 상태. 결국 커다란 바위를 잡고 멈춰 선다. 그런 현조의 모습에서 화면 빠지면, 역시 커다란 배낭을 멨지만, 숨 하나 흐트러지지 않은 이강이 위쪽에서 한심하게 바라보고 있다.

이강   빨리 안 뛰어 올래. 훈련 안 할 거야?
현조   ....조.. 조금만.. 쉬었다..
이강   쉬어? 여기 놀러 왔냐? 그렇게 느려터져서 누굴 구하겠다는 건데. 지리산의 가장 큰 특징은 넓다는 거야. 쉴 거 다 쉬면서 가면 구조자 숨넘어간다고.
현조   진짜.. 죽을 거 같아요..
이강   그리고 너 담당 순찰구역 배정받았지? 거기 가봤어?
현조   .아직..
이강   우리 주업무는 산을 지키는 거야. 니 담당구역 지명들, 나무 수종, 식생 분포, 줄줄이 달달 외고 있어야 해.

숨 쉴 틈도 없이 다다다다 이강이 쏘아붙이자, 안 그래도 거친 숨이 더 막혀온다.

현조   하... 서마귀..
이강   죽을래?

| 현조 | 죽기 전에.. 물 한 모금만 마시면 안 될까요? |

이강, 어쩔 수 없는 듯 현조 옆으로 내려와 물병 꺼내서 건네준다.

| 이강 | 일단 마셔. |

현조, 물 들이켜고 숨을 돌리는데.. 그때 저 아래쪽에서 올라오기 시작하는 남녀 커플. 만난 지 얼마 안 되는 사이인지 서로 예의는 지키고 있지만, 핑크빛 기류가 확연하다. 커플, 현조와 이강이 있는 쪽으로 다가오는데 울리는 이강의 핸드폰. 발신인 '김솔'이다.

| 이강 | (전화 받으며) 어, 왜.... 지금? 손바위에 있는데 (하다가) 알았어. 지금 갈게. |

이강의 소리 듣던 현조, 의아한 듯 주변을 둘러보며

| 현조 | (여전히 힘든) 여기가 손바위예요? (옆에 있는 바위 보며) 손 모양인가? 이게? |

하는데 길을 오르던 커플 중 여자, 힘든 듯 숨을 몰아쉰다. 남자, 약간 망설이다가 손을 내밀면 여자, 조금 수줍은 듯 보다가 그 손을 잡고 올라서고.. 분위기 좋게 손을 맞잡은 두 사람, 사이좋게 이강과 현조를 지나쳐서 올라가고.. 이강, 보다가

이강	봤지?
현조	뭐가요?
이강	여기가 제일 힘든지 꼭 저러고 올라가거든. 데이트를 할 거면 동네 호프집을 가던지.. 왜 힘들게 올라와서..

현조, 멀어지는 커플 보고 이강 보다가

| 현조 | (여전히 힘든 숨으로) 저라도.. 잡아드릴.. 까요? |

이강, 얼척이 없는 표정으로 현조 보다가

이강   입 닥치고 따라와.

씬/58   D, 비담절벽, 상수리바위 밑

어두운 화면에서 '달칵' 소리와 함께 눈부신 랜턴 불빛이 켜진다. 불빛이 비
추는 곳은 사각형의 표식이다. 그 위로 들려오는 목소리.

솔(소리)   야. 이거 어떻게 발견했어요?

화면, 상수리바위 밖을 비추면 바위 밖에서 랜턴으로 표식 비추고 있는 진
지한 수제형 스타일의 자원보전과 김솔(30대 초반, 남). 솔 옆에는 호기심
가득한 눈빛으로 표식을 보고 있는 현조. 조금 뒤쪽에 팔짱 끼고 나무에
기대어 선 이강.

이강   내가 아냐. (현조 가리키며) 쟤가 했지.
솔   (현조 보는) 신입? 여기 어떻게 알았어요?
현조   그게.. (말문이 막히는) 산이.. 가르쳐줬다고 할까요?
솔   (전혀 놀라지 않고) 그럴듯한 얘기네요.

뒤쪽에 선 이강, 솔을 잘 아는 듯 또 시작이구나 싶은 얼굴.

솔   지리산은 삼국시대 이전부터 사람들이 섬겨왔던 산이에요. 그렇게 오랫동
         안 신앙의 대상이 됐다는 건 그저 미신으로 치부할 수만은 없어요. 이 산엔
         분명 이성으로 설명하기 힘든 기운이 있다는 겁니다.
현조   ... (보다가) 제 말이 그 말입니다. 이번에도 그래요. 핸드폰이 터지지 않는
         이곳에서 문자가 전송됐거든요. 산이 그 애를 살린 거죠.

이강, 둘이 잘 노는구나 싶은 눈빛으로 보다가

이강 둘 다 헛소리 그만하고. (사각형 표식 가리키며) 그래서 그게 뭔데?

솔, 표식과 상수리바위 등을 사진으로 찍으며

솔 빨치산들끼리 사용하던 연락 수단이에요. 부대에서 낙오되거나 연락이 두절됐을 때 이런 식의 암호를 남겨서 연락한 거죠.

이강도 의외인 듯 보고.. 현조 더욱 신기한 듯

현조 그게 아직까지 남아 있다구요?
솔 남들은 모르지만 자기들끼리만 아는 은밀한 곳. 비바람에 휩쓸려가지 않을 만한 안전한 곳에 남기거든요. 여기처럼.
현조 저건 뭐라고 한 건데요?
솔 정확한 뜻은 알려지지 않았지만 아마도 위치를 알렸던 게 아닐까 유추되고 있어요.

사진을 다 찍고는 가방을 들고 일어서는 솔, 이강에게

솔 연락 줘서 고마워요. (현조에게 명함 주며) 문화자원 조사단 김솔입니다. 앞으로도 뭔가 이런 역사적인 가치가 있는 곳을 알게 되면 꼭 연락 줘요.

솔이 멀어지고 나자.. 현조, 사각형 표식 쪽으로 다가가

현조 이게 그렇게 가치가 있는 거였나 봐요. (자기 랜턴 켜서 비추며) 그런데 이거 비법정에서 무전도 안 되고 핸드폰도 안 될 때 써먹으면 좋겠는데요. 조난자 위치 알려주기에 딱이에요. 봐봐요. 이 돌들이 비담절벽 위라고 생각하고 (네 개의 나뭇가지들 가리키며) 이게 동서남북 방위 (돌들 사이에 나뭇가지를 꽂는) 여기에 나뭇가지를 꽂으면 딱 상수리바위 쪽이잖아요.

이강, 그런 현조 가만히 보다가 랜턴 뺏어 들고 꺼버리며

이강   이제 진짜로 얘기해봐. 여기 어떻게 안 거야?
현조   (가만히 이강 보다가 진지한 얼굴로) 보였어요.. 여기가.
이강   (보는)
현조   처음이 아니에요. 계속 보여요. 이 산에서 조난당한 사람들이 있는 곳이..

이강, 그런 현조 보다가..

이강   너 정말 미쳤구나.

말을 말아야지. 돌아서서 걸어가는 이강.
현조, 자신을 믿어주지 않는 이강을 피식 씁쓸하게 보다가 뒤를 쫓으며

현조   순찰 가는 거예요? 같이 가요!

앞서가는 이강과 뒤따르는 현조. 지리산 깊은 산길을 걸어가는 두 사람의 모습에서 화면 서서히 멀어지면서 하늘 위를 날듯 넓고 깊은 여름의 지리산이 보이는데..

씬/59   D, 지리산 일각

전 씬, 빠르게 지리산의 녹음 위를 날아가듯 보이던 화면, 서서히 여름에서 가을로 변해가며 나뭇잎 색깔이 완연한 단풍으로 바뀌는데..

* 자막 - 2020년, 가을

색색으로 물든 단풍들 사이로 언뜻언뜻 보이기 시작하는 건물로 다가가는 화면. 2년 전에 있던 산 중턱이 아닌 산 아래로 새로 개축해서 이전한 듯 훨씬 크고 깨끗해진 해동분소 건물이다.

씬/60   D, 해동분소, 사무실

2년 전에 비해 훨씬 깨끗하고 넓은 사무실. 화이트보드판에 붙어 있는 조난자 정보. 실종 62일. 60대 중반의 양근탁의 사진(이 사진은 CCTV 아니고 일반 사진 느낌으로). 이름 양근탁, 나이 66세. '0월 0일, 이석재에서 천왕봉 구간, 비법징 불법 산행 도중 실종'. 그런 화이트보드판 옆 원탁에 모여 앉은 대진과 구영, 앳돼 보이는 신입직원 다원(20대 후반, 여).

대진 오늘부로 이석재 조난사건의 공식 수색활동은 종료됐다. 수색팀 해산하고 각자 소속된 분소, 대피소로 복귀해서 현업에 매진하라는 상부 지시다.

다원 (눈치 보다가) 이렇게 끝내면.. 저분은 어떡해요.

구영 (맘에 걸리지만) 한 달 넘게 그 많은 사람들이 찾았는데도 못 찾았으면 이건 가망이 없는 거야.

대진, 그런 두 사람을 보다가

대진 다음 주부터 본격적인 단풍철이다. 탐방객들이 몇 배는 늘어날 거야. 안전시설 점검하고 거점 근무 확실하게 해.

구영 그런데 우리 인원 충원은 언제 해줍니까? 결원 생긴 지가 언젠데요.

대진 ...안 그래도 오늘 새로 직원이 올 거야.

구영 진짜요? 누군데요? 쟤 같은 신입 말고 일 잘하는 사람이면 좋겠는데..

다원, 휙 구영 째려보는데..

대진 ...니가 아는 사람이야.

구영 누군데요?

씬/61   D, 해동분소, 주차장

주차장으로 와서 멈춰 서는 택시 한 대. '도착했습니다' 뒷자리를 보고 얘기하는 택시 기사의 시선 쫓으면 뒷자리에 앉아 낯선 듯 건물을 올려다보고 있는 사람, 이강이다. 그 위로 구영의 목소리.

구영(소리) 서이강이요?

씬/62　D, 해동분소, 사무실

기가 막힌 얼굴로 대진을 바라보는 구영.

구영　내가 아는 그 서이강이요?
대진　그래.
구영　말도 안 돼. 걔 아직 안 그만뒀어요?
대진　이번에 복직 신청했어.

씬/63　D, 해동분소, 복도

사무실을 향해 다가가는 이강의 뒷모습. 어깨선 위로만 보이는데..

씬/64　D, 해동분소, 사무실

여전히 원탁에 모여 있는 세 사람.

구영　암튼 걘 안 돼요.

다원, 눈치 보다가

다원	그분이 누구신데.. 이러시는 거예요?

대진도 구영도 쉽게 입을 열지 못하는데.. 들려오는 똑똑 노크 소리. 사람들의 시선, 사무실 문으로 쏠리는데.. 천천히 문 열리며 들어서는 휠체어에 탄.. 이강이다. 대진, 눈빛 가라앉고 구영 역시 맘이 좋지 않고.. 다원은 놀라서 바라본다. 그런 세 사람을 가만히 바라보던 이강, 대진에게 목례하며

이강	오랜만에 뵙습니다.
대진	그래. 오랜만이다.
이강	(구영 보며) 잘 지냈어?

구영, 그런 이강을 답답한 듯 보다가

구영	야. 너 진짜.. (안타깝긴 하지만 답답하기도 한) 왜 돌아왔냐.

대진, 일어서며

대진	왜 돌아오긴 왜 돌아와. 서이강, 산을 제일 잘 아는 레인저였어.
구영	(답답하다) 제가 무슨 얘기 하는지 아시잖아요.
대진	(말 자르며) 특별 순찰 갈 시간 아냐?

구영, 답답한 듯 대진 보고 한숨 쉬고 일어나며 다원에게

구영	뭐 해. 일어나.

다원, '아 예..' 눈치 보고 일어나고.. 사무실을 나가는 구영 뒤를 따른다. 둘만 남은 이강과 대진. 대진, 이강 보다가..

대진	커피 한잔 할래?

- 시간 경과되면

화이트보드판을 가만히 보고 있는 이강.
대진, 커피 두 잔을 가지고 와서 앉으면

이강   조난인가요?
대진   응
이강   이석재면 이석계곡으로 간 거죠? 어디쯤에서 실종된 거예요?
대진   몰라. 목격자가 아무도 없거든.

이강, 가만히 화이트보드판을 바라보고 있는데

대진   그런데.. 정말 왜 돌아온 거니?

대진의 질문에 가만히 커피 잔을 바라보던 이강, 말 돌리며

이강   이번 조난사고 수색 때 개암폭포 주변도 찾아보셨나요?
대진   무슨 소리야? 개암폭포는 이석계곡 반대쪽이야. 너도 잘 알잖아.
이강   ...한 번만 찾아보면 안 될까요?
대진   왜 그래? 무슨 제보라도 있었어?
이강   ...부탁드립니다.

대진, 그런 이강을 이상한 듯 바라보는데..

씬/65   D, 비법정 일각

비법정 숲길. 나무 옆, 동물들이 다니는 샛길 옆에 설치된 생태 조사 카메라. 점차 발자국 소리가 가까워지는데 순간, 동작을 감지한 듯 소리가 난 쪽을 향해 지이잉 움직이는데.. 보면 다가오고 있는 구영과 다원이다.
구영, 이강 생각에 맘이 좋지만은 않은 듯 여전히 굳은 얼굴로 생태 조사 카메라의 메모리 카드를 뽑아 다원에게 건네면 다원, 배낭 안에서 '2020 명주숲'이라고 적힌 메모리 카드 파일철을 꺼내 메모리 카드를 넣는다.

구영, 새 메모리 카드를 꺼내 카메라에 설치하는데.. 다원, 조심스레

다원　　그런데.. 아까 그 선배님은 무슨 일이 있으셨던 거예요?

구영　　산에서 무슨 일이었겠냐. 조난이지.

다원　　(놀라서) 조난이요?

구영　　(답답한) 그러니까 왜 눈이 쏟아지는데 산에 가서.. 쟤네 구하겠다고 헤매다
　　　　가 우리도 큰일 날 뻔했잖아.

다원　　..쟤네면 다른 분도 같이 조난되신 거예요?

구영, 순간 멈칫한다. 눈빛 어두워지는데.. 울리는 무전기.

대진(소리)　분소 상황실이다.

구영　　예. 말씀하세요.

씬/66　D, 개암폭포 인근

폭포수 떨어지는 소리가 들려오는 산길을 오르고 있는 구영과 다원.

구영　　알다가도 모르겠네. 여긴 왜 가보라는 거야?

가파른 산길을 올라서는데 순간 시야에 들어오는 개암폭포. 시원스레 떨어
지는 폭포가 만들어내는 절경에 다원, 입을 벌리고 바라본다.

다원　　와.. 여긴 어디예요?

구영　　개암폭포. 비법정에서도 경치가 좋기로 유명한 데야. (주변 둘러보며) 개미
　　　　새끼 한 마리 없구만 대체 뭘 찾으라는 거야.

다원, 역시 주변을 둘러보다가

다원　　어, 저건 뭐예요?

구영, 다원이 가리킨 쪽을 보면 폭포 옆 절벽 아래 수풀에 떨어진 부러진 스틱이다.

구영　불법 산행인가? 하.. 그렇게 오지 말라 그래도 꼭 올라와요.

스틱 주우러 다가가며

구영　이렇게 쓰레기 버리고 다니니까 못 들어오게 하는 거 아냐.

툴툴거리며 스틱 주우려던 구영, '헉' 놀라서 뒤로 넘어진다. 다원, '왜요?' 달려오다가 역시 놀라서 뒤로 물러선다. 스틱이 떨어져 있던 수풀 사이, 노란 리본을 꽉 잡고 있는 백골화된 누군가의 손이다. 구영, 놀라서 보다가 수풀을 헤쳐 보면 등산복을 걸치고 배낭을 걸친 백골 사체. 다원, 처음 보는 백골 사체에 얼어붙어서 바라보고..
구영, 배낭에 걸려 있는 이름표를 확인해본다. 핸드폰 번호와 함께 선명하게 적힌 이름 '양근탁'이다.

구영　(믿기지 않는 듯 보는) ....그 사람이야. 우리가 찾던 조난자..

씬/67　N, 해동분소 건물 앞, 주차장

주차장에서 대기하고 있는 앰뷸런스와 순찰차. 산으로 연결되는 길에서 달려오는 구영과 다원이 탄 더블캡 차량. 차량이 도착하자 구급대원들과 경찰들, 더블캡 뒤쪽에 시신이 들린 보디백을 확인하고 앰뷸런스에 시신을 옮기는데..
멀리 해동분소 건물 앞에서 이 모습을 지켜보고 있는 대진과 이강. 대진, 믿기지 않는 눈빛. 이강 역시 혼란스러운 얼굴이다.
차에서 내려선 구영, 굳은 눈빛으로 이강을 바라본다.

씬/68 N, 해동분소, 사무실

사무실 안에 앉고 서고 모여 있는 대진, 이강, 구영, 다원.

구영   대체 어떻게 안 거야.

이강   ...

구영   한 달 넘게 수백 명이 찾아도 못 찾은 사람이야. 그런데 니가.. 지금 막 산에 돌아온 애가 어떻게 안 거라구.

대진   (굳은 눈빛으로 이강 보며) 그래.. 이건 나도 알아야겠다. 거기 조난자가 있다는 걸 어떻게 안 거야?

이강, 그런 사람들 바라보다가.. 가방 안에서 아이패드를 꺼내 사이트 하나를 찾아서 테이블 위에 올려놓는다.

대진   이건.. 지리산 민간 의용소방대 홈페이지잖아.

구영   이걸 보고 알았다고?

이강, 사이트 안에 들어가서 사진 하나를 찾아낸다. 험한 비법정 너덜길을 레인저들과 민간 의용소방대가 함께 흩어져서 오르고 있는 사진이다.

이강   이건 이번 이석재 조난사고 때 레인저들하고 합동 수색했던 사진이에요.

구영   그래서?

이강, 사진을 클릭해서 너덜길 인근 나무 사이를 확대시키면 사각형의 표식.

대진   이건 너네들이 상수리바위에서 발견한 거잖아.

이강   아뇨. 이건 다른 거예요. 현조랑 나만 아는 신호였죠.

현조의 이름이 나오자 멈칫하는 대진과 구영.

| 이강 | 비법정에서 무전도 핸드폰도 안 될 때 우리만 아는 장소에 이런 식으로 조난자 위치를 알리자고 했었거든요. |
| 대진 | (전혀 믿기지 않는) 이게 개암폭포를 가르쳐줬다구? |

이강, 대진 보다가 다른 사진들을 찾는다.

이강	이건 3개월 전에 무진동 조난사고 때예요. 그때도 사진 안에서 표식을 발견했어요. 무진계곡 성황나무를 가리키고 있었죠. (구영에게) 그때 조난자 시신 거기서 발견했지?
구영	...맞아.
이강	(또 다른 사진을 찾는) 이건 6개월 전 전묵골 조난사고 때고 (또 다른 사진 찾는) 이건 그 전 외래계곡 조난사고였어요. 여기서도 정확하게 조난자가 있는 곳을 알려줬어요.
구영	말도 안 돼.. 누가 장난친 거 아냐.
이강	현조랑 내가 약속한 그 장소에 정확하게 남겨놨어. 누군가 내게 신호를 보낸 거야.

대진도 구영도 믿기지 않는 눈빛.
다원은 무슨 얘긴지 전혀 모르겠는 표정.

| 다원 | 그.. 현조란 분하고 두 분만 알고 있는 거였으면.. 그분이 남기신 거 아니에요? |

대진도 구영도 눈빛 어둡게 가라앉는다.

| 대진 | 아니.. 현조는.. 이 산에 이제 올 수 없어.. |

씬/69 N, 대형병원, 중환자실

위독한 중환자들이 누워 있는 중환자실. 오가며 환자들의 상태를 체크하고 있는 간호사들 사이, 가장 구석진 침대 쪽으로 다가가는 화면.
침대 발치에 붙어 있는 환자명 '강현조'. 천천히 침대에 누워 있는 환자의 얼굴을 비추면 산소 호흡기에 연결된 채 코마 상태로 누워 있는 현조다.

씬/70   N, 지리산 전경

휘영청 보름달 아래, 잠들어 있는 지리산.

씬/71   N, 비법정 일각

푸르스름한 달빛에 비춰진 비법정 산길.
누군가가 사각형으로 나뭇가지를 세우고 그 중앙에 돌을 쌓고 마지막 얇은 나뭇가지를 돌 사이에 꽂는다. 피 묻은 등산화. 그리고 허리춤에는 보라색 카라비너가 걸려 있다. 그린 모습 위로 이강의 목소리

이강(소리)   누군가 저 산 위에서 내게 신호를 보내고 있어요..

씬/72   N, 해동분소, 사무실

대진을 바라보는 이강

이강   그 사람이 누군지 알고 싶어서.. 그래서 돌아왔어요..

어둡게 가라앉은 눈빛으로 대진을 바라보는 이강의 모습에서..

2부

그저 우린 산을 지키려고 했을 뿐이에요.
그게 우리 할 일이었으니까요..

씬/1   D, 타이틀

여름, 험한 비법정, 경사진 산길을 오르고 있는 등산객1. 풀숲 사이로 난 작은 산길을 따라 오르고 있는데 나타나는 갈림길, 주변을 두리번거리는데 오른쪽 길에 난 나무에 묶인 노란 리본. 그 리본이 묶인 길을 따라 오르는 등산객1. 계속해서 오르는데 저 앞쪽 갈림길에 또다시 묶여 있는 노란 리본. 그 리본이 묶인 길 쪽으로 사라지는 등산객1. 새소리, 바람 소리 등 평화로운 산의 정적이 흐르는데.. 순간, 어디선가 나타난 검은 등산용 장갑을 낀 손, 나무에 묶인 노란 리본을 풀어 전혀 다른 길 쪽을 가리키는 나무에 묶어놓는다.

얼마 뒤 거친 숨을 내쉬며 산길을 올라오고 있는 양근탁. 두리번거리면서 리본을 찾다가 정반대 길에 묶여 있는 노란 리본을 보고 전혀 의심 없이 그 길 쪽으로 오르기 시작하는데 그 앞쪽으로도 묶인 노란 리본들이 보인다. 천천히 산을 즐기며 길을 따라 사라지는 양근탁의 뒷모습. 그 뒤쪽에서 나타나는 검은 등산용 장갑을 낀 누군가.. 노란 리본을 풀면서 양근탁의 뒤를 따르기 시작하는 모습에서..

씬/2   D, 현재, 지리산 인근 읍내 전경

새벽, 푸르른 미명이 깔린 읍내 전경 위로

* 자막 - 2020년, 가을

씬/3   D, 해동파출소

혼자서 파출소를 지키고 있는 웅순. 컴퓨터로 '17시 25분 해동리 삼거리집 백구 실종. 목에 끈이 묶여 있었음. 19시 20분 이장님네 암소 송아지 출산' 등 작성된 일지들을 확인하고 있는데 '딸랑' 문 열리는 소리.

웅순   무슨 일이십니까?

하고 문 쪽을 보다가 순간 놀라서 벌떡 일어선다. 문가에는 휠체어에 탄 이 강이다. 반가움과 놀라움에 이강을 향해 달려가서

웅순   이강아. 언제 돌아온 거야.
이강   잘 있었냐?

반가움도 잠시 휠체어에 탄 이강의 모습에 자기도 모르게 눈가가 떨려오는 웅순.

웅순   너, 괜찮은 거야?
이강   (담담히 웃으며) 물어볼 게 있어서 왔어.

　- 시간 경과되면
휠체어에 탄 채 테이블 옆에 앉아 있는 이강.
커피 두 잔 들고 종종걸음으로 다가와 맞은편에 앉는 웅순.

웅순   물어볼 게 있으면 연락을 하지. 그럼 내가 갔을 텐데.

이강	됐어.
웅순	어떻게 지냈어? 완전히 돌아온 거야? 야, 어떻게 연락 한번 안 하냐.

웅순, 반가움에 질문들이 쏟아지는데. 가방 안에서 사건보고서 하나를 꺼내 테이블 위에 올려놓는 이강. 개암폭포에서 발견된 양근탁의 사건보고서다. 양근탁의 사진, 실종상황들 적혀 있는데..

웅순	이거.. 이번에 산에서 발견된 그 양근탁씨 사진들 아냐?
이강	맞아. 혹시 그 사건에 대해서 뭐 아는 거 있어?
웅순	글쎄. 내가 알기론 단순사고사로 종결된 걸로 알고 있는데..

이강, 그런 웅순 보다가 사건보고서를 넘겨 뒷장을 펼치는데 뒷장에는 발견 당시 사진들이 프린트되어 있다. 그런 사진들 중에서 유골이 잡고 있던 노란 리본을 가리키는 이강.

이강	이 노란 리본은? 여기에 대해선 별말 없었어?
웅순	나 같은 말단 경찰이 뭘 알겠냐. 그런데 뭐 그냥 단순사고사로 종결된 거면 이상한 점이 없었던 거 아니겠어?
이강	...
웅순	(이강 안색 살피며) 그 리본은 왜 물어보는 건데? 또 뭐 이상한 게 있는 거야?

이강, 말없이 뭔가 마음에 걸리는 듯 가라앉은 눈빛으로 노란 리본 사진을 바라보는데..

씬/4 D, 해동분소 건물 외경

아침, 지리산 중턱. 해동분소 건물 외경.

씬/5   D, 해동분소, 복도/사무실

고요한 정적이 흐르는 해동분소 복도. 방금 일어난 듯 비몽사몽인 다원, 유니폼 고쳐 입으며 비틀비틀 사무실을 향해 걸어가 문을 여는데 놀라 멈칫한다. 지저분하게 서류가 쌓였던 책상들이 깔끔하게 정리되어 있고, 공용으로 쓰는 커다란 책장들에는 폴더별로 구분된 파일들이 각 잡혀서 꽂혀 있다. 대진의 책상 위에는 가지런하게 놓인 결재받을 서류들. 바닥, 창문까지 윤이 나게 닦인 사무실을 입 벌리고 바라보는 다원.

씬/6   D, 해동분소, 장비보관실

문을 열고 들어서던 다원, 역시 놀라 바라본다. 로프, 헬멧, 스틱, 배낭 등등 장비들이 마치 군대 내무반처럼 한 치의 오차도 없이 정리되어 있다. 다원 '와.' 감탄하며 보는데 뒤쪽에서 기지개를 켜면서 다가서는 구영. 정리된 보관실 내부를 보고는

구영   역시 서마귀.. 일 하나는 깔끔하게 해.
다원   이거 다 그 선배님이 하신 거예요? 대단하시다.. 사무실 가보셨어요? 선배님이 한 달 동안 미뤄놓으신 서류 작업까지 다 끝내서 정리해놓으셨어요.
구영   야. 내가 미루고 싶어서 미뤘냐. 나도 순찰 돌구 구조하느라 바빴다구.
다원   (들리지도 않는다) 근데, 정말 두 분이 동갑이세요? 그렇게 안 보이는데..
구영   (기가 막히다) 야! 내가 더 어려. 개가 생일이 훨씬 빠르다구!
다원   (여전히 들리지 않는다) 서이강 선배님 어디 가신 거죠? 식사는 하셨을라나?

씬/7   D, 해동분소, 영상실

창문이 없는 어둡고 자그마한 영상실. 양면을 가득 메운 책장들에는 각 칸별로 '양석봉' '무진계곡' '이석재' 등등 해동분소가 맡고 있는 지역들 이름

이 적힌 견출지 스티커가 붙어 있고 칸 안에는 '2010' '2011'.. 등 연도가 적힌 메모리 카드 케이스로 쓰이는 파일철들이 가지런하게 꽂혀 있다.

영상실 한쪽에 놓인 컴퓨터 앞에 휠체어를 타고 앉아 있는 이강. 컴퓨터 옆에는 '2020년'이라고 적힌 메모리 카드 파일철들이 산더미처럼 쌓여 있고.. 컴퓨터 화면에 띄워진 비법정 산길의 풍경을 빠르게 돌려보고 있는 이강. 찾는 게 없는 듯 메모리 카드를 빼고 다음 메모리 카드를 넣어 다시 화면을 돌려보는데 뒤쪽에서 느껴지는 인기척. 대진이다.

씬/8   D, 해동분소 건물 밖, 야외휴게실

테이블에 커피 한 잔씩을 놓고 마주 앉은 대진과 이강.
대진, 잠시 생각하다가

대진   그 신호를 찾고 있는 거니?
이강   예. 만약 찾는다면 누가 남겼는지도 찍혀 있을 거예요.
대진   (보다가) 난 아직도 믿겨지지 않는다. 누군가 장난을 친 게 우연히 맞아떨어진 게 아닐까?
이강   지리산이 얼마나 넓은지 아시잖아요. 그 넓은 산에서 정확하게 실종자가 있는 장소를 알려줬어요.... 이건 우연일 리가 없어요.

대진, 가만히 생각에 잠기다가

대진   그런데.. 1년 동안 병원에서 죽다 살아난 애가 왜 그런 사진들을 찾아본 거니.

어둡게 눈빛 가라앉는 이강의 모습 위로 들려오는 레인저들의 목소리.
'서이강!!' '정신 차려!! 이강아!!'

- 인서트
- 낮, 눈부시게 빛나는 설산. 점점이 흩뿌려져 있는 피.

피투성이가 된 이강, 들것에 실려 어디론가 이동 중인데.. 가물가물해지는 이강의 시선에 저만치 쓰러진 누군가에게 심폐소생술을 실시하고 있는 대진이 보인다. 그 주변에는 무거운 낯빛의 레인저들. 바닥에 쓰러져 있는 누군가.. 피투성이가 된 설상복을 걸친 채 정신을 잃은 현조다.

– 다시 해동분소 야외휴게실로 돌아오면
굳은 눈빛으로 말없이 생각에 잠긴 이강을 가만히 바라보던 대진.

대진   현조 때문이니?
이강   …
대진   그 사고도 난 아직 이해가 가지 않아. 설산이 얼마나 위험한지 제일 잘 아는 애가.. 왜 그날 산에 간 거니. 그것도 현조 때문이니?
이강   …
대진   대체 현조랑 너한테.. 무슨 일이 있었던 거야?

이강, 어두운 눈빛으로 대진을 바라본다. 대진을 믿고 싶지만, 쉽게 입이 떨어지지 않는 듯 보다가..

이강   ..아무 일도.. 없었어요. 그저 우린 산을 지키려고 했을 뿐이에요. 그게 우리 할 일이었으니까요..

가만히 대진을 바라보는 이강의 모습에서..

씬/9   D, 과거, 지리산 인근 읍내 전경

이른 아침. 지리산으로 둘러싸인 작은 읍내의 모습 위로

* 자막 – 2018년, 여름

아직 이른 시각이라 고즈넉한 읍내 거리를 훑는 화면.

문을 열지 않은 식당, 감나무집을 지나서 근방에 위치한 하숙집 같은 분위기의 마당이 있는 단독주택인 직원용 사택을 비춘다.

씬/10   D, 사택, 현조의 방

작지만 깔끔하게 각 잡혀서 정리 정돈된 현조의 방. 벽면에는 군인 시절 김현수 중사를 비롯한 부대원들과 함께 찍은 사진, 여동생과 사이좋게 찍은 사진(마치 연인 느낌으로), 부모님과 여행 가서 찍은 사진 등이 붙어 있고.. 한쪽 벽면에는 농구공과 테니스 라켓 등 운동용품이 가지런히 놓여 있고.. 그 곁에서 사제 등산복을 걸친 현조. 배낭에 물건들을 정리하고 있다.

씬/11   D, 사택 마당

배낭을 메고 마당으로 나오는 현조. 평상 위에서 부르스타에 라면을 끓이고 있는 편한 차림의 일해와 마주친다.

현조   (깍듯하게 인사하며) 일어나셨습니까.
일해   벌써 일어났어? (하다가 현조 복장 보고) 산에 가려고? 오늘 비번 아냐?
현조   훈련도 할 겸 해서 다녀오려구요.
일해   (다시 라면 끓이며) 집이 서울이라고 하지 않았나. 가까운 북한산 놔두고 왜 지리산으로 자원한 거야?
현조   (잠시 멈칫하다가) 선배님은요? 이 근처가 댁이세요?

현조 얘기하는 도중에 다른 쪽 문 열리면서 건강식품 빨아 먹으면서 나오는 구영.

구영   집이 이 근처면 저러고 사택에서 라면 끓여 먹고 있겠냐.
일해   넌 또 뭘 그렇게 빨아 먹고 있냐.
구영   내 몸 내가 챙겨야지. 건강에도 좋고 피부에도 좋은 거래. (주머니에서 건강식품 하나 꺼내서 현조에게 건네며) 너도 하나 먹을래?

현조   아, 감사합니다.

현조도 뜯어서 빨아 먹는데 그런 구영 기가 막힌 듯 보는 일해.

일해   매번 얘기하지만 니 몸 챙길 시간에 담당구역 순찰이나 신경 써. 팀장으로서 한 마디 하겠는데..

구영, 평상으로 다가가며 일해 말 막으려는 듯

구영   시끄럽고 빨리 스프나 넣어.

일해   이거 내 거야. 먹을 거면 니가 끓여 먹던지.

'팀장이면 팀원 먹을 것도 챙겨야지' '비번인 놈이 시간도 많잖아. 난 일하러 올라가야 돼' '그거야 니 사정이고'.
현조, 등산화를 신으며 옥신각신하는 일해와 구영을 보다가

현조   그럼, 맛있게 드십시오!

씬/12   D, 사택 앞/읍내 일각

맑은 하늘 시원하게 솟은 지리산을 바라보는 현조, 사택 앞 자전거에 올라타서 정겨운 읍내 거리를 달려간다. 아직은 문을 열지 않은 낡고 오래된 식당 감나무집을 지나 실개천을 지나고 달려가다 보면 녹음이 우거진 지리산이 점점 가까워진다.

씬/13   D, 지리산 비법정 일각

- 시원하게 흐르는 계곡 옆 바윗길을 따라 오르고 있는 현조. 땀을 뻘뻘 흘

리면서 산을 오르는데 주변을 두리번거리고 몸을 구부려 바위 아래를 살펴보고 양손에 든 스틱으로 수풀들을 헤집는 것이 뭔가를 찾고 있는 듯 보이는데..

- 숲길, 나무들이 빼곡히 들어찬 숲속으로 들어서는 현조. 길이 헷갈리는 듯 배낭 안에서 GPS 기기를 꺼내서 현재 위치를 파악하고 방향을 잡아 걸으며 여전히 스틱으로 수풀과 넝쿨들을 헤치면서 전진하는데, 순간 넝쿨 안에서 뭔가 햇빛에 반짝인다. 멈칫.. 넝쿨을 헤치면서 반짝이는 물건을 찾아서 집어 드는데 한쪽 알이 깨진 안경이다. 휴.. 실망한 듯 옅은 한숨을 내뱉는다. 가만히 보다가

현조   니 주인님은 눈도 안 보였을 텐데 무사히 내려가셨니?

이쪽저쪽 살펴보다가 주머니에 안경을 갈무리해서 배낭 안에 넣고는 다시 기운 내서 발걸음을 내딛는데..

씬/14   D, 지리산 비법정 산마루

가파른 산길을 헉헉거리며 올라오는 현조. 계속해서 시선, 바닥을 살피며 올라오다가 산마루, 넓은 바위에 도착하는데.. 살랑 불어오는 바람에 고개 드는 현조, 순간 입가에 엷은 미소가 그려진다.
탁 트인 시야, 시원하게 뻗은 지리산의 산세가 한눈에 들어온다. 굽이굽이 끊임없이 겹쳐진 봉우리들. 그런 봉우리를 휘감은 운해. 평화롭게 지저귀는 새소리. 불어오는 시원한 바람에 흔들리는 나뭇잎 소리들을 들으며 넋을 잃고 눈앞에 펼쳐진 지리산을 바라보는데.. 순간 갑자기 눈빛이 굳는 현조. 귓가에 들려오던 바람 소리, 나뭇잎 소리, 새소리가 서서히 멀어져가고.. 현조를 감싼 정적 속에서 '쿵쿵.. 쿵쿵' 점차 커져오는 심장 박동 소리. 또 시작이다. 떨려오는 현조의 얼굴에서..

- 인서트

- 밤, 누군가의 흔들리는 랜턴 불빛에 비춰진 짙은 안개. 그 사이사이 보이는 소나무들. 그 사이를 불안하게 흔들리며 이동하던 헤드랜턴, 노란 리본이 묶인 소나무 앞에 멈춰 서는데.. 순간, '콱' 피투성이 손이 튀어나와 나무를 잡는다.

- 다시 비법정 산마루로 돌아오면
어느새 다시 들려오기 시작하는 새소리, 바람 소리. 눈앞에 펼쳐진 산세는 여전히 아름답지만 현조의 입가에는 미소가 사라져 있고 눈빛에는 불안감이 가득하다.

씬/15　D, 감나무집 외경

영업을 시작한 듯 오가는 등산객들로 북적이고 있는 감나무집.

씬/16　D, 감나무집 식당 안

등산복 차림의 손님들로 가득한 식당 안. '푸른 산악회를 위하여!' 건배하는 산악회 회원들. '여기 파전 하나요!' '도토리묵 언제 나와요?' 정신 하나 없는 내부. 어디선가 들려오는 이강의 목소리 '금세 나가요!' 식당 내부 오픈 주방 안, 머리를 질끈 동여맨 이강, 미친 듯이 파를 썰고 있다. 그러다가 다른 한 손으로는 옆쪽 화로 위 프라이팬들의 파전, 감자전, 해물파전을 능숙하게 뒤집고.. 썬 파를 도토리묵이 담긴 볼에 넣어 후딱후딱 도토리묵 무침을 완성시키는 진기 명기를 선보인다. 하나둘씩 완성된 음식들을 정확하게 주문한 테이블에 서빙 하는 이강. '아 역시 이 집 파전이 최고야' '할머니 손맛보다 손녀딸 손맛이지' 손님들의 찬사는 이어지지만 이강의 눈빛은 폭발 직전이다.

이강　(이 갈듯이) 대체 어딜 간 거야?

그때, 식당 쪽문과 연결된 마당 쪽에서 들려오는 웃음소리.

씬/17   D, 감나무집 마당

마당에 심어진 아름드리나무 아래 평상 위, 막걸리와 파전 등 한 상이 차려져 있고, 비번인 듯 사복을 걸친 구영과 레인저들, 맞은편에는 화통해 보이는 이강의 할머니, 이분옥(70대 중반, 여). 다 함께 막걸리 잔을 부딪치고 있다.

문옥	많이들 먹어. 우리 이강이 때문에 고생들이 많지.
레인저1	아유 아닙니다. 이강이가 얼마나 일을 잘하는데요.
구영	일은 잘하긴 하는데 좀 고집이 있죠.
문옥	얘가 독하긴 또 얼마나 독해. 어렸을 때 오토바이에 치여서 붕 떠서 날라갔거든. 죽었나 싶어서 놀라서 달려갔는데 손가락 하나 부러진 데가 없는 거야. 그 어린 애가 울지도 않고 툭툭 털고 또 산으로 뛰어가더라고.
구영	(기가 막히다) 산으로요? 왜요?
문옥	뭐라고 좀 혼내기만 하년 툭하면 산으로 가출했거든. 쬐끄만 게 자존심은 쎄서 친구들 집에는 안 가구, 맨날 산으로 내빼요. 독한 년, 한번은 삼 일 넘게 안 내려온 적도 있었어. 아니 지가 빨치산이야. 왜 자꾸 산으로 기어들어가.

그때 얘기를 듣던 구영과 레인저들, 헛기침. 문옥 뭐지? 보면 문옥의 뒤, 쪽문 옆에 서서 문옥을 싸한 눈빛으로 보고 있는 이강이다.

이강	일은 안 하시고 여기서 뭐 하세요?
문옥	(아무렇지 않은) 뭐 하긴 뭐 해. 손님 대접 중이지. 잘 나왔다. 가서 파전 좀 더 가져와라.
구영	(자기 딴에는 칭찬한다고) 그래. 진짜 너 파전은 예술...
이강	(폭발하는) 파전 좀 그만 처먹어!! 파랑 웬수졌어?!

쫄아서 이강 바라보는 구영과 레인저들. 문옥, '얘가 미쳤나' 일어서려는데 그때, 가게 쪽 말고 중정 마당으로 연결된 대문 덜컹 열리며 들어서는 대진.

대진 미안해. 좀 늦었지.

구영과 레인저들, 일어나서 '오셨습니까'.
문옥 역시 반가운 얼굴로 버선발로 달려가

문옥 아이고 우리 대장님 오셨네.
대진 (평상 위에 이미 널려 있는 막걸리 통들을 보면서) 벌써 이렇게 마시면 이따 어쩔려구들 그래. 천천히 마셔.
문옥 대장님, 식사는 하셨어요? 뭐 드릴까요?
대진 뭘 물어보세요. 당연히 파전이죠.

구영을 비롯한 레인저들, 이강을 본다. 이강, 가만히 대진 보다가

이강 두 접시면 될까요?

씬/18 D, 감나무집 주방

모든 걸 초월한 얼굴로 또다시 부치고 무치고 있는 이강. 그때, 울리는 핸드폰. 보면 발신인 '미친놈'이다. 바빠 죽겠다. 무시하고 계속 음식 하는데 또다시 울리는 핸드폰. 이강, 귀찮은 듯 핸드폰 어깨와 얼굴 사이에 끼고 받는.

이강 왜? 나 지금 바빠.
현조(소리) 하나만 여쭤볼게요. 지리산에 안개가 자주 끼는 소나무 군락지가 있나요?
이강 뭔 소리야?
현조(소리) 노란 리본이 묶여져 있었어요.
이강 리본? 불법 산행팀이 묶어놓는 거 말하는 거야? 그럼 비법정인데.. 무진계 곡 4킬로미터 지점 소나무 군락지가 경치가 좋아서 사진 찍는 사람들이 자

주 가긴 해. 안개도 많이 끼고.

* 자막 – 불법 산행 : 출입이 금지된 비법정 탐방로를 이용한 산행

현조	무진계곡이요?
이강	근데 너 불법 산행 순찰 나가는 거야? 너도 비번 아냐?
현조	바쁜데 시간 내주셔서 감사합니다!

'뚝' 끊기는 전화. 뭐야 얘.. 이상하게 바라보는..

씬/19   D, 무진계곡 일각/소나무 군락지

한 손에 GPS를 들고 무진계곡 너덜길을 오르고 있는 현조. 땀범벅에 헉헉 거친 숨을 내쉬면서 빠르게 오르다가 코너를 도는데 멈칫.. 눈앞에 펼쳐진 소나무 숲이다. 맞게 왔나? 다시 한번 GPS 화면을 보며 확인해보는데.. 살랑 소나무 숲 쪽에서 불어오는 바람. 서서히 느껴지는 엷은 안개. 고개 들어 바라보면 소나무 숲 안쪽, 편린에서 본 것처럼 짙은 안개가 자욱하다. 맞구나. 눈빛 굳어지면서 GPS 기기를 배낭 안에 넣고 주변을 두리번거리면서 전진하기 시작한다.

안으로 들어갈수록 한 치 앞도 보기 힘들 정도로 점점 더 짙어지는 안개. 그런 안개를 뚫고 나무마다 확인해보지만 노란 리본은 없다. 현조, 나무 하나를 확인해보고 앞으로 가려는데, 현조의 뒤쪽 안개 사이로 검은 그림자 가 나타났다 사라진다. '투툭' 나뭇가지 밟는 소리에 현조 뒤를 돌아보면 이미 사라진 그림자. 이상함을 느낀 현조, 그림자가 사라진 쪽을 향해 다가가는데, 또다시 저 멀리에서 검은 그림자가 보였다 사라진다. 현조, 보였다 안 보였다를 반복하는 그림자 쪽을 향해 빠르게 다가가는데.. 또다시 사라지는 그림자. 어디 갔지? 커다란 나무를 지나 한 발 전진하는데 바로 코앞에 나타나는 그림자. 평범한 인상이지만, 눈매는 날카로운 기창(30대 초반, 남)이다. 놀라서 멈칫하는 현조를 경계하며 바라보는 기창.

기창	당신 누구야. 왜 내 뒤를 쫓는 거야.

현조, 그런 기창을 한번 훑어본다. 평범한 등산복, 배낭 차림이다.

현조	그러는 그쪽은 누굽니까? 여기 허가받고 들어온 거예요?
기창	내가 내 발로 들어오는데 무슨 허가를 받으라 마라야.
현조	(신분증 꺼내서 보여주며) 지리산 국립공원 해동분소 소속 강현좁니다. 여기 출입금지구역인 거 몰랐어요?

기창, 현조의 신분증을 보고, 현조를 본다. 눈빛엔 여전히 경계심이 배어 있다.

현조	이제 곧 해가 질 거예요. 같이 내려가시죠. 산 아래까지 안내하겠습니다.
기창	(보다가) 유니폼도 안 입었고, 파트너도 없는 거 보니까 그쪽 오늘 비번이죠? 어차피 그쪽도 쉬는 날인데 편하게 하던 일 하세요. 나도 알아서 내려갈 테니까..

기창, 지나쳐서 걸어가려는데 그 앞을 가로막는 현조.

현조	이번이 처음이 아니죠?
기창	(보는)
현조	우리 일에 대해서 꽤 잘 아는 거 보니까 단속 피할 일이 많았나 봐요. 여기 왜 올라온 겁니까? 약초 불법 채취예요? 아니면 밀렵?
기창	..그런 거 아니에요.
현조	배낭 좀 봅시다.
기창	그런 거 아니라고!
현조	그럼 왜 올라온 건데요?
기창	(눈빛 더욱 날카로워져서 본다)
현조	(역시 지지 않고 보는) 국립공원 내에서 야생식물을 불법 채취하거나 밀렵하는 행위는 과태료 끊고 끝날 문제가 아니에요. 경찰 불러야 대답할 거예요?

기창, 물러설 생각이 없는 현조를 보다가 배낭 벗어서 건네준다.
현조, 샅샅이 뒤져보는데 물과 산행에 필요한 간식 정도만 들었을 뿐이다.

기창   약초도 밀렵도 아니에요. 꼭 찾아야 할 게 있어서 올라온 거예요.
현조   (배낭 뒤지며) 그게 뭔데요?
기창   ...유골이요.
현조   (멈칫해서 본다) ...유골이요?
기창   (망설이다가 결심한 듯) 1년 전에 실종된... 아버지요... 그분 유골을 찾고 있
       어요.

현조, 예상치 못한 기창의 대답에 굳은 눈빛으로 바라보는 모습에서..

씬/20   N, 감나무집 외곽/읍내 일각

영업이 끝난 듯 불이 꺼진 감나무집. 주변의 다른 집들 역시 모두 불이 꺼
져 있는데.. 그런 감나무집으로 다가오는 현조. 문을 두드려보지만, 아무 인
기척이 없다. 핸드폰을 꺼내 이강에게 전화를 해보지만, 전화를 받지 않는
다. 현조, 핸드폰 보다가 천천히 다시 대로 쪽으로 걸어 나오는데 대로에 위
치한 모든 식당, 건물들, 마치 유령도시처럼 모두 불이 꺼져 있다.
뭐지? 왠지 스산한 느낌이 드는 듯 의아한 눈빛으로 걸어가는데.. 그때 뒤에
서 다가오는 헤드라이트 불빛. 현조를 스쳐 지나가려다가 멈춰 서서 뒤로
오는 자동차. 창문 열리면 김솔이다.

솔   그때 그 신입. 맞죠?
현조   (알아보고) 아, 안녕하세요.
솔   마을회관 가는 길이에요? 타세요.

현조, 의아한 눈빛으로 바라보는데..

논밭 한가운데에 있는 마을회관. 주변은 모두 어두운데 회관 건물만은 불이 환하게 켜져 있고, 건물 앞 공터에는 사람들이 모여 앉아 질펀하게 막걸리 판을 벌이고 있다. 문옥을 비롯한 어르신들, 대진, 구영, 양선을 비롯한 비번인 레인저들 등 거의 모든 마을 사람들이 모여 있다. 구영은 술자리에서도 양선을 힐긋거리는 모습이 양선에 대한 호감이 역력해 보이는데.. 멀리에서 논두렁길을 따라 그런 마을회관 쪽으로 다가오고 있는 솔과 현조.

솔   제사의 기원은 자연에 대한 경외심이었습니다. 하늘, 땅, 산, 강 같은 거대한 자연물에게 삶의 안녕을 비는 의식이었죠. 그런 의식이 점차 사후세계까지 넓혀지면서 지금처럼 조상을 추모하는 형식이 된 거예요.

현조   제사라구요? 누구 제산데 저렇게 다들 모이신 겁니까?

잠시 현조 보던 솔, 얘기를 이어간다.

솔   지리산은 높고 험준한 지형에 기류가 막혀서 국지성 호우가 자주 발생합니다. 1995년 여름은 특히 최악이었죠. 하룻밤에 2백 미리가 넘는 집중호우가 쏟아지면서 산악사상 최대의 수해사고가 일어났어요.

솔 얘기에 눈빛 굳는 현조의 모습에서.. 마을 사람들 모여 있는 공터 한 편을 비추면 천막 아래, 제사상이 마련되어 있다. 그 앞에는 도원계곡 수해사건 때 이 마을에서 희생됐던 사람들의 사진들. 당시 구조대 복장을 입고 환하게 웃고 있는 구조대들의 사진. 등산복 차림으로 함께 찍은 민간의용대의 단체 사진 등 모습 위로 솔 얘기 깔린다.

솔(소리) 불행히도 휴가에 주말 성수기가 겹쳐 피서객이 몰렸었어요. 게다가 고립된 피서객들을 살리려던 구조대, 마을 민간의용대 다수가 함께 사망되거나 실종. 결국 100명이 넘는 사람들이 희생됐습니다. 그때, 이 마을 사람들도 다수가 피해를 입었어요. 한 집 건너 한 집이 상갓집이었죠.

제사상 위에 올려진 사진들을 훑던 화면, 당시 초등학생이었던 어린 이강과 엄마, 아빠, 문옥이 함께 감나무집 앞에서 찍은 사진을 비춘다. 그 위로 들려오는 엄청난 폭우 소리.

씬/22   D, 1995년, 지리산 인근 고등학교 교정/체육관 안

비가 내리고 있는 여름, 운해가 가득 낀 지리산 인근의 고등학교 교정. 체육관 앞에 세워져 있는 여러 대의 앰뷸런스와 순찰차들. 바쁘게 오가는 구조대와 경찰들. 체육관 안에서 통곡하면서 부축받으며 걸어 나오는 할아버지를 스치듯 지나 체육관 안으로 서서히 이동하는 화면에 보여지는 실내.
체육관 바닥에 놓인 몇십 구의 보디백에 담긴 시신들. 그 주변을 오가며 시신 신원 확인을 하는 의료진들. 울음을 터뜨리거나 믿기지 않는 듯 주저앉아 있는 유가족들. 그 사이, 한 보디백 앞에서 통곡하고 있는 당시의 문옥. 그 뒤쪽에서 그저 부들부들 떨리는 눈빛으로 보디백에 담긴 부모님을 바라보고 있는 어린 이강의 모습에서...

씬/23   N, 지리산 인근 야산 산마루

밤하늘 가득 별들이 쏟아지고 있다. 그런 별들이 손에 잡힐 듯한 널찍한 바위 위에 가만히 앉아 밤하늘을 바라보고 있는 이강.

현조(소리) 와.. 이런 데가 있었어요?

이강, 놀라서 뒤를 돌아보면 어느새 뒤쪽으로 다가온 현조다.

이강   뭐야, 너..
현조   할머님이 여기 있을 거라고 가르쳐주시던데요.

현조, 이강 옆으로 다가와 앉으며

현조 　여기 선배님 중학생 때 처음으로 가출했던 데라면서요.
이강 　(왕짜증) 아 진짜 정말 이문옥 여사...
현조 　혼자 노는 건 예전이나 지금이나 똑같나 봐요.
이강 　그래. 앞으로도 쭉 혼자 놀고 싶으니까 너도 좀 가줄래,

현조, 이강을 보는데 눈빛 조심스럽게 가라앉는다. 뭐라 할 말을 찾는 듯 보이는데.. 그런 현조를 힐긋 보는 이강.

이강 　괜찮으세요? 안 힘드세요? 그딴 얘기 하지 마. 그렇게 이상하게 쳐다보지도 말고. 벌써 오래전 일이야. 저 아래에서 저런 술판 벌이는 게 더 이상한 일이지.
현조 　하지만.. 누군가는 기억해줘야죠.
이강 　..기억하면 뭐가 바뀌니? 죽으면 그냥 다 끝이야.

현조, 그런 이강 보다가..

현조 　그렇지 않은 사람들도 많아요. 죽은 아버지를 잊지 못해서 1년 동안 산을 헤맨 사람도 있습니다.

이강, 현조를 본다.

현조 　선배님이 얘기해준 그 소나무 군락지에서 어떤 사람을 만났어요.

현조, 가지고 온 배낭 안에서 사건 신고서를 하나 꺼내 이강에게 건넨다. 사건 신고 서류를 바라보는 이강의 시선 쫓아가 보면 50대의 초췌한 상규의 사진. 이름, 홍상규, 나이 55세. **'가족 중 처 황진옥이 5일째 집에 들어오지 않자, 경찰에 실종 신고' '행선지를 얘기하지 않고 사라짐. 지리산에 자주 오르곤 했다는 진술에 각 탐방로 CCTV를 확인했지만, 입산 기록 없음'.**

현조	실종자 이름은 홍상규. 실종 당시 사업에 실패한 뒤 거액의 빚을 지고 있었어요. 신용불량자 상태여서 카드 사용내역도 없었고, 핸드폰도 꺼진 상태라 수사가 힘들었나 봐요. 혹시 몰라 지리산 각 탐방로 CCTV도 뒤져봤지만 입산한 흔적을 찾지 못해서 결국 수색도 해보지 않고 종결됐어요.
이강	...
현조	경찰도 우리도 포기했지만, 아들은 포기하지 않았죠. 그 사람.. 돕고 싶어요. 방법이 없을까요?

이강, 다시 서류를 보다가

이강	1년 전에 왜 수색을 안 했을까. 그때 직원들이 바보여서? 아니, 지리산에 이 사람이 왔다는 확신이 없어서야.
현조	비법정으로 들어왔으니까 CCTV에 찍히지 않은 거예요. 무진계곡일 가능성이 크다고 했어요.
이강	무진계곡은 전체 길이가 7.5킬로가 넘어. 이 사람이 왜 그날 무슨 목적으로 어떤 루트로 산에 왔는지도 모르는데 그 사람을 무슨 수로 찾겠다는 건데. 포기해.

이강, 일어서며

이강	그리고 경고하는데 순찰 임무도 없는데 비법정 함부로 다니지 마. 산은 그렇게 만만한 데가 아냐.

이강, 돌아서서 걸어가려는데 현조, 일어나서 그런 이강 앞을 가로막는다.

현조	승훈이 있는 데를 어떻게 알았냐고 물었었죠. 그게 보였어요. 빨치산들이 남겼다는 표시가..
이강	또 그 소리야?
현조	이번에도 또 보였어요. 무진계곡 안개 구간, 소나무 군락지. 거기에서 누군가 피를 흘리고 있었어요. 만약 그게 아버지를 찾는 그 사람이 사고를 당한 거라면.. 막아야 되잖아요.

이강   ...마을회관에서 한잔했냐? 신입이라고 막 퍼먹이디?

현조, 역시나 이강이 믿어주지 않자 기운이 빠지는 듯, 씁쓸한 미소를 짓는
다.

현조   그래요.. 믿기 힘들겠죠.

현조, 자신을 이상한 듯 보는 이강에게

현조   할머님 많이 기다리시던데.. 이제 그만 내려가 봐요.

깍듯하게 인사한 뒤 어두운 산길 쪽으로 사라지는 현조.
이강, 뭐지? 저거... 찝찝한 얼굴로 바라보는데..

씬/24   D, 읍내 일각

새벽, 읍내 거리 한 편의 여인숙 앞, 거리에서 등산복 차림으로 누군가를 기
다리고 있는 현조. 여인숙 쪽에서 경계심이 서린 눈빛으로 현조를 보다가
다가오는 기창. 현조, 그런 기창을 발견하고

현조   이른 시간에 찾아와서 죄송합니다.
기창   ..아버지에 대해 알고 싶다는 게 무슨 얘기죠?
현조   누가 그러더라구요. 그날 아버님이 왜 무슨 목적으로 지리산에 왔는지 알
      아야 찾을 수 있다구요.
기창   그러니까.. 아버지를 찾아주겠다는 거예요? 왜죠?
현조   그게 저희가 하는 일이니까요.

맑은 현조의 눈빛을 가만히 바라보던 기창, 천천히 입을 연다.

기창   아버지는 평생 조경업을 해왔던 사람입니다. 나무에 미쳐 있었어요. 그중에

서도 소나무를 특히 좋아했죠. 그날도 무진계곡 우송절벽에 있는 소나무를 보러 간다고 했어요.

현조   (잠시 생각하다가) 알겠습니다. 루트를 파악했으니 그쪽으로 한번 수색해볼 게요.

기창   잠깐만요. 저도 같이 가게 해주세요.

현조   안 됩니다. 어제도 얘기했잖아요. 거긴 일반인 출입금지구역이에요.

기창   과태료를 끊으라면 끊을게요. 제 아버지를 찾는 일이잖아요.

현조   사정은 이해하지만 안 되는 건 안 되는 겁니다.

기창   1년 넘게 찾아왔어요. 제가 찾은 지역이 어디 어딘지만 알아도 시간을 줄일 수 있잖아요.

곤란한 눈빛으로 바라보는 현조.

기창   이제 곧 아버지가 돌아가신 지 1년이에요. 그 안에 찾아야 제사상이라도 차려드리죠.

현조   ...

기창   부탁합니다. 아버지 유골.. 제 손으로 직접 찾을 수 있게 해주세요.

현조, 흔들리는 눈빛에서..

씬/25   D, 비담대피소

익스트림 클로즈업된 복권. 서서히 바람이 불면서 뒹굴뒹굴.. 서서히 멀어지기 시작한다. 그러면서 드러나기 시작하는 주변.
흙바닥, 풀, 잔돌들, 나무, 그리고 하늘 위로 붕 떠오르는 복권. 그런 복권의 움직임을 쫓고 있는 시선들.
비담대피소 앞 공터에 모여 있던 최희원(20대 초반, 여)과 동창들. 대피소 곳곳에서 그런 모습을 지켜보는 열 몇 명의 등산객들. 날아가는 복권을 믿기지 않는 눈빛으로 바라보고 있다.

씬/26 D, 몽타주

- 아침, 감나무집 주방. 채소를 썰면서 영업 준비를 하고 있는 이강. 문옥은 숙취에 시달리는 듯 홀 테이블에 머리 감싸 안고 앉아 있는데.. 울리기 시작하는 이강의 핸드폰. '해동분소'다.

- 편의점 앞. 숙취에 시달리는 듯 헛구역질을 하고 있는 구영. 사발면을 하나 끓여서 한 입 먹으려고 하는 찰나 울리는 핸드폰. '해동분소'다.

씬/27 D, 해동분소, 주차장/차 안

'끼이익' 멈춰 서는 이강의 자동차에서 유니폼으로 갈아입은 이강 내려서는데, 저 앞쪽에서 출발 준비를 하는 듯 순찰차에 올라타고 있는 구영을 비롯한 비번이었던 레인저들. 이강, 달려가 순찰차에 올라타며

이강　　그래서 뭐가 어떻게 됐다구?
구영　　지리산에 복권이 날라다닌대.

씬/28 D, 비담대피소 앞 공터

25씬에 이어지는 비담대피소 앞 공터.
일해와 레인저들 앞에 두고 '어허허허헝' 눈물을 흘리고 있는 희원. 그 옆에서 어쩔 줄 몰라 하는 희원의 친구들. 저 멀리에는 비법정으로 이어진 대피소 가장자리에서 '어디?' '저쪽이었는데' 하고 있는 등산객들. 그 옆쪽에선 '정말이라니까, 복권이 날아갔어' 지인과 통화 중인 등산객.

희원　　(울면서) 꼭 좀 찾아주세요..
일해　　그런 일은 레인저 임무가 아닙니다.

희원	(울음소리 더 커지면서) 십사억짜리라구요.

그때, 뭔가를 발견한 일해. 화난 얼굴로 가장자리 쪽으로 다가가며

일해	거기요! 나오세요!

일해의 시선 쫓아가면 복권이 날아간 비법정 산길로 뛰어드는 등산객1이다.

일해	거기는 출입금지구역입니다! 들어가면 안 돼요!

외치며 일해 다가가지만, 등산객1의 행동이 도화선이 된 듯 하나둘씩 아랑 곳하지 않고 내려가기 시작하는 등산객들.

씬/29   D, 비법정 만동계곡 일각

빠르게 산을 타고 오르고 있는 이강, 구영을 비롯한 레인저들. 계속 울리는 무전들. '비담 하나. 만동계곡. 불법 산행객들이 너무 많다. 지원 바람' '우송 하나. 만동계곡까지 500미터' 그런 무전을 들으면서 오르고 있는 일행, 코너 를 돌아 눈앞에 만동계곡이 펼쳐지는데.. 기가 막힌 얼굴로 멈춰 서는 이강, 구영을 비롯한 레인저들.
넓은 계곡 곳곳에 형형색색의 등산복을 걸친 등산객들의 모습. 높은 나무 위로 올라가려 애쓰는 등산객들. 계곡물에 들어가서 복권을 찾고 있는 등 산객들. 그 사이에 패닉이 돼서 '이러시면 안 됩니다!' '내려오세요!' '신분증 주세요!' 고래고래 외치고 있는 일해를 비롯한 비담대피소와 장터목대피소 의 레인저들. 그 와중에 위태롭게 계곡 옆 벼랑 아래를 몸을 빼고 보고 있 는 등산객, 계곡 사이 미끄러운 돌 밟고 넘어진 듯 한쪽 다리 부여잡고 있 는 등산객, 위험한 깊은 계곡물에 들어간 등산객 등 위험하기 짝이 없어 보 인다.

이강	아주 난리가 났구만.

그때, 다가오는 이강 일행을 보고 다가오는 일해.

일해	왜 이렇게 늦었어.
이강	뭐야. 왜 이렇게 많아.
일해	소문이 파다하게 났어. 장터목이랑 천왕봉에 갔던 등산객들까지 다 몰렸어. 안 그래도 일요일이라 피크타임인데 죽겠다 진짜.
구영	14억이잖아. 나라도 뛰어들었겠다.
일해	(정색하며) 정구영. 그게 레인저로서 할 말이야? 팀장으로서 한 마디 하겠는데 정신 좀 차려.
구영	아 지친다..

구영, 또 시작이다, 일해 무시하고 등산객들에게 걸어가며 '거기 내려오세요! 나도 그 맘 이해하는데 내려오시라고!' '아 과태료 끊을라믄 끊어' 하는 아저씨. 이강을 비롯한 다른 레인저들도 다가가 등산객들을 말려보지만, 말을 듣지 않고.. 그 와중에 우송팀도 도착해서 레인저들의 숫자도 꽤 늘어났지만, 돈에 눈이 먼 등산객들을 말리는 건 역부족이다. 그 와중에도 '어?' 외치면 그쪽으로 달려가느라 넘어지는 등산객들. '잠깐, 저거 뭐야?' 흰색 비슷한 것만 있으면 이리저리 몰려다니는 사람들. 점점 부상자들도 늘어가기 시작하는데..
이강, 여기저기 말려보다가 사람들 귓등으로도 안 듣자, 열받은 듯 사람들 보다가.. 멈칫. 풀숲 사이에 떨어진 흰 종이를 발견한다. 사람들의 생난리판은 계속되는데.. 순간, 계곡 안으로 우렁차게 울려 퍼지는 소리.

이강(소리) 찾았다!!!

놀라서 바라보는 등산객들, 그리고 레인저들. 이강, 손에 흰 종이를 들어 보인다. '뭐야.. 찾은 거야?' '아씨.. 정말 찾았대?' '뭐야.. 생고생만 했잖아' '진짜야?'

이강	(흰 종이를 일해에게 넘기며) 주인한테 돌려줘.

일해, 영문을 모르고 뻐끔뻐끔 흰 종이를 바라보면 '사발면. 볶은 김치' 등이 적힌 영수증이다. 일해, 뭐지? 바라보면 이강, 눈치 좀 차리라는 듯 사람들 보이지 않게 툭 치고.. 돌아서며

이강 　선생님들! 선생님들은 자연공원법 28조 제1항 출입금지구역 위반행위를 하셨습니다. 다들 신분증 준비해주세요.

등산객들, 머쓱해서 서로 바라보며 체념한다. 그런 등산객들에게 다가가는 구영을 비롯한 레인저들. 과태료 용지를 꺼내며 '자 줄 서세요!' 외치고..
이강, 어느 정도 정리되어가는 현장을 보는데.. 멀리 있던 등산객들 중 몇 명 눈치 보며 슬금슬금 옆으로 내빼기 시작한다. 이강, 그쪽으로 다가가며

이강 　선생님들! 어디 가시죠!

이강과 몇몇 레인저들 그쪽으로 다가가는데.. 내빼려던 등산객들 중 한 아줌마의 배낭이 불룩하다.

이강 　잠시 배낭 좀 보겠습니다.
아줌마 　아니.. 그게..

이강, 말릴 새 없이 능숙하게 배낭 벗겨서 지퍼를 여는데 가시오갈피가 가득 들어 있다.

이강 　이거 멸종 위기종인 거 모르셨어요?
아줌마 　(울상이 돼서) 그냥 눈앞에 있길래.. 한 번만 봐줘요.

이강, 배낭 안에서 자인서 용지 꺼내며

이강 　신분증 주세요.

- 시간 경과되면

울상 돼서 자인서에 사인하는 아줌마. 이강, 자인서를 배낭 안에 갈무리하다가 문득 고개 들어 주변을 바라보다가 옆에서 압수한 가시오갈피 사진을 찍고 있는 레인저1에게

이강   신입은? 안 왔어?
레인저1 핸드폰이 안 되던데.. 무진계곡에 갔나?
이강   뭐?
레인저1 아까 새벽에 무진계곡 1년 치 자료 물어보더라고.

생각에 잠기는 이강의 모습 위로..

현조(소리) 무진계곡 안개 구간, 소나무 군락지. 거기에서 누군가 피를 흘리고 있었어요.

씬/30   D, 지리산, 무진계곡 우송절벽 위

헉헉, 거친 숨소리와 함께 절벽 위로 올라서는 현조. 절벽 위에 바람을 이기고 서 있는 멋들어진 소나무를 발견하고 다가간다. 뒤쪽에서 땀범벅이 돼서 뒤따라 올라선 기창에게

현조   이 나무예요?
기창   맞아요. 그거예요.

현조, 소나무 주변과 절벽 아래를 살펴보기 시작한다. 깎아지른 절벽 사이로 자란 나무와 중턱에 튀어나온 바위들. 절벽 아래는 빼곡하게 자란 나무들로 덮여 온통 녹음만 보일 뿐이다. 그 사이 흐르는 물줄기.

현조   지형 자체가 위험하긴 하네요. 실족의 가능성이 크겠어요.
기창   맞아요. 그래서 1년 동안 저 절벽 아래를 이 잡듯이 뒤졌죠.

| 현조 | 하지만 다른 곳일 수도 있습니다. 여기까지 올라오거나 내려가는 와중에 사고를 당하셨을 수도 있는데 왜 이곳이라고 단정하신 거죠? |
| 기창 | ...자살했다면 여기라고 생각했거든요. 사업이 부도가 나면서 힘들다고 계속 자살 얘기를 했었어요. |

현조, 그런 기창을 마음 아프게 바라보다가

| 현조 | 이번에는 꼭 찾을 수 있을 겁니다. 기운 내세요. |

기운 내라는 듯 기창의 어깨를 치고는 배낭을 내려놓고, 지도와 망원경, GPS 등 기기를 꺼내는 현조.

씬/31 D, 해동파출소

테이블에 마주 앉아 있는 구영과 웅순. 이강은 조금 떨어진 곳에서 누군가에게 전화를 걸고 있고.. 웅순에게 적발보고서를 넘기는 구영. 가시오갈피 외에도 꽤 많은 수의 적발보고서를 넘겨보는 웅순.

| 웅순 | 야.. 가시오갈피에 버섯에.. 난리가 났구만. |

그때, 쟁반에 커피를 가지고 와서 웅순과 구영 앞에 내려놓는 앳돼 보이는 박순경(20대 중반, 남).

| 박순경 | 맛있게 드십시오. |

자기 자리로 돌아가는 박순경 힐긋 보는 구영.

구영	신입이야? 요즘 신입 철인가.. 가는 데마다 신입이야.
웅순	그러게. 그 이강이랑 파트너라는 신입은 어때?
구영	(잠시 생각해보다가) 키만 커. 나보다 좀 별로인 정도?

웅순   그게 사람이야?

그런 두 사람에서 조금 떨어진 곳에서 양선과 통화 중인 이강.

이강   여보세요? 난데, 혹시 오늘 무진계곡 쪽에서 사건 접수된 거 있어?
양선(소리)   아뇨. 없는데요. 무슨 일 있으세요?
이강   어, 아냐. 알았어.

하고는 전화를 끊고 잠시 생각하다가 웅순과 구영 쪽으로 다가오는데.. 웅
순, 함박 웃으며 다가오는 이강에게

웅순   이강아. 오늘 수고 많았지. 언제 퇴근해? 같이 밥 먹을까?

반가워 죽으려는 웅순에 비해 이강은 담담할 뿐이다. 웅순의 말 끊으며

이강   일 년 전에 홍상규씨라고 지리산에서 실종된 분이 있다던데.. 혹시 기억나?
웅순   홍상규씨. 알지. 저번 주에도 따님이 와서 아버지 찾았는지 묻고 갔거든.
이강   ..자식들이 모두 열심이네. 아들은 산에 직접 가서 찾고 있다면서..
웅순   어? 아들? 아들 없는데 그분 딸 하나밖에 없어.

이강, 의아한 듯 바라보는데..

– 시간 경과되면
자기 책상에서 컴퓨터로 뭔가를 찾고 있는 웅순. 책상 유리 아래에 몇 개
사진들이 끼워져 있는데 그중 고등학교 졸업식 때 운동장에서 꽃 들고 해
맑게 웃고 있는 사진이 언뜻 보인다. 이강, 그 앞에서 기다리고 있고 구영,
의아한 얼굴로 옆에 서서

구영   뭣 때문에 그러는 건데?

그때, 웅순 프린터에서 홍상규의 신원조회서를 출력해 이강에게 건넨다.

웅순 봐봐. 그분 외동딸 한 명밖에 없어.

서류를 확인하는 이강. 가족 사항에 아내와 딸, 홍영미. 단둘만이 기재돼 있다. 혼란스러운 시선으로 신원조회서를 바라보는 이강을 비추던 화면, 서서히 뒤쪽 파출소 벽면에 붙은 지명수배자 명단을 비추는데.. 명단 한쪽에 붙어 있는 기창의 사진. '이름 김기창'.

씬/32   D, 우승절벽 위

망원경으로 절벽 아래를 확인하고 있는 기창. 망원경을 현조에게 건네며

기창 저기 우리가 만났던 소나무 군락지 아래, 너덜길 주변이요. 거기서 작은 폭포 있는 데까지.. 거기도 다 찾아봤어요.

* 자막 – 너덜길 : 암벽이 무너져 많은 바윗돌이 쌓여 있는 위로 나 있는 길

현조, 기창이 가리킨 곳을 망원경으로 다시 확인한 뒤 지도에 빗금 처리를 하는데, 이미 물길 주변으로 꽤나 많은 지역들에 빗금이 그어져 있다.

기창 제가 찾은 데는 여기까지예요.
현조 주로 물길 주변을 수색했군요.
기창 절벽 아래에 없다면, 물에 휩쓸려서 내려갔을 거라고 생각했거든요.
현조 (지도를 보다가) 왜 찾지 못했는지 알겠네요.
기창 그게 무슨 소리예요?

현조, 배낭 안에서 태블릿 PC를 꺼내 무진계곡 자료 폴더를 찍는다.

현조 아버님이 실종되신 작년 8월 11일부터 지금까지 1년간 무진계곡 자료들을 뽑아봤습니다.

무진계곡 폴더 안, 기상일지 폴더로 들어가 8월 11일 이후 기상 상황을 체크하는 현조. 8월 12일에 멈추면 *'2017년 8월 13일 집중호우, 일일 강수량 393.5mm, 비고란에 일부 지역 산사태'.*

현조   실종된 뒤 다음 날인 12일, 지리산에 390미리가 넘는 엄청난 집중호우가 내렸습니다.

기창   맞아요. 기억납니다. 그래서 산에 오지 못했었어요.

현조, 문득 고개 들어 기창 보다가..

현조   이 정도의 집중호우면 산사태 정도에서 끝나지 않아요. 산의 지형 자체가 바뀌죠.

태블릿 PC '위성사진' 폴더로 들어가는 현조. 2017년, 무진계곡을 찍은 위성사진들 중 비봉절벽 위쪽을 클릭해 확대시킨다. 세세하게 나무 하나하나까지 나와 있진 않지만 절벽과 물길 등이 표시돼 있는데..

현조   이건 아버님이 실종됐을 때의 위성사진이에요.

그리고 다시 2017년, 8월 13일 항공 위성사진을 찾아 확대시키는 현조.

현조   그리고 이건 집중호우가 끝난 뒤 사진이죠.

두 개를 비교해서 화면에 띄우는 현조.
2017년, 8월 11일 물길은 7시 방향으로 흐르고 있는데 8월 13일 사진은 5시 방향으로 흐르고 있다. 기창, 눈빛 반짝하며 바라보는

기창   ...물길이 바뀌었어.. 그래서 찾지 못했던 거야.

현조   맞습니다.

2017년 8월 11일 위성사진에 표시된 과거 물길의 좌표를 현재 지도의 국가 지점 번호로 환산해서 새롭게 그리는 현조.

기창   레인저가 다르긴 다르네. 그럼 이 물길 주변만 찾으면 되겠네요.

현조, 과거 물길 주변, 지형지물을 감안해서 다른 색깔로 빗금을 긋는다.

현조   일단 가장 유력한 곳은 이 지역입니다.

GPS에 절벽 아래 어느 지점을 찍은 뒤 기창에게 건네는 현조.

현조   먼저 내려가서 이 근방을 수색하고 있어요.
기창   그쪽은요?

현조, 배낭에서 로프와 보라색 카라비너 등 암벽 하강에 필요한 도구들을 꺼내며

현조   또 다른 유력한 지역을 수색해봐야죠. (절벽 아래를 보며) 저 절벽이요. 추락할 때, 나무나 중간 턱 등에 걸렸을 수도 있어요. 여긴 비법정이라 핸드폰이 안 됩니다. GPS가 찍힌 지점에서 한 시간 후에 만나요.
기창   (보다가) 알겠습니다.

돌아서서 가려는 기창.

현조   잠깐만요. 그날 아버님이 무슨 옷을 입었었죠?
기창   (잠시 생각하다가) 녹색 바람막이 점퍼에 회색 바지. 그리고.. 검은색 배낭을 메고 있었어요.

씬/33   D, 지리산 인근 국도 일각

인적이 드문 으슥하고 외진 국도변에 위치한 허름한 단독주택 앞에 선 사복으로 갈아입은 이강. 홍상규 사건보고서의 주소와 맞는지 확인하고는 문을 두드리는데 인기척이 없다. 집 주변을 두리번거리는데 건물 뒤쪽 텃밭이 언뜻 보인다. 혹시 그쪽에 사람이 있나 싶어 '실례합니다' 하며 건물 뒤쪽으로 향하는데..

씬/34   D, 상규의 집, 뒤뜰

뒤뜰로 들어서던 이강, 멈칫한다. 건물에 가려서 잘 보이지 않던 뒤뜰. 텃밭 너머 야산이 시작되는 경사지에 반짝이는 햇볕을 받으며 서 있는 멋들어진 소나무 한 그루. 눈빛 굳으며 천천히 다가서서 멋들어지게 휜 가지 모양을 살펴보는데, 뒤쪽에서 느껴지는 인기척. 가냘픈 체격, 나이에 비해 어둡고 불안한 인상의 상규의 딸, 영미(20세 초반, 여)다.

| 이강 | 홍상규씨 따님 되시나요? |
| 영미 | (경계하며 바라보는) 누구시죠? |

이강 다가오며 명함 건넨다.

| 이강 | 국립공원에서 나왔습니다. |

이강의 신분을 알자, 순식간에 낯빛 변하는 영미. 명함을 건네받는 손이 떨려온다. 이강, 그런 영미를 보다가

이강	아버님께서 조경업을 하셨다고 들었어요.
영미	...
이강	저 소나무.. 아버님이 가져온 건가요?
영미	... (더욱 떨려오는) 난 아무것도 몰라요..

이강, 그런 영미를 보다가.. 뒤돌아 다시 소나무를 본다.

이강	평지에서 소나무는 저렇게 자라지 못해요. 바람이 없으니까.. 산 위, 특히 바람이 많이 부는 절벽 위에서 오랜 기간 세월을 이겨내야 이렇게 멋진 가지 모양이 나오죠.

- 인서트
- 밤, 절벽 위에 자리 잡은 소나무를 향해서 다가오는 여러 개의 헤드랜턴 불빛들. 상규를 비롯한 인부들이다. 은밀하게 서로 손짓을 하는 사람들. 소나무 가지를 묶고서 땅을 파기 시작한다.

- 밤, 지리산 일각. 끼이익 소리와 함께 '쿵' 쓰러지는 커다란 나무. 보면 굴취한 소나무를 방수포로 싸서 체인블록에 연결해 이동시키고 있는 상규와 인부들. 소나무가 지나온 자리 비추면 몇십 그루의 나무들이 베이고 수풀들도 뽑힌 채로 황폐화되어 있다.

이강(소리)	산에서 이런 소나무 한 그루를 불법으로 굴취하려면 엄청난 희생이 필요해요. 꼭대기부터 산 아래까지 소나무를 끌고 내려올 길을 만들기 위해서 몇백 그루의 나무들을 베어내거든요.

- 다시 상규의 집 뒤뜰로 돌아오면

이강	훼손된 자연이 다시 회복되려면 몇십 년의 긴 시간이 지나야 하지만 소나무 불법 굴취범들은 신경도 쓰지 않죠. 이 정도 귀한 소나무면 일억을 호가하니까..

영미, 자포자기한 눈빛으로 이강을 바라본다..

이강	아버님께서 실종된 그날도.. 소나무 때문에 산에 가신 건가요?
영미	...
이강	왜 그때 말씀하지 않았어요? 그랬다면 수색이 시작됐을 수도 있어요.

영미, 눈빛 떨려오며.. 모든 걸 내려놓은 듯..

영미   아빠도 원해서 한 건 아니에요. 빚을 갚으라고 매일 사람들이 찾아와서 행패를 부렸어요. 엄마도 아프셔서 돈이 필요했다구요. 아빠도 힘들어하셨어요.. 나무를 좋아하셨으니까.. 하지만 이 방법밖에 없었어요..

이강   ......

영미   남들한테 얘기하지 말라고 했어요. 얘기하면 감옥에 갈 거라고.. 그래서 그날 경찰한테도 얘기하지 못했어요. 산에 갔다고 하면 이유를 물어봤을 테니까..

영미, 결국 울음을 터뜨린다.

영미   만약.. 그때 내가 사실대로 얘기했으면.. 아빠를 찾을 수 있었을까요?

이강, 그런 영미를 보다가

이강   아버님이 원해서 이 일을 하지 않았다면.. 누군가 아버님을 끌어들인 건가요? 그 사람.. 누구죠?

씬/35   D, 우송절벽 일각

깎아지른 절벽을 조심스럽게 한 발 한 발 내려오며 절벽 곳곳에 난 수풀들, 바위 턱들을 세심하게 수색하고 있는 현조. 다시 하강해서 절벽 중간쯤에 위치한 또 다른 무성한 수풀 사이를 스틱으로 뒤져보는데 뭔가가 걸린다. 끈이 떨어진 오래되어 낡은 검은색 슬링백이다. 홍상규의 물건인가 싶어 조심스럽게 열어보는 현조. 먹다 만 생수병, 더러운 수건, 그리고 낡은 지갑이다.

씬/36   D, 우송절벽 아래

절벽 아래에서 로프를 감고 있는 현조. 그때 뒤쪽에서 들려오는 발자국 소리. 돌아보면 기창이다.

기창 얘기한 데들 다 찾아봤지만 유골은 없었습니다. 절벽엔 없었나요?

현조, 기창을 바라보는 눈빛.

현조 ..절벽에도 안 계셨어요.
기창 이제 다음은 어딜 찾으면 되죠?

현조, 기창을 보다가

현조 GPS 줘봐요.

기창, 현조에게 GPS를 건네고.. 현조, 다시 지도를 펼쳐본 뒤 GPS 기기에 한 점을 찍고서

현조 가볼까요?

현조, 먼저 앞장서 걸어가고, 기창 그 뒤를 따른다.

씬/37 D, 지리산 자락, 무진동 입구

황혼이 내려앉고 있는 '무진계곡 출입통제구역'이란 푯말이 세워진 무진동 산길 입구. 이강, 불안한 눈빛으로 계속해서 현조에게 전화를 걸어보지만, 여전히 핸드폰은 꺼져 있다. 그런 이강의 모습에서

- 인서트
- 상규의 집 뒤뜰에서 이강에게 털어놓는 영미의 모습.

영미	김기창이라구 완전 나쁜 사람이었어요. 아빠가 소나무를 잘 안다는 점만 이용하고 돈도 제대로 주지 않았어요. 아빠 실종되고 나서 몇 번 저 소나무들을 보러 오다가 갑자기 연락도 없고 찾아오지도 않아서 이상하다 했는데.. 사기죄로 수배를 당했대요.

씬/38 D, 무진계곡 일각, 산길 일각

어둑어둑해지고 있는 산길을 말없이 앞장서서 걷고 있는 현조. 그 뒤를 따라 걷고 있는 기창의 눈가에는 의심이 가득하다.

기창	지금 어디로 가는 겁니까?

그런 기창의 질문에도 묵묵히 걷기만 하는 현조.
기창, 빠르게 다가와 신경질적으로 현조 앞을 가로막는다.

기창	지금 어디로 가는 거냐구.
현조	(보다가) 이제 곧 해가 질 거예요. 오늘은 그만하고 내일 다시 올라오죠.
기창	나랑 장난하자는 거야. 아까부터 뱅뱅 돌면서 일부러 시간 끈 거 모를 줄 알아? 산 아래로 날 유인해서 뭘 어쩌려구. 경찰이라도 부르려고?

현조, 그런 기창을 보다가

현조	...경찰이 필요하다면 불러야지.

기창, 눈빛 사나워진다.

현조	경찰도 레인저들도 홍상규씨가 산에서 실종됐다고 생각하지 못했어. 그런데 당신은 어떻게 알고 실종된 다음 날부터 산에서 그분을 찾아다닌 거지?
기창	(현조를 노려보며) GPS 내놔.

현조	그것뿐만이 아냐. 작년 홍상규씨가 실종된 날 최고 기온이 39도였어. 집에서 나설 땐 당연히 반팔이었겠지. 바람막이 점퍼는 산 위에 올라와서 걸쳤을 텐데 당신은 정확하게 색깔까지 기억하고 있었어.
기창	(더욱 눈빛 사나워진다) 좋은 말로 할 때 GPS 내놔!!

현조, 그런 기창을 보다가 주머니에서 절벽 위 슬링백 안에 있던 지갑을 꺼낸다. 지갑을 보는 기창의 눈빛 흔들린다.

- 인서트
- 35씬에 이어지는.. 슬링백 안의 지갑을 열어보는 현조. 그 안에서 나오는 신분증. 기창의 사진, 그리고 김기창이란 이름이 적혀 있는 운전면허증이다.

- 다시 산길로 돌아오면
굳은 눈빛으로 기창을 바라보다가 다그치는 현조.

현조	왜 그쪽 물건이 절벽 위에 있었을까.. 당신 그때 저 우송절벽 위에 같이 있었던 거지.. 대체 지금 뭘 찾고 있는 거야. 홍상규씨가 그날 정말 자살한 게 맞아?

기창, 현조 보다가 비릿하게 웃으며

기창	아니..
현조	(보는)
기창	...자살이 아냐. 내가 밀었지.

현조, 소스라치게 놀라 멈칫하는데 순간, 주머니에서 잭나이프를 꺼내 드는 기창. 현조에게 덤벼들기 시작하고 몸싸움이 붙기 시작하는 두 사람의 모습에서..

- 인서트
- 오후, 2017년, 우송절벽, 소나무 근처에 모여 있는 사람들. 녹색 바람막이

점퍼를 걸친 상규, 검은 슬링백을 멘 기창, 재벌의 비서 같은 느낌의 중년남 1, 2. 소나무를 관리하는 듯 상규는 링거를 꽂고 있고..

중년남1 소문대로 일 잘하시네.

기창 그럼요. 믿으셔도 된다니까. 괜히 여기까지 힘들게 올라오셔서..

가지고 온 검은색 배낭을 기창에게 건네는 중년남1.

중년남1 이건 착수금 오천입니다. 회장님 새로 지으시는 별장에 심을 거니까 특별히 신경 써주세요.

기창이 건네받은 검은색 배낭에서 시선이 움직이지 않는 상규.

- 다시 무진계곡 산길로 돌아오면
'쾅' 바닥에 나가떨어지는 기창. 몇 대 맞은 듯 얼굴 여기저기 피가 맺혀 있다. 맞은편 현조 역시 거친 숨, 여기저기 상처들.

현조 이제 그만하지.

그때 기창, 바닥에 떨어진 칼을 향해 몸을 날리고..

- 인서트
- 오후, 2017년, 우송절벽 위, 중년남들은 사라져 있고, 단둘이 남은 기창과 상규. 긴장감에 휩싸여서 서로를 바라보고 있다.

기창 그거 내려놔요.

보면 상규, 검은색 배낭을 들고 있다.

상규 그동안 밀린 돈 이걸로 받을게.

기창 아저씨, 미쳤어?

상규   이 돈 받고 난 이 짓 그만둘 거라구!!

그런 상규에게 '꽝' 달려드는 기창의 모습에서..

- 다시 무진계곡 산길로 돌아오면
바닥에 쓰러진 현조.. 부들부들 떨고 있다. 손은 온통 피범벅. 보면 배 부분
을 찔린 듯 피투성이가 되어 있다. 칼을 들고 현조를 내려다보는 기창.

- 인서트
- 오후, 2017년, 우송절벽 위, 기창에게 밀린 상규, 균형을 잃고 절벽 아래
로 미끄덩.. 순간 본능적으로 뭐가 잡으려는 상규의 손에 기창의 슬링백이
잡히지만, 끈이 풀어지면서 결국 검은색 배낭을 든 채 절벽 아래로 추락하
는 상규. 그런 상규를 내려다보는 기창.

- 다시 무진계곡 산길로 돌아오면.
점점 흐려지는 현조의 시선, 바닥에 떨어진 GPS 기기를 가로챈 뒤 멀어지
는 기창의 뒷모습. 어떡하든 일어나서 따라가 보려 하지만, 점차 의식이 흐
려진다. 서서히 암전.

씬/39   N, 몽타주

- 무진계곡 너덜지대, 달칵 소리와 함께 켜지는 랜턴 불빛. 정신을 차린 현
조다. 핸드폰을 꺼내 보는데.. 여전히 발신제한구역. 여기를 빠져나가야 한
다. 비틀비틀 피를 흘리는 배를 부여잡고 어디로 갈지도 모른 채 걷기 시작
한다. 그런 현조의 흔들리는 시선으로 보이는 밤의 산. 랜턴 불빛 외에는 아
무것도 보이지 않고, 거기가 거기 같아 보이는 수풀, 나무들, 바위들..

- 여전히 정처 없이 걷던 현조, 순간 고개를 드는데.. 느껴지는 한기. 안개다.
소나무 군락지로 접어든 것. 자욱한 안개 속, 소나무들 사이로 현조, 비틀비
틀 걷다가 순간 나무 하나를 꽝 잡는데.. 나무에 묶인 노란 리본. 그리고 피

투성이가 된.. 자신의 손.

- 인서트
- 14씬, 현조가 봤던 편린 중 노란 리본이 묶인 소나무를 잡던 피투성이 손.

- 다시 소나무 군락지로 돌아오면
전 씬 인서트의 피투성이 손에서 서서히 화면 빠지면 자신이 봤던 편린 그
대로 소나무를 붙잡고 있는 자신의 손을 믿기지 않는 듯 바라보고 있는 현
재의 현조의 얼굴이다.
현조, 허탈한 듯 힘이 빠져온다. 쿵.. 쓰러진다. 다시 시야가 흐려지는데.. 눈
앞에 보이는 나뭇가지들.. 마지막 힘을 짜내어 나뭇가지 네 개를 땅에 꽂고
자갈들을 모은다. 서서히 완성되는 빨치산 표식.

씬/40   N, 무진계곡 일각, 옛날 물길 인근 수풀

어둠 속에서 흔들리며 다가오는 랜턴 불빛, 거친 숨소리. GPS 기기를 따라
온 기창이다. GPS 기기 보면, 도착지로 설정된 파란 점에 기창의 위치가 표
시된 노란 점이 겹쳐져 있다. 바로 여기다. 다급히 랜턴을 여기저기 비추며
상규의 유골을 찾아보지만, 그 어디에도 보이지 않는다. 광기로 붉게 물든
눈빛으로 미친 듯이 주변을 헤치며 유골을 찾는 기창.

기창   대체 어딨는 거야!!

그때, 뒤쪽에서 서서히 이쪽으로 다가오기 시작하는 랜턴 불빛. 뭐지? 긴장
해서 그쪽을 향해 랜턴을 비추는 기창. 보면, 가만히 기창을 바라보고 있는
이강이다.

기창   (경계하는) 당신.. 뭐야?
이강   국립공원 직원입니다. 레인저요.
기창   (보다가 미소) 잘 왔네. 내가 안 그래도 길을 잃어서 그런데 좀 도와줘야겠

어.

이강 (가만히 보다가) 신입들이 이게 문제야. 순해 빠져가지구 사람 볼 줄을 몰라요. 딱 봐도 사기꾼처럼 생겼구만. 어떻게 이런 새끼한테 속았대.

기창, 입가에서 미소가 사라진다.

기창 그 풋내기랑 한패구만. (피식 웃는) 그래서.. 아무리 레인저라고 해도 여자 한 명이 날 막겠다구

이강 난 풋내기랑은 달라.

이강, 손에 든 무전기를 보여준다.

이강 산에 올 땐 언제나 무전기를 챙기거든.

기창, 뭔가 이상하다. 뒤쪽으로 물러나려는데 이쪽저쪽에서 들려오는 인기척들, 랜턴 불빛들. 당황해서 뒤쪽으로 달아나려 하는데 그쪽에서도 다가오는 랜턴 불빛들. 한 명 두 명 수풀 안에서 나타나는 사복을 걸친 비번이었던 구영을 비롯한 레인저들. 그리고 기장 미지막에 나티나는 웅 순과 박순경. 놀라서 당황하는 기창, 어찌할 바를 모르고.. 그런 기창을 차갑게 보는 이강의 모습에서..

– 인서트/이강의 회상
– 낮, 37씬에 이어지는.. 현조 전화가 여전히 안 되자 이강, 다시 구영에게 전화를 건다. 신발끈 고쳐 매며 어깨에 핸드폰 대고 통화하는..

이강 야, 비번 애들 모아서 무진계곡 소나무 군락지로 나와라.

구영(소리) 왜? 복권이라도 찾았어?

이강 비슷한 거니까 빨리 튀어와.

– 밤, 무진계곡 소나무 군락지로 접어드는 이강. 자욱한 안개 속에서도 GPS를 켜고 한 번 갔던 곳을 피해서 꼼꼼하게 수색하는데.. 순간 저 앞쪽으로

보이는 빨치산 표식. 이강, 멈칫해서 그쪽을 향해 다가가는데 표식 옆에 떨어져 있는 핏자국. 고개 들어 주변을 살펴보면 점점이 안개 속으로 핏자국이 연결돼 있다. 다급히 그 핏자국을 쫓아가는 이강, 안개 사이를 점점 전진하는데, 저 앞쪽에 피투성이가 돼서 쓰러져 있는 현조가 랜턴 불빛에 보인다. 이강, 다급히 달려가 현조의 상태를 확인하면서 무전을 친다.

이강　　무진계곡, 소나무 군락지! 조난사고 발생! 조난자, 강현조! 국립공원 레인저다!

무전기 너머에서 들려오는 구영을 비롯한 레인저들의 소리. '현재 무진계곡 초입, 15분 거리' '상황은 어때?' '많이 다친 거야?' 현조를 걱정하는 소리들에서 현조가 남겨놓은 빨치산 표식으로 다가가는 화면.

씬/41　D, 병실

창문 너머 눈부신 햇살이 내리쬐고 있는 병실.
침대 옆에서 과일을 예쁘게 깎고 있는 이강. 침대 위에는 아직 완전히 회복은 안 된 듯 창백한 안색의 현조가 뿌듯한 얼굴로 감사패를 바라보고 있다.

이강　　해동경찰서장님이 지리산 국립공원 레인저팀한테 준 감사패야. 사기꾼한테 속아서 헛발질하다 잡은 거긴 하지만, 그래도 니가 제일 고생했으니까 보여줘야 할 것 같아서..
현조　　(억울) 헛발질이라뇨. 내가 칼 맞아가면서 그 신호 남기느라고 얼마나 애썼는데..
이강　　그래. 정확하게는 남겼더라. 우송절벽 아래 일 년 전 물길 자리.
현조　　그죠?

하다가 과일을 깎는 이강에게

현조　　그런데 나 아직 뭐 먹지 말라 그랬는데..

이강	알아. (한 입 맛있게 먹으며) 나 먹으려고 깎는 거야.

현조, 무안하고 먹고 싶고.. 바라보는데.. 이강, 신경도 안 쓰고 계속 과일 먹으며

이강	그런데 너 정말 귀신 씌었냐?
현조	(보는)
이강	얘기해봐. 자꾸 뭐가 보인다며..
현조	믿어주는 거예요?
이강	난 누구처럼 사람 잘 안 믿어. 그래서 앞으로 지켜볼라구. 진짠지.. 아닌지..

이강, 과일 다 먹고 난 뒤 일어난다.

이강	빨리 나아라. 이제 날씨 선선해지면 무지 바빠지거든.

하고는 돌아서서 병실을 나가려는데

현조	그분 유골은요?
이강	(뒤돌아보는)
현조	어느 정도 범위는 좁혀보긴 했지만, 제가 할 수 있는 건 거기까지였어요. 하지만 선배님은 저랑은 다르잖아요.
이강	..
현조	선배님은 죽으면 끝이라구 하셨지만.. 전 아니라고 생각해요. 아마 그분 가족들도 그렇게 생각하지 않을까요.

이강, 현조를 바라보다가

이강	간다.

돌아서서 나가는 이강을 바라보는 현조.

씬/42　D, 지리산 자락, 무진동 입구

무진동 입구에 배낭을 메고 서서 위쪽을 올려다보고 있는 이강. 굳은 눈빛, 긴장한 기색이 느껴지는 모습에서..

- 인서트
- 22씬, 낮, 1995년 여름, 체육관 안. 보디백들을 앞에 두고 오열하고 있는 유가족들의 모습. 통곡하고 있는 문옥의 모습을 바라보던 어린 이강.

- 34씬, 상규의 집 뒤뜰에서 울음을 터뜨리던 가냘픈 영미의 모습.

- 다시 무진동 입구로 돌아오면
산을 바라보던 이강, 결심한 듯 발자국을 뗀다.

씬/43　D, 몽타주

- 우송절벽 위, 현조가 했던 것처럼 지도를 펼치고 1년 전 자료와 비교를 하고 있는 이강. 기상자료를 눈여겨보다가 그중 '산사태'에 동그라미를 친다.

- 우송절벽 아래, 지형지물들을 눈여겨보는 이강. 지도에서 산사태로 휩쓸려 내려갈 만한 내리막길의 경사를 1년 전 지도와 비교해가며 수색 범위를 좁혀가고 있다. 지도의 빗금이 점점 줄어들고 있는데..

씬/44　D, 무진계곡 일각

다른 날, 울창한 숲. 또다시 비번인 듯 사제 등산복을 걸친 이강이 지도를 보면서 신중하게 주변을 두리번거리며 걷고 있는데.. 풀숲 사이 바위들 사이로 언뜻 보이는 등산화. 이강, 멈칫, 긴장해서 보다가 천천히 다가가는데 들려오는 젊은 여자의 울음소리.

이강, 뭐지? 풀숲을 헤치고 다가가 보면 길을 잃은 채 바위 사이에 걸터앉아 울고 있던 젊은 여자. 인기척에 고개 드는데 비담대피소에서 복권을 잃어버린 회원이다. 다가오는 이강을 발견하는 회원, 안도감이 밀려오는 듯 또다시 눈물이 터지면서

회원 저.. 좀 살려주세요...

    - 시간 경과되면
이강이 건넨 물을 마시고 있는 회원. 이강은 회원의 부은 발목에 테이핑을 해주며

이강 복권 찾으러 왔어요?
회원 ... (풀 죽어서) 예.. 그러다가 길을 잃었는데.. 갑자기 핸드폰도 안 되고..
이강 산도 잘 모르고 장비도 제대로 안 갖추고 게다가 혼자서 비법정 중에서도 제일 위험한 데를 왔네요. 복권 찾기 전에 죽고 싶어요?
회원 ... (울상이 되며) ...엄마 집도 사드리고 싶고.. 등록금도 내야 하고.. 내 평생 그런 행운은 처음이었는데.. 꼭.. 찾고 싶어요..

한숨을 내쉬면서 그런 회원을 바라보는 이강. 가만히 눈앞에 펼쳐진 산을 바라보면서 낮은 혼잣말.

이강 참.. 이 산에는 뭘 찾으러 오는 사람들이 많네..

씬/45 D, 또 다른 무진계곡 일각

다른 날, 다시 산을 찾은 이강. 전 씬에 비해 지도의 빗금이 더욱 줄어들어 있다. 한 발 한 발 신중하게 주변을 두리번거리며 앞으로 나아가고 있는데... 커다란 바위 사이, 수풀 사이로 얼핏 녹색 천 조각이 보인다. 순간 얼어붙는 이강. 떨려오기 시작하는 손, 커져오는 심장 박동, 눈빛에는 두려움이 가득

하다. 자기도 모르게 뒷걸음질 치다가.. 멈춰 선다. 눈을 감고 심호흡을 해본다.

다시 눈을 뜨지만 여전히 눈가에는 두려움. 그러나 용기를 내서 한 발 두 발, 다가간다. 떨리는 손으로 녹색 천 조각이 드러난 수풀을 조심스레 파헤쳐보다가 멈칫.. 수풀 사이, 녹색 바람막이 점퍼 사이로 보이는 백골 사체가 된 홍상규. 해골의 일부, 손가락뼈, 그 사이로 푸르른 풀들이 돋아나 있다. 그 곁에는 우송절벽에서 가지고 떨어진 검은색 배낭이 흙투성이가 되어 놓여 있다.

그런 홍상규의 유골을 가만히 바라보던 이강, 배낭 안에서 향과 소주를 꺼낸다. 여전히 떨리는 손으로 향을 피워 그 앞에 꽂고, 소주잔을 채워 앞에 놓고는 두 손을 모으고 고개 숙여 예를 올린다. 아름드리나무들 사이로 쏟아지는 햇볕 아래, 고개 숙인 이강과 마치 자연에 자신의 몸을 내어주고 그 품으로 돌아간 듯한 홍상규의 유골의 모습에서..

씬/46 D, 지리산 자락, 무진동 입구

세워져 있는 앰뷸런스와 순찰차. 웅순과 구조대 몇 명 대기하고 있고, 그 옆에는 금방이라도 울음을 터뜨릴 듯한 영미가 위태롭게 서 있다.. 무진동 입구 쪽에서 보디백에 담긴 시신을 들것에 싣고 내려오고 있는 구조대들. 그 뒤로 이강이 내려오고 있다.

영미, 보디백을 보자마자 자기도 모르게 울음을 터뜨리고.. 오열하는 영미를 웅순도 구조대도 멀리 있는 이강도 그저 묵묵히 바라볼 수밖에 없다.

- 시간 경과되면
앰뷸런스에 실리는 시신. 그저 넋이 나가 그 모습을 바라보는 영미.
웅순, 영미에게 다가가

웅순 병원까지 모셔다드릴게요.

그때, 이강 다가와서 영미에게 검은색 배낭을 내민다.

이강   ...아버님 유품입니다. 유골 옆에서 발견됐어요.

그 말에 이강을 보다가 배낭을 건네받는 영미. 배낭에 뭐가 든지도 모른 채 배낭을 아버지인 듯 꼭 껴안고 울먹이기 시작하고.. 웅순, 그런 영미를 에스코트해서 순찰차로 향한다. 그런 뒷모습을 가만히 바라보는 이강. 바람이 살랑 불어와 이강을 스치고 지나가는데..

씬/47   N, 해동분소 외경

늦은 밤, 지리산의 실루엣 사이로 보이는 해동분소 건물 위로

* 자막 - 2020년, 가을

씬/48   N, 해동분소, 영상실

여전히 '2020년' 메모리 카드 파일철들을 쌓아놓고, 영상들을 돌려보며 신호를 찾고 있는 이강. 그때, 뒤쪽에서 문 열리며 들어서는 다원, 테이블 위에 쟁반에 담긴 샌드위치를 내려놓으며

다원   선배님... 이거 드시면서 하세요.

이강, 뭐지? 다원을 보는데.. 다원, 내려놓은 샌드위치 중 하나 집어 오물오물 먹으며

다원   아직 제 이름 모르시죠?
이강   알아. 이다원.
다원   어머, 아셨어요? 앞으로 잘 부탁드리겠습니다. 선배님, 전설의 레인저셨다면서요. 선배님, 완전 제 롤모델이에요.

이강, 뭐 이런 캐릭터가 다 있지? 다원 보는데..

다원, 그저 신나서 이강 옆 의자에 앉으며

다원   그거 찾아보고 계신 거예요? 그때 말씀하셨던 그 빨치산들이 남겼다는 표식이요. 뭐 제가 도와드릴 일 없을까요? 같이 찾아드릴 수도 있는데..

하다가, 가만히 자신을 바라보는 이강을 보고..

다원   제가.. 너무 말이 많았죠. 죄송합니다.
이강   ... (가만히 보는)
다원   방해해서 죄송합니다.

다원, 일어나 넙죽 인사하고 나가려는데..

이강   저기..
다원   (반색하며 돌아보는) 예?
이강   내일 도원계곡 특별 순찰 나가지?
다원   예!
이강   도원계곡 2킬로 지점, 망바위 뒤쪽에 오래된 참나무가 있어. 나무 밑을 보면 썩은 밑둥이 있을 거야.

이강, 하얀 종이에 동서남북을 그리며 빨치산 표식을 그리기 시작한다. 사각형의 나뭇가지. 쌓아 올린 잔돌들. 그리고 남서쪽 방향, 돌들이 아닌 흙바닥에 꽂힌 나뭇가지.

이강   거기에 이걸 남겨놔줘. 해줄 수 있어?
다원   (호기심 가득해서) 이게 무슨 뜻인데요?
이강   .. 해동분소. 여길 가리키는 거야.
다원   (보다가) 예. 알겠습니다!

씬/49   D, 해동분소 건물 밖

다음 날, 아침. 특별 순찰을 떠나는 듯 길을 나서고 있는 구영과 다원. 구영
을 따라서 힘차게 걷고 있는 다원, 힐긋 건물 쪽을 뒤돌아보는데 창문 너머
로 다원을 바라보고 있는 이강이다. 다원, 자기만 믿으라는 듯 밝게 손 흔들
고 뒤돌아 산으로 멀어진다.

씬/50   D, 해동분소, 사무실

이강, 휠체어 밀고 사무실로 들어서는데.. 자기 책상에 앉아 있던 대진, 일어
서며

대진   얘기 좀 하자.

       – 시간 경과되면
테이블에 미주 앉은 대진과 이강.
대진, 이강을 가만히 보다가

대진   원주 본사 쪽에 너 자리를 알아봤다.
이강   (보면)
대진   여긴 여러모로 네가 일하기 불편한 점이 많을 거야.
이강   하지만 전..
대진   (말 끊으며) 그 신호에 대해선 내가 좀 더 알아볼게.
이강   ...
대진   뭐든 알아내면 제일 먼저 너한테 알려줄 테니까, 본사에 가 있어.

자신을 생각해주는 대진의 눈빛에 이강 어쩔 수 없이 말문이 막힌다.

씬/51 D, 비법정, 도원계곡 일각

수풀이 우거진 샛길에서 흙바닥에 찍힌 동물의 발자국 사진을 찍고 있는
구영. 그 옆에서 신기한 듯 바라보고 있는 다원.

다원 이게 반달곰 발자국이라구요?
구영 맞아. 이 근방에서 자주 목격됐거든.

      - 시간 경과되면
      사진을 다 찍은 뒤 사진을 다시 한번 확인해보면서 휴식을 취하고 있는 구
      영. 그 곁에서 주변을 두리번거리던 다원, 조금 떨어진 곳에 있는 커다란 바
      위를 보고

다원 선배님, 저게 망바위죠?
구영 (힐긋 보고는) 어떻게 알았대?

      구영, 다시 사진에 집중하는데...

다원 선배님 쉬실 동안, 주변에 혹시 특이사항이 있는지 순찰 한번 돌고 올게요.
구영 (듣는 둥 마는 중) 어.

씬/52 D, 도원계곡, 망바위 인근

망바위를 돌아서서 너머로 건너오는 다원, 주변을 두리번거리며 숲 안으로
들어서서 걸어 들어오는데, 커다란 참나무가 서 있다. 다가와 살펴보면 이강
의 말처럼 나무 밑, 썩은 밑둥이 보인다. 이강이 그려준 그림을 주머니에서
꺼내 보면서 똑같은 표식을 남기기 시작하는 다원.

씬/53 D, 해동분소, 사무실

대진은 보이지 않고 홀로 남아 책상에 앉아서 양근탁 사건보고서를 바라보고 있는 이강. 현장에서 발견된 노란 리본 사진을 가만히 바라보는 이강의 모습에서..

씬/54 D, 2018년, 무진계곡 소나무 군락지/이강의 회상

'헉헉' 거친 숨소리와 함께 군락지 안으로 들어서는 발에서 틸업하면 지친 기색이 역력한 현조다. 그때 들려오는 이강의 목소리.

이강(소리) 빨리빨리 안 뛰어와.

보면 전혀 힘든 기색 없이 앞서가고 있던 이강이다.

이강 이거 병원에 퍼져 있으면서 체력훈련을 하나도 안 했구만.
현조 (헉헉) 가.. 가고.. 있습니다.

현조, 부들부들 떨리는 다리를 끌고 이강을 따라가는데.. 앞서가던 이강의 앞쪽 소나무에 묶여 있는 붉은 리본. 이강, 더 빨리 위로 올라가다 보면 또다시 정상 쪽 향하는 길 쪽에 묶여 있는 또 다른 리본이다. 이강, 리본 확인한 뒤 무전 하는.

이강 해동 하나. 무진계곡 4킬로미터. 소나무 군락지다. 불법 산행팀, 벌써 올라갔나 봐. 정상 쪽에서 단속하는 게 빠를 것 같아.
구영(소리) 해동 둘, 접수했어. 비담대피소 팀도 출동했으니까, 너희 팀은 그냥 하산해.

무전이 끝날 즈음 헉헉대며 이강을 쫓아오는 현조.

이강 다시 내려가자.
현조 예?

이강 　불법 산행팀들 벌써 올라갔어. 우리보다 정상 팀에서 잡는 게 빨라.

다시 반대쪽으로 내려가려는 이강의 옷깃을 부여잡는 현조.

현조 　하산할 거면.. 잠깐만 쉬었다 가면 안 될까요?

－ 시간 경과되면
소나무에 기대서 물 마시면서 휴식을 취하고 있는 이강과 현조.
현조, 좀 정신이 돌아온 듯 주변을 둘러보다가 소나무에 묶여 있는 붉은 리본을 보며..

현조 　저 리본이요. 불법 산행팀들이 묶어놓은 거죠?
이강 　맞아. 불법 산행팀들은 시간 안에 정상을 찍고 내려와야 하기 때문에 뒤처지는 사람을 기다려주지 않아. 이쪽 길이라고 리본만 묶어놓고 가버리지. 뒤처진 사람에겐 일종의 생명줄 같은 거야.

현조, 가만히 생각하다가..

현조 　전에 제가 여기서 조난당했을 때요. 노란 리본이 있었어요.
이강 　(보는)
현조 　불법 산행팀이 남겨놓은 리본이면 정상으로 가는 길 쪽으로 묶여 있어야 하는 거 아닌가요?
이강 　..당연히 그랬겠지.
현조 　근데 그 리본들은 그렇지 않았거든요. 정상 쪽이 아니라.. 다른 길 쪽으로 묶여 있었어요. 마치.. 일부러 길을 잃게 만들려고 했던 것처럼요..

－ 인서트
－ 밤, 39씬에 이어지는..
빨치산 표식을 남기고 비틀비틀 일어서는 현조, 자기도 모르게 노란 리본들을 쫓아가기 시작한다. 안개 사이로 나풀나풀 바람에 흩날리고 있는 노란 리본들. 정신이 혼미한 상태로 비틀비틀 한 발 두 발 리본을 쫓아가는데 순간, 눈앞에 나타나는 아찔한 절벽. 비틀 떨어질 뻔하다가 겨우 나무를 붙잡는다. 이게 뭐지? 거친 숨을 내쉬는 현조의 모습에서..

씬/55   D, 2020년, 해동분소, 사무실

이강, 여전히 사건보고서의 노란 리본 사진을 바라보고 있는데 울리는 유선 전화. 이강, 전화 받으며

이강   해동분숩니다.

남(소리)   여기 전북사무손데.. (하다가) 서이강? 너 진짜로 돌아온 거야?

이강   맞아.

남(소리)   정구영 또 헛소리하는 줄 알았는데 진짜였네.

이강   무슨 일로 전화한 건데?

남(소리)   아 그게 지금 바로 소장님한테 보고드리러 가야 되는데 저번 달 동향보고서가 한 장 누락돼서 그 파일 좀 찾아서 팩스로 보내줄 수 있을까? 급해서 그래. 빨리 좀 부탁할게.

이강   알았어. 찾아보고 연락할게.

이강, 전화 끊고 대진의 책상 쪽으로 휠체어를 끌고 다가와 책상 위 서류철들을 살펴보는데 동향보고서가 보이지 않는다. 어딨지? 여기저기를 찾아보다가 제일 위 서랍을 열어보지만, 보이지 않고.. 다시 다음 서랍, 다음 서랍을 열어보다가 마지막 서랍을 열어보는데 그곳에 쌓여 있는 서류철들. 서류철들을 꺼내다가 순간 얼어붙는 이강. 서류철 옆쪽에 놓여 있는 여러 개의 낡고 빛바랜 노란 리본들. 어떤 리본에는 엷은 핏자국까지 묻어 있다. 떨리는 눈빛으로 그런 리본을 바라보는 이강의 모습에서..

씬/56   D, 비법정, 도원계곡 일각

숲길을 따라 해동분소로 복귀하고 있는 구영과 다원. 다원은 이것저것 숲

길에 있는 풀들을 구경하며 걷고 있는데.. 앞서 걷던 구영.

구영　　아 좀 빨리 안 와.

툴툴거리는 구영의 부름 때문에 어쩔 수 없이 뒤를 따르다가 숲길 한쪽의 석곡을 발견하는 다원.

다원　　어, 석곡이다.

다원, 카메라를 꺼내 여러 각도로 석곡 사진을 찍고 돌아서는데.. 어느새 사라진 구영. 다급히 뒤를 따라 걸어보지만, 구영의 모습은 온데간데없이 사라져 있다. 뭐지? 주변을 둘러보며 구영의 모습을 찾는데 뭔가 이상하다. 새소리, 벌레 소리 하나 들리지 않는다.
순간, 하늘 위로 몰려오는 구름 덕분에 햇빛이 가려지면서 숲 전체가 서서히 어두워지기 시작하고.. 다원, 뭔가 으스스한 느낌으로 주변을 한 바퀴 둘러보는데.. 나무 사이 저 멀리에서 가만히 다원을 바라보는 누군가.. 피묻은 등산화.. 엉망이 된 겨울 유니폼을 걸친.. 무표정한 눈빛의 현조다.

3부

누군가.. 내 동료를 죽였다. 그 사람은.. 아직도 이 산에 있다..
이 산에서.. 사람들을 계속 죽이고 있다

씬/1   D, 현재, 해동분소, 사무실

대진의 책상, 열린 서랍 안에 놓인 피 묻은 노란 리본을 떨리는 눈빛으로
바라보는 이강. 너무 놀라 움직이지도 못하고 가만히 리본을 내려다보고 있
는데.. 창밖에서 들려오는 자동차 엔진 소리. 퍼뜩 놀라 창밖을 바라보는 이
강.

씬/2   D, 해동분소, 주차장

순찰차 차량을 주차하고 내려서는 대진.

씬/3   D, 해동분소, 사무실

이강, 창문 너머로 대진이 도착한 사실을 확인하고 당황해서 서류를 다시
서랍 안에 넣으려다가 다급한 손길에 서류철이 바닥으로 떨어진다.

썬/4　　D, 해동분소, 복도

뚜벅뚜벅 복도를 걸어 들어오는 대진.

썬/5　　D, 해동분소, 사무실

서류철을 주워 서랍 안에 넣고 서랍을 닫는데 서류철이 끼어서 잘 닫히지
않는다. 다급한 손길로 서류철을 다시 고쳐 넣고 서랍을 닫는데 '탕' 생각보
다 큰 소리에 당황하는 이강.

썬/6　　D, 해동분소, 복도/사무실

복도까지 들려오는 '탕' 소리에 의아한 듯 사무실 쪽을 바라보는 대진. 뚜벅
뚜벅 다가가 사무실 문을 여는데 자신의 책상 아래쪽에서 고개를 드는 이
강.

대진　　무슨 일이라도 있니?

이강, 방금 주운 듯 파일철을 꺼내 올리며

이강　　파일 정리를 하다가 떨어뜨려서요. 별일 아닙니다.

대진, 그런 이강을 보다가 책상으로 향하고.. 이강, 그런 대진을 보다가 파일
철을 책상 위에 올려놓는데 손이 보일 듯 말 듯 떨려온다.
직원용 재킷 주머니에서 뭔가를 꺼내서 책상 위에 올려놓고, 재킷을 벗어
의자에 걸어놓는 대진. 이강의 시선, 대진이 책상 위에 올려놓은 물건, 검은
색 등산용 장갑에 꽂히는데.. 장갑 손목 안쪽에 '조대진'이란 글씨가 적혀 있
다.

씬/7   D, 해동분소 건물 외곽

'타타타탁' 빠르게 뛰고 있는 다원의 발. 그 위로 '야!! 같이 가!!' 구영의 목소리 깔린다. 화면 빠지면 분소를 향해 숨이 턱에 차서 뛰어가던 다원, 뒤돌아 구영을 보고

다원   빨리 좀 오세요!

구영, 뒤에서 헉헉거리는데 또다시 몸을 돌려 빠르게 건물로 뛰어가는 다원의 뒷모습.

구영   저거, 왜 저래?

씬/8   D, 해동분소, 자료실

어두운 영상실에 마주 앉아 있는 이강과 다원. 이강은 다원이 건넨 듯한 디카에서 도원계곡 나무 밑둥에 설치한 표식을 찍은 사진들을 확인 중이고.. 그 옆의 다원은 아직도 상기된 얼굴로

다원   말씀하신 것처럼 무인 센서 카메라까지 다 설치해놨어요.

       - 인서트
       - 도원계곡 망바위 나무 밑둥에 설치된 표식을 비추고 있는 무인 센서 카메라.

       - 다시 자료실로 돌아오면
       이강의 눈치를 보는 다원.

다원   혹시 뭐 잘못한 거라도 있나요?

이강, 표식을 찍은 사진을 모두 확인하고

이강   아냐. 수고했어.

다원, 이강의 말에 기분이 좋아지는 듯 입 찢어지는데 문득 생각난 듯 다원을 바라보는 이강.

이강   특별 순찰 나갔을 때, 뭐 다른 일은 없었어? 수상한 사람을 봤다던가..

이강을 바라보며 잠시 생각하던 다원.

다원   아뇨. 아무도 못 봤는데요.

씬/9   D, 비법정, 도원계곡 일각/다원의 회상

구름이 깔리며 서서히 어두워지는 숲. 다원, 뭔가 으스스한 느낌으로 주변을 한 바퀴 둘러보는데.. 나무 사이 저 멀리에서 다원을 바라보고 있는 피 묻은 등산화에 엉망이 된 겨울 유니폼을 걸친 현조. 마치 눈이 마주친 듯 서로를 가만히 바라보고 있는데.. 그때 들려오는 '이다원!!' 구영의 목소리. 다원, 퍼뜩 소리가 들린 쪽을 바라보며

다원   예! 갑니다!

외치며 뛰어가는 다원. 현조 쪽으로 뛰어오지만 전혀 현조가 보이지 않는 눈치다. 현조, 레인저 유니폼을 입은 다원을 잡으려는 듯 손을 들어보지만, 그런 현조를 마치 통과하듯이 뛰어서 사라지는 다원. 그런 다원을 가만히 뒤돌아보는 현조. 쓸쓸한 눈빛으로 다원이 사라질 때까지 가만히 바라보다가 다시 몸을 돌려 한 발 두 발, 정처 없이 걷기 시작한다.

씬/10 D, 몽타주

- 비법정 험한 산길을 고행하는 순례자처럼 묵묵히 땅만 바라보며 걷는 현조. 산길을 계속 걸어가는데 저 아래쪽으로 보이기 시작하는 마을. 계속해서 앞으로 걸어가는데 순간, 아무리 걸어도 길이 멀어지기만 한다. 더 이상 갈 수가 없다. 이런 경험이 처음이 아닌 듯 가라앉은 눈빛으로 저 멀리 사람들이 사는 마을을 내려다보다가 몸을 돌려 반대편으로 멀어지는 현조.

- 또 다른 비법정 산길.
산길을 걷고 있는데 약초를 캐고 있는 약초꾼들 옆을 지나가는 현조. 약초꾼들의 대화 소리가 들려온다.

약초꾼   정말이라니까. 이번에 벌초하러 올라온 기영이도 그 남자 귀신을 보고 죽었대. 저번에 죽을 뻔한 황씨도 그 귀신을 봤대요. 이렇게 긴 흰 옷을 입었다더만.

현조, 그런 약초꾼들 옆을 말없이 지나가는..

- 또 다른 비법정 산길.
숲으로 우거진 산길을 말없이 내려가고 있는 현조. 맞은편 길에서 올라오는 등산객 두 명과 마주치지만, 전혀 현조가 보이지 않는 듯 '딸내미 취직은 됐어?' '뭐 그래.. 요즘 다들 힘들잖아' 등등 대화를 나누며 현조를 통과하듯 위로 사라져버린다.
현조, 당연하다는 듯 그저 고개 숙이고 묵묵히 걸어 내려가는데.. 저 멀리 아래쪽에서 올라오던 약초꾼1(60대 초반, 남), 현조를 보자마자 재빨리 숲길 옆쪽 나무 뒤로 숨는다. 현조, 눈치채지 못하고 묵묵히 그 나무를 지나쳐서 내려가는데.. 천천히 나무 뒤에서 나와 멀어지는 현조의 뒷모습을 바라보는 약초꾼1, 안도의 한숨을 내쉬고는 반대편으로 멀어진다. 아무것도 모르고 걸어 내려가는 피투성이의 현조의 뒷모습 위로 '뎅...' '뎅....' 울려 퍼지는 종소리.

씬/11   D, 절 일각

지리산을 배경으로 해 지는 시간에 맞춰 종을 치고 있는 스님의 모습 위
로..

등산객1(소리)   귀신?

씬/12   N, 막걸리집

지리산 자락에 위치한 널찍한 막걸리집에도 들려오고 있는 종소리. 가게 앞
에 위치한 야외테이블에서 막걸리를 마시고 있는 등산객들. 술이 적당히 오
른 듯 취기가 섞인 목소리로 대화를 나누고 있다.

등산객2   지금 치는 종소리가 뭘 의미하는 줄 알아? 세상에는 우리가 사는 이 세계
         말고도 28천이라고 28개의 세계가 있다는 거야. 그래서 저 종이 울리면 사
         람이 사는 세상 말고 귀신이 사는 세상도 열리면서 산에 귀신들이 나타나
         는 거지.
등산객3   나도 들었어. 장터목대피소 뒷마당 나무에서 여고생 한 명이 목매달아 죽었
         다는데 죽기 전에 1층 15번 자리에서 묵었었대. 그때부터 그 자리에서 자
         는 사람들은 아침에 일어나면 목에 빨갛게 줄 묶인 흔적이 나타난다는 거
         야.
등산객2   천왕봉 얘기도 있잖아. 거기 옛날에 성모 석상이 있었던 거 알지? 누가 그
         성모 석상 머리를 베었다는 거야. 그런데 비 오는 날 새벽만 되면 잘린 여자
         머리가 허공에서 움직인대.
등산객1   잘들 논다. 그만들 하시지.

그때, 지금까지 다른 등산객들의 얘기를 묵묵히 듣던 등산객4, 막걸리 한
모금을 마시고 내려놓으며

등산객4 요즘 지리산에 남자 귀신이 있대. 온몸이 피투성인데.. 그 남자 귀신을 본 사람들은 모두 죽었다는 거야.

사람들의 시선 등산객4에게 쏠리는데..

등산객4 몇십 년 동안 지리산만 오른 약초꾼 아저씨한테 들었어. 자기도 그 귀신을 봤는데 벼랑에서 떨어져서 죽기 직전에 겨우 살았대.

가만히 등산객4의 얘기를 듣던 등산객2.

등산객2 ...그럼 지리산에 저승사자라도 있다는 거야?

슬쩍 고개 들어 산을 바라보는 사람들의 시선. 불길해 보이는 산의 실루엣이 보이는데..

씬/13   N, 비법정, 산 일각

푸르스름한 달빛 아래, 여전히 어디론가 걷고 있는 현조. 시끄럽게 울어대는 풀벌레 소리. 계곡물 흐르는 소리 등이 들려오는데.. 묵묵히 기계적으로 걷던 현조, 우뚝 멈춰 선다. 순간 서서히 멀어지기 시작하는 소리들. 또다시 편린이 보이기 시작하는 듯 떨려오는 눈빛.

- 인서트
- 낮, 반짝반짝 햇빛을 받으며 힘차게 흘러내려가는 맑은 계곡물. 그런 계곡물 곁 바위 위를 걷는 누군가의 청색 등산화.

- 다시 밤, 산으로 돌아오면
답답하고 무력감에 가득 찬 현조의 눈빛. 어찌할 바를 모르겠는 듯 주변을 미친 듯이 돌아보다가.. 절박한 표정으로 어디론가 뛰기 시작한다.

씬/14   N, 비법정, 도원계곡 일각, 망바위 인근

초조함과 안타까움이 가득한 낯빛으로 빠르게 망바위 쪽으로 다가서는 현
조. 망바위 인근 참나무 밑동으로 다가오다가 순간 놀란 듯 멈칫한다. 다원
이 남겨놓은 표식이다. 믿기지 않는 듯 천천히 다가오는 현조. 눈빛에 놀라
움과 반가움, 그리움, 그리고 희망이 교차한다. 어딘가 있을 이강을 찾는 듯
고개 돌려 저 멀리 산 너머를 바라보는데..

씬/15   N, 해동분소 건물 외곽

전 씬의 현조의 모습에서 오버랩 되는 이강. 휠체어에 앉은 채 어둠에 휩싸
인 지리산을 바라보는 이강의 모습에서 날듯이 하늘 위로 오르는 화면. 달
빛 아래 잠든 지리산을 비추기 시작하는데..

씬/16   D, 과거, 지리산 전경

어두웠던 지리산에서 서서히 푸르른 녹음이 가득한 지리산의 모습으로 바
뀌며 그 위로

* 자막 - 2018년, 가을

씬/17   D, 법정 탐방로 일각

법정 탐방로 현재 위치를 알려주는 위치 표시목. '천왕봉 1.3km'. 그 위쪽을
비추면 커다란 바위들로 이뤄진 험준한 경사지. 그중 1미터 정도의 큰 바위
를 가볍게 타고 내려선 뒤 뒤돌아보는 이강. 위쪽을 향해 손을 내밀며

| 이강 | 잡고 내려오세요. |

그런 이강의 시선 쫓아가면 운동복 차림에 일반 운동화를 신은 소심하고 착해 보이는 50대의 아줌마가 벌벌벌 떨면서 이강을 보고 있다.

| 아줌마 | 모.. 못 가겠어요. |

겁에 잔뜩 질린 아줌마, 눈물까지 그렁거리는데.. 이강, 그런 아줌마를 보다가 바위 중간에 단단하게 자신의 한 발을 디뎌 지지한다.

이강	제 발 밟으세요.
아줌마	예? 어떻게 아가씨 발을 밟고..
이강	괜찮으니까 계단이라고 생각하고 밟고 내려오세요.

머뭇거리던 아줌마, 어쩔 수 없이 조심스럽게 이강 손을 잡은 뒤 발을 밟고 안전하게 바위 아래로 내려선다. 아무렇지 않게 다시 앞서가기 시작하는 이강. 그런 이강을 미안한 눈빛으로 바라보며 뒤따르는 아줌마.

| 아줌마 | 미안해요. |
| 이강 | 지리산이 흙산이라고 만만하게 보시면 큰일 나요. 게다가 (뒤 힐긋 보며) 저런 거까지 들고 오시니까 지치시죠. |

이강 시선 쫓아가면 엄청나게 큰 수박을 들고 낑낑거리며 바위를 내려오고 있는 현조다.

아줌마	미안해서 어쩌나..
현조	(힘들어 죽겠지만 내색하지 않고 밝게 웃으며) 전 괜찮습니다!
아줌마	천왕봉이 그렇게 기가 좋다고 해서요. 아들놈이 고3이라 저거라도 놓고 빌어볼라고..

하다가 삐끗하는 아줌마. 재빨리 아줌마 잡아주는 이강. 보는데 아줌마 신발끈이 조금 풀려 있다. 이강 무릎 꿇고 아줌마 신발끈을 제대로 묶어주면서

이강　지리산, 그냥 산일 뿐입니다. 기 같은 거 없어요. 빌고 싶으시면 교회나, 성당이나, 절 같은 데 가세요. 거긴 적어도 올라가느라 힘 뺄 일은 없잖아요.

씬/18　D, 해동분소 탐방로 입구

탐방로 입구로 내려오는 이강, 현조, 아줌마. 미안한 듯 연신 고개 숙여 인사하는 아줌마에게 땀투성이면서도 밝은 미소로 수박 건네주는 현조.

현조　지리산 왔다 간 귀한 수박인데, 가셔서 꼭 아드님 주세요.
아줌마　많이 힘들었을 텐데.. 고마워요.
현조　아드님 합격하시면 꼭 같이 오세요.
이강　그땐 등산복, 등산화, 장비 꼼꼼히 챙겨서 오셔야 합니다.

아줌마, 무안하고 미안한 눈빛으로 인사한 뒤 멀어지는데..

현조　(이강 보며) 발 괜찮아요? 파스라도 사 올까요?
이강　됐어.

그때 울리는 무전기 소리.

무전(소리)　비담 하나. 비법정 백토골 3킬로미터 기도터 지점, 불법 무속 행위 제보다.

'백토골'이란 지명에 현조의 눈빛 보일 듯 말 듯 굳어지는데..

이강　(무전기에 대고) 해동 둘, 해동분소 탐방로 입구. 지금 출발할게.

무전기 너머에서 들려오는 다른 팀으로 출동했던 구영의 목소리. '해동 하나, 양석봉 4킬로미터 특별 순찰 중. 한 시간 반 안에 끊어볼게'. 비담대피소에서 출동하는 다른 팀의 무전. '비담 둘, 도원계곡 입구, 우리도 출발한다'. 이강, 출발하려는데 현조, 잠시 생각이 다른 데로 가 있는 듯 굳은 눈빛으로 서 있다.

이강   뭐 해? 수박 좀 날랐다고 힘들어서 못 가겠나?

이강의 목소리에 정신이 나는 듯 바로 평상시의 밝은 모습으로 돌아와

현조   아닙니다! 갑니다!

씬/19   D, 백토골, 기도터 인근

험한 비법정을 오르고 있는 이강과 현조. 올라갈수록 저 멀리에서 들려오는 꽹과리 소리와 무악 소리가 점점 크게 들려오기 시작하는데.. 수풀들을 제치고 내리막길이 시작되는 곳에 이르자 저 아래 계곡 근처 기도터에서 굿을 하고 있는 무속인들의 모습이 한눈에 들어온다. 근처 나무들에 걸쳐놓은 빨갛고 파란 비단천들이 바람에 나부끼고 넓은 돌 위에 놓인 제기와 음식들이 담긴 제사상. 그 앞에 오색 한복을 차려입은 어린 무당, 그 옆에 늙은 무당이 부적에 불을 붙여 어린 무당의 머리 위로 한 바퀴 돌린 뒤 은접시에 놓고 무악에 맞춰 무가를 부르고 있다. 그 주변에는 장구, 꽹과리를 치고 있는 무악단 네댓. 그 옆에는 늙은 무당과 같은 패인 듯 보이는 박수무당이 경건히 무릎을 꿇고 있는데.. 기가 막힌 얼굴로 내려다보는 현조.

현조   저게 다 뭐예요?
이강   신내림이야. 골치 아프게 생겼네. 그냥 굿도 아니고 내림굿이면 웬만해선 안 물러날 텐데..

그때, 뒤쪽에서 느껴지는 인기척. 돌아보면 걸어 올라오고 있는 구영과 솔,

일해와 수색1이다. 현조, '오셨어요' 인사하다가 솔이 온 게 의아한 듯 보며

현조   그런데 선배님은 여긴 웬일이세요?
이강   왜긴 왜야. 쟤 저런 거에 환장하잖아.
솔   환장은 아니구요. 대대로 내려온 무속신앙에 대한 호기심입니다.

구영, 아래쪽 내려다보며

구영   스펙터클하게도 펼치셨네.
이강   (하늘 한번 보며) 내려가자. 해 지기 전에 끝내야지.

가장 먼저 내리막길을 내려가기 시작하는 이강. 솔과 일해, 수색1 그 뒤를
따르고 구영과 현조, 그 뒤를 따르는데..

구영   (내려가며 현조에게) 근데, 그 얘긴 알지? 무속인들 쫓아내기 전에 꼭 해야
        할 게 있어.
현조   예?
구영   (진지하게) 내쫓기 전에 꼭 '어명이오'를 외쳐야 해. 안 그러면 삼 년은 재수
        없어.
현조   (기가 막힌) 그게 뭐예요.
구영   싫음 말든가. 근데 '어명이오' 안 하고 내쫓았던 직원들, 운전면허 다섯 번 떨
        어지고, 다리 부러지고, 없던 치질 생기고 장난 아니었어.
현조   (어이없는 표정으로 앞서 걷는 구영의 뒤에 대고) 농담인 거죠? 진짜 그런
        걸 믿는 거예요?

그때, 가장 먼저 기도터에 도착하는 이강, 당당하게 '어명이오!' 외치며 다가
가고 그 뒤에 솔, 일해, 구영, 수색1 모두 '어명이오'를 외치며 그 뒤를 따른
다. 헐.. 이게 뭐지? 보던 현조, 찰나 고민하다가 들릴 듯 말 듯 소심하게 '어
명이오' 읊조린 뒤 그 뒤를 따르는데..

씬/20   D, 백토골, 기도터

기도터에서 굿을 올리던 사람들 중 박수무당, 다가오는 직원들을 보고 일어서며 무악단들에게 계속하라는 듯 손짓 주며 일어나서 험악한 얼굴로 레인저들에게 다가서는데.. 가장 앞으로 나서는 일해.

일해   지리산 국립공원 박일해 팀장입...

하는데 얘기 끝까지 듣지도 않고 일해 가슴팍 밀어버리는 박수무당.

박수무당   (험상궂게) 뭐라는 거야!
일해   .. (확 울컥하는) 지금 뭐 하시는 겁니까!

두 사람, 몸싸움 붙는 사이 빠르게 굿판으로 다가가는 이강.

이강   지금 선생님들은 자연공원법 제29조 제1항 영업 등의 제한 등 조항을 위반했습니다.

하지만, 듣는 척도 안 하는 무악단들과 무당들. 이강, 그럴 줄 알았다. 연주 중인 무악단의 손에서 반항할 틈도 없이 꽹과리 뺏어 들고 마구 '댕댕댕댕' 쳐대는 이강.

이강   28조 1항 출입금지구역 위반행위도 하셨구요.

이강이 얘기하는 동안 꽹과리 소리 때문에 엉망이 되는 굿판. 무악단들도 악기 놓고 험상궂게 일어서는데.. 그사이 굿판으로 들어와서 그런 무악단들 상대하면서 나무에 걸린 천들 걷어내고 제기들 정리하는 구영, 수색1. 솔은 카메라 들고 들어와서 현장들을 찍기 시작하고.. 현조, 처음 보는 굿판에 정신없이 보다가 일해와 박수무당 사이가 거칠어지기 시작하자, 그 사이에 껴서 최대한 막아보기 시작하고.. 그사이 이강, 꽹과리 치다가 제단 위 초를 입으로 *끄며*

이강   화기까지 사용하셨네요. 이게 과태료가 다 얼마야.

엉망이 된 굿판에 노기를 띤 늙은 무당, 이강을 노려보며 '네 이년!' 호통치지만 눈 하나 깜짝하지 않고 '네네' 건성으로 대답하고.. 정신없이 굿판을 정리해나가는 직원들의 모습에서..

– 시간 경과되면
격렬한 몸싸움이 끝난 듯 직원들도 무속인들도 머리가 산발이 돼 있다. 체념한 듯한 무속인들, 하나둘씩 제기들과 악기들을 가방 안에 정리하고 있고.. 그 곁에서 도와주고 있는 직원들. 이강은 늙은 무당에게 과태료 물리고 있다. 무당은 여전히 노한 얼굴로 '네 이년!!' 이강, 알았다는 듯한 손짓. 현조, 혼자 오도카니 앉아 있는 어린 무당 보고 딱한 듯 다가가

현조   괜찮니?
어린 무당   (가만히 보다가) 죽어서도 산에서 헤매 다닐 팔자야.

현조, '뭐?' 어이없이 바라보는데.. 정리가 끝난 듯 내려가는 무속인들. 어린 무당 쌩하니 일어나서 무리의 뒤를 따른다. 현조, 어이없다. '뭐야.. 쟤' 하는데.. 그때, 한쪽에서 찌뿌둥한 듯 목 돌리는 구영.

구영   아우 삭신이야. 빨리 뒷정리하고 내려가자.

둘러보면 무속인들이 버린 쓰레기들 천지다. 다들 배낭에서 쓰레기봉투 꺼내서 쓰레기들 수거하는데.. 솔, 바닥에 떨어진 부적들이 희한한 듯 사진을 찍고 있다. 현조, 호기심이 드는 듯 다가가

현조   그건 또 뭐예요?
솔   처음 보는 부적이라서요. 가져가서 연구를 해봐야겠네요.

솔, 배낭 열어 파일 하나 꺼내 그 안에 부적 갈무리하는데...

현조, 그런 솔을 지켜보다가

현조　여기 이런 사람들이 많이 오나 봐요.
솔　골로 간다. 골로 보내버린다. 그런 말 많이 들어봤죠? 골짜기로 갔다... 이 백토골로 들어오면 아무도 살아가지 못한다는 말에서 유래한 겁니다.

현조, 눈빛 서서히 가라앉기 시작한다.

솔　이곳은 지리산 중에서도 유독 음기가 쎈 곳이에요. 동학혁명, 일제시대, 6·25, 빨치산 전투까지 오랫동안 이곳에서 사람들이 많이 죽었거든요. 아직도 땅을 파면 인골이 나오죠.

천천히 기도터를 둘러싼 백토골을 둘러보는 현조. 햇빛을 가릴 정도로 빽빽하게 들어선 나무들이 어쩐지 스산해 보인다.

솔　백토골 곳곳에 십자가가 놓여져 있거나 돌탑이 쌓인 곳들이 많아요. 무덤도 남기지 못하고 이곳에서 죽어간 사람들을 추모하는 거죠. 만약에 귀신이 있다면 다른 어느 곳보다 어울리는 곳이에요. 그러니까 저런 무속인들이 기를 받으려고 찾아오는 거죠.

현조, 주변을 가만히 둘러보다가..

현조　(자조적으로) 여기가 그런 곳이었군요.. 귀신이 있다면.. 뭔가가 있다면 다른 어느 곳보다 어울리는 곳..

솔, 그런 현조를 의아한 듯 보는데.. 조금 떨어진 곳에서 쓰레기 수거가 다 끝난 듯한 일해 '뭐 해!' 부르고..

솔　그만 가죠.

솔, 먼저 몸을 돌려 멀어지는데.. 현조는 돌아서려다가 뭔가가 생각나는 듯 다시 한번 백토골을 둘러본다.

씬/21   N, 읍내 일각

감나무집 앞에 멈춰 서는 솔의 자동차. 카풀을 하고 온 듯 차에서 내리는 사복으로 갈아입은 이강, 현조, 구영, 일해.

이강　(차 안의 솔을 향해) 잘 왔다.
현조　안녕히 가세요.

솔 역시 '그럼 들어가세요' 인사를 나눈 뒤 부웅 떠나버리고.. 이강, 현조, 구영, 일해 넷만 남는데..

이강　어디가 좋을까?
구영　감나무집이 좋긴 한데..
이강　안 돼. 할머니가 끼면 길어져.
일해　그럼 사택 가자.
이강　콜.

먼저 성큼성큼 걸어가는 이강과 일해, 구영. 영문을 모르고 그 뒤를 따르는 현조, 구영에게

현조　무슨 소리세요?
구영　뭐긴 뭐야. 혹시라도 귀신 붙었을 수도 있으니까 액땜주 해야지.
현조　아.. 그럼 솔 선배도 같이 마셔야죠.
구영　걘 귀신 떨어질까 봐 액땜주 안 해.

씬/22   N, 사택 마당

사택 마당 평상 위에서 한 잔씩 걸치고 있는 이강, 현조, 구영, 일해. 이미 꽤 마신 듯 한 편에는 술병들이 줄지어 있는데..

구영   (놀란 얼굴로 현조를 바라보는) 애가 이번 기수 수석이었다구?

현조, 무안한 표정.

일해   그렇다니까. 지리산 넓고 험해서 다들 어떡하든 안 올라 그러잖아. 그런데 수석이 여기 지원해서 다들 놀랐대.
구영   와.. 완전 서이강이랑 정반대네. 애 꼴찌잖아.
이강   (확 열받은 얼굴로) 야! 그때 나 진짜 대충 본 거거든.
일해   맞아. 그때 산 싫다고 안 한다고 하는 애를 할머니가 억지로 머리채 잡고 왔었잖아.

현조, 멈칫해서 이강 보는..

구영   그럼 승진시험은 어쩔 건데. 너 막 코피 나게 공부했는데 최저점 맞았잖아. 국립공원공단 설립 이래 최저점.
이강   이게 진짜. 너도 승진 탈락했잖아.
일해   왜 이래. 혼자 승진한 사람 무안하게..

아.. 진짜.. 열받은 얼굴로 일해를 보다가 동시에 벌컥벌컥 술 마시는 이강과 구영. 그때 이강이 마시고 내려놓는 술 확인하는 일해.

일해   (놀라서) 애 고구마 막걸리 마셨어..

구영도 일해도 뒤로 몸 빼는..
이강, 눈빛 하나도 변하지 않고 일어난다.

이강   잘 마셨다. 나 갈게.

일어나는데.. 현조, 그런 이강 뒤를 쫓는

현조   바래다드릴게요.

대문 열고 나가는 이강 뒤를 쫓아가는 현조.

구영   ...괜찮을까?

씬/23   N, 읍내 거리 일각

사택을 나와서 걸어가는 이강, 한 치의 흔들림도 없다. '같이 가요' 그 뒤를
따라 뛰어나와 옆에서 함께 걷는 현조. 뚜벅뚜벅 걸어가는 이강, 감나무집
으로 들어가지 않고 스쳐 지나가서 걸어간다. 현조, 뭐지? 뒤쫓아 가는..

현조   바람 쐬고 싶으세요?

이강, 뒤돌아보지 않고 계속 걸어간다. 그 옆으로 다가가 같이 걷기 시작하
는 현조. 불어오는 밤바람을 뚫고 함께 걸어가는데.. 현조, 뭔가 생각하다가

현조   그런데.. 선배님, 그렇게 산을 싫어하면서 왜 레인저가 되신 거예요?

이강, 순간 힘든 듯 바닥에 주저앉는다. 뭐지? 바라보는 현조에게 옆에 앉으
라는 듯 탁탁 치는 이강. 현조, 영문을 모르겠는 듯 보다가 옆에 앉는다. 그
런 두 사람의 눈앞에 펼쳐진 지리산의 실루엣, 밤하늘. 풀벌레 소리.
순간 현조의 귓가에 들려오는 딸꾹질 소리. 현조, 설마.. 하고 천천히 고개
돌려 바라보면 이강의 눈 완전히 풀려 있다.

이강   지금부터 왜 내가 레인저가 됐는지 얘기해줄 테니까 잘 들어.
현조   (이건 뭐지..)
이강   내가 처음 산에 오른 게 여섯 살 때였어..

현조   ...선배님?

서서히 화면 빠지기 시작한다. 그 위로 깔리기 시작하는 술 취한 이강의 목소리.

이강(소리) 일곱 살 때 처음 천왕봉에 올랐어. 여덟 살 때부턴 혼자서 올랐지. 콜라를 가지고 가서 그 위에서 마시면 그 맛이 죽였거든.

순간, '우웩' 오바이트 쏠리는 듯한 이강의 소리.

현조(소리) ..선배님??
이강(소리) 괜찮아. 아홉 살 때는.. 종주를 시작했어. 지리산 위에서 별밤 못 봤지.. 완전 대박..
현조(소리) ...선배님??
이강(소리) 더 들어봐. 내가 열 살 때는..

서서히 빠지기 시작해서 지리산을 비추는 화면에서..

씬/24   D, 지리산 전경

전 씬에서 서서히 낮으로 변하기 시작하고..
울창한 지리산, 무속인들이 기도하던 기도터를 비추다가 그 위쪽 위쪽 정상 백토골 골짜기를 향해서 날듯이 이동하는 화면에서..

씬/25   D, 백토골, 총알나무 인근

햇살이 가득 내려앉은 총알나무 인근 숲을 걸어 올라가고 있는 고운 백발의 금례할머니(80대 초반, 여). 분홍색 배낭을 메고 오르막길을 오르는데 이 길이 익숙한 듯 발걸음이 가볍다. 그런 할머니의 시야에 들어오기 시

작하는 총알나무. 바람에 흔들리는 아름드리 나뭇잎들 아래 검은 나무줄
기에는 과거에 총탄이 박혔던 자국들이 여전히 남아 있고, 나무 주변으로
는 오랜 세월 누군가가 쌓아온 듯한 낮은 돌무더기 몇 개가 원을 그리고 있
다. 그런 총알나무를 바라보는 금례할머니의 눈가에 엷은 미소가 떠오르
고.. 천천히 다가가 나무줄기를 매만지는 할머니의 주름진 손. 가만히 나무
를 바라보다가 바닥에 있는 납작한 돌 두어 개를 들어 조심스럽게 돌무더
기 위에 얹고.. 배낭 안에서 배, 사과, 초코파이 등 음식과 소주병과 잔을 꺼
내서 나무 앞에 내려놓고 마지막으로 배낭 앞 지퍼에서 사진 한 장을 소중
하게 꺼낸다.

먼 과거에 찍은 듯 빛바랜 흑백 사진. 열 살 정도의 어린 금례 손을 잡고 있
는 한복 차림의 젊은 금례모. 그런 사진을 음식들 옆에 내려놓고, 소주를
잔에 붓는 금례할머니. 나무 주변을 돌며 소주를 뿌리면서

금례할머니 엄마랑 나눠 먹을려구 맛있는 거 갖구 왔어. 좋지?

천천히 나무 주변을 돌던 금례할머니, 뭔가를 발견하고 갸웃한다. 나무 뒤
쪽 평평한 돌 위에 고운 들꽃과 함께 놓인 요쿠르트 두 병이다. 갸웃하며 요
쿠르트 병을 바라보는 금례할머니의 선한 얼굴에서..

씬/26　D, 해동분소 건물 외곽

오후, 해동분소 건물 외경.

씬/27　D, 해동분소, 사무실

날씨 예보가 흘러나오고 있는 텔레비전.
팩스기기 앞에서 서류를 확인하고 있는 이강. 그런 이강을 뒤쪽에서 바라
보고 있는 구영과 현조.

구영	몇 살까지 들었냐?
현조	...열세 살이요.
구영	아직 멀었네. 첫사랑 얘기 못 들었지?
현조	첫사랑이요?

그때, 팩스에서 받은 서류 가지고 화이트보드판으로 다가가던 이강, 낮은 목소리로 이 갈듯이 구영에게

이강	그만해라.

현조, 눈치껏 다가가서

현조	제가 하겠습니다.

현조, 이강이 들고 있던 서류 건네받아 살펴보다가 멈칫..
'적룡부대 3대대 지리산 행군 훈련 루트 : 하복리 치마대~허항고개~몽돌길~ 단수리~백실~이석계곡~백토골'.

현조	(이강에게) 저기.. 이 훈련..
이강	(의아한 듯 돌아보며) 행군 훈련? 매년마다 같은 루트로 군대에서 훈련 오는 건데.. 왜?

순간, 귓가에 들려오던 뉴스 방송음이 서서히 멀어지기 시작하고 '뭐 잘못 됐어?' 묻는 이강의 목소리도 멀어지고.. 심장 박동 소리만이 커져온다. 떨리는 눈빛으로 화이트보드판을 바라보는 현조의 모습에서

- 인서트
- 밤, 물줄기가 말라 골만 남은 계곡터. 달빛 아래 드러난 계곡터 곳곳에 쌓여 있는 허리 높이의 수십 개의 돌무더기들. 달빛에 비쳐 기괴한 유령 그림자처럼 보이는 돌무더기들 사이를 비틀거리면서 달리는 누군가의 흔들리는 시선으로 보이는 화면. 돌무더기들 너머 보이는 산 능선의 실루엣. 거친 숨

소리, 서서히 느려지는 발걸음. 결국 균형을 잃고 '쿵' 땅으로 쓰러지고.. 점점 흐려지는 시선 안에 데구르르 굴러가는 빈 요쿠르트 병이 보이는데.. 그 위로 귀청이 찢어질 듯 들려오는 유선전화 벨 소리.

– 다시 해동분소 사무실로 돌아오면
순간 정신이 돌아오는 듯 고개를 드는 현조의 얼굴 위로 또다시 '때르르르릉' 유선전화 벨 소리가 울린다. 뒤돌아보면 사무실 유전전화가 울리고 있다. 전화기와 가장 가까운 구영, 전화기를 들고

| 구영 | 예, 해동분숩니다. (하다 아는 사람인 듯) 아 예, 안녕하세요. 무슨 일 있으세요? |

이강도 현조도 무슨 일인가 싶어 구영을 바라보는데..

| 구영 | (별반 큰일 아니라는 듯) 알겠습니다. 예, 확인해볼게요. |

전화 끊는 구영.

이강	무슨 일인데?
구영	금례할머니가 또 산에 가셨는데 아직 안 들어오셨나 봐. 핸드폰도 안 받으시고..
이강	산에 가신 건 확실한 거야?
구영	배낭하고 장비가 없어졌대. 그런데 뭐 금례할머니가 산에서 길 잃을 분이 아니잖아.

이강, 생각에 잠기다가.. 캐비닛을 열어 장갑과 재킷을 챙긴다.

구영	왜 또?
이강	순찰 겸 한번 다녀올게.
구영	암튼 사서 고생한다. 바로 집에 오셨다고 연락 올 수도 있잖아.
이강	그런 연락 오면 바로 무전 때려.

현조, 그런 이강 보다가 빠르게 재킷, 장갑 챙기며

현조   저도 같이 가요!

씬/28   D, 해동분소 건물 외곽

문 열고 나와 순찰차량을 향해 걸어가며 이강에게 묻는 현조.

현조   금례할머니라는 분이 누군데요?
이강   어렸을 때 백토골에서 어머니를 잃으셨는데, 일 년에도 몇 번이나 어머니를 기린다고 불법 산행을 하셔서 직원들 사이엔 유명한 분이셔.
현조   (눈빛 굳어버리는) 백토골이요?

현조, 문득 고개 들어 불안한 눈빛으로 서서히 해가 지기 시작하는 산을 바라보는데..

씬/29   N, 백토골, 숲길 일각

무성한 수풀 사이, 스윽스윽 한쪽 발을 끌며 불안하게 걸어오는 누군가의 발. 한쪽 발엔 등산화를 신었지만, 다른 쪽은 신발을 잃어버린 듯, 흙투성이에 드문드문 피가 보이는 양말뿐이다. 서서히 틸업하면 흐트러진 머리카락, 쉬지 않고 흘러내리는 식은땀, 붉게 충혈된 눈빛의 금례할머니다. 25씬, 고 왔던 모습과 비교하면 한눈에 봐도 제정신이 아닌 모습인데..
불안감에 바들바들 떨며 겁에 질린 눈빛으로 주변을 둘러보며 앞으로 앞으로 전진하던 할머니, 나무등걸을 피하지 못하고 앞으로 넘어지고.. 그때, 주머니에 있던 핸드폰이 땅에 떨어진다. 다시 일어나려는데 갑자기 어디선가 들려오는 아이의 울음소리. 할머니, 어디지? 어둠에 휩싸인 나무들 너머를 겁에 질려 바라보는데..

순간, 검은 어둠 속에서 할머니 쪽을 향해 뛰어오는 7, 8살 정도의 한복을 걸친 여자아이. 놀라서 헉, 숨을 들이마시는 할머니. 울면서 이쪽을 향해 뛰어오는 여자아이, 그 뒤를 이어 절박한 눈빛의 나이 든 할아버지, 할머니, 아주머니와 교복을 입은 학생들이 금례할머니 쪽을 향해 뛰어오는데.. 저 너머 어둠을 뚫고 붉은 총성이 '탕탕탕탕탕' 울려 퍼지기 시작한다.

금례할머니, 공포에 숨이 넘어갈 듯 가빠진다. 하나둘씩 붉은 피를 토하며 쓰러지기 시작하는 사람들. 더욱 바들바들 떨려오는 금례할머니의 눈빛, 더 이상 보고 듣지 못하겠는 듯 눈을 감고 양손으로 귀를 틀어막는데..

씬/30 N, 백토골, 총알나무 인근

전 씬과는 대비되는 고요한 산길. 어둠 속을 뚫고 총알나무를 향해 다가오는 두 개의 랜턴 불빛. 이강과 현조다. 이강, 총알나무 주변을 랜턴으로 비추며

이강   여기야.

현조, 그 말에 역시 랜턴으로 나무 주변을 훑다가 나무에 난 총탄 자국을 본다. 그 자국을 만져보며

현조   이거.. 혹시 진짜 총탄 자국이에요?
이강   (여전히 주변을 랜턴으로 비추며 살피는) 맞아. 예전에 여기서 양민 학살이 있었거든. 그래서 우린 총알나무라고 불러.

현조, 가만히 그 자국을 바라보는데.. 이강, 바닥을 비추다가 금례할머니가 놓고 간 사과, 배, 음식물들을 발견하고 멈칫한다. 음식물들 옆에는 텅 빈 요쿠르트 병 두 개. 이강, 무전기 꺼내서

이강   정구영. 금례할머니 연락됐어?
구영(소리) 아직이야. 가족들이 아직도 여기저기 찾아다니고 있나 봐. 도착했어? 거긴

어때?

이강   (과일들 바라보며) 여기 왔다 가신 건 확실한데, 뭔가 이상해. 가져온 물건
      들은 언제나 휴지 한 장까지 수거해 가셨잖아. 그런데 오늘은 다 남겨두고
      가셨어.

      이강, 불안한 시선으로 주변을 둘러보다가

이강   일단 우린 여기 좀 수색해볼 테니까 CCTV 좀 찾아봐봐.
구영(소리) 비법정에 CCTV가 어딨어?
이강   비법정 입구 인근 도로에는 있잖아. 경찰한테 협조 구해서 한번 살펴봐.

      이강의 얘기에 불안감을 느낀 듯 현조의 눈빛도 점점 가라앉는데.. 이강, 무
      전 끈 뒤 GPS 확인해보고는 핸드폰을 꺼내 금례할머니 전화번호를 찾아
      통화 버튼을 누르고 주변을 둘러본다.

현조   뭐 하는 거예요?
이강   여기 발신구역이야. 이 근방에 계시면 벨 소리가 울릴 수도 있어.

      현조도 이강도 조용히 주변을 둘러보지만, 아무 소리가 들리지 않는다. 이
      강도 현조도 눈빛 점점 불안해지고..

이강   (핸드폰 주머니에 넣으며) 진동으로 돼 있을 수도 있으니까, 일단 좀 더 수
      색해보자. 넌 저쪽 샛길로 가봐.

      돌아서려는 이강을 붙잡는 현조.

현조   잠깐만요. 백토골, 돌무지터. 거기 한 번만 가봐요.
이강   왜? 또 뭐 헛거 본 거야? 뭘 봤는데?

      현조, 아직도 반신반의하는 눈빛의 이강을 보다가

현조	어렸을 때 7대 불가사의 같은 거 안 믿었죠? 선배가 이해를 못 한다고 해서 다 거짓말이 아니에요. 이집트 피라미드, 이스터 석상, 버뮤다 삼각지대 그런 게 다 버젓이 존재한다구요.
이강	뭔 개소리야.
현조	됐습니다. 그렇게 못 믿겠으면 나 혼자 갈게요.

답답한 얼굴로 돌아서서 걸어가는 현조.

이강	야!
현조	왜요?
이강	그쪽 아니야.

현조, 무안하게 멈춰 선다.

이강	(한심한 듯 보다가) 따라와.

이강, 돌아서서 걸어가고 졸졸졸 그 뒤를 쫓기 시작하는 현조.

씬/31   N, 백토골, 돌무지터

물줄기가 말라 골만 남은 계곡터. 양쪽 면은 가파른 위험한 벼랑 같은 돌길. 달빛 아래 드러난 계곡터 곳곳에 사람 키만큼 기괴하게 쌓여 있는 수십 개의 돌무더기들 사이로 걸어 들어오는 이강과 현조.
현조, 내려서자마자 긴장한 눈빛으로 랜턴 비추며 여기저기를 수색해보고..
이강 역시 반신반의하긴 하지만 현조가 간 반대쪽을 랜턴을 비추면서 수색하는데 아무것도 보이지 않는다. 이강, 현조 쪽으로 다가와

이강	저쪽엔 아무것도 없어. 넌?

현조, 이강의 물음에 대답 없이 당황한 눈빛으로 다시 한번 여기저기를 랜

턴을 비추며 찾아보지만, 이쪽 역시 아무것도 보이지 않는다.

현조   분명히 보였는데.. 분명히 여기였어요.

이강, 그럼 그렇지 현조 보다가

이강   믿은 내가 바보지.
현조   진짜예요. 여기였어요.
이강   됐어.

이강, 다시 총알나무 쪽으로 돌아가려는 듯 가파른 돌길 쪽으로 걸어가려
는데.. 그쪽 방향 쪽에서 하나둘씩 보이기 시작하는 랜턴 불빛들.
뭐지? 멈칫해서 바라보는 이강과 현조. 랜턴 불빛들 점점 다가오는데.. 보면
완전 군장을 한 채 행군 훈련 중이던 적룡부대 분대원들과 지휘관인 최규
연 중위다. 다가오는 군인들을 발견하자, 눈빛 가라앉는 현조. 점점 다가와
이강, 현조와 마주 서는 최중위, 분대원들.

최중위   국립공원 직원분들이십니까?
이강   해동분소 소속 직원들입니다. 행군 훈련 보고는 받았습니다.

이강과 얘기하던 최중위, 얼핏 현조를 보다가.. 다시 놀라 본다. 설마 하는
눈빛으로

최중위   ...강대위님?

이강, 뭐지? 하는 눈빛으로 현조와 최중위를 보는..

최중위   강대위님, 맞죠?
현조   .. (씁쓸하게 웃으며) 오랜만이다.

그런 두 사람을 의아하게 바라보는 이강.

- 시간 경과되면
돌무지터 한 편에서 구영과 무전을 하고 있는 이강.

이강   할머니 돌아오셨대?
구영(소리) 아직도 안 돌아오셨대. 친구분들 집에도 안 가셨다고 하고..
이강   CCTV는 찾아봤어?
구영(소리) 백토골 입구 인근 도로들 CCTV 다 찾아봤는데 찍히지 않으셨어. 아무래
        도 산에 계신 것 같아.

이강, 눈빛 어두워지고..
그런 이강의 모습에서 서서히 뒤쪽 비추면, 취침 준비를 하는 듯 비트를 파
고 있는 분대원들. 그들 옆에 서서 대화를 나누고 있는 현조와 최중위.

최중위   군복 벗으셨다는 얘기는 들었는데 여기 계실 줄은 몰랐습니다. ..그 사건 때
        문인가요?
현조   ...
최중위   ..여기였죠? 김중사가 발견된 곳이.. 매년 여기 지날 때마다 생각났습니다.
현조   (대화를 돌리려는 듯) 행군 훈련은 잘 되고 있어? 사고는 없었고?
최중위   (엷게 미소 지으며) 뭐 훈련이 다 그렇죠. 내일이면 끝날 겁니다. 그런데 이
        런 야밤까지 순찰하시는 겁니까?
현조   조금 일이 있어서.. (하다가) 혹시 훈련 중에 할머니 한 분 본 적 없어?
최중위   아뇨. 민간인은 보지 못했습니다. 무슨 일이신데요?

현조와 최중위 바로 옆에서 비트를 파고 있던 안일병, 두 사람의 대화 소리
를 언뜻 듣고 고개 들어 바라본다. 좀 떨어진 곳에서 무전을 하던 이강, 이
쪽으로 다가오는데..

현조   할머니 한 분이 사라지셔서.. 훈련 루트랑 동선이 겹쳐서 그런데 다른 작은
        거라도 눈에 띄는 거 없었어?

그때, 들려오는 '중위님' 최중위를 부르는 안일병의 소리. 돌아보면 쭈뼛대며 일어서는 안일병이다.

안일병　아까 제가 낙오됐을 때 말입니다.

현조, 의아하게 보면, 최중위 현조에게

최중위　안재선 일병입니다. 세 시간 전에 백토골 능선을 지나다가 수통을 잃어버려서 보고도 없이 이탈했다가 길을 잃고 낙오했었습니다.
현조　(안일병 보고) 그래서요. 그때 무슨 일이 있었습니까?

　　　- 인서트
　　　- 황혼이 지고 있는 백토골 산길 일각. 나무를 헤치며 걸어 나오는 안일병. 군장 없이 한 손에는 수통을 들고 있는데 낯빛이 새파랗게 질려 있다. 길을 잃은 듯 주변을 두리번거리면서 앞으로 걸어오고 있는데.. 나무숲을 거의 다 지났을 때 뭔가를 발견하고 멈칫한다.
안일병의 시선을 쫓아 클로즈업되어 보이는 바다에 떨어져 있는 분홍색 배낭. 그 앞쪽에 무릎을 꿇고 배낭을 살펴보고 있는 누군가의 검은색 등산용 장갑을 낀 손. 안일병과 시선이 마주친 듯 일어서서 안일병 쪽을 바라보는 누군가의 어깨 정도..
그때, 가까운 곳에서 '안일병!' '재선아!' 안일병을 찾아 나선 듯한 최중위와 분대원들의 목소리. 반가운 얼굴로 소리가 들려오는 곳을 바라보는 안일병의 모습에서..

　　　- 다시 돌무지터로 돌아오면
다가오다가 안일병의 얘기를 듣고 멈칫하는 이강.

최중위　민간인을 봤다구?
안일병　예. 그 사람도 등산을 왔다는데 배낭이 떨어져 있어서 누구 건가 보고 있었다고 했습니다.

이강, 앞으로 나서며

이강   배낭 색깔이 어떤 색이었죠?
안일병   분홍색이었습니다.

핸드폰에서 사진 하나 찾아 보여주는데 배낭을 앞에 두고 휴식을 취하고 있는 금례할머니의 사진이다.

이강   이 배낭인가요?
안일병   (사진 보다가) 맞습니다. 이거였습니다.
현조   (최중위에게) 거기가 어디야?

최중위, 지도 꺼내서 이강과 현조에게 보여준다.

최중위   백실에서 출발해서 50분 경과한 지점입니다. (지도 중 한 부분 찍으며) 여기였어요.

이강, 지도를 확인한 뒤 현조에게

이강   지름길로 가면 한 시간 안에 갈 수 있어. 가자.
현조   (최중위에게) 조심해서 복귀해.

최중위, 현조에게 경례하고.. 현조와 이강, 빠른 걸음으로 사라진다. 그런 두 사람의 뒷모습을 바라보는 안일병

씬/32   N, 동 장소

전 씬에서 팠던 비트에 침낭을 깔고 세상모르고 잠에 빠져 있는 최중위와 분대원들. 여기저기서 코 고는 소리가 들려오는데..
조금 떨어진 곳에서 불침번을 서고 있는 안일병. 피곤한 듯 찢어지게 하품

을 하고는 잠든 동료들을 둘러본다. 모두가 곤히 잠든 것을 확인한 뒤 들뜬 눈빛으로 주머니에서 숨겨놓은 듯한 요쿠르트를 꺼낸다. 요쿠르트를 바라보며 세상 다 가진 미소를 지으며 껍질을 벗겨 꿀꺽꿀꺽 단숨에 마셔버린다. 그런 안일병의 모습을 멀리서 숨어서 바라보는 누군가의 시선.

씬/33 N, 백토골, 능선 인근 산길

빠르게 산길을 타고 있는 이강과 현조. 현조, 숨이 턱까지 차 있지만, 이강은 흔들림이 없다. 현조, 순간 삐끗하는데.. 잡아주는 이강.

이강   힘내. 거의 다 왔어.

다시 속도를 높이기 시작하는 두 사람.
흔들리는 현조의 랜턴 불빛에 배낭이 들어왔다 사라진다.

현조   저기예요!

다급히 배낭 쪽으로 다가가 살펴보는 두 사람.

현조   그분 배낭이 맞나요?

이강, 확인해보려는 듯 배낭 지퍼를 열고 내용물을 보다가 멈칫한다. 등산 장비들과 함께 들어 있는 약초들, 그리고 버섯들. 주황빛 버섯갓에 황갈색 버섯대인 버섯을 보고 이강의 눈빛, 빠르게 굳어지는데..

현조   왜요? 이게 뭔데요?
이강   갈황색미치광이버섯이야. 독성이 강한 독버섯인데.. 이걸 왜..
현조   설마.. 이걸 드셨다는 건가요? 이걸 먹으면 어떻게 되는데요?
이강   어지럽고 구토, 복통과 함께 환각 증상이 일어나. 다량으로 복용하면.. 죽을 수도 있어.

현조, 놀라서 보는..

이강   할머니를 빨리 찾아야 해.

씬/34   N, 백토골 숲길

29씬, 그 장소에서 그대로 나무에 기대어 겁에 질려 바들바들 떨며 귀를
막고 있는 금례할머니. 그러다가 총성이 잦아들고 사위가 조용해지자 천천
히 눈을 뜨는데.. 어둠을 뚫고 금례할머니에게 서서히 다가와 앞에 서는 피
투성이의 맨발. 고개를 드는 금례할머니의 시야에 들어오는 피 묻은 한복.
처연한 눈빛으로 금례할머니를 내려다보고 있는 금례모다.
엄마를 알아본 금례할머니의 눈빛, 급격하게 떨려온다. 그토록 그리워했던
엄마를 바라보며 눈물이 터지는 할머니. 금례모, 울먹이는 할머니를 향해
천천히 손을 내미는데.. 그런 금례모에서 다시 할머니를 비추면 어느새 어
린 시절 한복을 걸친 열 몇 살 소녀의 모습으로 변해 있다. 서로의 손이 닿
을 듯 말 듯 한데 순간, 울리는 핸드폰 벨 소리. 저만치 앞, 흙바닥에 떨어져
있던 금례할머니의 핸드폰, 연신 울리고 있다.

씬/35   N, 백토골 숲길 인근

금례할머니에게 전화를 걸면서 주변을 빠르게 수색 중인 이강. 그 옆에서
반대편 숲길을 역시 랜턴을 비추며 할머니를 찾고 있는 현조. 둘 다 연신
'할머니!' '금례할머니!' 외치고 있다.
할머니를 부르며 찾던 현조, 초조한 목소리로 이강에게

현조   안 받아요?
이강   응.

이강, 이동하며 눈으로는 계속 할머니를 찾다가 '고객이 전화를 받지 않사오니..' 멘트가 나오자, 끊고 다시 전화를 걸기 시작한다. 현조 다시 '할머니!' 외치는데.. 이강 멈춰 서며

이강   잠깐만.

현조, 뭐지? 이강을 보는데.. 조용해진 사위. 저 멀리에서 희미하게 들려오는 핸드폰 벨 소리. 누가 먼저랄 것도 없이 그쪽을 향해 뛰기 시작하는 두 사람. 거리가 좁혀질수록 더욱 커지는 핸드폰 벨 소리.

씬/36   N, 백토골 숲길

숲길로 빠르게 접어드는 이강과 현조. 저 앞쪽에 울리고 있는 핸드폰을 발견하고 뛰어오다가 이강, 멈춰 선다. 핸드폰 너머 반쯤 눈을 뜬 채 쓰러져 있는 금례할머니를 본 것이다. 그런 이강을 지나쳐서 다급히 할머니에게 다가가 상태를 확인하는 현조.

현조   (다급히) 호흡도 맥박도 없어요.

얼어붙은 듯 그런 할머니를 바라만 보는 이강. 현조, 흉부 압박과 함께 인공호흡을 시작한다. 두려움에 가득 찬 이강, 그저 지켜만 보고 있는데..
현조, 할머니를 살리기 위해서 미친 듯이 흉부 압박과 인공호흡을 한다. 뚝뚝 떨어지는 땀방울. 그러나 할머니의 맥박은 돌아오지 않는다. 결국, 툭 주저앉아버리는 현조. 정적만이 흐르는데..
현조, 가만히 숨진 할머니를 바라보다가 눈을 감겨드린 뒤 재킷을 벗어 할머니의 얼굴을 덮어준다.

현조   선배님. 무전이요.

그러나 대답 없는 이강. 현조, 그제야 이강을 보면 새파래진 낯빛으로 부들

부들 손을 떨고 있다. 현조, 일어나서 이강에게 다가간다.

현조   선배님.

이강, 반쯤 정신이 나간 듯 눈빛에 두려움이 가득할 뿐, 대답이 없다. 현조,
이강의 어깨를 잡고 강하게

현조   선배님!

이강, 천천히 고개 돌려, 현조를 보면

현조   앉아봐요.
이강   ..아냐.. 괜찮아..

하지만, 이강의 낯빛은 여전히 새파랗게 질려 있다.
현조, 그런 이강을 보다가 부드러운 목소리로

현조   앉아봐요. 할 수 있죠?

현조, 대답 없는 이강의 어깨를 잡고 뒤에 있는 나무에 기대어 천천히 앉게
한다. 이강, 아직도 손이 부들부들 떨리고 있다. 현조, 역시 그 앞에 한쪽 무
릎 꿇고 앉아서 이강과 시선 맞추며

현조   천천히 숨 쉬어봐요. 크게..

현조를 바라보는 이강, 현조가 숨을 크게 쉬자, 보다가 따라서 숨을 크게
내쉰다.

현조   한 번 더요.

이강, 다시 한번 심호흡을 하자, 떨리던 손이 그나마 진정되기 시작한다. 현

조, 그런 이강을 보다가 이강의 배낭 옆주머니에서 무전기를 꺼내 들고

현조   선배님. 저 강현줍니다.
구영(소리) 어떻게 됐어? 서이강은? 할머니는 찾았어? 아직까지도 연락이 없으시대.
현조   ...조난자 발견했습니다.
구영(소리) 찾았어? 어떠서? 괜찮으셔?
현조   ...맥박, 호흡 없습니다. 사망으로 추정됩니다.

무전기 건너편, '치치치칙' 소리만 들려올 뿐, 구영 역시 충격을 받은 듯 말이 없다가..

구영(소리) ...위치는?

현조, 이강 보면

이강   (힘없는) 백토골, 형제바위 서북쪽 30미터 지점.
현조   백토골, 형세바위 서북쪽 30미터 지점입니다.
구영(소리) 비담대피소 팀한테 얘기해놓을게. 두 시간 정도 걸릴 거야.
현조   예.

그제야 무력감이 밀려오는 듯 주저앉는 현조. 무전기를 든 손을 떨구고.. 이강은 그저 멍하니 앉아 있다. 그렇게 두 사람 한동안 말없이 다른 곳을 바라보며 앉아 있는데.. 그 위로 들려오는 평화로운 풀벌레 소리. 별들이 떨어질 듯한 맑은 밤하늘.. 현조, 가만히 그런 밤하늘을 바라보다가

현조   ...이게 두 번째예요.
이강   (보면)
현조   지리산에서 죽은 사람을 본 거요.
이강   (멈칫해서 보는)
현조   아까 거기.. 돌무지터에서 내 부하를 보냈어요.. 누구보다 아끼는 친구였는데.. 내 욕심 때문에 산에서 외롭게 죽었어요.

- 인서트
- 과거, 낮, 거친 숨소리. 백토골 능선을 걷고 있는 분대원들과 대위이자 분대장이었던 패기로 가득 찼던 당시의 현조. 완전 군장을 하고 행군 중인 분대원들을 독려하고 있다.

현조   이대로 가면 우리 부대 창설 이래 신기록이다. 다들 조금만 더 기운 내서 속도 좀 올려봐.

현조의 말에 조금 더 속도를 높이는 분대원들. 가장 뒤쪽에 절룩대면서 처진 채 이를 악물고 따라오는 김현수 중사(30대 초반, 남). 김현수 중사에게 다가가는 현조, 군장 뒤쪽을 잡고 밀어주며

현조   김현수. 괜찮아?
김중사   예!
현조   이 근처가 고향이라고 했지.
김중사   맞습니다!
현조   좋은 데서 컸네. 고향 기운 받아서 기운 내!
김중사   (해맑게 웃으며) 감사합니다!

현조, 김중사 어깨 툭툭 치고는 다시 선두 쪽으로 향하고.. 김중사, 속도 내서 걷다가 다시 발목이 아픈 듯 절룩거린다. 그러나 꾹 참고 앞서가는 분대원들 뒤를 따르는 모습에서..

- 낮, 산길에서 군장도 풀지 않고 휴식을 취하고 있는 분대원들. 조금 떨어진 곳에서 굳은 얼굴로 상사1과 대화를 나누고 있는 현조.

현조   그게, 무슨 얘깁니까? 김중사가 안 보여요?
상사1   (걱정스럽고 죄책감에 빠진) 예. 잠깐 사이에 사라졌습니다. 금방 쫓아오겠거니 생각했는데..
현조   언제부터 안 보이는데요?

상사1   삼십 분 전입니다. 제가 근처를 찾아보긴 했는데 보이질 않습니다.

        - 저녁, 산길을 누비면서 '김중사!' '현수야!' '김현수!!' 외치면서 김중사를 찾아다니는 현조와 상사1, 분대원들의 모습. 현조의 눈빛에는 점차 초조함이 묻어나고..

        - 밤, 돌무지터가 내려다보이는 가파른 돌길 위.
지치고 힘든 얼굴로 계속해서 김중사를 찾아다니고 있는 현조와 상사1, 분대원들. 현조, 연신 '현수야!!' 외치면서 주변을 둘러보다가 순간, 발을 헛디디고 아래로 굴러떨어지기 시작한다. 놀라는 상사1과 분대원들.
돌길 아래, 돌무지터에 떨어진 현조, 이마에서 피가 흘러내리기 시작한다. 정신을 차리려 애쓰는데.. 같이 떨어진 랜턴 불빛에 비친 뭔가를 보고 놀란다. 저 앞쪽 돌무지터에 눈을 부릅뜬 채 숨겨 있는 김중사다. 헉 놀라 숨을 들이쉬는 현조.

현조   아.. 안 돼.. 안 돼.. 현수야!!

        현조, 비틀거리면서 일어나 김중사를 향해 다가가려다가 휘청, 허리까지 쌓인 돌무더기 하나를 잡는데 와장창 소리와 함께 돌무더기 무너지고, 바닥에 쓰러지는 현조. 김중사를 향해 손을 뻗어보려 하지만 점차 의식이 흐려진다.

        - 다시 백토골 숲길로 돌아오면
담담한 표정으로 말을 이어가는 현조와 가만히 그런 현조를 바라보는 이강.

현조   그때부터 보였어요. 이 산에서 사람들이 죽어가는 게..

        - 인서트
        - 밤, 여름, 어두운 낯빛으로 한강공원을 뛰고 있는 현조. 순간, 뭔가 이상한 듯 멈춰 선다. 점점 커져오는 심장 소리.

- 낮, 여름, 지리산, 커다란 바위에 사람들이 타고 내려가도록 설치된 낡은 로프가 끊어진다.

- 낮, 겨울, 전철을 타고 이동하던 현조. 순간, 또다시 보이는 편린.

- 낮, 겨울, 눈부신 설산, 절벽까지 이어진 두 명의 발자국들.

- 밤, 봄, 골목길을 걸어오는 현조. 또다시 보이는 편린.

- 낮, 봄, 낭떠러지 곁에 아슬아슬 놓인 등산용 스틱.

- 다시 백토골 숲길로 돌아오면
여전히 이강에게 자신의 얘기를 털어놓고 있는 현조.

현조   처음엔 그냥 헛것이 보이는 줄 알았는데.. 제가 그걸 보고 난 다음에는 어김없이 지리산에서 조난사고가 벌어졌다는 뉴스가 나왔죠.
이강   ...
현조   이곳으로 돌아오는 게 두려웠어요. 하지만.. 그래도 돌아오는 게 맞다고 생각했습니다.

말없이 자신의 얘기를 들어주는 이강을 바라보는 현조.

현조   김솔 선배가 그랬어요. 여기 백토골에는 뭔가가 있다고.. 그게 귀신인지 산신인지는 모르겠지만.. 그때 내게 사람들을 살리라고 선물을 준 것 같아요.

그런 현조를 가만히 바라보던 이강.

이강   ...믿었어.
현조   예?
이강   7대 불가사의 믿었다구. 어렸을 땐..

현조, 이강을 보다가 엷게 미소 짓는데.. 순간 울리는 현조의 핸드폰. 뭐지? 보는데 발신인 '최규연'이다.

현조	(전화 받으며) 무슨 일이야?
최중위(소리)	(절박한) 강대위님. 도와주십시오.
현조	무슨 소리야?
최중위(소리)	안일병이.. 안일병이 사라졌습니다.

놀라서 굳어버리는 현조의 눈빛. 이강, 뭐지? 바라보는데..

씬/37 N, 백토골, 돌무지터

골짜기 위에서 돌무지터를 향해 빠르게 다가오는 현조와 이강. 돌무지터 곳곳에서 보이는 랜턴 불빛들. 현조, 마음이 급하다. 초조한 눈빛으로 빠르게 내리막길을 내려서서 랜턴 불빛들 쪽으로 다가가려는데 뭔가를 밟은 듯 발밑에서 빠각 소리가 들린다. 내려다보면 현조가 밟으면서 부서진 듯한 빈 요쿠르트 병.

- 인서트
- 27씬, 현조가 봤던 인서트 중 '쿵' 땅으로 쓰러지고.. 점점 흐려지는 시선 안에 데구르르 굴러가는 빈 요쿠르트 병.

- 다시 돌무지터로 돌아오면
멈칫해서 부서진 요쿠르트 병을 내려다보는 현조. 뒤이어 내려선 이강.

이강	뭐 해?
현조	그게..

하는데, 내려오는 랜턴 불빛을 본 듯 달려오는 최중위와 분대원들. 분대원들 중 한 명은 다리를 심하게 절고 있다.

| 최중위 | 강대위님! |

현조, 더 이상 요쿠르트 병에 신경 쓸 여유가 없다. 바로 최중위 쪽으로 다가가

현조	무슨 일이야?
최중위	(뒤따라온 분대원1에게) 말씀드려.
분대원1	안일병이 불침번을 서다가 다음 순서였던 저를 깨웠는데요. 몸이 많이 안 좋았나 봅니다. 잠깐 가서 오바이트만 하고 온다고 해서 바로 돌아와서 자고 있을 거라고 생각했는데..
현조	상부에는 보고했어?
최중위	아뇨. 보고해도 여기까지 올라오려면 몇 시간이 걸릴 겁니다.
이강	(얘기를 끊으며) 잠깐만요. 구토를 했다구요?

서로 시선 마주치는 이강과 현조.

| 현조 | 그 배낭 안의 독버섯을 가지고 온 게 아닐까요? |

이강, 현조, 눈빛에 긴장감이 감돈다.

| 이강 | 시간이 없어.. 빨리 찾아야 해. |

씬/38 N, 백토골, 돌무지터 인근 달귀숲 일각

무성하게 뻗은 나무 사이 들려오는 거친 숨소리. 식은땀을 흘리고 있는 안일병, 누군가에게 쫓기는 듯 비틀거리면서 달리고 있다. '으아악' 비명을 지르고 엎어졌다 뒤를 돌아보며 공포에 질린 듯

| 안일병 | 오지 마.. 오지 마!! |

안일병이 바라보는 곳 비추면 아무것도 없는 어두운 숲길이다. 그러나 더욱 겁에 질리는 안일병, '으아악' 비명을 지르며 다시 일어나 비틀비틀 뛰어가는데.. 멀리서 그런 모습을 지켜보는 시선.

씬/39   N, 백토골, 돌무지터

돌무지터, 계곡이 끝나는 곳, 오르막길 너머 무성한 달귀숲을 바라보는 이강, 현조, 최중위와 분대원들.

최중위   저 숲 입구에서 구토한 흔적을 찾았습니다.

이강, 굳은 눈빛으로 숲을 바라본다.

최중위   저쪽으로 이동했다고 추측해서 숲 안으로 수색하러 들어갔는데, 우리까지 길을 잃어버릴 뻔해서 도중에 복귀시켰습니다.
이강   저 달귀숲은 극상림이에요. 똑같은 나무들이 끝도 없이 펼쳐져 있죠. 한낮에 들어가도 환상방황을 겪는 사람들이 많아요. 아마 조난자도 그럴 가능성이 큽니다.

   * 자막 – 극상림 : 생태계가 기후조건에 맞게 안정화된 숲의 마지막 단계

최중위   환상방황이요?
현조   방향감각을 잃고 같은 자리를 맴도는 걸 얘기하는 거야.
이강   저런 극상림에선 지도는 필요 없어요. (최중위에게) GPS 있으세요?
최중위   이번 훈련은 독도법 훈련이라 GPS는 갖고 오지 않았습니다.

이강, 자기 GPS 꺼내며 현조에게

이강   GPS 꺼내.

현조, GPS 꺼내는데, GPS 두 개를 최중위에게 건네는 이강.

이강   수색 중에 GPS 이동경로를 계속 확인하세요. 한 방향으로 돌면 환상방황이 시작된 겁니다.

이강, 빠른 손놀림으로 배낭 안에서 비닐봉지에 포장된 작은 종들을 꺼내서 최중위에게 건넨다.

최중위   이게 뭡니까?
이강   야생곰들을 만날 때 대비하라고 탐방객들한테 나눠주는 베어벨이에요. 이걸 벨트에 달면 혹시라도 길을 잃어버린 대원을 찾을 때 도움이 될 거예요.

씬/40 N, 백토골 인근 달귀숲 일각

달려가던 안일병, 숨이 점점 거칠어지기 시작한다. 무릎을 꿇고 헉헉거리기 시작하는.. 멀리서 그런 안일병을 바라보는 검은 등산용 장갑을 낀 누군가..

씬/41 N, 백토골, 달귀숲 입구

입구 쪽으로 빠르게 올라가는 이강, 현조, 최중위, 분대원들. 최중위, 이동하며 불안한 눈빛으로 이강과 현조에게

최중위   그런데 그쪽은 GPS가 없어도 괜찮습니까?
이강   예. 우린 상관없어요.

이강, 앞으로 치고 나가고.. 현조도 그 뒤를 따르려는데..

최중위   찾을 수 있을까요..

현조   .. (가라앉은 눈빛으로 보다가) 넌 나랑은 달라.

최중위   (보면)

현조   다 같이 돌아가야지. 그렇게 만들어보자.

현조, 최중위를 한번 보고는 이강과 함께 숲 안으로 빠른 걸음으로 들어가고 최중위와 분대원들 역시 다른 방향으로 숲 안으로 들어간다. 움직임에 따라 들려오는 베어벨 소리.

씬/42   N, 몽타주, 달귀숲

- 앞서서 치고 나가는 이강과 현조. 이강, 현조에게 밤하늘을 가리킨다. 북극성의 위치를 확인하면서 앞으로 앞으로 나아가는 두 사람. 걸어가며 주의 깊게 주변을 관찰하며 '안일병!!' 외치기 시작하고..

- 수색을 시작하는 최중위팀. 주변 모두가 똑같은 나무들. GPS 기기를 면밀히 확인하면서 전진한다. '안일병!!' '재선아!!' 외치는 분대원들. 울리는 베어벨 소리들.

- 또 다른 분대원팀 역시 GPS 기기를 확인한다. 벌써 똑같은 방향으로 돌고 있다. 좌표를 다시 입력하고 전진하기 시작하는 분대원들.

- 밤하늘을 바라보는 현조. 저 멀리 동이 트고 있다. 현조의 눈빛에 더욱 다급함이 엿보인다.

- 또 다른 달귀숲, 눈빛이 더욱 붉어지고 호흡이 더욱 거칠어져 있는 안일병. 그때, 희미하게 들려오기 시작하는 베어벨 소리. 멀리서 안일병을 바라보고 있는 검은색 등산 장갑, 그 소리를 듣자 안일병에게 다가간다. 비틀비틀 걸어가는 안일병. 그 앞쪽으로 숲의 가장자리, 위태로워 보이는 벼랑이 나타나는데.. 나무 사이사이를 지나 빠르게 안일병의 뒤쪽으로 다가서는 검은 등산 장갑.

- 최중위와 분대원들, GPS를 보며 빠르게 앞으로 전진 중이다.

- 반쯤 넋이 나간 채 벼랑 쪽으로 걸어가고 있는 안일병. 바로 뒤까지 접근한 검은 등산 장갑. 금방이라도 벼랑 아래로 밀어버릴 듯 위태로운데.. 벼랑 쪽으로 안일병 한 걸음 더 나아갈 때, 순간 뒤에서 안일병을 낚아채는 손, 벼랑 반대쪽으로 잡아채며 같이 바닥에 뒹구는데 보면 거친 숨을 내뱉는 현조다. 그 뒤쪽으로 달려오는 이강. 경련을 일으키는 안일병. 이강, 주머니에서 호각을 꺼내 불기 시작한다.

- 호각 소리에 그쪽을 향해 뛰기 시작하는 최중위팀.

- 안일병에게 응급처치를 하고 있는 현조와 이강. 현조, '헬기 불러요! 상태가 안 좋습니다!' 달려오는 최중위팀. '의무병!!' 그런 모습 위로 들려오는 '타타타타타' 점점 더 크게 들려오는 헬기 소리에서 화면 서서히 암전.

씬/43   D, 장례식장 분향소

화면 밝아지면, 클로즈업된 환하게 웃고 있는 금례할머니의 영정사진. 그 곁에는 50대 후반 정도로 보이는 슬픔에 젖은 금례할머니의 아들을 비롯한 유가족들. 영정사진 앞에서 주름진 손으로 분향을 하고 아기처럼 울고 있는 문옥. 그 옆에서 검은 정장 차림으로 할머니를 지키고 있는 이강. 말도 제대로 못 하고 울기만 하는 문옥.

씬/44   D, 장례식장 건물 밖

지리산 인근, 소규모 병원 건물에 부속된 낡은 장례식장 건물. 검은 정장 차림의 현조와 구영이 어두운 얼굴로 비치된 벤치에 나란히 앉아 자판기 커피를 마시고 있는데, 건물 문 열리며 문옥을 부축하고 이강이 나오자, 일어나서 다가가는 구영과 현조.

구영   (문옥에게) 괜찮으세요?

그러나 문옥은 붉은 눈빛, 기운 없는 표정으로 대답이 없다.

이강   가볼게.
구영   조심해서 모시고 들어가.

이강, 문옥 부축하며 멀어지고.. 그런 모습을 보다가 다시 어두운 얼굴로 벤
치에 와서 앉는 현조. 구영, 그런 현조 보다가 옆에 와서 앉으며

구영   기운 내. 너네 할 만큼 했어.
현조   ....
구영   금례할머니, 예전에도 한번 식용 버섯이랑 독버섯을 헷갈려 하셨었나 봐. 워
       낙 비슷하게 생겼거든..

현조, 구영의 얘기에도 별반 표정이 밝아지지 않는다. 구영, 그러다가 저 앞
주차장, 할머니를 모시고 가는 이강의 뒷모습 보며

구영   그런데.. 서이강 괜찮았어?
현조   (보면)
구영   도원계곡에서 수해 나서 서이강 부모님 돌아가셨을 때, 산에서 재가 자기
       손으로 부모님들 시신을 찾았어.
현조   (멈칫해서 본다) 어쩌다가..
구영   워낙 일손이 부족해서 수습이 늦어지니까, 답답해서 산을 올라간 거지. 아
       마 살아 계셨을 거라고 생각했을 수도 있고.. 그때 부모님 시신을 보고 기절
       해서 재도 실려 내려왔었어.

현조, 차에 문옥을 태우고 있는 이강을 바라본다.

구영	아직 그 기억을 잊지 못했나 봐. 그래서 요즘도 시신을 보면 많이 힘들어해.
현조	그렇게 힘들어하는데.. 진짜 왜 이 일을 하시는 거죠?
구영	..스물네 살까지 들으면 알게 돼.

현조, 차에 올라타 출발하는 담담한 이강을 가만히 바라본다..

씬/45 N, 감나무집 외경

밤, 불이 켜진 감나무집.

씬/46 N, 감나무집

마감이 다가온 듯 깔끔하게 정리된 텅 빈 홀. 한 편에 설치된 텔레비전 뉴스를 보면서 정자세로 스쿼트 중인 이강. 그때 삐걱 문 열리는 소리.

이강	영업 끝났...

보면 문 열고 들어오던 현조다.

이강	는데..
현조	(배시시 웃으며) 후배 찬스 안 되나요?
이강	(정색하며) 안 되는데.

– 시간 경과되면
'쪼로록' 잔에 따라지는 막걸리. 보면 파전과 막걸리를 앞에 두고 마주 앉은 이강과 현조다. 현조, 파전 먹다가 눈 커지면서

현조	와, 겁나 맛있어요.
이강	됐어. 이게 끝이야. 다신 안 해줘.

현조, 이강 얘기 듣는 둥 마는 둥 파전 먹다가 막걸리를 힐긋 본다.

이강	고구마 아냐. 우리 집에선 고구마 막걸리는 안 팔아.
현조	드셔도 되는데..
이강	됐고, 얘기해봐.
현조	(보는)
이강	뭐 할 얘기 있어서 온 거 아냐.

현조, 그런 이강 보다가

현조	안일병 만나고 왔어요. 많이 좋아졌더라구요.

씬/47   D, 적룡부대, 면회소/현조의 회상

통닭, 피자 등등 군인들이 좋아할 만한 음식들이 즐비하게 놓인 테이블. 건
강을 찾은 듯한 안일병, 음식들에 눈 돌아가서 쳐다보고.. 맞은편의 현조,
그런 안일병이 귀엽다는 듯 보다가

현조	먹어.
안일병	감사합니다!

허겁지겁 먹기 시작하는 안일병.

현조	식중독이었다며?
안일병	아.. 예. 좀 음식을 잘못 먹어서..
현조	그래 최중위한테 들었어. 계곡물을 잘못 마셨다고..
안일병	(멈칫, 눈빛 흔들리다가) 예. 수통을 찾았는데 수통이 비어서요. 계곡물이 시원해 보이길래..

빤히 안일병을 쳐다보는 현조.

현조   요쿠르트는 누가 준 거야?

안일병, 순간 눈에 띄게 흔들린다.

현조   돌무지터에서 처음 만났을 때 아무렇지 않았잖아. 계곡물을 마셨으면 바로
            안 좋았겠지.
안일병   (어쩔 줄 몰라 하는..)
현조   제대로만 얘기하면 최중위한테는 얘기 안 할게.

안일병, 울상이 돼서 현조를 보는 데서..

씬/48 N, 감나무집

의아한 눈빛으로 현조를 바라보는 이강.

이강   요쿠르트?
현조   예. 배낭을 발견했을 때 만났던 등산객이 수고한다면서 요쿠르트를 건네줬
            대요. 그걸 가지고 왔다가 불침번을 섰을 때 마셨답니다. 그 이후부터 어지
            럽고 구토와 환각 증상이 나타났대요.
이강   그게 무슨 소리야? 요쿠르트를 먹었다고 중독 증상이 나타나진 않아.

현조, 가만히 이강을 보다가

현조   ...돌무지터에서 누군가 쫓기고 있었어요. 그러다가 의식을 잃었는지 바닥으
            로 쓰러졌구요. 그 옆에도 빈 요쿠르트 병이 있었어요.
이강   ...
현조   그 사람, 안일병은 아니었습니다. 안일병은 달귀숲에서 발견됐으니까요. 또
            다른 사람도 그걸 마시고 쓰러진 거예요.

이강, 가만히 바라보다가

이강　　이번만큼은 너한테 고마워. 너 때문에 돌무지터에 안 갔다면 아마 안일병이란 사람을 구하지 못했겠지.

현조　　(보는)

이강　　하지만 아직도 네가 뭘 보는지.. 난 잘 모르겠어.

현조의 눈빛, 서서히 가라앉는다.

씬/49　D, 백토골, 돌무지터

비번인 듯, 사제 등산복을 입은 현조. 천천히 돌무지터로 들어선다. 답답한 얼굴로 주변을 둘러보는 현조. 사람 키만큼 쌓인 돌무더기들을 바라보는 현조의 시선에서..

- 인서트
- 27씬의 인서트. 밤, 물줄기가 말라 골만 남은 계곡터. 달빛 아래 드러난 계곡터 곳곳에 쌓여 있는 허리 높이의 수십 개의 돌무더기들. 그 사이를 비틀거리면서 달리는 누군가의 흔들리는 시선으로 보이는 화면.

- 다시 낮, 돌무지터로 돌아오면
순간, 멈칫하는 현조. 대체 내가 뭘 본 거지? 돌무더기들을 보다가 천천히 다가가서 자신의 키와 비교해본다. 거의 자신의 키 높이까지 쌓여 있는 돌무더기들. 떨려오는 현조의 눈빛.

- 인서트
- 36씬, 인서트, 피를 흘리는 현조, 비틀거리면서 일어나 김중사를 향해 다가가려다가 휘청, 허리까지 쌓인 돌무더기 하나를 잡는데 와장창 소리와 함께 돌무더기 무너지고, 바닥에 쓰러진다.

- 다시 낮, 돌무지터로 돌아오면
점점 더 눈빛이 떨려오는 현조. 자기 키 높이의 돌무더기들을 보다가

현조(소리) 지금이 아니었어.. 그때.. 현수가 죽던 그날.. 1년 전 과거를 본 거였어..

혼란스러운 현조, 주변을 둘러보는 모습에서 서서히 화면, 환상처럼 밤으로
변하고.. 어디선가 들려오는 거친 숨소리.
현조의 앞을 스쳐 지나가는 식은땀을 흘리는 김현수 중사, 비틀비틀 돌무
더기 사이를 지나다가 '쿵' 균형을 잃고 바닥에 쓰러지는데.. 손에 들고 있던
요쿠르트 병이 데굴데굴 구르며 숨이 꺼져가는 김중사의 시야에 잡히는데..
다시 낮으로 돌아오면, 충격에 휩싸이는 현조.

현조(소리) 누군가.. 내 동료를 죽였다.. 그 사람은.. 아직도 이 산에 있다.. 이 산에서.. 사
람들을 계속 죽이고 있다..

두려움과 충격에 휩싸인 채 돌무지터를.. 자신을 감싼 지리산을 바라보는
현조. 그런 현조를 멀리, 산 위에서 바라보는 시선.
검은 등산용 장갑을 낀 누군가다.

4부

우리가 할 일은 따로 있어.
산에 오는 사람들을 지켜야지.

씬/1   D, 현재, 해동분소, 사무실

텅 빈 사무실에 혼자 앉아서 굳은 얼굴로 어딘가를 바라보고 있는 이강. 이강의 시선 쫓아가 보면 대진의 책상 위에 놓인 검은 등산 장갑이다. 가만히 장갑을 바라보던 이강, 한 편에 놓인 캐비닛으로 다가가 문을 열면 각 칸마다 연도와 월별로 나누어진 근무일지들이 가지런히 꽂혀 있는데.. 그중 2018년과 2019년, 2020년 근무일지 파일들을 꺼내 사무실을 나간다.

씬/2   D, 지리산 비법정, 도원계곡 일각

비번날인 듯 사제 등산복을 입고 도원계곡을 오르고 있는 다원, 망바위 쪽으로 활기찬 발걸음을 옮긴다. 배낭에서 카메라를 꺼내 들고 망바위 뒤쪽 참나무 썩은 밑둥 쪽으로 다가가 아무 생각 없이 밑둥 아래 남겨놓은 표식 사진을 찍는 다원. 그러다가 사진을 확인하는데 뭔가 이상한 듯 갸웃한다. 표식을 다시 한번 더 확인하다가 그전에 처음 남겨놓았던 표식 사진을 찾아보고는 '헉' 놀란다. 처음 사진과 지금의 표식을 비교해보면 표식에 꽂힌 나뭇가지가 확연하게 다른 곳에 꽂혀 있다. 자기가 잘못 봤나? 눈을 비비고 확인해보지만, 역시나 다른 곳에 꽂힌 나뭇가지. 다원, 놀라서 바라보는데..

그 위로 들려오는 낮고 쉰 듯한 현조의 목소리.

현조(소리) 당신... 누구야..

보면, 지금까지 표식을 남겨놓은 사람을 기다리고 있던 듯 나무 뒤쪽에서
서서히 나타나는 현조. 그러나 다원은 아무 소리도 들리지 않는 듯 표식 사
진을 찍어대는 데 집중하는데..
현조, 그런 다원을 향해 천천히 다가오며

현조 서이강.. 이강 선배는 어디 있어?

현조가 다가올수록 서서히 구름이 끼듯이 어두워지는 사위. 그와 함께 바
람이 불어오고.. 다원, 뭔가 섬뜩함을 느낀 듯 주변을 둘러보는데.. 한 발자
국 더 다가오던 현조, 눈앞을 가로막는 나뭇가지를 잡는데, 자기도 모르게
힘이 들어간 듯 나뭇가지가 우두둑 꺾인다.
다원, 놀라서 저절로 꺾인 나뭇가지를 겁먹은 눈빛으로 바라본다. 현조가
다가올수록 점차 어두워지는 주변을 더욱 겁이 나는 듯 바라보다 표식 앞
에 설치해놓은 영상카메라를 수거해서 다급히 몸을 돌린다.
현조, 그런 다원을 잡으려는 듯 손을 뻗는데 그런 현조의 손을 통과하듯 빠
져나가는 다원. 허둥지둥 다급히 멀어지는 다원의 뒷모습을 안타까운.. 어
두운 눈빛으로 바라보는 현조의 모습에서 나뭇가지를 꺾었던 현조의 오른
손을 비추는 화면. 베인 듯 검붉은 피가 보였다 사라지는데..

씬/3 D, 병원 중환자실

'삐삐삐' 규칙적인 기계음. 중환자실에 코마 상태로 누워 있는 현조. 화면,
현조의 오른손을 비추면 검붉은 피가 보였다 사라진 부분에 서서히 멍이
생기기 시작한다.

씬/4   D, 해동분소, 여자 숙소

깔끔하게 정리된 이강의 숙소. 책상 앞에 앉은 이강, 자신의 아이패드에서 양근탁의 자료를 찾는다. 노란 리본을 든 백골 사체 사진과 함께 '조난자 이름 양근탁. 2020년 0월 0일, 이석재에서 천왕봉 구간을 오르다가 실종'이란 글귀. 이강, 날짜를 확인하고 2020년 근무일지에서 같은 날짜를 찾아 대진의 근무 일정을 확인하면 '비번'이다. 다시 한번 아이패드 페이지를 넘겨서 무진동 조난사고 날짜를 찾아보고 근무일지의 날짜를 휘리릭 넘겨 확인해보면 조대진, 역시 '비번'이다. 다시 한번 페이지 넘기면 전묵골 조난사고. 조난 날짜를 찾아 다시 근무일지를 확인해보는데 역시 대진은 '비번'.

혼란스러운 눈빛으로 근무일지를 내려다보다가 짐들을 넣어놓는 캐비닛을 열면 안에 놓인 짐가방. 가방을 열어 안을 살펴보다가 가장 안쪽 지퍼 안, 깊게 보관해놓은 뭔가를 꺼낸다. '2019년, 해동분소 강현조'라는 이름태그가 붙은 현조의 직원용 수첩이다. 응급처치 요령, 지리산 특성 등이 빼곡하게 적힌 수첩들을 넘기다가 마지막 부분쯤에서 멈추는 이강.

수첩 안에 적힌 내용 비춰지면

'김현수. 2017년 9월 0일, 지리산 행군 훈련 도중 백토골 돌무지터에서 사망.
서금자. 2017년 11월 0일, 양석봉 새녘바위 인근. 로프가 끊어지며 사망.
이종구. 2018년 1월 0일, 덕서령 부암절벽에서 추락사.
김진덕. 2018년 3월 0일, 대영리 나리골에서 추락사.
이금례. 2018년 9월 0일, 백토골 형제바위 인근에서 사망.
최일만. 2018년 10월 0일, 새마골 무덤터에서 감자폭탄이 폭발하며 사망.'

(여기까지가 한 페이지인 걸로 생각했습니다)

김현수 중사가 사고를 당한 날짜를 확인하는 이강. 2017년 근무일지를 넘겨 그 날짜를 확인해본다. 주르륵 적혀 있는 직원들의 이름 사이 조대진이란 이름 옆, '비번'이란 글씨. 다시 다음 날짜들도 확인해보는데 그 날짜 역시 대진은 비번이다.

계속해서 날짜를 확인해 내려가는 이강의 모습 너머 문 쪽을 비추는 화면. 문 아래 난 좁은 틈으로 서서히 이동하는데.. 누군가 문밖에서 은밀하게 다가와 문 앞에 서는 듯 그림자가 드리운다.

이강, 눈치채지 못하고 가만히 근무일지를 바라보고 있는데.. 서서히 돌아가

기 시작하는 문고리. 여전히 눈치채지 못하는 이강. 문고리 더욱 돌아가는
데 안에서 이강이 잠가놓은 듯 순간 덜컥 더 이상 돌아가지 않는다. 이강,
그 소리에 놀라서 문 쪽을 바라보는데.. 문 아래 틈으로 보이던 그림자, 어느
새 사라져 있다.

놀라서 긴장한 눈빛으로 문 쪽을 바라보는 이강. 가만히 문밖을 보다가 가
방 안에서 과거에 쓰던 등산용 스틱을 꺼내 한 손으로 잡고 천천히 문으로
다가와 밖에 귀를 기울여보는데 문밖은 정적만이 가득하다.

긴장한 눈빛으로 문을 바라보다가 문을 열까 말까 긴장한 손짓으로 문고리
의 잠금 장치를 푸는데 순간, 복도 쪽에서 빠르게 다가오는 '쿵쾅쿵쾅' 발자
국 소리. 놀라서 다시 문을 잠그려는 순간, 밖에서 '쾅' 문 열리며 들어서는
누군가.. 이강, 놀라서 뒤로 물러서는데 들려오는 '으악' 소리. 이강과 마주치
는 걸 예상치 못한 듯 놀라서 비명을 지른 다원이다.

다원, 아직까지도 산에서 일어난 일이 떠나지 않는 듯 겁먹은 눈빛으로 정
신 차리고 이강 보며

다원   선배님 여기 계신 줄 몰라서.. 놀라셨죠? 제가 소리 질러서..

이강, 횡설수설하는 다원 보다가 복도 밖으로 나가 긴장한 눈빛으로 주변
을 두리번거리는데 텅 빈 복도 어디에도 수상한 그림자는 보이지 않는다.

이강   지금 도착한 거야? 들어오면서 다른 사람 못 봤어?
다원   못 봤는데요. (하다가) 그것보다 꼭 드릴 말씀이 있어요.

이강, 다원을 바라보는데..

씬/5   D, 동 장소

숙소에 마주 앉아 있는 이강과 다원. 다원의 카메라에서 사진들을 넘겨가
며 바라보고 있는 이강. 표식에 꽂힌 나뭇가지 위치가 바뀐 걸 확인하고 눈
빛이 굳는다.

이강   무인 센서 카메라 확인해봤어?

다원, 무인 센서 카메라 얘기가 나오자 겁먹은 듯 눈빛 울상이 된다.

다원   그게요.. 무인 센서 카메라를 확인해봤는데..

다원이 내미는 무인 센서 카메라를 익숙한 손짓으로 다급히 작동시키는 이강.

- 인서트
- 밤, 망바위 인근, 참나무 밑둥에 설치된 무인 센서 카메라. 참나무 밑둥이 아닌 다른 곳을 비추고 있는데.. 순간 움직임을 감지한 듯 참나무 밑둥을 향해 '지이잉' 움직이면서 빨간색 녹화등이 들어온다.

- 다시 숙소로 돌아오면
긴장된 눈빛으로 화면을 바라보는 이강, 녹화된 화면을 바라보는데 순간 '치치칙' '치치칙' 노이즈가 끼는 화면. 그 사이사이 나무 밑둥에 설치된 표식에 꽂힌 나뭇가지가 저절로 다른 곳으로 움직이고 있다. 영상 속 혼자서 저절로 움직여 꽂히는 나뭇가지를 믿지 않는 눈빛으로 바라보는 이강. 다원, 겁먹어서 울상이 되어

다원   이거 뭐예요... 나뭇가지가 어떻게 저절로 움직여요.. 아까두 산에서 아무도 없는데 나뭇가지가 부러지고.. 막 어두워지구 바람 불구.. 저 진짜 무서워서 죽겠어요..

이강, 떨리는 눈빛으로 영상카메라 화면을 바라보다가.. 뭔가 생각이 난 듯 멈칫하다가 무인 센서 카메라를 내려놓고 다원의 카메라를 들어 사진을 찾아 확대해서 바라보다가

이강   ...도원계곡.. 숨골바위...

다원	예?
이강	(다원을 바라보며) 도원계곡, 숨골바위. 거기에서 또 사람이 죽을 거야. 거기에 가봐야 해.

다원, 굳은 눈빛의 이강을 겁먹은 얼굴로 보다가..

다원	죄송해요.. 선배님.. 전 너무 겁나서.. 못 하겠어요.

이강, 그런 다원을 바라보다가.. 다급히 휠체어를 밀고 나간다.
다원, 그런 이강 보다가 쫓아 나가는...

씬/6　D, 해동분소, 사무실

사무실로 다급히 들어서는 이강. 뒤이어 쫓아 들어오는 다원. 이강, 상황실
무전기로 다가가 무전을 치기 시작한다.

이강	해동분소 상황실. 도원계곡 숨골바위에서 조난신고가 접수됐다. 반복한다. 도원계곡 숨골바위에서 조난신고가 접수됐다.

씬/7　D, 몽타주

- 산, 탐방로 인근을 순찰 중이던 수색2팀장과 수색1, 무전기를 잡고

수색2팀장	비산 하나, 숨골바위 2킬로미터 인근 탐방로 순찰 중. 우리가 출동하겠다.

- 산, 비법정 길을 순찰 중이던 수색2, 3.

수색2	세석 하나, 도원계곡 1킬로미터 지점. 우리도 출동한다.

씬/8   D, 해동분소, 사무실

무전기 너머에서 들려오는 수색2팀장의 목소리.

수색2팀장(소리)   조난자 상태는?

이강, 무전기 내려디보다가

이강   긴급한 상황인가 봐요. 조난당했다는 말을 끝으로 전화가 끊겼어요.

그런 이강을 뒤쪽에서 안절부절 바라보는 다원.

다원   이거 허위신고잖아요.. 괜찮으시겠어요?

이강, 대답 없이 그저 무전기만을 바라본다.

씬/9   D, 도원계곡, 숨골바위

반짝이는 햇빛, 들려오는 새소리. 시원하게 흘러가는 맑은 계곡물. 조난과는 거리가 먼 평화로운 풍경들. 차갑고 시원하게 흘러가는 계곡물 사이 언뜻 요쿠르트 병 하나가 흘러간다.

씬/10   D, 해동분소, 사무실

'째깍째깍째깍' 들려오는 시곗바늘 소리. 가만히 무전기만 바라보고 있는 이강과 안절부절 이강을 보고 있는 다원.

씬/11   D, 산 일각

빠르게 숨골바위를 향해 다가가고 있는 수색2팀장과 수색1.

씬/12   D, 해동분소, 사무실

더욱 크게 들려오는 시곗바늘 소리. 말없이 무전기를 바라보고 있던 이강, 도저히 참지 못하겠는 듯 무전기를 켜고

이강   해동분소 상황실. 지금 상황 어때요? 도착했어요?

'치치칙' 대답이 없는 무전기. 이강, 답답한 듯 다시 한번 무전을 하려는데 들려오는 무전 소리.

수색2팀장(소리)   조난자 발견!

놀라서 바라보는 이강과 다원.

씬/13   D, 도원계곡, 숨골바위 인근 산길

가만히 어딘가를 내려다보고 있는 현조. 현조의 시선을 쫓아가면 숨골바위 인근에 쓰러져서 경련을 일으키고 있는 조난자를 에워싸고 있는 수색2팀 장과 수색1, 2, 3의 모습. 3부, 13씬에서 보여졌던 청색 등산화를 신은 조난 자에게 응급조치를 하고 있는 레인저들. 그런 모습을 일말의 안도와 희망에 싸인 눈빛으로 바라보는 현조의 모습 위로 '타타타타타' 바람이 일면서 헬 기가 지나간다.

씬/14   D, 지리산 인근 병원 외경

씬/15 D, 지리산 인근 병원, 복도

휠체어에 앉은 채 복도에서 생각에 잠겨 있는 이강. 그때, 한 병실 문 열리며 나오는 웅순과 의료진들. 의료진들 멀어지는데.. 이강, 웅순에게 다가가

이강   어때?
웅순   조금만 늦었어도 위험할 뻔했다는데.. 다행이지. 위세척 하시고 많이 회복되셨어.
이강   어쩌다가 조난을 당한 거래? 여쭤봤어?
웅순   요쿠르트를 마셨는데, 그게 좀 잘못됐었던 것 같대.

낯빛 알게 모르게 굳는 이강.

이강   ...요쿠르트?
웅순   응. 계곡물에 누가 요쿠르트를 두고 갔나 봐. 뭐 짐을 줄이려고 했나 싶어서 목도 마르고 해서 드셨는데 그때부터 몸이 안 좋으셨대.
이강   .. (생각하다가) 잠시 뵐 수 있을까?
웅순   안 그래도 너한테 인사하고 싶으셨대. 들어가 봐.

씬/16 D, 지리산 인근 병원, 병실

병실 안으로 들어서는 이강. 1인용 병실 침대에는 3부 10씬, 현조를 보고 몸을 숨겼던 약초꾼1(이하 장학수라 칭함)이 침대에 몸을 기대고 누워 있다가 유니폼을 입고 들어오는 이강 보고 반색하고 일어나려 하자

이강   일어나지 마세요. 괜찮습니다.
학수   아이고 내가 대접을 해야 되는데..
이강   아뇨. 당연히 저희가 해야 할 일입니다.

학수	그래도..
이강	몇 가지 여쭤볼 게 있어서 왔어요. 그냥 편하게 대답해주시면 됩니다.
학수	(보면)
이강	그 요쿠르트 말인데요. 어디서 어떻게 발견하신 거죠?

- 인서트
- 3부 13씬, 현조가 봤던 편린 그대로 보이는 화면.
반짝반짝 햇빛을 받으며 힘차게 흘러내려가는 맑은 계곡물. 그런 계곡 곁 바위를 따라 걷고 있는 누군가의 청색 등산화. 틸업하면 학수다. 걷던 중 뭔가를 발견한 듯 멈춰 선다. 저 앞쪽 시원한 계곡물 안에 돌로 고정된 하얀색 비닐봉투다. 갸웃, 봉투를 바라보는 학수의 모습에서..

- 다시 병실로 돌아오면

이강	그때 주변에 다른 수상한 사람은 보지 못하셨나요?
학수	누가 있었으면 내가 이렇게 됐겠어? 주변에 도와줄 사람은 없지. 핸드폰은 안 터지지. 자꾸 오바이트는 나오지. 아주 죽는 줄 알았다니까.. (하다가) 아무래도 그 얘기가 사실이었나 봐. 그 귀신 얘기 말야.
이강	..그게 무슨 얘기예요?
학수	요즘 산에 남자 귀신이 돌아다니는데 그 귀신을 보면 꼭 얼마 안 돼서 죽는대요.
이강	귀신이요?
학수	나도 처음엔 안 믿었는데 며칠 전에 내가 내 눈으로 직접 그 귀신을 봤거든. 처음엔 직원인 줄 알고 놀라서 숨긴 했는데 아무래도 이상하더라고... 완전 피투성인 거야.
이강	... (멈칫해서 보는) 직원이요?

학수, 이강이 입은 유니폼의 로고를 가리키며

학수	그거랑 같은 게 옷에 떡하니 붙어 있었거든. 흰색에 길이가 이 정도 내려오는 옷이었는데 암튼 등짝에 그런 게 있었어.

이강, 혼란스럽게 학수를 보다가 핸드폰 꺼내 사진들 뒤져서 사진 한 장을 학수에게 보여준다. 겨울, 눈이 쌓인 해동분소 앞에 모여서 함께 눈을 치우고 있는 이강, 현조, 대진, 양선을 찍은 사진이다. 다들 무릎까지 내려오는 하얀색 설상복을 걸치고 있는데..

이강   이 옷이었나요?

학수, 사진 보다가 화들짝 놀라며

학수   이 사람.. 이 사람이야.

학수의 반응에 멈칫하는 이강.

이강   무슨 말씀이세요?

학수, 핸드폰에서 정확하게 현조를 가리키며

학수   그 사람이라구. 내가 말한 귀신이..

이강, 믿기지 않는 듯 현조의 사진을 내려다본다.

학수   그 사람이 확실해. 이 사람 누구야? 진짜 직원인 거야? 근데 왜 그렇게 피를 묻히고 다니는 거래?

불신에 가득 차서 사진을 내려다보는 이강의 모습과 설상복을 입은 채 엷게 미소 짓고 있는 사진 안의 현조의 모습 점차 빠르게 교차되면서..

씬/17   D, 병원 중환자실, 스테이션

스테이션에서 전화를 받고 있는 간호사1.

간호사1　이강씨. 이게 얼마 만이에요. 잘 지내죠? 재활훈련 빼먹지 않고 잘 하고 있어요?

씬/18　D, 지리산 인근 병원 건물 밖

한적한 건물 밖에서 굳은 눈빛으로 전화를 하고 있는 이강.

간호사1(소리)　그런데 무슨 일로 연락하셨어요?

이강, 잠시 망설이다가

이강　...현조요.. 강현조.. 잘 있나요?

씬/19　D, 병원 중환자실, 스테이션

이강과 통화하는 간호사1, 안쓰러운 듯 엷게 미소 지으며

간호사1　예. 잘 있어요.

씬/20　D, 지리산 인근 병원 건물 밖

엷게 떨려오는 이강의 눈빛.

이강　아무 일.. 없나요? 혹시... 혹시라도.. 의식이 돌아오진 않았나요?

씬/21   D, 병원 중환자실, 스테이션

전화를 받던 간호사1, 뒤돌아보면 유리문 너머로 여전히 코마 상태인 현조가 보인다.

간호사1   ...아뇨.. 아무 일 없어요. 하지만 아직 씩씩하게 잘 버티고 있어요.

씬/22   D, 지리산 인근 병원 건물 밖

가만히 눈빛 어두워지는 이강.

이강   (전화기에 대고) 예.. 알겠습니다.

전화를 끊는데.. 뒤쪽에서 들려오는 목소리.

솔(소리)   이강 선배?

돌아보면 다가오고 있는 사복 차림의 솔이다.

솔   돌아왔다는 소문은 들었는데.. 진짜였네요.
이강   ...
솔   걱정했는데 건강해 보여서 다행이에요. 분소 들어가는 거면 태워다드릴까요?
이강   아냐. 괜찮아. 다음에 보자.

이강, 휠체어 돌려서 가려다가 멈칫.. 다시 솔을 돌아보며

이강   예전에 너가 그랬지.. 산에서는 무슨 일이건 가능하다고..
솔   (보는)
이강   ...저 산에 정말 귀신이 있는 걸까?

솔   (보다가) 당연하죠. 산을 배경으로 내려오는 그 많은 설화들이 다 가짜겠어
        요? 지리산을 인내의 산이라고 하잖아요. 그저 즐기기 위해 산에 오르는 사
        람들보다 사연을 가지고 오르는 사람들이 더 많아요. 한이나 원이 있는 사
        람들이죠. 귀신은 원과 한이에요. 누군가 강한 염원이 있었다면 귀신으로
        저 산에 남았을 수 있어요.

        이강, 고개 돌려 운해에 휩싸인 지리산을 바라본다. 혼란스러운 눈빛으로
        지리산을 바라보는 이강의 모습에서 서서히 지리산을 비추는 화면.

씬/23   D, 과거, 지리산 외경

        운해가 가득했던 지리산의 모습에서 화창한 햇살이 비치는 과거, 가을의
        지리산으로 변하는 화면.

        ＊ 자막 – 2018년, 가을

씬/24   D, 지리산 법정 탐방로

        화면 가득 보이는 누군가의 손에 들린 요쿠르트. 보면 산을 오르던 아주머
        니 두 명이 휴식을 취하면서 요쿠르트를 마시려고 하는데.. 들려오는 현조
        의 목소리.

현조(소리) 잠깐만요.

        보면, 순찰을 돌던 중인 듯한 현조가 아주머니들에게 다가오고 있다. 이강,
        조금 떨어진 뒤쪽에서 바라보고..

현조   (요쿠르트 가리키며) 그거 어디서 난 겁니까? 혹시 누가 주거나 길에 놓여
        있던 거예요?

아주머니1   (영문을 모르겠다는 듯) 우리가 사 온 건데.. 왜요? 이것도 산에 가져오면
                 안 돼요? 술도 아닌데..

뒤에서 지켜보고 있던 이강, 다가와서 현조 잡아끌며

이강   알겠습니다. 안전 산행하십시오.

이강, 현조를 끌고 아주머니들이 보이지 않는 길로 내려와서

이강   너 왜 자꾸 이래?
현조   ..금례할머니 사건, 경찰들이 수사는 했대요?
이강   단순사고사로 처리됐다고 몇 번을 말해.
현조   안일병을 다시 만났어요. 그 등산객, 배낭 지퍼를 닫고 있었대요.

       - 인서트
       - 3부, 31씬의 인서트가 다른 각도로 보인다.
       땅바닥에 떨어져 있는 분홍색 배낭, 지퍼를 닫고 있는 검은색 등산용 장갑
       을 낀 손. 윗옷이 얼핏 보이는데 흰 페인트가 튄 검은색 맨투맨 티셔츠다.
       그때, 들려오는 바스락 소리. 보면 숲속에서 나와 이쪽을 바라보고 있는 안
       일병이다.

       - 다시 법정 탐방로로 돌아오면

현조   그 사람이 배낭 안에 독버섯을 넣어놨을 수도 있어요. 할머니가 독버섯으
       로 죽었다고 생각하게 하려고.. 그런데 그 순간을 들키자 안일병도 죽이려
       고 한 거죠.

       - 인서트
       - 적룡부대, 면회소. 긴장한 얼굴로 안일병에게 질문을 던지는 현조.

현조   얼굴은? 기억나?

안일병 그럼요. 키는 한.. 170대 중반 정도로 보였구요. 얼굴은 그냥 평범했어요. 나이는 많아봤자 30대 초반 정도였구요. 흰 얼룩이 묻은 검은색 티셔츠에 베이지색 등산용 바지를 입고 있었어요.

        - 다시 법정 탐방로로 돌아오면

현조   그 사람만 찾으면 돼요. 그 사람이 범인이 틀림없어요.
이강   ... (답답한 듯 보는) 모두 다 니 추측뿐이잖아. 그런 얘기를 경찰이 들어줄 것 같아?
현조   하지만..
이강   유가족들 지금도 충분히 힘들어하고 있어. 그런데 확실하지도 않은 얘기로 더 힘들게 할 순 없어.

        현조, 말문이 막히는 듯 더 이상 얘기하지 못하고 이강을 바라보는데..

씬/25 D, 해동분소 외경

씬/26 D, 해동분소, 사무실

        구영, 책상에 앉아 컴퓨터 모니터를 보며 집중하고 있는데.. 화면 비추면 '피부야 돌아와! 머드 축제' 홈페이지에서 티켓을 예매하고 있다. 흐뭇한 얼굴로 티켓을 예매하다가 슬쩍 옆의 양선 자리를 바라본다. 양선 책상 위에 놓인 사진 액자들. 독사진들 사이 동년배인 세욱과 찍은 사진 언뜻 보이고.. 구영, 다시 고개 돌려 예매 버튼을 누르는데.. 뒤쪽으로 스윽 들어오는 얼굴, 순찰 돌고 돌아온 듯한 이강과 현조다.

이강   뭐 해?

        화들짝 놀라 돌아보는 구영.

구영	뭐.. 뭐가..

당황해서 화면을 닫아보려 하지만 마우스로 엑스 자를 맞추지 못하는데

이강	이런 거 여자들 딱 질색한다. 그러니까 맨날 양선이한테 까이지.
현조	(전혀 몰랐다) 이양선 선배님이요? 두 분이 사귀세요?
이강	일방적인 짝사랑이지.
구영	뭘 짝사랑이야! 요즘 날 보는 눈빛이 좀 달라졌어.
이강	여기 가자 그러면 더 달라질 거다. 변태인 줄 알고.
구영	..그렇게 별로야?
현조	좋아하진 않죠. 이런 데 가면 화장 다 지워지고 씻고 나면 다시 화장해야 되고..
이강	(뭐지 현조 보는) 그걸 어떻게 알아? 여자랑 가봤어?
현조	예.

이강, 뭐지? 변태 보듯이 현조 보고
현조, 영문을 모르는 얼굴로 보는데..

구영	아, 됐고. 그럼 어디 가?
이강	그걸 왜 우리한테 물어. 양선이한테 물어봐.

씬/27   D, 양선의 집

지리산 인근 국도변에 위치한 허름하지만 깔끔하게 정리된 단독주택. 드르륵 툇마루에 딸린 본채 미닫이문 열리며 출근하는 듯 유니폼 입고 나오는 양선. 마당 한 편에 있는 작은 창고 건물 앞을 지나다가 열린 문 너머로 누군가를 발견하고 다가간다. 어두컴컴한 창고 안을 들여다보며

양선	누구세요?

창고 안에서 돌아보는 누군가의 실루엣에서

씬/28 D, 생태복원센터 건물 앞

'지리산 생태복원센터'라는 푯말이 붙은 아담한 건물 앞, 주차장으로 다가
와 멈추는 더블캡 차량에서 이강과 현조 내려서는데, 순간 우렁차게 '우워
워워워' 들려오는 야생동물의 울음소리. 현조, 멈칫해서 건물 쪽을 바라보
는

현조   이게 무슨 소리예요?
이강   (익숙한 듯) 무슨 소리긴 무슨 소리야. 반달곰 소리지
현조   (멈칫하는) 여기 곰이 있어요?
이강   곰뿐이냐. 고라니, 너구리, 구렁이.. 지리산에서 나는 동물 식물은 싹 다 여
        기서 연구한다고 생각하면 돼.
현조   그런데 여긴 왜 갑자기 오자고 한 거예요?
이강   일단 따라와봐.

이강, 먼저 앞서서 건물로 향하고.. 현조, 가만히 호기심 어린 눈빛으로 건
물을 바라보다가 이강 뒤를 쫓는다.

씬/29 D, 생태복원센터 건물 뒤편

능숙한 손짓으로 예쁘게 과일을 깎고 있는 윤수진 박사(30대 중후반, 여).
옆에 놓인 나무 테이블 위에는 큰 접시들에 마치 손님 맞는 과일접시처럼
예쁘게 놓여 있는 과일들. 그때, 다가오는 발자국 소리. 이강과 현조다.

윤박사   (이강 보며 반갑게) 왔어?
이강   또 뭘 부탁하려고 전화한 건데?

이강 뒤에 따라온 현조, 접시 위에 놓인 과일들 뭐지? 보는데..

윤박사	누구? 신입?
현조	안녕하세요. 강현줍니다.
윤박사	(과일 가리키며) 먹고 싶으면 먹어도 돼요.
현조	예?
이강	먹지 마. 곰 먹이야.

현조, 이게? 기가 막힌 얼굴로 보는데..

윤박사	우리 애들이 얼마나 깨끗한데. 이렇게 안 잘라주면 먹지도 않아.
이강	됐고, 왜 불렀어?

– 시간 경과되면
윤박사의 손에 들린 핸드폰으로 사진들을 확인하고 있는 이강과 현조. 사진들 모두 똑같은 구렁이를 찍은 사진들이다.

현조	(긴가민가) 구렁이예요?
윤박사	맞아요. 멸종 위기종인 구렁이 생태연구 때문에 구렁이 열 마리한테 칩을 내장해서 방사했거든요. 그런데 이 4번 구렁이가 갑자기 사라졌어요.
이강	마지막 위치는?
윤박사	밤골 쪽인데 그 근방을 아무리 찾아봐도 신호가 잡히지 않는 게 아무래도 해동분소 쪽으로 넘어간 것 같아. 순찰 돌 때 좀 신경 써서 찾아봐줘.

윤박사, 옆에 놓인 가방 안에서 위치추적기를 꺼내 건네는데

윤박사	여기 위치추적기.
이강	윤박사. 산 생활 몇 년인데 아직까지도 모르겠어?

윤박사와 현조, 이강을 보면

이강   산이 아니라 다른 데를 찾아야지.

씬/30   D, 지리산 인근 읍내 건강원 외경

읍내 거리에 위치한 건강원.

씬/31   D, 건강원 안

사복 차림으로 건강원 내부를 두리번거리며 들어서는 이강과 현조. 안에서
달임통을 닦고 있는 건강원 사장 최일만(50대 후반, 남)과 가게 안쪽에서
대추를 씻고 있는 일만처. 일만, 두 사람에게 다가와

일만   어서 오세요. 뭐 찾으시는 거라도 있나?

어색해하는 현조의 눈빛 힐끗 보는 일만.

일만   부부? 뭐 아이 잘 들어서는 거라도 찾아? 여자한텐 가물치가 최곤데.
이강   그런 거 말구요. 정력에 좋은 거 없어요?

이강은 아무렇지 않은데 뒤에서 무안한 듯 눈 돌리는 현조.

일만   잘 찾아오셨네. 자라탕 어때요? 우리가 자라 잘 내리거든. 정력에 그만한 게
          없지.
이강   그런 거 말구 진짜 효과 죽이는 거 없어요? (낮게) 뱀 같은 거요.

씬/32   D, 건강원 밖/차 안

건강원에서 조금 떨어진 곳에 세워놓은 차 안. 운전석에 앉은 윤박사, 위치 추적기를 확인하고 있는데.. 건강원에서 나온 이강과 현조가 차에 올라탄다.

윤박사	저기가 확실해?
이강	밤골 근처에서 사라졌으면 이 근방일 텐데 저 가게가 갑자기 요새 대박을 치고 있대. 저기가 확실해.
윤박사	아무래도 잘못 짚은 것 같은데.. 반경 칠백 미터 안에 있으면 울려야 되는데 신호가 안 잡혀.
이강	좀 기다려봐. 떡밥을 뿌려놨으니까 곧 움직일 거야.

씬/33   D, 동 장소

시간이 지나 저녁 어스름이 내려앉기 시작한 건강원 밖. 여전히 차 안에서 건강원을 지켜보고 있는 세 사람. 뒷좌석의 현조, 건강원을 지켜보다가 윤박사에게 넌지시

현조	생태복원센터에서 버섯도 연구한다고 들었는데요. 혹시 갈황색미치광이버섯도 연구하나요?

이강, 또 시작이구나 하는 표정. 윤박사는 영문도 모르고

윤박사	위험한 독버섯인데 당연히 연구해야죠.
현조	그 독버섯에서 독을 채취하는 건 평범한 사람도 할 수 있나요?
윤박사	그건 힘들 거예요. 제대로 된 장비가 있어야 가능하거든요. 그런데 그 버섯은 왜 물어보는 건데요?

이강, 답답한 듯 현조 보다가 어쩔 수 없다는 듯

이강	재 추측인데.. 누군가 산에서 요쿠르트에 그 독버섯 독을 넣어서 사람들을

죽이고 있대.

윤박사   (소스라치게 놀라는) 진짜예요? 누가요? 왜요?

이강   추측이라니까.

현조   (이강 말 가로막으며) 그런 일이 가능할까요?

윤박사   ..불가능한 건 아니죠. 지리산 지리나 식생에 대해서 잘 알고 독을 채취할
수 있으면 가능하긴 한데.. 그런 사람은.. 직원들밖에 없는데.. (자기 논리가
말이 안 되는) 국립공원 직원이.. 왜 그런 일을 하죠?

서로 시선 마주치는 현조와 윤박사. 그때, 건강원 문 열리며 나오는 일만과
일만처. 그런 두 사람 발견한 이강.

이강   잠깐만!

이강의 소리에 다시 주의를 건강원 쪽으로 돌리는 현조와 윤박사. 주변을
살피고는 건강원 문을 닫고 건물 앞에 세워진 트럭에 올라탄 뒤 출발하는
일만 부부.

이강   빨리 쫓아가!

손에 들고 있던 위치추적기 뒷좌석 현조에게 집어던지고 다급히 시동을 거
는 윤박사.

씬/34   N, 지리산 인근 국도 일각/윤박사의 차 안

국도를 달리는 일만 부부의 트럭. 조금 거리를 두고 그 뒤를 쫓고 있는 윤박
사의 차. 핸들을 잡은 윤박사도 이강도 현조도 긴장한 기색이 역력한데..

이강   너무 바싹 붙었잖아. 이러다 들켜.

윤박사, 사뭇 긴장한 듯 속도 늦추는데.. 그때 어디선가 희미하게 들려오는

'삐삐… 삐삐' 소리. 소리를 알아듣고 멈칫하는 이강과 윤박사. 현조, 역시 놀라서 주변 둘러보면 뒷좌석에 놓인 위치추적기에서 희미하게 신호가 잡히고 있다.

현조   (놀라서 위치추적기 보며) 신호가 잡혔어요!

그 소리에 놀라서 차를 멈추고 뒤를 돌아보는 윤박사와 이강. 현조가 내민 위치추적기를 보며

윤박사   이 근처야!

윤박사와 이강, 자기도 모르게 위치추적기에 정신이 팔리는 사이 현조, 앞 창문 너머 샛길로 우회전해서 사라지는 일만 부부의 트럭을 보고 놀라서 '어어!' 외치고 그 소리에 고개 들어 앞을 보면 이미 사라진 일만 부부의 차.

현조   우회전이요! 저기서 우회전했어요!

'부앙' 다시 출발하는 윤박사의 차.

씬/35   N, 마을 일각/일만의 집 밖/창고 안

빠르게 일만 부부의 차를 쫓아 우회전하는 윤박사의 차. 축사와 창고들이 이어진 작은 마을로 접어드는데 위치추적기의 신호음은 점점 더 커져만 간다.

이강   여기 근처야. 거의 다 왔는데..

운전을 하는 윤박사도 뒷좌석의 현조도 이강도 연신 주변을 둘러보는데.. 마을 끝자락쯤까지 가자 더욱 커져오는 신호음.

현조   저기예요!

현조가 가리키는 곳 보면 마을 끝에 위치한 커다란 창고가 딸린 일만의 집 앞마당에 세워진 일만 부부의 트럭. 점점 커져오는 신호음, 최대치에 거의 인접하고.. 근처에 차를 세우고 건물로 다가가는 세 사람. 창고 건물의 문 약간 열려 있는데 안에서 불빛이 새어나온다. 이강, 윤박사 다가가려는데

현조   근데 남의 집에 이렇게 막 들어가도 돼요?
윤박사   (멈칫하다가) 경찰을 먼저 부를까요?

그때, 이강, 열린 문틈 사이로 뭔가를 본 듯 낯빛 굳어지며 말릴 새도 없이 창고 문으로 다가가고.. 현조, 윤박사 크게 소리도 못 내고 '야..' '선배..' 뛰어와 말리려는데 그보다 먼저 창고 문을 '쾅' 열어젖히는 이강. 현조와 윤박사, 낭패다 싶은 낯빛으로 보다가.. 창고 안의 광경에 놀라서 바라본다. 창고 안, 여기저기에 놓인 그물망으로 만들어진 자루에 넣어진 채 꿈틀거리고 있는 뱀들. 그 사이에서 구렁이 한 마리를 그물망에서 꺼내고 있던 일만 부부 놀라서 입구에 선 세 사람을 바라보고..
한눈에 보기에도 백여 마리가 넘는 뱀들을 놀라서 바라보는 이강, 현조, 윤박사의 모습 위로 순찰차의 사이렌 소리가 깔린다.

씬/36   N, 일만의 집 마당/창고 안

마을에 난 길을 따라 사이렌을 켜고 달려오는 순찰차. 일만의 집 마당에 도착해서 웅순과 박순경, 내려서는데 이미 난리가 나 있는 창고 앞. 소란을 듣고 구경 나온 이웃사람들 사이 창고 앞에서 대치하고 있는 화가 난 일만과 이강, 현조, 윤박사. 조금 떨어진 일만의 집 앞에는 일만처가 어린아이들 셋을 끼고 겁먹은 눈빛으로 보고 있다.

일만   니들이 뭔데 이래라 저래라야. 저 산이 니네 거라두 돼?
이강   (열받은) 야생생물 보호 및 관리에 관한 법률 모르세요? 멸종 위기 야생동

물을 가공, 유통, 보관한 자는 2년 이하의 징역 혹은 2천만 원 이하의 벌금
에 처해집니다.

일만　머리에 피도 안 마른 게 뭘 안다고 지껄여? 우리 집안 할아버지에 할아버지
부터 저 산에서 약초 캐고 동물 잡아서 밥 벌어먹었어.

이강　자랑이십니다.

일만, '뭐? 너 일루 와봐!' 하면 그런 일만을 말리는 윤박사. 현조 역시 '선배,
그만하세요' 이강을 떼어놓는데

일만　(윤박사 밀어내며) 국립공원 좋아하시네. 사람 나고 산 났지. 산 나고 사람
났냐!

이강　(가로막는 현조 너머로) 그래서 구렁이를 저렇게나 많이 잡으셨어요? 왜요
아주 씨를 말리시지.

'아, 그만해' '선배도 그만하세요' 아수라장이 된 현장으로 웅순과 박순경도
들어와서 두 사람을 뜯어말리기 시작하고..

- 시간 경과되면
기운 빠진 얼굴로 집 앞에 주저앉아 있는 일만과 그 뒤쪽에 여전히 겁먹은
눈빛으로 선 일만처와 어린아이들. 창고 앞 비추면 어느새 도착해 있는 '생
태복원센터'라는 글씨가 적힌 봉고차. 창고 안에서는 구렁이들의 종류와 마
릿수를 체크 중인 윤박사. 옆에서 박순경은 사진들을 찍고 있고.. 체크가 끝
난 구렁이들은 생태복원센터 직원과 이강, 현조가 번갈아가며 차량으로 옮
기고 있는데..
이강, 구렁이 자루 들어 차에 싣는데. 다가오는 웅순, 창고 안에서 구렁이
자루 옮기려고 하고 있는 현조를 슬쩍 보며

웅순　쟤가 그 신입이야?

이강　왜?

웅순　허우대만 멀쩡하지 뭐 굉장히 싱겁게 생겼네.

이강　..싱겁진 않아. 정상이 아니라서 그렇지.

웅순   (반색하며) 정상이 아냐? 젊은 친구가 큰일이네.

이강, 왜 이래? 힐긋 웅순 보는..
그때, 안에서 남은 구렁이들 들고 와 차에 싣는 현조와 직원들. 창고 안에서
정리한 종이를 보면서 나오는 윤박사, 웅순에게

윤박사   먹구렁이 23마리, 황구렁이 18마리. 유혈목이 53마리. 도합 94마립니다.

정리가 끝나자 이강, 현조에게

이강   이제 그만 가자.
현조   아.. 예.

이강, 먼저 돌아서서 나가고.. 현조, 그 뒤를 따른다.
주변에서 구경하던 일이 마무리되어가자, 하나둘씩 흩어지기 시작하는데..
그런 사람들 뒤편으로 이동하면 창고 앞의 상황을 둘러보는 검은 등산용
장갑을 낀 누군가. 천천히 장갑을 벗는데 손등 위에 작은 동물이 할퀸 듯한
상처.

씬/37   D, 지리산 비법정, 새마골 무덤터 일각

살랑살랑 바람에 흔들리는 나뭇잎들을 스치고 앞으로 나아가는 화면. 나
무숲을 지나면 나오는 작은 언덕. 저 멀리 천왕봉이 보이는 언덕 한 편에 남
아 있는 오래된 무덤. 무덤 앞에 놓인 상석 쪽으로 뻗는 누군가의 손. 손등
에 작은 동물에게 할퀸 듯 희미한 손톱자국이 남아 있고, 그 아래로 작은
감자 같은 물건이 얼핏 보이는데..

씬/38   D, 사택, 현조의 방

새벽, 미명이 감도는 현조의 방.

익스트림 클로즈업된 현조의 눈. 순간 번쩍 뜨이면서 벌떡 일어나는 현조.

꿈인지 편린인지 혼란스러운 현조의 모습에서..

씬/39 D, 지리산 비법정, 새마골 무덤터 인근

험한 비법정길, 나무숲을 헤치면서 오르고 있는 이강과 현조. 급경사 길에
현조 미끄러지다가 나무를 잡는다. 앞서가던 이강, 뒤돌아보며

이강   괜찮지?

현조   예. 와.. 근데 다른 비법정보다 여긴 훨씬 더 험하네요.

이강   여긴 약초꾼들도 거의 오지 않는 데야. 사람이 없으니까 동물들 천국이지.

다시 길을 오르기 시작하는 이강. 그 뒤를 따르는 현조.

이강   그리고.. 지리산에서 천왕봉이 보이는 무덤터는 여기뿐이야.

나무숲을 헤치고 앞으로 나아가는 이강과 현조의 시선에 나타나는 무덤
터. 현조가 편린에서 봤던 바로 그 무덤터다.

이강   여기가 맞아?

현조, 멀리 보이는 천왕봉과 주변을 둘러보며

현조   맞아요. 여기예요.

현조, 무덤으로 다가가 편린에서 봤던 상석 주변을 샅샅이 뒤진다. 이강 역
시 주변을 돌며 살펴보는데.. 그 어디에도 수상한 흔적은 보이지 않는다.

이강   아무것도 없지?

현조, 다시 한번 꼼꼼하게 둘러본다. 찝찝하긴 하지만..

현조   예.. 아무것도 없네요.

이강, 역시 한 번 더 주변을 둘러보고는

이강   내려가자. 특별 순찰해야지.

먼저 돌아서서 내려가는 이강을 가만히 바라보는 현조.

씬/40   D, 지리산 새마골, 비법정 일각

무덤터에서 조금 떨어진 평평한 숲길을 걸어 내려가고 있는 이강과 현조.
현조, 이강을 바라보다가

현조   그런데 이번엔 왜 순순히 와준 거예요?
이강   .. (앞서 걷는)
현조   맨날 헛소리하지 말라고 구박하더니 오늘은 그런 얘기 한 마디도 없으니까
        이상하잖아요. 서마권데..
이강   죽을래?

이강, 휙 째려보자 곧바로 꼬리 말고 시선 돌리는 현조. 이강, 다시 돌아서
서 걸어 내려가면 그런 이강 뒤를 다시 쫓아 내려가는 현조. 그런 두 사람
을 바라보는 누군가의 시선. 이강과 현조가 한눈에 내려다보이는 산길 위쪽
에서 몸을 숨기고 있던 일만 부부다. 적개심에 가득 찬 눈빛으로 멀어지는
두 사람을 바라보던 일만. 뒤돌아 일만처에게

일만   갔어. 계속해.

보면 뱀들이 다니는 길에 통발을 설치하고 있는 일만처.

일만   잡것들. 지들이 뭐라구.

이강과 현조에 대해 독설을 날리고는 일만처를 도와 통발 설치를 끝내는
일만, 옆에 놓아둔 양파망과 뱀 집게를 집어 들며

일만   해 지기 진에 시둘러.
일만처 이러다 또 걸리면 어떡해요?
일만   벌금은 무슨 돈으로 낼 건데? 애들은 굶겨 죽일 거야?

일만의 타박에 일만처, 입을 다물고 일만 뒤를 따른다.

일만   죽기 아니면 까무러치기야.

독기가 오른 눈빛의 일만, 산길을 오르기 시작한다. 어쩔 수 없이 그 뒤를
따르는 일만처.

씬/41   D, 지리산 새마골, 또 다른 비법정 일각

여전히 대화를 나누며 새마골을 내려가고 있는 현조와 이강.

현조   그런데 어떻게 국립공원에 저런 무덤이 남아 있을 수 있어요? 공원 내에 불
법 사유물은 철거 대상 아닌가요?
이강   국립공원으로 지정되기 전부터 있었던 무덤은 유족들이 이장을 받아들이
지 않는 경우도 있어.

이강의 얘기를 듣던 현조.

현조   추석은 지났고 한식은 아직 멀었고.. 당분간은 찾을 사람이 없으니까 다칠

사람도 없겠네요.

이강 유족들만 무덤을 찾는 건 아냐. 무덤 주변엔 야생동물들이 많아.

씬/42 D, 지리산 새마골 무덤터

수풀을 헤치고 무덤터로 다가오는 일만 부부.
일만, 무덤 뒤의 숲을 가리키며

일만 자넨 저쪽 한번 가봐

일만처, 숲 쪽으로 집게를 들고 다가가고 일만은 무덤 쪽 상석 쪽으로 다가
오는데 상석 아래에 놓인 작은 감자처럼 생긴 감자폭탄을 보고 갸웃한다.

씬/43 D, 지리산 새마골 또 다른 비법정 일각

현조와 대화를 나누며 내려가고 있는 이강.

이강 특히 상석 아래는 변온동물인 뱀들이 많이 발견되지.

순간, '콰쾅' 산 위에서 메아리쳐 들려오는 폭발 소리. 뭐지? 놀란, 불길한 눈
빛으로 산 위를 올려다보는 현조와 이강.

씬/44 D, 지리산 새마골 무덤터

숲으로 향하던 일만처, 부들부들 떨며 무덤 쪽을 바라보고 있다. 패닉에 휩
싸여 뭐라 입을 열지도 못하는 일만처의 시선을 쫓아가면 무덤 주위에 난
풀 위로 튀어 있는 붉디붉은 피.

씬/45   D, 지리산 새마골 또 다른 비법정 일각

놀라서 위를 바라보던 이강과 현조, 누가 먼저랄 것도 없이 위를 향해서 뛰어오르기 시작한다. 뛰어 올라가면서 무전을 하기 시작하는 이강.

이강   해동 하나! 새마골 3킬로미터 지점. 폭발음!! 조난신고 확인 바람!!

씬/46   D, 해동분소, 사무실

사무실에서 업무를 보고 있던 구영과 양선, 들려오는 무전 소리에 놀라서 고개를 든다.

구영   (일어서며 다급히 양선에게) 경찰, 소방서 연락해요!!

씬/47   D, 지리산 새마골 비법정 일각

미친 듯이 빠르게 올라가는 이강과 현조.
현조, 조금 뒤처지기 시작하는데..

씬/48   D, 지리산 새마골 무덤터

부들부들 떨면서 핏자국을 바라보고 있는 일만처. 풀 위에 튄 핏자국에서 서서히 무덤 쪽으로 더욱 이동하면 피투성이가 된 채 바닥에 떨궈져 있는 일만의 손.
일만처, 이제야 정신이 난 듯 '으아아악!' 비명을 지르기 시작한다.

씬/49 D, 지리산 새마골 무덤터 인근

위로 위로 뛰어오던 이강과 현조의 귓가에 무덤터 쪽에서 들려오는 처절한 비명 소리가 들려온다. 이강의 눈빛 흔들리고.. 현조는 순간 멈칫하다가 아까 미끌어졌던 곳임에도 불구하고 이를 악물고 이강보다 앞서서 위로 올라가기 시작한다.
이강 역시 더욱 속도를 내서 현조를 쫓아가는데 먼저 올라간 현조의 목소리 들려온다.

현조(소리) 올라오지 마!! 선배! 거기 있어요!!

현조의 목소리와 함께 들려오는 일만처의 비명 소리. 그럼에도 불구하고 올라가려던 이강, 순간 무릎이 확 꺾여버린다. 어떻게든 일어나보려 하지만 몸이 말을 듣지 않고 두려움과 불길함에 휩싸인 이강의 숨소리 점차 거칠게 커져간다. 반짝이는 나뭇잎, 그 사이를 뚫고 작열하는 햇살이 이강의 주위를 어지럽게 떠돌면서 화면 서서히 암전.

씬/50 D, 새마골 비법정 입구

암전에서 밝아지면 비법정 입구 국도변에 세워진 경찰차와 앰뷸런스. 산 위에서 보디백에 실린 일만의 시신을 들고 내려오고 있는 경찰들. 통곡하면서 그 모습을 지켜보고 있는 일만처와 그런 일만처를 위로하는 친척들, 이웃들의 모습에서..

씬/51 D, 해동분소, 사무실

회의실 탁자에 마주 앉아 있는 대진과 윤박사. 그 옆에 앉고 선 구영과 양선. 이강과 현조는 조금 떨어진 곳에 서서 굳은 표정으로 얘기를 듣고 있다.

구영   감자폭탄?
윤박사   맞아.

가지고 온 파일들에서 사진들을 대진에게 보여주는 윤박사. 예전, 지리산에
서 발견된 감자폭탄들이 찍힌 빛바랜 사진들이다. 사진을 보는 양선의 눈
빛, 조금 멈칫하고..

윤박사   6, 70년대, 지리산 반달곰들을 노린 밀렵꾼들이 주로 사용한 사제폭탄이야.

여러 감자폭탄 사진들을 넘겨보는 사람들의 시선에서

윤박사   그 당시 곰의 간과 쓸개가 워낙 고가로 취급돼서 그걸 노리고 지리산 여기
        저기에 설치해놨었대. 일종의 지뢰 같은 거지.
구영   이런 게 여태까지 산에 있었다구?

가만히 사진을 내려다보던 대진, 어두운 낯빛으로

대진   국립공원으로 지정된 60년대에 마을 주민들까지 동원해서 대대적으로 산
        에 남은 위험물들을 수거했었어.
윤박사   (대진 보다가) ...하지만 깊은 비법정까지는 무리였던 거죠. ..지리산이잖아요.
구영   그래. 지리산이 하도 넓어서 못 찾은 건 알겠어. 그런데 몇십 년이나 된 고물
        이 어떻게 터진 거야?
윤박사   감자폭탄은 외부 표면을 밀랍으로 완벽하게 봉인해. 비바람이 스며들지 못
        해서 내부의 뇌관과 폭약이 남아 있었던 거야.
구영   (안타까운 한숨) ...그러게 왜 그렇게 가지 말라는 데를 들어가서..

안타까움과 어두운 낯빛으로 고개 떨구는 사람들.
그때 천천히 입을 여는 현조.

현조   드릴 말씀이 있습니다.

일동, 현조를 바라본다. 이강의 눈빛 미미하게 흔들리고..

현조   사고가 나기 전에 그 현장을 순찰했었습니다.

사람들, 멈칫해서 바라본다.

현조   무덤터 주변에 위험물이 있는지 샅샅이 확인해봤어요. 하지만 그때는 그 폭
탄이 없었습니다.

대진, 현조 얘기 듣다가 이강 보며

대진   사실이야?
이강   ...예
구영   샅샅이 확인했어? 풀이나 나무등걸이랑 헷갈린 건 아니고?
현조   아니에요. 정말 그때는 아무것도 없었습니다. 확실해요.
대진   정말 확실해?

대진의 날카로운 눈빛에 현조, 순간 말문이 막혀서 바라본다. 현조를 바라
보는 양선의 눈빛은 잠시 흔들리고..

대진   확실하지 않다면.. 이건 큰 문제야. 국립공원 직원의 실수로 사람이 죽은 거
라구..

사람들, 다들 불안한 눈빛으로 현조를 바라보는데..
순간, '빵!!!' 건물 밖에서 들려오는 귀청이 찢어질 듯한 클랙슨 소리. 다들
놀라서 바라보는데..

씬/52   D, 해동분소 건물 밖

다급히 나오는 대진, 이강, 현조, 구영, 양선, 윤박사. 건물 밖의 광경을 놀라

서 바라보는데..

주차장 중앙에 주차된 트럭에 실린 섬뜩한 관과 그 위에 놓인 일만의 영정 사진. 트럭에서 내려서는 독기 서린 눈빛의 일만처. 그 뒤쪽으로는 함께 온 듯한 자동차들 줄줄이 들어서고.. 차 안에서 일만의 일가친척들과 일만의 어린아이들, 이웃사람들이 내려서는데 눈빛들이 모두 흉흉하다. 가장 앞에 선 일만처, 직원들을 보자 분노에 휩싸인 말투로

일만처   너네들 대체 뭐 하는 놈들이야! 산이 지들 것인 것처럼 그렇게 잘난 척하더니 우리 남편이 이렇게 될 때까지 뭘 하고 있었냐구!!

이강, 현조, 구영, 윤박사, 양선 모두 쉽게 나서지 못하고 어두운 낯빛으로 서 있는데.. 걸어 나가 일만처 앞에 서는 대진.

대진   진정하시고 일단 들어가셔서..
일만처   눈앞에서 남편이 그렇게 죽었는데 그딴 말이 나와?!!! 내 남편 살려내!! 살려내라구!!
대진   남편분이 당하신 끔찍한 사고는 마음 아프게 생각합니다.
일만처   사고?

뒤쪽에 서 있는 이강과 현조를 보는 일만처.

일만처   그날 저 사람들 산에 있는 거 내 눈으로 똑똑히 봤어. 저 사람들 거기 있으면서 대체 뭘 했어? 그 폭탄이 터질 때까지 뭘 했냐구?!

이강과 현조의 낯빛, 어두워지고..

일만처   그날, 남편이 산에 간 것도 다 니들 때문이야. 구렁이들 다 뺏기고 어떻게든 살아보겠다구 간 거라구!! 우리 남편은 니들이 죽였어!!

이강의 눈빛 죄책감으로 크게 흔들린다.

일만처   난 억울해서 이렇게 남편 못 보내! 니들이 우리 남편 목숨값 책임질 때까지 여기서 우리 남편이랑 한 발자국도 안 움직일 거야!

뒤쪽에서 다가와 일만처를 다독이는 친척들. 울음을 터뜨리는 아이들. 그 모습을 흔들리는 눈빛으로 바라보는 이강과 현조. 구영, 윤박사의 낯빛도 어두워지고.. 양선 역시 겁먹은 듯 눈빛 움츠러든다.
그때 저 멀리에서 그런 모습을 지켜보던 자동차 안의 기자 한 명, 카메라 셔터를 누르기 시작한다.

씬/53   D, 동 장소

'콰콰쾅' 천둥소리. 장대비가 내리고 있는 해동분소 건물 앞. 주차장에 아직도 세워진 트럭 위 관과 영정사진 위로도 쏟아지는 빗줄기.

씬/54   D, 지리산 국립공원 본소 외경

'지리산 국립공원 사무소'라는 팻말이 붙은 건물 위에도 빗물이 쏟아지고 있다.

씬/55   D, 본소, 회의실

'국립공원의 관리 부실, 소중한 인명을 앗아간 지리산' '떠나지 못하는 망자의 관. 누구의 책임인가'라는 헤드라인과 함께 해동분소 앞에 세워진 트럭과 관, 영정사진이 찍힌 사진이 게재된 지역신문들이 놓인 테이블.
김계희 소장과 대진을 비롯한 간부들 네다섯 명이 테이블에 침통한 표정으로 마주 앉아 있다.

재난안전과장   벌써 저러고 있는 지 며칠째예요. 어서 대책을 세워야 합니다.

자원보전과장   맞아요. 아직 날씨가 한낮에는 뜨겁습니다. 만약 시신이 부패하기라도 한 다면 언론이 더 시끄러워질 거예요.

행정과장, 무표정한 김계희 소장의 눈치를 보며

행정과장   지금이라도 보상비를 지급하는 게 어떻겠습니까?

대진   그건 안 됩니다. 피해자가 사고를 당한 건 안타깝지만 사고 지역은 출입금 지구역이었습니다. 보상비를 지불한다면 앞으로 불법 등산객들을 단속할 근거가 약해집니다.

행정과장   그렇다고 저렇게 놔둘 순 없잖아요. 어떻게든 책임을 져야 할 거 아니에요.

그때, 여전히 차가운 인상으로 입을 여는 김계희 소장.

소장   그 말이 맞아요.

일동, 김계희 소장을 바라본다.

소장   누군가는 책임을 져야죠.

씬/56   D, 본소 회의실 밖 복도

회의실 밖 긴 복도 양편에 기대어 서서 회의 결과를 기다리고 있는 이강, 현조, 구영, 양선과 비담대피소의 일해와 다른 레인저들. 답답한 정적이 흐르다가..

일해   서이강. 사고 전에 그 장소에 가봤다는 게 사실이야? 너 정도였으면 그렇게 위험한 물건은 알아보고 수거했어야지. 요즘 해동분소 왜 그래?

이강, 그저 말없이 생각에 잠겨 있는데..
구영, 답답한 듯 대신 나서는

| 구영 | 야, 넌 감자폭탄 본 적 있어? 얘기만 들었지 어떻게 생겼는지 어떻게 알고 치워. |
| 일해 | 그것뿐만이 아니잖아. 금례할머니 때도 그렇고 왜 이렇게 사고가 많아. |

구영, 짜증 이빠이 얼굴.

일해	내가 팀장으로서 한 마디 하겠는데 긴장 좀 해.
구영	아 진짜 그놈의 팀장 팀장.
일해	억울하면 너도 승진하던지..

구영과 일해 분위기 험악해지는데.. '달칵' 회의실 문 열리면서 예전처럼 한 치의 흐트러짐 없는 차가운 눈빛으로 나오는 김계희 소장. 레인저들 긴장한 얼굴로 똑바로 자세 갖추며 예의를 갖추는데.. 그 사이를 말없이 뚜벅뚜벅 걸어서 복도 저쪽으로 멀어지는 소장. 뒤를 이어 재난안전과장, 행정과장, 자원보전과장 등이 어두운 낯빛으로 걸어서 사라지고, 가장 마지막에 나오는 대진에게 다가서는 레인저들.

| 구영 | 어떻게 됐어요? |
| 일해 | 소장님이 뭐라고 하십니까? |

불안한 기색으로 질문을 던지는 레인저들을 묵묵히 둘러보던 대진.

| 대진 | ...소장님이 모든 걸 책임지고 물러나기로 하셨다. |

가라앉은 목소리로 얘기하고는 굳은 얼굴로 멀어지는 대진. 레인저들, 낯빛 가라앉고.. 양선의 눈빛도 크게 흔들린다. 이강, 잠시 생각하다가 바로 돌아서서 뛰어가기 시작하고.. 그런 이강을 바라보는 현조.

씬/57 D, 본소 건물 현관

건물을 빠져나오는 대진. 뒤이어, 달려 나오는 이강.

이강　　대장님!

돌아서서 뭐냐는 듯 바라보는 대진.

이강　　현조 말 사실입니다. 우리가 순찰했을 땐 무덤 근처에 아무것도 없었어요.
대진　　…
이강　　누군가 우리가 순찰하고 난 뒤에 갖다 놓은 거예요. 그 사람을 잡으면 우리 잘못이 아니라는 걸 밝힐 수 있을 거예요.
대진　　.. (답답한 듯 보는) 그래. 너희 말대로 누가 놓고 갔다 치자. 만약 그런 사람이 있다면 그 사람을 찾는 건 경찰들 일이야.
이강　　하지만..
대진　　(말 끊는) 우리가 할 일은 따로 있어. 산에 오는 사람들을 지켜야지.

이강, 말문이 막혀서 대진을 바라본다.

대진　　산에 제일 많이 오르는 사람들이 주민들이야. 그 사람들과의 신뢰를 회복하는 게 지금은 가장 급선무야.

이강을 보다가 돌아서서 우산을 펼쳐 쓰고 멀어지는 대진.
이강, 가라앉은 눈빛으로 그런 대진을 바라본다.

씬/58　D, 몽타주

- 건강원 사장 집 앞. 검은 양복을 걸친 소장을 비롯한 간부들, 울먹이고 있는 일만처와 친척들 앞에서 무릎을 꿇고 있다. 그런 소장 앞에서 또다시 울음이 터지는 일만처.

- 해동분소 앞 주차장. 어두운 낯빛의 일만의 친척들이 와서 관이 실린 트럭을 빼고 있다. 건물 안, 창문 너머로 그 모습을 지켜보고 있는 현조.

씬/59 D, 공동묘지

아침, 파여 있는 구덩이 안에 안치되는 관. 옆에서 울고 있는 일만처를 비롯한 유가족들. 멀리서 검은 정장 차림으로 지켜보고 있는 이강, 현조를 비롯한 직원들.

- 시간 경과되면
매장이 모두 끝난 뒤 하나둘씩 자리를 떠나는 사람들. 그러나 마지막까지 떠나지 못하고 일만의 묘지를 바라보고 있는 이강과 현조. 이강, 가만히 바라보다가.. 먼저 뒤돌아서며

이강　　그만 돌아가자.
현조　　(여전히 일만의 묘지를 바라보며) 전.. 이렇게 못 그만두겠어요.
이강　　일 더 크게 만들지 마. 소장님까지 그만두면서 겨우 정리한 일이야.

현조, 이강을 돌아보며

현조　　손을 봤어요. 작은 짐승이 할퀸 것처럼 다섯 개의 손톱자국이 나 있었어요. 그 손을.. 잊을 수가 없어요.
이강　　그만해.
현조　　그날, 산에 우리와 피해자 부부 말고 다른 사람이 있었어요. 어떻게든 그 사람을 찾아낼 거예요.

현조, 돌아서서 멀어진다. 이강, 그런 현조를 답답한 듯 보며 '야!!' 외쳐보지만 뒤도 안 돌아보고 멀어지는 현조.

씬/60 D, 몽타주

- 지리산 비법정 입구 일각. '불법 탐방로 출입금지'라는 현수막 옆에 감자 폭탄 사진과 함께 '위험물질을 발견한 경우 절대 만지지 말고 즉시 국립공원 사무소로 연락바랍니다'라는 현수막을 달고 있는 레인저들.

- 또 다른 지리산 탐방로 입구. 감자폭탄 경고문이 적힌 안내판을 세우고 있는 레인저들.

- 마을을 돌고 있는 레인저들. 주민간담회와 관련된 인쇄물들을 마을 사람들에게 나눠주면서 '0시부터 주민간담회가 열립니다. 많은 참여 부탁드립니다' 안내하고 있다. 하지만 지나는 마을 사람들의 반응은 영 떨떠름하기만 하다.

씬/61 D, 마을회관 건물 외경

건물 문 앞에 붙여진 주민간담회 인쇄물. '주민간담회, 주최 : 지리산 국립공원 공단, 일시 : 2018년 0월 0일 0시. 대상 : 해동마을 인근 거주민. 장소 : 해동마을회관. 내용 : 지리산 불법 산행 계도 및 위험물질 안내 및 경고'.

씬/62 D, 마을회관

화이트보드에 크게 '주민간담회, 주제 : 위험물질 안내 및 경고'라는 글귀. 그 맞은편에는 책상과 의자들 몇십 개가 놓여 있고 들어오는 입구 쪽 긴 테이블 위에 주민들에게 나눠주려는 듯 간단한 다과들과 음료수들을 줄지어 놓고 있는 구영과 양선. 한쪽 벽면에 빔 프로젝트 화면을 설치 중인 이강과 일해.

일해   (툴툴거리는) 대피소 근무도 바빠 죽겠는데 신입은 하필 오늘 같은 날 아프대.

구영, 그 소리에 갸웃하며

구영　근데 생각해보니까 이상하네. 아픈 애가 아침부터 어딜 나간 거야? 사택에
안 보이던데?

이강, 왠지 찔린 듯 시선 회피하며 어떡하든 말 짜 맞추는

이강　그게.. 정말 많이 아픈가 봐. 좀 큰 병원 가서 정밀검진 받겠다고 아침 일찍
연락이 왔더라고.
구영　(놀라는) 정밀검진? 어디가 어떻게 아픈데?
이강　..뭐 잘 모르겠는데.. 머리 쪽?

이강, 대충 둘러대다가 말 돌리려는 듯 둘러보다가

이강　야, 음료수 모자라겠네. 좀 더 사 와야겠다.

하는데 손 번쩍 드는 구영.

구영　내가 이양선 후배님이랑 같이 다녀올게.

말릴 틈도 없이 양선에게 손짓하며 나가는 구영. 이강, 돌아서며 '으이그 내
팔자야. 내가 왜 거짓말을 해야 돼' 하는 눈빛.

씬/63　D, 생태복원센터 주차장

주차장으로 들어와 멈춰 서는 차에서 내리는 현조, 건물을 올려다본다.

씬/64   D, 생태복원센터 건물 뒤편, 생태학습장

생태학습장 여기저기를 보수 중인 직원들. 그 사이로 윤박사를 찾는 듯 걸어 들어오던 현조, 저 멀리에 외발수레에 가지고 온 밀렵도구들을 투명 플라스틱 통에 넣고 있는 윤박사를 발견하고 다가간다. 인기척에 돌아보는 윤박사.

윤박사   어, 어긴 웬일이세요?
현조   좀 여쭤볼 게 있어서요.
윤박사   아.. 금방 끝나니까 잠깐만 기다리세요.

윤박사 수레 안의 밀렵도구들을 통에 가득 들이붓는데.. 통에 가득 차는 녹슬고 섬뜩한 느낌의 올무, 철사 등을 바라보는 현조.

윤박사   모두 지리산에서 발견된 거예요. 곰, 너구리, 뱀, 오소리, 야생동물들을 잡기 위한 거죠. 이번엔.. 사람이 희생됐지만..

올무들을 바라보는 현조의 눈빛에서..

- 시간 경과되면
한쪽 벤치에 마주 앉은 현조와 윤박사.

윤박사   감자폭탄이요?
현조   예. 이번에 발견된 감자폭탄 조사를 박사님이 하셨다고 들었어요. 그 폭탄, 정말 60년대 밀렵꾼들이 사용하던 게 맞나요? 누군가가 과거 감자폭탄을 본떠서 만들었을 가능성은 없습니까?
윤박사   아니에요. 뇌관과 장약 모두 지금은 단종된 물건입니다. 그 폭탄은 과거 밀렵꾼들이 사용하던 물건이 확실해요.
현조   (잠시 생각하다가) 예전에 산에서 감자폭탄들을 대대적으로 수거했다고 하셨잖아요. 그때 수거된 폭탄들을 보관한 데는 없나요? 뭐 박물관이라던가 국립공원이라던가..

윤박사	국립공원에서 그 위험한 물건을 왜 보관했겠어요. 발견 즉시 해체해서 소각한 걸로 알고 있어요.
현조	(실망한) 아 예..

윤박사, 실망한 현조의 기색을 살피다가

윤박사	그 폭탄은 왜 물어보는 거예요? 이번에도 사고가 아니라고 생각하는 건가요?
현조	(잠시 망설이다가) 예.
윤박사	그럴 가능성은 낮습니다. 물론 예전에 마을 사람들이 개인적으로 발견해서 갖고 있던 폭탄이 보고된 적은 있지만, 모두 압수됐다고 들었어요.
현조	(눈빛 반짝) 개인적으로 갖고 있던 폭탄이요? 누가요?
윤박사	당시 동원됐던 인부들이 기념으로 가지고 있었나 봐요.
현조	혹시 그분들 명단을 알 수 있을까요?
윤박사	아까도 얘기했지만, 가능성이 희박해요.
현조	괜찮습니다.

윤박사, 적극적인 현조의 자세에 어쩔 수 없다는 듯이 바라본다.

씬/65   D, 몽타주

- 국도변, 평범한 슈퍼마켓 문을 열고 들어가는 현조. 안에 있던 백발이 성성한 할아버지에게 국립공원 신분증 보여주며 '감자폭탄에 대해서 여쭤보려고 왔습니다.' 하지만 아무것도 모른다는 듯 고개 젓는 할아버지.

- 밭에서 수확에 한창인 일꾼들 중 또 다른 할아버지에게 뭔가를 물어보고 있는 현조. 하지만 또다시 고개를 가로젓는다. 그런 모습 위로

윤박사(소리) 명단은 남아 있지 않지만 그때 작업했던 분을 소개시켜드릴 수는 있어요. 우리 센터 전기울타리 보수해주시는 분이거든요. 그분은 아마 당시에 같이

일했던 분들을 알고 계실 거예요.

씬/66　D, 지리산 인근 마을, 거리 일각

양손 가득 음료수가 담긴 비닐봉지를 들고 마을회관으로 걷고 있는 구영과
양선. 양선, 그저 멍하니 한 손에 작은 비닐봉지를 들고 걷고 있는데.. 구영,
그런 양선의 눈치를 보다가 양선이 들고 있던 비닐봉지를 뺏이 들며

구영　이것도 제가 들게요.
양선　아뇨. 괜찮아요.
구영　아니에요. 요즘 운동을 좀 했더니 팔 힘이 좋아졌나. 왜 이렇게 가뿐하지?

그런 구영 보다가.. 딴 데 정신이 팔린 듯 다시 땅만 보고 걷는 양선. 구영,
그런 양선의 눈치를 보다가

구영　양선씨도 이번 사건 때문에 많이 힘드시죠? 감자폭탄인지 고물폭탄인지
　　　그런 게 어쩌다 산에 남아 있어 가지고..

감자폭탄 소리에 움찔하는 양선, 멈춰 서서 구영을 바라본다. 구영, 그런 양
선의 반응에 괜한 소리를 꺼냈나 싶어 밝은 목소리로

구영　걱정 마세요. 다시는 이런 일 없을 거예요.

그러나 양선의 눈빛엔 불안감이 가득하다. 구영, 그런 양선 눈치 보다가 용
기 내어 슬며시

구영　이런 때일수록 기분 전환이 필요하다고 하던데.. 이번 비번날 바람 쐬러 안
　　　가실래요? '염소와 춤을'이라고 염소젖 짜기 축제가 있다고 하던데 되게 재
　　　밌대요.

양선, 구영의 얘기를 듣고 있지 않는 듯 멍하니 있다가..

양선   저 죄송한데 먼저 돌아가시면 안 될까요? 전 분소에 좀 다녀올게요.

하고는 돌아서서 빠르게 걸어서 멀어진다. 구영, 보다가

구영   아.. 씨.. 또 까였어.. 대체 뭐가 문제지?

씬/67   D, 양선의 집

활짝 열려 있는 대문으로 조심스럽게 들어서는 현조.

현조   계세요?... 아무도 안 계세요?

현조, 본채 건물로 다가가는데 조금 열려 있는 미닫이문 사이로 보이는 거 실장 위에 주르륵 놓여 있는 뱀술들이 보이는데.. 그때 안방 쪽에서 나오는 이씨할아버지. 술 한잔을 걸친 듯 붉게 충혈된 눈빛으로 현조에게 다가오며

이씨할아버지   누구세요?
현조   안녕하세요. (명함 보여주며) 국립공원에서 나왔습니다.
이씨할아버지   (경계하듯) 국립공원이요?
현조   생태복원센터에서 일하시는 강씨할아버지 소개로 왔습니다. 예전에 지리산 위험물 수거 업무에 참여하셨다구요.
이씨할아버지   그런데요?
현조   그때, 수거한 물품 중에 감자폭탄에 대해서 여쭤볼 게 있어서요.

감자폭탄이란 말에 움찔하는 이씨할아버지.

이씨할아버지   난 이번 사건하고는 아무 관계도 없으니까 돌아가요.
현조   ... (멈칫해 보는) 무슨 말씀이세요?

이씨할아버지   아, 아무것도 모른다고.

당황한 기색으로 문을 닫으려는 이씨할아버지.
다급히 문을 잡는 현조.

현조   잠시만요!

문을 잡은 할아버지의 손을 보는데 자신이 본 손과 획연히 다르다. 다시 할아버지를 바라보며

현조   그 사건하고 관련이 없으신 거 압니다. 다만 확인차 여쭤보는 거예요. 이번 사건에 대해서 뭐 아시는 게 있으신가요?
이씨할아버지   난 모른다니까. 진짜 폭탄이 없어졌다고.

현조, 낯빛 굳으며..

현조   폭탄이.. 없어져요?

씬/68   D, 창고 안

어두컴컴한 창고 건물 안. 여기저기 쌓인 잡동사니들 안에서 상자 하나를 열어보고 있는 이씨할아버지와 현조. 안에는 시뻘겋게 녹슨 올무들만 남아 있을 뿐이다. 그런 상자를 굳은 눈빛으로 내려다보는 현조.

이씨할아버지   분명히 여기에 넣어뒀거든. 근데 감쪽같이 사라진 거야.

현조, 불안한 눈빛으로 내려다보는데..

이씨할아버지   괜한 오해받을까 봐 얘기 안 한 거야. 그쪽도 모른 척해줘요. 손녀딸 입장도 있으니까..

현조   손녀따님이요?

씬/69   D, 마을회관 건물 앞

회관 건물 앞에서 주민들을 기다리는 듯 나와 있는 이강, 구영, 일해를 비롯
한 몇 명의 레인저들. 그때, 건물 앞으로 다가와 멈춰 서는 차량에서 내려서
는 대진, 인사하는 레인저들에게 다가오며

대진   주민들은?
일해   이제 올 시간이 돼가긴 하는데요.

그때, 논두렁 저 멀리에서 부지런히 걸어오고 있는 문옥을 발견하는 일해.

일해   어! 할머님! 오셨어요!

– 시간 경과되면
어느새 회관 건물 앞에 다가와 있는 문옥.

문옥   수고가 많으세요.
대진   (미소 띠며) 오셨어요.
문옥   (이강에게 다가가 어깨를 치며) 이놈의 기집애. 며칠 동안 연락도 없어. 밥은
먹고 다니는 거니?
이강   (아프다, 티는 내지 못하고) 나만 못 들어간 거 아냐. 다들 바빴어.
문옥   (내심 걱정됐던 듯) 괜찮냐?

문옥을 보며 눈빛 가라앉는 이강.
대진을 비롯한 다른 레인저들 역시 낯빛 어두워지는데..

대진   (분위기를 바꿔보려는 듯) 다른 분들은요? 같이 안 오셨어요?
문옥   아까 다들 온다고 그랬는데.. (대진 뒤쪽 가리키며) 아! 저기 오네요.

대진, 뒤를 돌아보면 논두렁을 따라 마을회관 쪽으로 달려오는 일만처의 낯익은 트럭. 그 뒤를 따르는 봉고차, 자가용 등 차량들이다. 가만히 다가오는 차량들을 바라보는 레인저들. 가장 먼저 도착해서 트럭에서 내려서는 일만처와 친척들에게 깍듯하게 목례하며 인사하는 대진.

대진   잘 오셨습니다.

일만처   (여전히 눈빛엔 앙금이 남아 있는) 댁들하고 감정 풀자고 온 게 아니에요. 무슨 소릴 하나 지켜보러 온 거지.

문옥, 나서서 일만처의 어깨를 안고 안으로 안내하며

문옥   아이고 일단 들어가요.

문옥과 함께 들어가는 일만처. 그 뒤를 따르는 친척들. 뒤이어 도착하는 봉고차와 자가용들에서 내려서는 주민들. 그 사이 장학수와 비슷한 또래인 황길용(60대 초반, 남)의 모습도 보이고..
대진, 이강을 비롯한 레인저들한테 눈짓하면 주민들을 안내하기 시작한다.

씬/70   D, 마을회관

들어서는 이강과 구영. 긴 테이블에 놓인 음료수와 다과들을 들어서는 주민들에게 하나씩 건네기 시작한다. 한 명, 두 명 기계적으로 다과를 받아서 지나가고..
이강, 고개 숙여 다음 사람에게 줄 다과를 챙기려는데 그런 다과 쪽으로 쑥 들어오는 손 하나. 손등 위에 작은 짐승에게 당한 듯 다섯 개의 할퀸 자국이 남아 있다. 이강, 순간 멈칫해서 눈빛 흔들린다. 그런 이강의 모습 위로 들려오는 59씬의 현조의 목소리.

현조(소리)   손을 봤어요. 작은 짐승이 할퀸 것처럼 다섯 개의 손톱자국이 나 있었어요.

떨리는 눈빛으로 그 손을 바라보던 이강, 천천히 고개를 들어 손의 주인을 바라보는데..

씬/71   D, 양선의 집 거실

평범하고 깔끔하게 정리된 집 거실 벽면에 걸린 사진을 굳은 눈빛으로 바라보고 있는 현조. 그 옆에서 난감한 눈빛으로 물 한 잔을 마시는 이씨할아버지.

이씨할아버지   아무래도 알려지면 회사에서 괜한 소리 들을 수도 있잖아요. 같은 동료니까 그쪽도 이번 일은 그냥 모르는 척해줘요.

어딘가를 바라보는 현조의 눈빛 쫓아가면 벽면에 걸린 학사모를 쓴 대학 졸업사진. 환하게 미소 짓고 있는 양선.

씬/72   D, 지리산 인근 산길 일각

어딘가 불안해 보이는 눈빛의 양선, 주변을 두리번거리며 걸음을 재촉한다. 울창한 산속으로 사라지는 양선의 뒷모습에서..

씬/73   D, 양선의 집 거실

양선의 대학 졸업사진을 혼란스러운 시선으로 바라보던 현조의 시선에 대학 졸업사진 옆에 걸린 스냅사진이 들어온다. 가만히 그 사진을 바라보는 현조. 졸업식에서 찍은 듯 꽃다발을 든 양선과 이씨할아버지. 50대 중후반으로 보이는 양선의 부모. 그리고 옆쪽에 조금 떨어진 채 무표정한 얼굴로 함께 사진을 찍은 키 170대 중반, 평범해 보이는 얼굴의 젊은 남자, 세욱이다. 그런 세욱의 얼굴을 바라보는 현조.

씬/74   D, 마을회관

고개를 들어 손의 주인을 바라보는 이강, 테이블 너머에 서서 자신을 가만
히 바라보고 있는 세욱과 시선이 마주친다. 이강을 보다가 천천히 미소 짓
는 세욱. 긴장한 눈빛으로 세욱을 바라보는 이강의 모습에서..

5부

저 산 위에서 내게 신호를 보내는 사람..
그 사람을 만나면 범인이 누군지 알아낼 수 있어.

씬/1   D, 과거, 마을회관

빔 프로젝트 화면이 켜진 어두운 실내. 어딘가를 가만히 바라보고 있는 이 강의 얼굴 위로 깔리는 대진의 목소리.

대진(소리) 주민 여러분도 잘 아시겠지만 요 근래 지리산에서 사고가 계속되고 있습니다.

이강의 시선 쫓아가 보면 주민들 사이에 앉아 대진을 바라보고 있는 세욱. 다리를 까닥거리며 여유 있는 자세로 앉은 세욱의 오른 손등 위의 흉터. 화면에는 감자폭탄 사진이 떠 있고, 주민들에게 계속해서 설명을 이어가는 대진.

대진   이게 이번에 인명피해를 일으킨 감자폭탄입니다. 혹시라도 산에서 비슷한 물건을 발견하시면 절대 건드리지 마시고 바로 국립공원에 신고해주시기 바랍니다.

'달칵' 다음 화면으로 넘어가면 갈황색미치광이버섯을 비롯한 독버섯의 사진들.

대진 갈황색미치광이버섯, 광대마귀버섯 등 지리산에서 자생하는 독버섯들입니다. 식용 버섯으로 착각해서 섭취하는 사고가 빈번히 일어나고 있으니 배포해드리는 사진들을 반드시 숙지하시고 미연에 사고를 방지하시기..

순간, 빔 프로젝트 화면을 가리며 일어나는 누군가의 그림자. 일만처다.

일만처 기가 막혀서 더는 못 들어주겠네. 뭔 뾰족한 수도 없으면서 그냥 우리보고 알아서 조심하란 소리잖아.

대진, 최대한 정중한 어투로

대진 법정 탐방로의 경우는 저희가 사전에 위험물질들을 제거할 수 있지만, 비법정의 경우까지 저희가 100프로 수거할 수 없는 입장이라서..

일만처 (말 끊는) 결국 그 소리네. 산에 가지 마라, 뱀 잡지 마라, 하지 말란 건 많으면서 보호도 못 해주겠단 얘기 아니에요. (주변 둘러보면서) 더 들을 필요도 없어요. 일어나요!

일만처, 일어나서 문을 박차고 나가고.. 그 뒤를 이어서 하나둘씩 나가버리는 주민들. 문옥, 안타까운 눈빛으로 그런 주민들 잡아보려 따라 나가며

문옥 아이고 그러지 말고 얘기 좀 들어봐요.

어두운 낯빛으로 그런 주민들을 바라보는 대진. 일해, 구영은 주민들 뒤를 따라 나가며 위험물질들이 프린트된 종이를 건네며 '잠시만요. 이거라도 가져가세요' 건네보지만 다들 듣지도 않고 나가버린다. 그런 사람들 사이 가만히 앉아 있다가 씨익 웃는 세욱의 옆모습을 바라보는 이강.
그때, 울리는 핸드폰 진동음. 현조다. 핸드폰을 들고 밖으로 나간다.

씬/2 D, 마을회관 건물 뒤

인적이 없는 건물 뒤쪽으로 걸어와 전화를 받는 이강.

이강   여보세요

현조(소리)   감자폭탄이 사라진 집을 찾았어요. 이양선 선배 집이었어요.

이강   (멈칫하다가) 나도 할 말이 있어. 일단 만나자. 어디야? (사이) 알았어. 내가
         그쪽으로 갈게.

핸드폰 끊고 돌아서려는데 어느새 뒤에 와 있는 세욱.
이강, 놀라서 바라보는데..

세욱   누나..

이강   (긴장감을 최대한 내색하지 않고) 그래.. 세욱아. 잘 지냈니?

세욱   누나도 잘 지냈어요?

이강의 시선, 천천히 세욱의 손등으로 향한다.

이강   손은.. 왜 그래?

세욱   (자신의 손등에 난 흉터 보며) 별거 아냐. 산에 갔다가 너구리한테 당했어.
         그럼.. 나중에 또 봐.

이강   ...그래.

먼저 돌아서서 멀어지는 세욱의 뒷모습을 바라보는 이강.

씬/3   D, 국도 일각

인적이 드문 조용한 국도변, 각자의 차가 세워져 있고, 서로 얘기 중이었던
듯 마주 선 이강과 현조.

현조   그게 무슨 말이에요. 손등에 흉터가 있는 사람을 봤다구요? 누군데요? 아

는 사람이었어요?

이강　...세욱이.. 이세욱.. 어렸을 때 같은 마을에서 살았던 애야. 커서는 왕래가 없었지만.. 말수도 없고 내성적인 애였어.

씬/4　D, 몽타주

- 외진 산기슭에 위치한 허름한 세욱의 집 마당으로 걸어 들어오는 세욱. 마당에는 양봉에 쓰이는 벌집틀들이 흰색 페인트칠이 되어 놓여 있고.. 큰 자물쇠로 잠가놓은 문을 열고 들어가는 세욱의 모습 위로

이강(소리)　산에서 태어나서 쭉 산에서 자라왔어. 그 누구보다 산에 대해 잘 알고 있는 아이지.

- 허름하지만 깔끔하게 정리되어 있는 방 안. 낡은 책상 위에는 깔끔하게 정리된 공책들과 양봉에 관련된 책들. 그 옆쪽에 놓인 냉장고 쪽으로 다가가는 세욱, 물을 마시려는 듯 냉장고 문을 열고 생수병을 꺼내는데 그 안에 새 요쿠르트 병들이 일렬로 가득 들어 있다.

이강(소리)　어렸을 때 아버지가 돌아가신 뒤에 친척인 양선이 집에 얹혀살다가 지금은 독립해서 산기슭에서 양봉을 치면서 살고 있어.

씬/5　D, 국도 일각

긴장한 눈빛으로 이강을 바라보는 현조.

현조　이양선 선배 친척이라구요.. 그 사람이 맞아요. 친척이었다면 그 집에 폭탄이 있었다는 사실도 알고 있었을 거고 몰래 가져가기도 쉬웠을 거예요.

이강　다 너 추측뿐이잖아. 산에는 CCTV가 없어. 세욱이가 폭탄을 갖다 났다는 걸 경찰이 믿어주지 않을 거야.

답답한 듯 낯빛 가라앉는 현조.

이강 (역시 답답한 얼굴로 생각하다가) 양선이는? 양선이는 폭탄이 사라진 걸 알
   고 있었다면서.. 양선이랑 세욱인 동갑에 사촌이라 꽤 친한 사이였어. 걔라
   면 뭔가 알고 있을 수도 있어.
현조 아까부터 계속 연락해봤지만 전화기가 꺼져 있었어요.

씬/6 D, 해동분소, 사무실

구영과 일해, 마을회관에서 가져온 듯 빔 프로젝트 및 남은 프린트물들을
테이블 위에 내려놓고 있다.

일해 힘들어 죽겠네. 아니 왜 하나씩 사라져. 이양선도 그렇고 서이강도 그렇고.
구영 (눈치 보며) 양선 후배님도 몸이 안 좋아 보였다니까.
일해 뭐 요즘 컨셉이야? 신입도 그러더니..

그때, '쾅' 문 열리며 들어서는 이강과 현조.

일해 어이구 일 다 끝나니까 나타났네.

이강과 현조, 양선을 찾는 듯 주변을 두리번거리다가

이강 이양선 어디 갔어? 분소 들어갔다며?
구영 아니.. 그게.. (하다가 말 돌리려는 듯 현조에게) 너 뭐야. 아프다며? 하나도
   안 아파 보이는데.
현조 (듣는 둥 마는 둥 주변 둘러보다가) 이양선 선배님이요. 못 보셨어요?
일해 아 그걸 왜 우리한테 물어. 개고생 하다가 방금 들어왔구만.

그때 내근하고 있던 듯한 레인저1, 서류 들고 들어오는데

| 이강 | (레인저1에게) 이양선 못 봤어? |
| 레인저1 | 아까 순찰차량 타고 나가던데.. |

이강, 그 얘기를 듣자 자기 자리의 컴퓨터로 다가가 '산불 신고 단말기 위치 추적 프로그램'을 클릭한다. 옆으로 다가와 화면을 바라보는 현조.

| 현조 | 뭐 하는 거예요? |
| 이강 | 각 순찰차량에는 산불 신고 단말기가 설치돼 있어. 단말기 위치를 추적하면 양선이가 어딨는지 알 수 있을 거야. |

프로그램이 구동되고 각 산불 단말기의 위치가 떠오르는데. 해동분소 앞쪽에 주차된 차량 단말기 외에 다른 곳에서 위치정보가 뜨는 단말기 위치를 확인하는 이강, 눈빛 멈칫한다.

| 이강 | 새마골이야. |

의아한 얼굴로 바라보던 구영, 놀라서..

| 구영 | 새마골? 양선 후배님이 새마골에 갔다구? 혼자서? |

이강, 현조 그런 구영의 소리가 들리지 않는 듯 다급히 사무실을 나간다. 사색이 된 구영, 그런 두 사람 뒤를 쫓아 나가며

| 구영 | 야!! 같이 가! |

혼자 남은 일해, 어이가 없다는 듯

| 일해 | 뭐야. 이제 정구영도 없어지는 거야? (테이블 위의 물건들 보고) 이거 팀장 혼자 정리하라고? |

씬/7   D, 해동분소 주차장

주차장에 세워진 순찰차량에 올라타는 이강과 현조. 뒤이어 뛰어나온 구영, 다급히 뒷자리에 올라타며

구영   양선 후배님이 새마골에 왜 간 건데?

대답 없이 차에 시동을 걸고 출발하는 이강.

씬/8   D, 새마골 비법정 입구

빠르게 달려오는 이강, 현조, 구영이 탄 순찰차량. '새마골 불법 탐방로 출입금지'라는 푯말 옆에 양선이 타고 온 순찰차량이 세워져 있다. 그 옆에 차를 대고 내려서는 이강, 현조, 구영. 순찰차량 안을 둘러보는데 양선은 보이지 않는다.

구영   진짜로 양선 후배님이 저기로 올라간 거야?

현조, 해가 지고 있는 하늘을 올려다본다.

현조   이제 곧 해가 져요.
구영   안 돼! 양선 후배님은 우리랑 달라! (이강에게) 너 알잖아. 후배님 산악훈련 받다가 기절한 거. 심장도 약하고 혈압도 낮은 사람인데 험한 비법정을 왜 가?
이강   거 진짜 시끄럽네. 그러니까 그 전에 찾으러 가자고.

자신들이 타고 온 순찰차량에서 무전기와 플래시와 배낭 등을 챙기는 이강, 현조. 구영도 퍼뜩 정신을 차리고 용품들을 챙기기 시작한다.

씬/9   N, 새마골 일각

플래시를 비추면서 험한 새마골을 오르고 있는 이강과 현조.

현조   그런데 어디로 갔는지도 모르면서 이렇게 무작정 올라가도 되는 건가요?
이강   비법정이라고 해도 사람들이 주로 다니는 길이 있어. 동물들이 다니면서 만들어놓은 길이지.

흔들리는 플래시 불빛에 보이는 험한 비법정 산길.

이강   아까 정구영이 말한 것처럼 양선이는 체력이 약해. 왜 여기 왔는지는 모르겠지만 올라갔다면 이 길로 갔을 거야.

그때, 위쪽에서 들려오는 구영의 외침.

구영   뭐 해! 빨리들 안 올라오고!

위를 비추면 어느새 이강과 현조보다 훨씬 더 높은 곳에 올라 있는 구영이다. 두 사람을 채근한 뒤 맘이 급한 듯 다시 속도를 올려 산길을 오르는 구영, 이를 악물고 오르면서 연신 '후배님!!' '양선 후배님!!' 절박하게 외친다. 그렇게 오르던 구영의 플래시 불빛에 보이는 저만치 갈래길 오른쪽 길에 떨어진 갈색 손수건. 구영, 놀라서 그 손수건을 보다가 삽시간에 뛰어가 손수건을 들어 올린다. 뒤이어 도착하는 이강과 현조.

현조   뭔데요?
구영   (불안감에 떨리는) 양선 후배님 거야..
이강   (플래시로 손수건 비춰보면서) 확실해? 처음 보는 건데?
구영   등산 온 아주머니가 고맙다면서 양선 후배님한테 준 거야. 작년 6월 19일. 비가 부슬부슬 내리던 날이야.

이강도 현조도 기가 막히다는 듯 구영을 보다가..

이강   알았어. 암튼 이 길로 올라간 건 확실한 거네. 이쪽으로 갔다면 검바위숲
        쪽이야.

씬/10   N, 새마골 검바위숲 입구

검바위숲 안으로 들어서는 이강, 구영, 현조. 흔들리는 플래시 불빛에 보이
는 빽빽하게 둘러싼 나무들. '양선아!' '양선 후배님!' '선배님!' 각자 양선을
부르며 앞으로 앞으로 전진하는데.. 구영의 플래시 불빛에 저만치 숲 안쪽
에 무릎을 꿇고 무언가를 내려다보고 있는 양선의 뒷모습이 보인다.

구영   저기야!! 후배님!!

달려가는 구영. 그 뒤를 쫓아 달리는 이강과 현조.
가장 먼저 양선의 곁에 도착하는 구영.

구영   후배님.. 괜찮아요?

뒤이어 도착하는 이강과 현조. 이강, 무릎을 꿇고 양선의 눈높이를 맞추며
상태를 확인한다.

이강   양선아. 괜찮아?

하는데 대답 없이 겁먹은 듯 떨리는 눈빛으로 어딘가를 플래시로 비추고
있는 양선. 그 시선을 따라가 보면 바위 아래에 설치된 뱀을 잡는 통발. 그
물망 사이로 통발 안에 들어 있는 물건이 보이는데 감자폭탄이다.
놀라서 바라보는 사람들.

구영   위.. 위험해. 후배님. 물러서요.

다들 놀라서 본능적으로 몸이 굳어 폭탄을 바라보는데 긴장한 눈빛의 이강, 천천히 통발을 향해 손을 뻗는다.

구영   (화들짝 놀라) 뭐 해.
이강   수거해 가야지.
구영   그러지 말고 누굴 불러서..
이강   누굴 불러. 우리 일이잖아.
현조   그럼 제가 할게요.
이강   정신 사나우니까 말 걸지 마. 둘 다.

하고는 이강, 잔뜩 긴장한 눈빛으로 통발 안으로 손을 넣는다. 다들 숨도 못
쉬고 그런 이강을 바라보고.. 양선 역시 더욱 겁먹은 눈빛이다. 천천히 조심
스럽게 폭탄을 잡아 통발 밖으로 꺼낸다. 자신도 모르게 안도의 한숨을 내
쉬는 사람들.
이강, 폭탄을 구영에게 건네며

이강   배낭에는 넣지 마. 흔들리면 위험해.

구영, 조심스럽게 폭탄을 건네받고는 혼란스러운 눈빛으로 양선을 보며

구영   그런데.. 이거 어떻게 발견하신 거예요?

순간 울음이 터지는 양선. 그런 양선을 어찌할 바를 모르고 바라보는 구영.
이강, 그런 양선을 가만히 바라보다가

이강   ...저 폭탄, 너네 집에서 없어진 거라면서..

양선, 놀라서 이강을 바라본다.

양선   ...어떻게 아셨어요?

구영   (어안이 벙벙하다) 이게 무슨 소리야?

이강, 그런 구영은 쳐다도 안 보고 양선만을 바라본다.

이강   저 폭탄 찾으려고 여기 온 거니? 저게 여기 있다는 건 어떻게 안 거야?

양선, 쉽게 입을 열지 못하다가..

양선   ..세욱이가.. 얘기해줬어요.

이강과 현조 찰나 서로 시선 마주친다.

이강   세욱이가?
양선   ..예.. 할아버지를 검바위숲 쪽에서 봤다고 그랬어요.. 폭발사고가 있던 날에
        요..

전혀 생각하지 못했던 할아버지란 말이 나오자 멈칫하는 이강과 현조.

이강   ..할아버지?

다시 눈물을 흘리며 무겁게 입을 여는 양선.

양선   죄송해요.. 차마 얘기할 수 없었어요. ...할아버지를 믿고 싶었어요.

씬/11   D, 양선의 집, 창고/양선의 회상

4부 27씬에 이어지는... 어두컴컴한 창고 안을 들여다보는 양선. 건물 안, 어
두운 부분에서 움직이는 누군가를 보고

양선   누구세요?

하는데 어두컴컴한 창고 가장 안쪽에서 걸어 나오는 사람, 이씨할아버지다.
양손에 조심스럽게 감자폭탄 세 개를 들고 있다. 그런 할아버지를 의아하게
바라보는 양선.

양선	할아버지. 산에 가신 거 아니었어요?
이씨할아버지	뭐 좀 찾을 게 있어서..
양선	같이 찾아드릴까요?
이씨할아버지	아냐. 바쁠 텐데 가봐라.

그런 이씨할아버지를 보다가 인사하며 돌아서는 양선의 모습에서..

씬/12 N, 새마골 검바위숲 입구

이강에게 얘기를 털어놓고 있는 양선.

양선 그때까지는 그게 폭탄인지 전혀 몰랐어요. 할아버지가 그런 걸 갖고 있다
는 것도 몰랐구요.

- 인서트
- 4부, 51씬. 해동분소 사무실에서 감자폭탄 사진을 보고 멈칫하는 양선의
모습.

- 다시 새마골로 돌아오면

양선 그때, 그게 폭탄이었다는 걸 알았어요. 하지만 그때까지도 설마 했어요. 할
아버지가 갖고 있던 게 아니라 그냥 산에 있던 폭탄이었을 수도 있으니까
요. 그런데..

씬/13 N, 양선의 집, 창고/양선의 회상

불안한 얼굴로 들어서는 양선, 불을 켜고 창고 안에 놓인 상자들을 뒤져보는데 그 어디에도 감자폭탄이 보이지 않는다. 더욱 불안해지는 양선의 눈빛. 그때 뒤쪽에서 들려오는 인기척에 뒤돌아보면 이씨할아버지다.

이씨할아버지 거기서 뭐 하니?
양선   (불안한 눈빛으로 할아버지를 보다가) 여기 있던 폭탄들 어디 있어요?
이씨할아버지 (움찔하며) 뭐?
양선   그때 들고 계셨잖아요. 폭탄이요.

이씨할아버지, 머뭇거리다가 시선 회피하며

이씨할아버지 그게.. 없어졌어.
양선   (기가 막힌 얼굴로) 예?
이씨할아버지 분명히 창고에 다시 넣어뒀는데 오늘 보니까 없어졌더라구.
양선   ..정말 없어진 게 맞아요?
이씨할아버지 내가 왜 거짓말을 하겠어.

양선, 설마 하는 눈빛으로 이씨할아버지를 바라보다가

양선   그날.. 어디에 가신 거예요?
이씨할아버지 뭐?
양선   할아버지도 뱀 잡겠다고 자주 새마골에 가셨잖아요.
이씨할아버지 (버럭) 너 설마 내가 그 폭탄으로 최씨를 죽이기라도 했다는 거야?

화내는 이씨할아버지의 기세에 더 이상 묻지 못하는 양선.

이씨할아버지 괜한 오해 살 수 있으니까, 다른 사람들한테는 입도 뻥끗하지 마. 알았어?

창고를 나가는 이씨할아버지.

양선, 불안한 눈빛으로 그런 할아버지를 바라본다.

씬/14   N, 새마골 검바위숲 입구

믿기지 않는 눈빛으로 양선을 바라보는 이강과 현조.

양선   할아버지를 믿고 싶었어요. 그래서.. 아무한테도 이 얘기를 하지 못했는데..
       아무래도 불안해져서..

가만히 양선을 바라보는 사람들.

양선   없어진 폭탄은 세 개였어요. 혹시라도 다른 폭탄들이 산에 있을까 봐.. 그래
       서.. 온 건데.. 정말 그게 여기 있을 줄은 몰랐어요..

안타깝게 양선을 바라보는 구영. 불신에 찬 눈빛으로 바라보는 현조. 이강,
양선을 보다가 맘이 좋진 않지만 최대한 내색하지 않고

이강   저 통발.. 너네 할아버지 게 확실해?
양선   (통발 보다가 힘없이 고개를 끄덕인다)
이강   일단, 경찰한테 니가 아는 모든 걸 얘기해.

양선, 눈빛 더욱 어두워진다.

이강   니 맘을 모르는 건 아니지만.. 그렇게 하는 게 맞는 것 같아.

양선, 잠시 생각하다가 힘없이 고개 끄덕인다.
이강, 그런 양선을 부축해 일으켜 세운다.

이강   걸을 수 있겠어?
양선   ...예.

구영, 그런 양선에게 다가와

구영   제 배낭 잡으세요. 그냥 걷는 것보다는 나을 거예요.

양선, 구영의 배낭을 잡고.. 구영, 조심스럽게 앞장서며 양선을 안내하기 시작한다. 이강도 그 뒤를 따르려고 하는데 앞을 가로막는 현조.

현조   그 할아버지는 아니에요. 할아버지 손에는 흉터가 없었어요. 이세욱이란 사람이 그런 거예요.
이강   할아버지가 그런 건지 니 말이 맞는지는 경찰들이 밝혀줄 거야.

이강, 지나치려는데 다시 한번 막아서는 현조.

현조   난 분명히 그 손을 봤어요. 손등에 흉터가 있었어요. 확실해요.
이강   (답답한 듯 보는) 그 얘길 믿어줄 사람이 있을 것 같아?

현조, 말문이 막혀서 이강을 바라보고..
이강, 스치듯 지나쳐서 멀어진다.
그런 이강의 뒷모습을 답답한 얼굴로 바라보는 현조.

씬/15   N, 새마골 비법정 입구

산을 내려와 세워진 순찰차량으로 다가오는 이강, 구영, 양선. 현조, 어두운 낯빛으로 뒤늦게 따라 내려서는데.. 이강, 순찰차량 뒷문을 열고 양선에게

이강   타. 파출소까지 데려다줄게.

양선, 뒷좌석에 올라타자 구영 역시

구영   나도 같이 갈게.

하면서 조수석으로 올라타고..
이강, 운전석에 올라타며 뒤에 남은 현조에게

이강   순찰차량 반납하고 퇴근해라.

먼저 차를 출발시키는 이강. 멀어지는 차를 보다가 현조, 뭔가 결심한 듯 남은 순찰차량에 올라탄다.

씬/16 N, 세욱의 집 외곽

집 앞 가로등 불빛 아래 외롭게 선 세욱의 집 앞으로 다가와 멈춰 서는 순찰차량. 현조, 내려서서 불이 켜진 집을 굳은 얼굴로 바라보다가 천천히 다가가 문을 두드리는데, 인기척이 들려오지 않는다.
다시 한번 문을 두드리는 현조. 여전히 인기척이 없자, 다시 한번 두드리려는데 그때에야 끼이익 열리는 문. 낡은 검은색 티셔츠를 입은 세욱이다. 처음 보는 현조를 경계하듯 바라보며

세욱   누구세요?

현조, 그런 세욱의 얼굴을 바라보다가 문을 잡고 있는 손을 바라본다. 손등의 흉터, 손 모양이 정확하게 현조가 본 편린과 일치한다.
다시 세욱을 바라보는 현조.

현조   ...당신이지..
세욱   무슨 소리예요?
현조   감자폭탄.. 당신이 새마골 무덤터에 갖다 놓은 거지.

세욱, 눈빛 크게 흔들리다가..

세욱   당신 누구야? 무슨 헛소리야. 난 새마골 간 적도 없고, 그딴 폭탄 본 적도 없어.

순간, 현조, 세욱이 입은 검은색 티셔츠를 보자 눈빛, 크게 흔들린다. 티셔츠에 흰색 페인트가 점점이 묻어 있다.

세욱   돌아가!

세욱, 문 닫으려는데 그 문을 잡고 세욱의 인상착의를 확인하는 현조.
그런 현조의 모습 위로

- 인서트
- 적룡부대 면회소에서 현조에게 얘기하던 안일병.

안일병   키는 한.. 170대 중반 정도로 보였구요./흰 얼룩이 묻은 검은색 티셔츠에 베이지색 등산용 바지를 입고 있었어요.

- 다시 세욱의 집 앞으로 돌아오면
믿기지 않는 떨리는 눈빛으로 세욱을 바라보는 현조.

현조   독버섯 요쿠르트.. 그것도 너야?

세욱의 눈빛, 더욱 당황해서 흔들린다.

세욱   다.. 당신 뭐야.. 가!! 난 아니니까 가라구!!

세욱, 거세게 문을 쾅 닫아버린다.
닫힌 문을 떨리는 눈빛으로 바라보는 현조.

씬/17 D, 양선의 집, 마당

지나가다가 세워진 순찰차에 뭔 일이 났나 호기심에 찬 눈빛으로 담장 너머에서 마당 안 상황을 구경 중인 마을 사람들. 마당에는 웅순, 박순경과 마주 서 있는 이씨할아버지. 양선은 조금 떨어진 곳에서 어두운 낯빛으로 바라보고 있다.

이씨할아버지 (웅순에게) 난 아니라니까.
웅순 그러니까 잠시 가서 몇 가지만 조사에 응해주세요.

화난 얼굴로 양선을 바라보는 이씨할아버지.
양선의 낯빛은 더욱 어두워진다.

씬/18 D, 해동분소, 사무실

테이블에 모여 있는 이강, 구영, 대진.

대진 그간 불미스런 일로 분위기가 어수선했는데 이제는 우리 현업으로 돌아가야 할 때다. 그동안 밀렸던 서류업무들 마무리하고 겨울 되기 전에 산불 진화장비들 점검하고 각 탐방로와 국립공원 인근 인화물질들 특별히 신경 써서 순찰하도록.

'예' 대답하는 이강과 구영.

대진 이양선이랑 강현조, 오늘 병가 냈다. 일손이 부족할 것 같아서 비담대피소 박일해 호출했어. 같이 도와가면서 일하도록 해.

대진, 서류 챙겨서 사무실을 나가는데.. 굳은 눈빛으로 말없이 앉아 있는 이강에게 구영, 어이없다는 듯

구영	(어이가 없다는 듯) 양선 후배님이야 못 나올 만하지. 그런데 신입은 또 병가야? 어제 너도 봤잖아. 완전 쌩쌩하더만.

그때, 문 열고 들어서는 일해.

일해	요즘 해동분소 왜 이래? 사고에 병가에..
이강	(일어서며) 일하자.

이강, 일해 지나쳐서 나가버리고..
구영, 역시 일해 잔소리가 듣기 싫은 듯

구영	그래. 일하자 일해.

하고는 일해 지나쳐서 나가버린다.

일해	일해? 저게 팀장 이름을... (하다가) 암튼 해동분소 문제야 문제.

'야! 내 얘기 듣고 있는 거야?' 하고는 이강과 구영 따라 사무실을 나가는 일해. 텅 빈 사무실 서서히 이동하는 화면. 비어 있는 양선의 자리를 비추는데, 책상 위에 올려져 있던 세욱과 함께 찍은 액자 안의 사진이 사라져 있다.

씬/19   D, 적룡부대, 면회소

3부 47씬과는 다른 체육복을 입고 있는 안일병과 마주 앉아 있는 현조. 안일병, 양선과 함께 찍은 세욱의 사진을 보고 있다.

현조	맞아?

사진을 바라보는 안일병의 모습에서..

- 인서트
- 4부, 24씬에 이어지는..
배낭 지퍼를 닫고 있는 사람을 바라보는 안일병. 맞은편 비추면 천천히 일어나는 검은 등산용 장갑의 주인, 세욱이다.

- 다시 면회소로 돌아오면
사진 보다가 고개 드는 안일병, 확신에 찬 눈빛으로

안일병　맞아요. 이 사람이 확실해요.

현조의 눈빛에도 확신이 차오른다.

씬/20　D, 몽타주

- 새마골 비법정 입구에서 산을 올려다보는 현조의 모습 위로

현조(소리)　분명 그날, 우리가 왔다 간 사이 그 사람이 폭탄을 무덤터에 놔두고 갔다.

주변을 둘러보면 비법정 입구 산길 아래쪽 작은 공장 건물이 들어온다.

- 산길 아래 위치한 공장 건물 앞. 경비원에게 국립공원 신분증을 보여주며 '건물 앞 CCTV 잠깐만 확인 가능할까요?' 부탁하는 현조.

- 컴퓨터로 사고 당일 CCTV를 확인하고 있는 현조의 모습 위로

현조(소리)　산에는 CCTV가 없지만 산으로 들어가는 길에는 CCTV가 있다. 그날.. 그 사람이 산에 갔다는 걸 밝혀내야만 해.

CCTV 화면을 확인하지만, 세욱의 모습이 보이지 않는 듯 답답한 한숨을

내쉬는 현조.

- 또 다른 비법정 입구. 국도변에서 수풀을 통해 올라가는 지역, 길에 밧줄 두 개를 연결해서 '출입금지 새마골 구간'이라는 플래카드가 붙어 있다. 그런 국도 주변에 차를 세우고 주변을 두리번거리는 현조, 저 멀리 트럭에 과일을 쌓아놓고 파는 노점상을 보고 다가간다.

- 트럭 블랙박스를 확인해보는 현조, 그러나 역시 세욱은 보이지 않는다.

- 또 다른 비법정 입구. '출입금지 새마골 구간'이란 현수막 앞에 차를 세우고 주변을 둘러보는 현조. 저 멀리 작은 식당 하나가 시선에 들어온다.

- 식당 건물 외곽에 설치된 CCTV 화면을 확인하는 현조.

현조(소리) CCTV에 찍힌 그 사람의 모습만 찾아내면.. 그 사람이 범인이란 걸 밝힐 수 있어.

씬/21 D, 식당 건물 밖

답답한 얼굴로 식당을 나서는 현조, 자신의 차에 올라탄 뒤 전면 유리창 너머의 새마골을 올려보는데.. 문득 뭔가가 현조의 뇌리를 스치는 듯 낯빛이 변한다.

- 인서트
- 4부 39씬, 새마골에 처음 올랐을 때, 현조에게 얘기하는 이강의 모습.

이강 여긴 약초꾼들도 거의 오지 않는 데야. 사람이 없으니까 동물들 천국이지.

- 다시 차 안으로 돌아오면

현조   ...동물들 천국...

뭔가 떠오른 듯 새마골을 올려다보는 현조.

씬/22 D, 해동분소, 주차장

주차된 산불 진화차량. 타이어를 능숙하게 갈고 있는 이강. 한쪽에서는 구영이 진화차량의 긴 물호스를 풀어서 상태를 점검하며 물걸레로 닦고 있다. 조금 떨어진 개수대에서 물호스를 연결해 안전모와 여러 종류의 갈퀴들을 닦고 있는 일해, 그 옆에는 엄청나게 쌓인 산불 진화복.

- 시간 경과되면
마지막 진화복을 물걸레로 꼼꼼하게 닦고 있는 이강. 닦은 진화복을 빨랫줄에 널고 있는 일해와 구영. 이미 꽤 많은 진화복이 빨랫줄에 널려 있다. 그 옆으로는 아까 일해가 씻은 안전모들과 갈퀴들이 열 맞춰서 햇볕 아래 말라가고 있고..

씬/23 D, 해동분소, 장비실

장비실에 씻고 수선한 장비들을 정리하고 있는 일해와 구영. 그때 밖에서 말린 갈퀴들을 수레에 얹어서 갖고 오는 이강.

구영   그게 다야?
이강   응. 수레 좀 갖다 놓고 올게.

씬/24 D, 해동분소, 복도

수레 끌고 오던 이강, 뭔가를 보고 멈칫한다. 종이박스를 들고 사무실로 들어가는 현조다. 수레 놓고 성큼성큼 그런 현조의 뒤를 따라 사무실로 들어 간다.

씬/25   D, 해동분소, 사무실

테이블에 종이박스를 내려놓는 현조. 뒤따라 들어온 이강, 화난 눈빛으로

이강   너 지금 뭐 하자는 거야? 우리 일이 나오고 싶을 때 나오고 쉬고 싶을 때
         쉴 수 있는 일인 줄 알아?
현조   혼나더라도 이거 먼저 찾고 혼나면 안 될까요?
이강   뭐?
현조   산에도 CCTV가 있었어요.
이강   무슨 소리 하는 거야?
현조   선배 말처럼 새마골 동물들 천국인가 봐요. 생태 감시 무인 센서 카메라가
         서른 개나 설치돼 있던데요.

         - 인서트
         - 낮, 새마골을 오르고 있는 현조, GPS 기기를 보면서 앞으로 나아가고 있
         다. GPS 화면에는 무인 센서 카메라가 설치된 곳이 표시되어 있고.. 저 앞
         쪽, 외진 수풀 사이에 숨겨진 무인 센서 카메라, 현조의 움직임을 감지한 듯
         지이잉 현조 쪽을 비춘다. 카메라를 바라보는 현조의 눈빛에서

         - 다시 해동분소 사무실로 돌아오면
         이강, 현조의 얘기에 멈칫하다가 종이박스 안을 보면 설치된 위치들이 적힌
         견출지가 붙은 플라스틱함들에 들어 있는 무인 센서 카메라 메모리 카드들
         이다.

이강   너 아직도 그 사건 조사하고 있었던 거야?
현조   없어진 폭탄은 세 개였어요. 아직 하나가 남았습니다. 누가 다치기 전에 그
         폭탄 찾아야죠.

이강, 굳은 눈빛으로 현조 바라본다.

현조 폭발사고가 벌어진 날만 찾으면 돼요. ...부탁드립니다.

진지한 현조의 얼굴을 가만히 바라보는 이강. 그때 문밖에서 '아우 삭신이야' 다가오는 인기척에 이어 사무실로 들어서는 구영과 일해.

일해 수레는 왜 밖에다가.. (하다가 현조를 보고) 뭐야. 너 아프다며?

구영, 다가오다가 종이박스 안의 메모리 카드들을 들어 보는

구영 새마골 무인 센서 카메라 메모리 카드잖아. 이걸 왜 가져온 거야?

이강, 현조를 보다가

이강 진짜 이게 마지막이다.
현조 예.

이강, 현조를 보다가 영문을 모르겠는 구영과 일해를 보며

이강 너네도 좀 도와라. 10월 15일, 불법 탐방객만 찾으면 돼.
일해 뭔 소리야. 밀린 서류업무가 산더미구만.
이강 서류업무는 내가 알아서 할게.
구영 아니 불법 탐방객을 왜 찾아. 신분증도 못 받는데..
이강 양선이랑 관계된 일이야.

구영, 양선의 이름이 나오자 바로 눈 커지며

구영 그래?

구영, 바로 냅다 메모리 카드 들고 컴퓨터 앞에 앉는다. 현조 역시 메모리 카드들 들고 컴퓨터를 구동시키고 시작하고.. 일해, 그런 사람들을 더욱 기가 막힌 듯 보는

일해　　아, 진짜 다들 뭐 하는 거야.
이강　　찾으면 파전 열 접시.
일해　　(기가 막힌 듯) 하 참.. (하다가) 받고 소원 하나 들어주기.
이강　　콜.

일해, 누가 먼저 찾을까 싶어 냅다 메모리 카드들 가져가서 확인하기 시작한다.

씬/26　D, 해동파출소 앞

파출소 건물 앞에서 안으로 들어가려는 일만처와 친척들. 그 앞을 막아서고 있는 박순경.

박순경　　이러시면 곤란합니다.
일만처　　비켜! 몇십 년 동안 같은 마을에서 산 이웃끼리 왜 그랬는지 내가 직접 물어볼 테니까

'아직 확실한 게 아니라니까요'. 몸싸움으로 밀고 들어오려는 사람들을 어떻하든 몸으로 막아서는 박순경.

씬/27　D, 해동파출소

책상에 마주 앉아 있는 웅순과 이씨할아버지.

이씨할아버지　　아, 몇 번을 물어봐. 난 진짜 모르는 일이라니까.

웅순	저도 신고가 들어와서 어쩔 수 없어서 이래요. 폭탄 없어진 건 왜 숨기신 거예요?
이씨할아버지	이럴까 봐 숨겼지. 다 날 의심할 거 아냐.
웅순	이상하긴 하잖아요. 할아버지 집에 있던 폭탄이 하필 할아버지가 놓은 통발에서 발견됐으니까..
이씨할아버지	미쳤어? 내가 그 위험한 걸 내 통발에 갖다 놓게. 어떤 놈이 나 죽으라고 갖다 놨으면 모를까!

씬/28 D, 세욱의 집 안

불안해 보이는 세욱. 왔다 갔다 하며 누군가에게 핸드폰으로 전화를 걸고 있는데 전화를 받지 않는다. 더욱 불안해지는 듯 어찌할 바를 모르는 세욱, 누군가에게 문자를 남긴다.

'왜 이렇게 전화를 안 받아요. 연락 좀 주세요'.

'누군가 우리 일을 눈치챘어요. 순찰차량을 몰고 왔었어요. 국립공원 직원 중에 한 명이에요'.

문자를 보내지만 답글이 없다. 불안한 눈빛으로 핸드폰을 바라보다가 뭔가 생각난 듯 책상 책꽂이에 꽂힌 책들 사이에서 공책을 하나 꺼낸다. 옛날 초등학생들이 쓰던 듯한 알록달록한 표지의 낡은 공책 중 한 곳을 펼치는 세욱.

'김현수 백토골 장승대 요쿠르트.

서금자 양석봉 새벽바위 실족.

이종구 덕서령 부암절벽 실족.

김진덕 대영리 나리골 실족.

이금례 백토골 총알나무 요쿠르트.

최일만 새마골 무덤터 폭탄'.

위에서부터 일만의 이름이 적힌 데까지 죽 읽어 내려가던 세욱, 증거를 없애려는 듯 노트를 찢으려고 하는 순간, 문자가 도착했다는 발신음이 들린다. 다급히 핸드폰을 열어보는 세욱.

'그 사람이 누군지는 내가 알아볼 테니까 걱정 마. 넌 니가 할 일을 끝내'.

가만히 문자를 바라보는 세욱의 눈빛에 불안감이 서서히 사라진다. 찢으려던 노트를 다시 내려다보는 세욱의 모습에서..

씬/29　D, 해동분소, 사무실

말 한 마디도 없이 눈이 빠져라 컴퓨터 화면을 돌려보며 불법 탐방객을 찾고 있는 사람들. 일해, 옆자리의 구영을 보며

일해　내가 너보단 빨리 찾는다.
구영　내가 이건 너한텐 안 진다.

그때, 컴퓨터 화면을 보던 구영, '어..' 하는 소리. 놀라서 그쪽을 바라보는 이강, 현조, 일해.

이강　뭐 찾았어?

우르르 구영의 책상 쪽으로 다가가는 사람들. 작은 동물들을 주로 찍는 카메라인 듯 풀 높이 정도로 낮게 설치된 영상카메라 화면이다. 낡은 검은색 등산화를 신은 누군가의 발이 영상카메라 앞을 지나고 있다.

일해　아냐. 이거 무효야. 발이잖아. 적어도 상반신은 나와야 인정이지.

굳은 눈빛으로 영상 가득 스틸된 등산화를 보던 이강.

이강　위치는?
구영　(플라스틱함 밖에 붙여놓은 견출지 보며) 매바위 근처야.
이강　(혼란스러운 눈빛이다) 매바위면.. 무덤터 방향이 아니야.
일해　무덤터? 폭발사고가 있었던 데잖아. 대체 너네.. 정말 뭘 찾고 있는 거야?

그때 생각하던 현조.

| 현조 | 검바위숲은요? |

이강, 구영, 일해, 현조를 본다.

| 현조 | 양선 선배가 폭탄 찾은 데요. 매바위랑 검바위숲은 가깝나요? |
| 이강 | 맞아. |

이강, 종이박스 안에서 매바위에서 검바위숲까지 연결되는 길에 놓인 메모리 카드들을 찾아서 현조, 구영, 일해에게 하나씩 던져준다.

| 이강 | 일단 찾아봐. 찾고 나면 뭘 찾는지 얘기해줄게. |

이강을 한번 보다가 어쩔 수 없다는 듯 다시 영상을 찾기 시작하는 일해. 현조와 구영도 화면을 클릭 클릭하기 시작하는데..

씬/30 D, 세욱의 집

검은 비닐봉투를 들고 외출 준비 중인 세욱, 책상 위에 놓인 공책을 잠시 바라보다가 문을 열고 나간다.

씬/31 D, 해동분소, 사무실

일해, 화면에 뜬 영상들을 확인하다가 뭔가를 보고 멈칫한다.

| 일해 | 어.. |
| 구영 | 왜? 뭐 찾았어? |

이강, 현조, 구영, 일제히 일해의 컴퓨터로 몰려드는데.. 일해, 화면에 뜬 영

상 하나를 클릭하는데.. 울창한 나무들 사이 저 너머로 지나고 있는 누군가의 옆모습이다. 한쪽 손에 조심스럽게 감자폭탄을 들고 있는 세욱이다. 그런 세욱의 모습을 놀라서 바라보는 이강, 구영과 일해. 현조는 드디어 잡았다.. 눈빛 반짝이는데..

구영 (놀라서) 뭐야.. 할아버지가 아니었잖아..
일해 ...뭐 해. 경찰에 연락해야지.

씬/32 D, 해동파출소 건물 밖

파출소 건물에서 뛰어나오는 웅순. 앞에서 일만처 일행을 막고 있던 박순경, 놀라서 바라보고.. 웅순 순찰차에 올라타며 박순경에게

웅순 뭐 해. 빨리 타!

씬/33 D, 골목 일각

어디론가 무표정한 얼굴로 걷고 있는 세욱의 모습 위로 저 멀리에서 작게 들려오는 경찰차의 사이렌 소리.

씬/34 D, 해동분소, 사무실

믿기지 않는 듯 테이블에 마주 앉아 있는 구영과 일해.
그 곁에 생각에 잠겨 있는 현조와 이강.

일해 하.. 진짜 사람 겉만 봐선 모른다더니.. 그 얌전한 사람이..
구영 우리 아니었으면 할아버지가 다 뒤집어쓸 뻔했잖아. 통발에도 일부러 넣어 놓은 걸 거야. 할아버지한테 누명을 씌울라고.

현조   그게 아니라 다른 목적이었을 수도 있어요.

구영   뭐?

현조   할아버지를 죽이려고 거기에 넣어뒀을 수도 있죠.

구영과 일해, 설마.. 하는 눈빛으로 본다.

구영   에이 말도 안 되는 소리 하지 마.. 왜 그러겠어.

문득 고개 드는 이강, 눈빛 굳어지며..

이강   ...할아버지가 아니라.. 다른 사람이었을 수도 있어..

현조, 구영, 일해, 이강을 바라본다.

이강   ...세욱이가 왜 양선이한테 할아버지가 검바위숲에 갔다고 했을까..

이강을 바라보는 현조와 구영의 낯빛이 변한다. 일해는 무슨 얘긴지 이해가 안 가는 얼굴이고..

이강   양선이를 일부러 그곳으로 유인한 거야...

씬/35   D, 세욱의 집 안

텅 빈 세욱의 집 안. 서서히 책상으로 다가가는 화면. 책상 위에 펼쳐진 노트를 비춘다. 김현수부터 최일만까지 적혀 있는 노트. 28씬에는 보여지지 않았던 마지막 한 줄이 보인다. '**이양선 새마골 검바위숲, 폭탄, 요쿠르트**'라고 적혀 있다. 그런 화면 위로 끼이익 열리는 문과 함께 들어서는 누군가의 그림자.

씬/36 D, 양선의 집, 거실

클로즈업된 양선의 핸드폰. '서이강 선배님'이란 이름으로 계속 전화가 걸려 오고 있지만 무음으로 돼 있는 듯 아무 소리는 나지 않는 핸드폰에서 빠지면 조금 떨어진 거실에서 누군가와 마주 앉아 있는 양선이다.

양선   고맙다. 일부러 와줘서..

그런 양선의 맞은편을 비추면 양선을 바라보고 있는 세욱이다.

세욱   당연히 와봐야지. 할아버지 걱정하느라 아무것도 못 먹었지?

가지고 온 검은 비닐봉투에서 요쿠르트와 빵을 꺼내서 양선의 앞에 내려놓는다.

세욱   생각 없더라도 먹어봐.

양선, 기운도 없고 입맛도 없는 듯 그저 요쿠르트와 빵봉지를 바라만 보고 있는데.. 요쿠르트 껍질을 까서 양선의 손에 쥐여주는 세욱.

세욱   할아버지 아무 일 없을 거야. 그러니까 먹고 기운 내.

요쿠르트 병을 받는 양선. 그런 양선을 물끄러미 바라보는 세욱. 세욱의 마음이 고마운 듯 결국 요쿠르트 병을 들어 한 모금 마시는 양선의 모습에서..

씬/37 D, 세욱의 집 안

'쾅' 소리와 함께 문 열리며 들어서는 웅순과 박순경. 들어와서 텅 빈 집 안을 두리번거리며 세욱을 찾는데.. 그런 두 사람의 모습에서 책상 위를 비추면 어느새 사라져버린 공책. 그때, 울리는 웅순의 핸드폰. 이강이다.

웅순	어. 나야.
이강(소리)	세욱이 찾았어?
웅순	아니. 집에 왔는데 보이지 않아.

씬/38   D, 양선의 집, 거실

반쯤 남은 요쿠르트를 내려놓는 양선.
세욱, 그런 양선을 가만히 바라보는데..

양선	그런데.. 우리 할아버지가 그날 검바위숲에 간 걸 본 게 확실한 거니?

세욱, 그런 양선이를 가만히 바라보다가..

세욱	...아니.

양선, 멈칫해서 바라본다.

양선	...그게 무슨 말이야? 너 그때 분명히 봤다고 했잖아.
세욱	거짓말한 거야. 널 죽이려고..
양선	뭐?

양선, 이해가 가지 않는다는 듯 세욱을 바라보는데.. 순간, 속이 메슥거리면서 현기증이 나는 듯 옆으로 쓰러지는 양선. 그런 양선을 보다가 반쯤 남은 요쿠르트 병을 들어 거실 한 편에 있는 싱크대에 버리고 요쿠르트 병을 헹구는 세욱. 양선 앞에 놓아뒀던 빵봉지와 함께 다시 검은 비닐봉투에 담기 시작하는데..
양선, 점점 흐려지는 의식 속에 어떡하든 핸드폰을 향해 기어가기 시작한다. 핸드폰 화면 비추면 또다시 이강에게 온 전화가 울리고 있다. 아슬아슬 핸드폰을 잡으려는 양선. 그러나 그보다 먼저 세욱이 양선의 핸드폰을 멀

리 차버린다. 양선, 서서히 의식을 잃기 시작한다.

씬/39   D, 차 안

국도를 달려오고 있는 차 안. 운전석에는 현조가 조수석에는 이강, 뒷좌석에는 구영이 앉아 있다. 이강, 계속해서 양선에게 전화를 걸고 있지만, 받지 않는다.

구영 아직도 안 받아? 진짜 무슨 일 생긴 거 아냐?
이강 (계속해서 전화를 걸며) 재수 없는 소리 좀 그만해.

그때, 저 앞쪽으로 보이기 시작하는 양선의 집. 빠르게 다가가 끼이익 차를 세우기 무섭게 퉁기듯 차에서 내려 '후배님!!' 부르며 집으로 뛰어 들어가는 구영. 그 뒤를 따르는 이강과 현조.

씬/40   D, 양선의 집, 거실/뒷문 밖

드르륵 문이 열리면서 뛰어 들어오는 구영, 거실 바닥에 의식을 잃고 쓰러져 있는 양선을 보고 '후배님!!' 놀라서 뛰어 들어오고.. 그 뒤를 따라 들어서던 현조와 이강 역시 놀라서 다가온다. 양선의 맥박과 호흡을 체크해보는 이강.

이강 맥박이 너무 약해!

구영, 곧바로 119에 전화를 건다.

구영 여기 해동리 산 109번지예요! 사람이 쓰러졌어요. 의식이 없습니다!

그때 현조, 거실 뒤편 뒷문 쪽을 보다가 멈칫한다. 열려 있는 뒷문 바깥쪽

바닥에 떨어져 있는 검은 비닐봉투. 다급히 나가다가 떨어진 듯 반쯤 나와 있는 빵봉지. 그 옆에 뒹굴고 있는 요쿠르트 병이다.

다가가서 요쿠르트 병을 들어 살펴보는데 뒷문 밖으로 멀어지는 누군가의 인기척. 뒷문을 열고 밖으로 나오면 뒷마당에서 연결된 산. 나무들 사이로 빠르게 도망치고 있는 세욱이다.

현조   (안을 향해) 그 사람이에요!!

하고는 곧바로 세욱을 쫓아 산을 오르기 시작하고.. 거실 안에서 양선을 살피던 이강, 구영에게

이강   양선이 부탁해.

이강, 역시 뒷문 너머로 세욱을 쫓기 시작한다.

씬/41   D, 산 일각

산을 빠르게 오르고 있는 현조. 저 위쪽으로 세욱의 모습이 보였다 사라졌다를 반복하고 있다. 뒤쪽에서 현조의 뒤를 쫓고 있는 이강, 웅순과 통화 중이다.

이강   대영리에서 나리골로 올라가고 있어. 빨리 이쪽으로 와줘!

산 위쪽, 먼저 세욱을 쫓아 올라가고 있는 현조. 뒤쪽에서 '강현조!!' 현조를 부르는 이강의 목소리. 현조, 뒤쪽 이강에게 '여기예요!' 외치고는 주변을 빠르게 훑으며 세욱을 찾는다. 그때 저 앞쪽 나무 뒤쪽에서 들려오는 바스락 소리.

현조, 거침없이 그쪽을 향해 뛰어가기 시작하는데.. 아래쪽에서 올라오던 이강, 그런 현조를 보다가 뭔가를 보고 놀라서 전력으로 달려와 '쾅' 현조를 몸으로 밀친다. 흙바닥으로 같이 넘어지는 두 사람. 현조, 넘어진 충격을 가

다듬으며

현조   뭐예요? 왜..
이강   (어딘가를 가리키며) 저거..

현조, 이강이 가리키는 곳을 바라보면, 자신이 뛰어가던 방향 풀숲 사이에 놓인 감자폭탄이다. 놀라서 감자폭탄을 바라보는 현조. 이강, 조심스럽게 다가가 감자폭탄을 수기하고.. 현조, 사방을 둘러보는데 세욱은 보이지 않는다.

현조   선배는 폭탄 가지고 먼저 내려가 있어요. 난 좀 더 찾아볼게요.

하지만 그런 현조를 붙잡는 이강.

이강   이제 됐어. 경찰들이 올 거야.

그런 이강과 현조의 모습 위로 점점 더 커져오는 사이렌 소리.

씬/42   N, 몽타주

- 국도 일각, 사이렌을 켜고 산으로 달려오고 있는 순찰차들.

- '컹컹컹' 짖는 경찰견들과 함께 산을 오르면서 수색 중인 경찰들. 그들을 안내하는 레인저들의 모습에서...

씬/43   N, 병원 외경

지리산 인근 소도시에 위치한 종합병원 외경.

씬/44   N, 응급실 밖 복도

응급실 밖 복도에 어두운 낯빛으로 앉아 있는 이씨할아버지와 구영, 이강과 현조. 조금 떨어진 곳에서 통화 중인 웅순.

웅순   알았어. 무슨 일 있으면 바로 연락 줘.

전화를 끊고 일행에게 다가오는 웅순.

이씨할아버지   어떻게 됐대?

웅순   아직은 못 찾았지만 곧 찾을 겁니다. 산에서 내려온다고 해도 수배가 떨어졌으니까 멀리 도망가진 못할 거예요.

이씨할아버지   ..괘씸한 놈. 부모 잃고 오갈 데 없는 걸 거둬줬더니 감히 은혜를 원수로 갚아. 이래서 검은 머리 짐승은 거두는 게 아니라고 했어.

그때, 수술실 문 열리면서 '이양선 환자 보호자분' 하며 나오는 의사. 다들 일어서는데 가장 먼저 다가가는 구영.

구영   어떻게 됐습니까?

의사   조금만 늦었어도 위험할 뻔했어요. 다행히 처치가 잘 끝났습니다. 그래도 합병증이 있을 수 있으니까 입원해서 며칠 경과를 지켜보죠. 일단 원무과에 가서 입원 수속 밟으세요.

구영, 세상을 구한 듯 눈빛 밝아지며

구영   감사합니다! 감사합니다!

이씨할아버지도 안도의 한숨을 내쉬고.. 이강, 현조, 웅순의 낯빛도 한층 밝아지는데.. '원무과가 어디지?' 하는 이씨할아버지. 구영, '제가 안내하겠습니다!' 이씨할아버지를 모시고 사라지는 구영.

웅순   (이강에게) 고마웠다. 너 덕분에 잡았어.

이강   (현조 쪽 보며) 애 때문에 잡은 거야.

웅순   (마뜩지 않은 눈빛으로 현조 힐긋 보며) 선배가 잘 이끌어준 거지. 암튼 잡
으면 연락할게.

웅순, 돌아서려는데

현조   그 사람 집도 수색했나요?

웅순   (퉁명스럽게 보다가) 당연히 했죠.

현조   거기서 혹시 독버섯 성분이 첨가된 요쿠르트 같은 거 없었어요?

웅순   예? 그게 무슨 소리예요?

현조   그 사람 이번이 처음이 아니에요. 1년 전에 지리산에서 내 동료를 죽였어요.
금례할머니도 그 사람이 죽인 거고, 이번에 행군을 왔던 군인 한 명도 죽을
뻔했어요. 그 사람 잡으면 조사해봐요. 그럼 다 밝혀질 거예요.

웅순   무슨 말인지 하나도 모르겠네. (이강 보며) 뭐래는 거야?

이강, 옆에서 현조를 가만히 보다가

이강   너 나랑 얘기 좀 하자.

현조 팔 잡고 끌고 가는 이강.

씬/45   N, 감나무집

영업시간이 끝난 듯 조용한 식당 안. 현조 앞에 파전이 담긴 접시를 내려놓
고 마주 앉는 이강. 현조, 접시를 보다가

현조   얘기하자면서요.

이강   뭐 좀 먹고 하자. 너 하루 종일 아무것도 못 먹었잖아.

현조   ...똑같은 얘기 하려는 거죠..

이강   ...

현조   아무도 내 얘기 안 믿어줄 거니까 그만하라는 거잖아요. 하지만 난 내 눈으로 진짜 봤어요. 그걸 모른 척 없었던 일처럼 지나갈 순 없어요.

이강   똑같은 얘기 아냐.. 사과하려는 거야..

현조, 이강을 본다.

이강   ..설마 했었어.. 널 믿지 않았지. 그런데 상처가 있는 손등.. 독이 든 요쿠르트.. 니 말이 다 사실이었어.

현조   ...

이강   니가 양선일 살렸어. 세욱이를 잡은 것도 너야. 만약 그러지 못했다면 더 많은 사람들이 죽었겠지. 니가 그걸 막은 거야..

이강, 눈빛 가라앉으며

이강   네 말을 처음부터 믿었다면.. 그 전에 죽은 사람들도 살릴 수 있었을까..

현조   ....선배는 계속 사람들을 살려왔어요. 그 누구보다 열심히..

이강   ....그동안 미안했어.

현조, 이강을 가만히 바라보다가

현조   ...파전 열 접시요.

이강   ...

현조   거기에 고구마 막걸리도 몇 병 얹어주면 좋구요..

이강, 현조 보고 엷게 웃다가 창밖을 바라본다. 창밖 너머 어두운 밤하늘에 보이는 지리산의 실루엣을 보다가..

이강   ...세욱인 아직도 산에 있을까?

현조   ....

| 이강 | ..대체.. 왜 그런 끔찍한 짓을 한 걸까.. |
| 현조 | ....그 사람을 잡으면.. 그 이유도 밝혀지겠죠.. |

창밖에 펼쳐진 지리산을 함께 바라보는 현조와 이강의 모습에서..

씬/46 D, 지리산 비법정 일각

단풍잎이 하나둘씩 지고 있는 지리산. 시원하게 뻗은 계곡을 감상하면서 오르고 있는 등산객1. 그때 저 앞쪽에서 생각에 잠겨 내려오는 유니폼을 입은 대진을 보고 멈칫, 옆쪽 나무 뒤로 몸을 숨기는 등산객1. 대진, 손에 불법 산행 때 쓰이는 리본들을 들고 묵묵히 생각에 잠겨 걸어 내려가고 있다.
대진이 사라지자, 그제야 나와서 안도의 한숨을 내쉬며 다시 산을 오르기 시작하는 등산객1. 대진이 내려온 길을 따라 깊은 비법정길을 오른다. 풍경에 감탄하며 낭떠러지에 면한 산길을 올라가는 등산객을 비추던 화면, 서서히 낭떠러지 아래를 비춘다. 한 잎 두 잎 떨어지는 낙엽 아래 낭떠러지에서 추락한 듯 피를 흘리고 숨겨 있는 세욱이다. 서서히 세욱의 시신을 숨기기라도 하듯 그 위로 떨어지는 낙엽들에서..

씬/47 N, 모처

산, 어두운 동굴 안. 한 편에 켜둔 랜턴 불빛 곁에서 누군가 세욱의 집에 있던 초등학생용 낡은 공책을 바라보고 있다. 손에는 또 다른 검은색 등산용 장갑.
'김현수 백토골 장승대 요쿠르트.
서금자 양석봉 새녁바위 실족.
이종구 덕서령 부암절벽 실족.
김진덕 대영리 나리골 실족.
이금례 백토골 총알나무 요쿠르트.

최일만 새마골 무덤터 폭탄.

이양선 새마골 폭탄. 요쿠르트'.

글씨들을 내려다보던 검은 등산용 장갑, 바라보다가.. 세욱과는 확연히 다른 필체로 글씨를 써 내려간다.

'이양선 새마골 폭탄. 요쿠르트'라는 글귀 전체를 붉은 줄로 긋고는 그 아래에 이름을 적기 시작한다. **'강현조'**다.

그런 노트에서 서서히 암전되는 화면.

씬/48   D, 현재, 지리산 일각

화면 밝아지면 반짝이는 섬진강이 내려다보이는 산마루 억새풀밭부터 시작해서 종석대, 만복대에 핀 상고대, 남원 산내에 핀 구절초 등 지리산의 늦가을 절경을 비추는 화면 위로

* 자막 - 2020년, 가을

그렇게 빠르게 지리산을 훑어가던 화면, 법정 탐방로 일각을 비추면 이정표 앞에서 구영과 함께 작업을 하고 있는 다원이다. 붉은 깃발이 달린 기다란 대나무를 이정표 옆에 단단히 묶고 있는 구영. 다원, 옆에서 그런 구영을 어시스트 하고 있는데 자꾸 산 주변을 두리번거리는 게 불안한 낯빛이다.

구영   왜 그래? 무슨 일 있어?
다원   아.. 아뇨.

구영, 이상한 듯 보다가 계속해서 대나무를 연결하는 작업을 하는데.. 다원, 보다가

다원   정말 겨울에 그 정도까지 눈이 오나요?
구영   응. 많이 올 땐 (대나무 위 붉은 깃발 가리키며) 저 위에 깃발밖에 안 보일

정도야.

다원, 올려다보다가..

다원   산은 정말.. 무서운 곳이네요...

씬/49   D, 해동분소 외경

늦은 오후 해가 지고 있는 해동분소 건물 외경.

씬/50   D, 해동분소, 여자 숙소

작업이 끝나고 복귀하는 듯 문 열고 들어서는 다원, 뭔가를 보고 놀라서 멈춰 선다. 보면 테이블에 상다리가 휘어지게 차려진 파전, 갈비찜, 잡채 등 가지각색의 먹음직스러운 음식들이다. 그 옆에는 휠체어에 탄 이강.

이강   전에 샌드위치가 맛있어서 보답으로 해봤어.
다원   이걸 다 선배님이 하신 거예요?

     - 시간 경과되면
테이블에 앉아서 맛있게 먹는 다원.

다원   와 미쳤다. 진짜 맛있어요.

그런 다원을 엷게 미소 지으며 바라보는 이강.

이강   몇 년 전에 산에서 감자폭탄 때문에 사람이 한 명 죽은 사건이 있었어. 들어봤어?
다원   신입 오티 때 감자폭탄에 대한 얘기는 들었어요. 그런데 그것 때문에 사람이 죽었어요?

이강 　누군가가 일부러 사람을 죽이려고 산에 갖다 놓은 거야.

다원 　(놀라는) 진짜요? 누가요?

이강 　이세욱이라고 지리산 근처에서 양봉을 하던 애였어.

다원 　왜 그런 거래요?

이강 　몰라. 범행이 들키고 난 뒤에 산에서 죽은 채로 발견됐거든.

다원을 바라보는 이강.

이강 　그런데 그게 끝이 아니었어. ...그 애 말고.. 진짜 범인이 따로 있었어..

다원 　예? 그게 무슨 말씀이세요?

이강 　...그 뒤로도 또 산에서 사람들이 죽었어.

다원 　... (믿기지 않고 무서운) 진짜 아니죠? 선배님이 지어내신 얘기죠?

이강, 말없이 다원을 바라본다. 다원, 진짜구나.. 겁먹은 눈빛으로

다원 　누가요.. 왜 그런 건데요?

이강 　...나도 몰라. 그게 누군지 알아내려고 하다가.. 사고를 당했거든.

다원, 놀라서 바라본다.

다원 　.....그래서 설산에 가신 거였어요?

이강, 다원을 바라보다가

이강 　...그래서 돌아온 거야. 그 사람이 누군지 밝히려고..

다원, 말문이 막힌 듯 휠체어에 탄 이강을 바라본다.

이강 　저 산 위에서 내게 신호를 보내는 사람.. 그 사람을 만나면 범인이 누군지
　　　알아낼 수 있어.

다원   .... (겁먹은 눈빛)

이강   부탁이야. 지금 내가 믿을 수 있는 사람은 너뿐이야. 날.. 도와줄 수 있겠니?

다원, 겁먹은 눈빛으로 고민하다가.. 하.. 한숨과 함께 결심한 듯 이강을 바라보며

다원   ...뭘 도와드리면 되죠?

씬/51   D, 도원계곡 입구 공터

비번인 듯 사제 등산복에 배낭을 멘 다원. 그 곁에 역시 사복으로 갈아입은 휠체어에 탄 이강. 다원에게 GPS를 건넨다.

이강   해동분소가 담당해온 구역은 열한 개야. 그곳에 우리가 신호를 남기기로 약속한 장소들을 표시해놨어. 그곳들에 무인 센서 카메라들을 설치해놓으면 돼.

다원, 알겠다는 듯 고개 끄덕이고..

다원   다녀올게요!

힘차게 출발하는 다원의 뒷모습을 바라보는 이강, 뒤쪽에 놓아둔 가방 안에서 드론 기기를 꺼낸다. 드론 본체를 바닥에 놓고 전원을 켜고 통제장치로 조작을 시작하는 이강.
서서히 떠오르는 드론. 하늘 높이 날아오른다. 드론의 하부에 설치된 카메라가 보내주는 화면을 통제장치 모니터를 통해 확인하는 이강. 서서히 산을 오르는 다원의 뒤를 따르기 시작하는 드론.
씩씩하게 산을 오르는 다원./그런 다원을 지켜주듯 위에서 함께 산을 오르는 드론/드론의 화면을 바라보는 이강의 모습 교차되는데..

씬/52   D, 도원계곡 일각

망바위 뒤, 나무 밑둥에 자신이 남겨놓은 표식을 맞은편 바위에 걸터앉아 가만히 바라보고 있는 피 묻은 설상복 차림의 현조. 그때 멀리에서 들려오는 드론의 소음에 천천히 고개 돌려 바라보는 현조. 하나의 점처럼 날아오는 드론을 일어나서 가만히 바라본다.

씬/53   D, 도원계곡 초입

힘차게 산을 오르고 있는 다원. 그 뒤를 하늘 위에서 따르고 있는 드론.

씬/54   D, 도원계곡 입구 공터

드론을 조작하면서 모니터를 통해 산을 바라보고 있는 이강. 모니터를 바라보다가 그리운 눈빛으로 시원하게 뻗은 지리산을 바라본다. 그런 이강의 모습 위로

이강(소리) 다시.. 널 만날 수 있다면... 꼭 네게 하고 싶은 얘기가 있어..

산 위, 망바위에서 드론을 바라보는 현조와 산 아래에서 산을 바라보는 이강의 모습 교차되면서..

6부

나는 살리지 못했지만, 너는 나랑 달라.
산에서 사람들이 죽는 게 그렇게 무서우면..
그 전에 살려. 사람들이 죽기 전에..

씬/1   D, 과거, 지리산 일각

마른 낙엽들이 쌓인 차가운 겨울 비법정 지리산을 사복 차림으로 오르고
있는 현조. 찬바람을 뚫고 산을 오르며 스틱으로 여기저기 나무 덤불이나
넝쿨 등을 헤치면서 뭔가를 찾으며 전진하고 있는데.. 저만치 맞은편 산길
에서 현조와 똑같이 스틱으로 덤불들을 헤쳐가며 걸어오고 있는 희원. 데
칼코마니 같이 서서 서로 시선 마주치는 두 사람.

– 시간 경과되면
바위에 걸터앉아 목이 말랐던 듯 물을 마시는 현조.

현조   (숨을 고르며) 하.. 시원하다..

옆을 바라보면 초코바 등 간단한 간식과 음료수를 마시면서 역시 휴식을
취하고 있는 희원이다.

현조   니가 걔구나. 복권.

희원, 많이 들어본 질문인 듯 기계적으로 고개 끄덕인 뒤, 지도를 확인하는

데 여기저기 찾아본 부분에 붉은 칠이 되어 있다.

현조   너 과태료 엄청 물었다면서. 이러다 과태료가 더 나오겠다.
희원   그러니까 꼭 찾아야죠. 적자 볼 순 없잖아요. (하다가 의심스런) 그런데 아
        저씨 정말 복권 찾아다니는 거 아니에요?
현조   (엷게 웃으며) 아니니까 걱정 마.
희원   그럼 뭐 찾는 건데요? 얘기해보세요. 찾는 김에 같이 찾아줄 수도 있잖아
        요.

현조, 입가는 미소 짓지만 눈빛은 가라앉는다.

현조   아냐.. 이건 내가 직접 찾아야 하는 거야..

희원, 이해 못 하겠다는 듯 보는데.. 현조, 뭔가를 보고 멈칫한다. 한 송이
두 송이 떨어지기 시작하는 눈이다.

현조   이제.. 진짜 겨울이네..

* 자막 – 2018년, 겨울

씬/2   D, 해동분소 건물 외곽

흐린 하늘, 하나둘씩 떨어지고 있는 눈송이들에서 내려오면 주차장 입구에
세워진 크리스마스트리. 그 옆에서 하얀 설상복을 입은 이강, 현조, 대진, 양
선이 분소 주차장에 쌓인 눈들을 치우고 있는데

구영(소리) 여기 좀 보세요.

그 소리에 사람들, 구영을 바라보는데 핸드폰 사진기로 사람들의 사진을 찍
는 구영. '찰칵' 소리와 함께 찍히는 사진. 4부 16씬에서 약초꾼에게 이강이

보여준 바로 그 사진이다.

| 이강 | 야. 그런 거 찍을 시간에 와서 좀 도와. |
| 구영 | 눈 오니까 좋잖아. 크리스마스 분위기도 나고.. (양선 쪽 힐긋 보며) 우리 트리 앞에서도 한번 찍을까? |

이강, 구영에게 한 소리 더 하려고 하는데 옆에서 됐다는 듯 만류하는 대진.

| 대진 | 우린 됐으니까 그냥 둘이 찍어. (이강, 현조에게) 너네는 저기 저쪽 좀 마저 치우고. |

사람들이 알아서 빠져주자 구영, 양선에게

| 구영 | 그럼 우리끼리 셀카 찍어요. |

양선, 아직도 세욱과의 사건의 여파가 남은 듯 눈빛이 밝지만은 않은데 구영, 그런 양선의 기운을 북돋아주려는 듯 일부러 더 밝게

| 구영 | 기념이잖아요. 크리스마슨데.. |

구영, 양선의 옆에 서서 트리가 나오게 셀카를 찍고선

| 구영 | 이번 크리스마스 때 뭐 하세요? |

주머니에서 축제 브로슈어를 꺼내 건네면서

| 구영 | 아직 약속 없으시면 여기 같이 안 가실래요? 남극 펭귄 수영축제라고 겨울 바다에서 수영하는 건데 상품이 완전 끝내줘요. |
| 양선 | (주저하는) 감사하긴 한데.. |

멀리서 그런 모습을 힐긋 보는 이강과 현조.

이강   미친 거 아니니?
현조   저건 진짜 아니네요.

씬/3   D, 지리산 인근 산 일각

멀리 천왕봉이 한눈에 보이는 산자락. 순찰 중인 듯 주변에 이상이 없는지
두리번거리면서 걸어 들어오는 이강. 그 뒤를 따르는 현조, 처음 와본 곳인
듯 감탄하며

현조   와.. 여기 지리산이 한눈에 보이네요. 저거 천왕봉이죠?

현조, 시원하게 펼쳐진 겨울, 천왕봉 풍경을 바라보다가..

현조   ..진짜 지리산이 넓긴 넓네요..
이강   ...
현조   이세욱.. 그 사람은 어디로 간 걸까요... 두 달이나 산을 뒤졌는데도 온데간
      데없고.. 산 아래로 내려왔다는 흔적도 없다면서요.

이강, 가만히 산을 보다가 문득 현조를 보며

이강   그건..?
현조   (보면)
이강   ..요즘은 아무것도 안 보이니? 몇 달 동안 그런 얘기 안 했잖아.

현조, 잠시 생각에 잠기다가..

현조   예. 그 이후론 더 이상 보이지 않았어요.
이강   ...다행이네...

현조   .. (엷게 웃으며) 그러게요.. 다행이네요..

다시 함께 산을 바라보다가

현조   이제 몇 시간만 있으면 비번이네요. 즐거운 크리스마스까지 끼어 있는 황금 휴일인데 뭐 할 거예요?

이강   그놈의 크리스마스.. 딱 질색이야. 그만 가자. 순찰해야지.

성큼성큼 먼저 사라지는 이강을 의아한 눈빛으로 바라보는 현조. 그때 들려오는 카톡 알림음. 보면 발신인 '승아'라는 이름.
'크리스마스 때 약속 안 잊었지? 이번엔 늦지 마'.
엷게 미소 지으며 그런 카톡을 바라보는 현조의 모습에서..

씬/4   D, 사택 마당

이른 아침. 비번인 듯 사복 차림의 현조, 자신의 방 앞 툇마루에서 짐가방을 옆에 놓고 신발끈을 묶고 있는데, 사색이 돼서 방문을 열고 뛰어나오는 구영. 현조를 발견하고는 뛰어와서

구영   야, 나 큰일 났어. 박일해 이 비겁한 놈이 대피소 근무 좀 대신 서달래. 안 그러면 꿔간 돈 갚으라는데 미치겠어. 니가 좀 대신 가주면 안 될까?

현조   저 오늘 약속이 있는데요.

구영   나 오늘 드디어 양선 후배님이랑 영화 보기로 했단 말야. 몇 년 동안 기다렸던 데이튼데.. 진짜 안 돼?

현조   이강 선배한테 부탁해보시죠. 크리스마스 질색이라던데 약속 없지 않을까요?

구영   걘 벌써 박일해 그 독사한테 호출됐지. 파전 열 접시에 소원 하나. 기억 안 나?

현조, 난감한 얼굴로 구영 바라보는데..

구영   야, 서이강 옆엔 니가 있어줘야지. 안 그래?

씬/5   D, 지리산, 비담대피소 외곽

눈꽃에 휩싸인 비담대피소. 아담하고 오래되어 보이는 건물 외곽에서 하산하려는 듯 배낭 메고 선 일해와 수색1. 맞은편에는 내가 왜 여기 있지 하는 표정의 현조와 똥 씹은 얼굴의 이강.

일해   역시 서이강, 강현조. 지리산의 바늘과 실. 아주 든든해.
수색1   나도 고맙다. 오늘 아버지 기일이셨거든.
일해   그럼 우리 간다. 메리 크리스마스!

해맑게 손 흔들면서 내려가는 일해와 수색1. 멀어지는 두 사람 바라보는 이강과 현조.

이강   (현조 힐긋 보다가) 참, 나도 나지만 너도 갑갑하다. 크리스마스에 대타 서주고 싶니? 약속도 없어?
현조   뭐.. 그렇다 치죠. (하다가) 그런데 누가 바늘이고 누가 실인 거예요?
이강   그게 지금 중요하냐?

대피소로 들어가는 문으로 다가가는 이강.

씬/6   D, 대피소 안

스무 명 정도가 잘 수 있는 대피소 안을 현조에게 보여주는 이강.

이강   여기가 대피소야. 모두 해서 스무 명 정원이고,

대피소 정문 말고 옆쪽에 난 쪽문 가리키며

이강 저 문은 사무실이랑 연결돼.

씬/7 D, 비담대피소, 사무실

쪽문 쪽에서 사무실로 들어서는 이강과 현조. 매점에서 파는 상품들이 비치된 진열장. 업무용 컴퓨터와 CCTV, 무전기 중계기 등이 놓인 책상. 한쪽에는 캐비닛들.

이강 여기가 사무실이야. 매점은 아홉 시에 닫으면 되고 (각 캐비닛 가리키며) 저기는 출동 장비들. 저기는 탐방객들이 잃어버리고 간 유실물 보관함이고,

마당 쪽으로 난 창문 너머로 보이는 작은 창고 건물을 가리키는 이강.

이강 저기가 창고. 발전기가 저기 있는데 겨울에 자주 탈이 나. 혹시라도 문제 있으면 책상 서랍에 매뉴얼 있으니까 그거 보고 고치면 되고. 자, 그럼 시작해볼까?

현조 뭘요?

씬/8 D, 비담대피소 건물 밖

대피소에서 담요를 한 무더기 들고 낑낑 뒤뜰로 이동하는 현조. 뒤뜰에는 어느새 빨랫줄에 담요들을 널고 방망이로 터프하게 두드려 먼지를 털고 있는 이강. 현조, 들고 있는 담요 때문에 앞이 잘 안 보여서 어버버 부딪칠 뻔하면

이강 제대로 못 해!

- 시간 경과되면
현조도 방망이로 담요 먼지 털고 있는데

이강 좀 세게 털라고. 그래서 먼지가 털리겠냐.

이를 악물고 스트레스 풀듯이 담요를 내려치는 현조.

씬/9 D, 대피소 안

먼지를 턴 담요들을 하나씩 개켜서 보관함에 넣고 있는 현조. 그 뒤에서 대
피소 바닥을 닦고 있는 이강. 잔소리가 끊이지 않는다.

이강 야, 각 좀 잘 잡아서 개키지.
현조 (억울하다) 각 잘 잡았는데요. 나 이래 봬도 군인 출신이에요.
이강 다 했으면 사무실 캐비넷에 출동 장비들 좀 정리해.
현조 하.. 서마귀..

씬/10 D, 비담대피소, 사무실

땀 닦으면서 사무실로 들어와 캐비닛 앞으로 다가오는 현조. 뭐가 출동 장
비였지? 헷갈려 하다가 한 캐비닛 문을 여는데 우르르 안에 잔뜩 쌓여 있
던 배낭, 운동화 등 유류품들이 떨어진다. 놀라서 보는 현조. 그 소리에 대
피소에 있던 이강, 물걸레 들고 뛰어온다.

이강 뭐야?
현조 아니.. 그게..
이강 (보다가) 야, 출동 장비는 다른 쪽이지. 여긴 유류품 보관하는 데 아냐.
현조 이게 다 사람들이 산에서 잃어버리고 간 물건들이에요?

현조, 신기한 듯 살펴보는데 배낭들, 스틱들, 운동화, 양말, 낡은 사진이 들어 있는 미니앨범까지 별의별 물건들이 모여 있다.

현조　　와, 이런 것들까지 발견돼요?
이강　　(물건들 다시 넣으려다가 캐비닛 안을 보고) 아 진짜 캐비닛 안 좀 닦지.

이강, 캐비닛 안을 닦기 시작하는데 여전히 현조 이것저것 물건들 둘러보며

현조　　이걸 다 찾으러 와요?
이강　　찾으러 오는 사람도 있고, 안 찾으러 오는 사람도 있고..
현조　　(보다가) 얘네들은 다 무슨 사연이 있어서 여기까지 온 걸까요..
이강　　시덥잖은 소리 하지 말고 정리나 좀 하라고!

그때 울리는 사무실 유선전화. 현조, 하 참.. 감성이라곤 1도 없네. 이강 보다가 일어나 전화 받으러 간다.

현조　　비담대피숍니다.
일해(소리)　나 박일해야. 아까 얘기한다는 걸 깜박했는데 오늘 누가 유실물 찾으러 오기로 했대. 유실물 장부에 메모해놨다니까 확인해보라고.
현조　　알겠습니다.

전화 끊고 책상에 꽂힌 장부 파일들 중에서 유실물 장부를 찾는 현조.

이강　　왜? 뭔데?
현조　　오늘 누가 유실물을 찾으러 온다고 했대요. 그런데 유실물 장부가 어딨죠?

이강, 다가와서 파일들 사이에서 하나 꺼내서 펼치며

이강　　이거야.

장부 안을 훑어보는 이강과 현조.

각 유실물의 발견 장소, 발견 시각, 특징들이 주르륵 적혀 있는 장부, 중간 칸쯤에 12월 20일, 비담대피소, 파란색 배낭, 생수병, 손전등, 초코바 두 개, 라고 적힌 칸 옆에 포스트잇으로 메모가 붙어 있다. 이름 임철경, 30대 중반 정도의 주민등록번호, 그리고 핸드폰 번호다. 철경의 이름을 발견한 순간 이강의 눈빛 흔들린다.

현조   아, 이 사람인가 보네요.

이강, 그저 말없이 포스트잇에 적힌 철경의 이름만 바라보고 있는데.. 현조, 그런 이강을 의아하게 보다가

현조   왜요? 뭐 문제라도 있어요?
이강   (시선 돌리며) 아냐..

하다가 창문 밖에 시선이 고정되는 이강.

이강   ..눈 오네.

이강의 시선 쫓아 창밖을 보는 현조.
한 송이, 두 송이 눈이 쏟아지고 있다.

씬/11   D, 비담대피소 건물 밖

건물에서 나와 눈이 내리는 하늘을 바라보는 이강과 현조.

이강   기상상황 체크했어?
현조   밤에 대설주의보가 있긴 있었어요.

서서히 쌓여가는 눈을 바라보는 현조.

현조	진짜 화이트 크리스마스네요.
이강	산 아래랑 여기는 다른 세상이야. 거기는 좋을지 모르겠지만, 산에서 눈은 가장 위험해. 눈이 쌓이면 길이 보이지 않아서 조난당할 가능성이 커지고 양말이라도 젖으면 저체온증에 걸릴 확률이 몇 배로 높아지지. 한 마디로 죽기 딱 좋은 날씨라는 거야.

현조, 그런 이강의 얘기를 듣다가 엷게 미소 지으며

| 현조 | 그래도 저 아래 다른 세상 사람들은 행복하겠죠? |

씬/12 몽타주

- 낮, 포근하게 눈이 내리고 있는 지리산 인근 소도시 번화가 일각. 영화관이 있는 쇼핑몰 건물 외경.

- 낮, 영화관 티켓박스 앞. 여기저기 상가에서 들려오는 크리스마스 캐럴들. 커플들, 친구들 등 많은 사람들이 오가고 있는데, 그 사이 잔뜩 들뜬 얼굴로 꽃다발을 들고 양선을 기다리고 있는 구영. 핸드폰을 꺼내서 문자를 확인해본다.
'이양선 후배님. 2시에 영화관 앞에서 기다리겠습니다'.
두근대는 눈빛으로 시간을 확인하면 2시가 다가오고 있다.

- 낮, 외출복 차림으로 쇼핑몰 건물 앞으로 걸어오고 있는 양선. 가만히 건물을 올려다보는 모습에서..

- 낮, 지리산 인근 으슥한 비법정 입구에 와서 멈춰 서는 허름한 자가용. 내려서는 등산화. 배낭을 꺼내서 멘 뒤 비법정 위를 향해 사라지는 사내의 뒷모습. 뒤이어 차를 미행한 듯 다가와 멈춰 서는 택시에서 내려서는 30대 후반의 서늘한 눈빛의 두원. 사내가 사라진 비법정 산길을 올려보다가 그 뒤를 쫓기 시작한다.

- 지리산 중산리 탐방안내소 앞에서 멈춰 서는 버스에서 내려서는 신발에서 털업하면 다부진 인상의 수민(30대 초반, 여)이다. 핸드폰을 꺼내서 누군가에게 전화를 걸지만 '전화를 받지 않사오니..' 안내음. 불안한 눈빛으로 지리산을 바라보는데..

- 오후, 성당 건물 밖. 트리 불빛들이 반짝거리고 있는 성당을 멀리 차 안에서 지켜보고 있는 대진. 크리스마스 예배를 드린 사람들이 하나둘씩 건물 밖으로 걸어 나오는데 그 사이로 대진의 전처와 고등학생 딸 새녁의 모습이 보인다. 성당에서 나와 서로 팔짱을 끼고 사이좋게 걸어가는 두 사람의 모습을 그저 멀리서 바라보는 대진.

- 오후, 깔끔하지만 꼭 있어야 할 가구들만 놓인 허름한 빌라. 혼자 라면을 끓여서 텔레비전 앞에 앉는 대진. 뉴스를 틀고서 소주 한 병에 라면을 먹기 시작하는데.. 텔레비전에서 흘러나오는 지역뉴스를 진행하는 앵커의 목소리. **'전남 지방 경찰청은 마약사범에게 여러 차례에 걸쳐 금품과 향응을 제공받은 현직 경찰관 임모 경위를 뇌물 수수 혐의로 입건했습니다'.**
그런 모습 위로 들려오는 '임철경?'이란 할아버지1의 목소리.

씬/13 D, 감나무집

읍내 할아버지, 할머니를 모아놓고 거나하게 술판이 벌어진 감나무집. 문옥, 술이 꽤 취한 얼굴로

문옥 그래. 철렁도 아니고 철컹도 아니고. 임철경. 암튼 이강이 그놈의 기집애가 그놈이 그렇게 좋다고 난리도 아니었잖아.

할아버지1 (웃으며) 또 시작이다. 옛날 얘기 하는 거 보니까 또 취했네.

문옥 (아랑곳하지 않고 얘기 이어나가는) 그게 이강이 중학교 2학년 때였는데 이게 또 산으로 가출했다가 3일 만에 팔이 부러져서 나타난 거야. 이러다가 큰일 나겠다 싶어서 지리산에 그 문제아들 모아놓은 수련원에 보냈거든. 그

런데 거기서 사단이 난 거지.

문옥의 얘기에서 화면, 벽면에 붙어 있는 사진들 중 반항기 가득한 여고생이었던 이강을 비추는데..

씬/14   D, 1997년, 청원수련원

여름, 녹음이 가득한 지리산 중턱에 자리 잡은 자그마한 산장 같은 청원수련원 건물. '**飛행 청소년들아, 날자 날자꾸나. -청원수련원-**'이란 플래카드 앞에 선 교관들.

교관   청원수련원에 입소한 제군들을 환영한다. 귀 수련원에서 지내게 될 2박 3일간 본원의 규칙을 엄수해주길 바라고, 가져온 핸드폰을 비롯한 사제 용품들은 지금 즉시 앞으로 제출한다. 실시.

교관의 목소리 깔리면서 앞에 선 아이들 비추면 수련원에서 나눠준 유니폼을 입은 십여 명의 중학생 아이들. 더듬이 머리에 알록달록 염색한 머리들. 왕방울 머리끈 등 그 시대에 유행하던 스타일의 불만 가득한 불량청소년들이다.
각자 가슴에 이름을 달고 있는데 가장 마지막 줄 즈음에 선 중학생이었던 어린 이강. 한쪽 팔에 깁스를 한 채 어딘가를 째려보고 있다. 보면 저 멀리에서 걱정스레 지켜보고 있는 학부모들 사이에 선 문옥이다. '까불면 용돈 없다'는 입 모양. 짜증나는 한숨을 내쉬는 이강의 옆을 비추면 이강보다 꽤 큰 키의 누군가의 가슴에 달린 명찰 '임철경'이다.

씬/15   D, 1997년, 청원수련원 입구

학부모들은 돌아가고 아이들과 교관만 남아 있다.

교관	여기서 천왕봉까지 극기훈련을 시작한다. 1등은 문화상품권 5만 원. 2등은 3만 원. 3등은 2만 원. 꼴등은 화장실 청소다.

대충 모여 있던 아이들. 상금 얘기가 나오자 두런두런 '야, 다 해서 10만 원이다' '1등 몰아주기 콜?' 아이들 모두 끄덕하며 동의하는 분위긴데.. 10만 원이란 소리에 눈빛 반짝하는 이강.
'출발!' 교관의 외침 소리에 부다다다 뛰어 올라가기 시작하는 아이들. 그런 아이들 뒤에 남은 이강. 목을 까닥까닥 풀며

이강	한번 뛰어볼까..

쉬엄쉬엄 출발하는 이강. 그런 이강의 뒤쪽에 서 있는 누군가의 가슴에 달린 명찰. '임철경'.

씬/16 D, 1997년, 지리산 일각, 몽타주

- 산길 일각. 먼저 산을 오르기 시작한 아이들. 헉헉거리면서 점점 지쳐가는데.. 그 사이를 지나 유유히 능숙하게 산을 오르는 이강.

- 어느새 뒤쪽에 따라오는 아이들은 사라지고 홀로 독주를 펼치고 있는 이강. 쉬엄쉬엄 올라가는데 뒤쪽에서 느껴지는 인기척. 자신을 지나쳐서 올라가버리는 철경의 뒷모습. 철경 역시 산길에 익숙한 듯 속도가 장난이 아니다. 뭐지? 저거? 이강, 어이없다는 듯 보다가 역시 속도를 높이기 시작한다.

- 앞서거니 뒤서거니 레이스를 펼치기 시작하는 이강과 철경. 커다란 바위로 이뤄진 너덜길이 나오자 손이 부자연스러운 이강을 제치고 먼저 사라지는 철경. 이강, 질 수 없다. 이를 악물고 올라가는데 점차 숨결이 거칠어진다. 그때 어느새 눈앞에 나타나는 손바위. 1미터 가까운 바위를 낑낑 올라가려는데 눈앞으로 슥 들어오는 커다란 손. 고개 들어 바라보는데.. 처음으로 보이는 철경의 얼굴. 운동을 많이 한 듯 검게 탄 건강한 피부에 어른스러운

침착한 눈빛이다. 철경, 무심한 목소리로

철경   잡아.

 이강, 그런 철경의 손을 보다가 퉁명스러운 어투로

이강   됐거든.

하고는 낑낑거리며 혼자 힘으로 바위를 올라서서 앞서 걷기 시작한다. 승부욕에 불타는 눈빛으로 더욱 미친 듯이 속도를 낸다.

씬/17   D, 1997년, 천왕봉 정상

'허어어어억' 오버페이스를 한 듯 거의 기듯이 정상으로 올라서는 이강. 대기하고 있던 듯한 교관2, 그런 이강의 손에 '1등' 도장을 찍어주고.. 이강은 그러거나 말거나 정신이 없다. 거친 숨을 내쉬며 죽으려고 하는 이강, 뒤를 돌아보는데.. 철경은 올라오지 않는다.

 - 시간 경과되면
하나둘씩 정상에 올라서는 아이들. 마지막 즈음에 다리를 삔 듯한 아이를 부축해서 같이 올라오고 있는 철경. 이강, 왠지 철경에게 진 듯한 느낌이 들면서 기분이 점점 나빠진다. 그때, 교관2, 아이들을 향해

교관2   자, 정상에 올랐으니까 소리라도 한번 시원하게 질러봐.

그러나 누구 하나 먼저 소리치지 않고 쭈뼛쭈뼛 눈치만 보고 있는데.. 순간, '으아아아악' 지르는 사람, 이강이다. 철경에 대한 분을 풀듯이 소리를 지르는 이강을 보는 교관2.

교관2   좋아. 자 녀희들도 답답했던 거 한번 풀어봐라.

아이들, 시원하게 눈앞에 펼쳐진 광경을 보다가 하나둘씩 '으아아악' '야아 아아!!' 소리를 지르는데.. 그저 뒤에서 가만히 서 있는 철경. 교관2, 그런 철 경에게 다가가

교관2 야, 뭐라도 질러봐. 엄마, 아빠한테 하고 싶은 말이라도 하던가.
철경 ..엄마, 아빠 없는데요.

이강, 철경의 대답에 멈칫 바라본다. 담담히 대답하곤 가만히 서서 지리산 을 바라보는 철경을 물끄러미 보는 이강의 모습에서..

씬/18 D, 1997년, 지리산 인근, 국도 일각

터덜터덜 걸어오고 있는 이강. 손등 위에는 '청원수련원 수료를 축하합니다' 라는 도장이 찍혀 있는데.. 그런 이강의 옆으로 다가오는 자동차. 창문 열리 면 수련원을 함께 다닌 학생1이다. 엄마 아빠가 데리러 온 듯 옆에는 엄마가 타고 있고..

학생1 이강아! 잘 가! 꼭 연락해!!

'으이그 뭘 잘했다구' 학생1을 타박하는 엄마. 그런 가족을 태운 채 멀어지 는 자동차를 가만히 바라보는 이강. 다시 터덜터덜 걷기 시작하는데.. 저 앞 쪽 버스 정류장에 혼자 서 있는 철경을 발견하고 멈춰 선다. 가만히 보다가 천천히 다가가는 이강. 서로 시선 마주치는데 이강, 먼저 시선 돌리며 정류 장에 비치된 벤치에 앉는다.
철경도 멋쩍은 듯 다른 곳을 바라보고.. 그렇게 앉아 있다가 이강, 시선 돌 려 철경 바라보는데 철경이 시선 돌릴 듯하면 퍼뜩 다른 곳을 바라본다. 철 경도 그런 이강 보다가 다른 곳으로 시선을 돌리고.. 반짝이는 햇빛 아래 그 저 말없이 정류장에 앉아 가만히 다른 곳을 바라보고 있는 두 사람. 그때 저 멀리에서 버스 한 대가 다가온다. 그때 들려오는 문옥의 목소리.

문옥(소리) 이강아!

돌아보면 이강을 데리러 오고 있던 듯한 문옥이다.

문옥　너 여기서 뭐 하구 있어?
이강　(뜨끔하지만 아무렇지 않은 척) 아니 그게 버스 기다리지..
문옥　이게 진짜 넘어지면 코 닿을 데가 집인데 또 어디루 샐라구. 빨리 못 와?!

이강, 순간 철경과 시선 마주치는데 얼굴 시뻘겋게 달아오른다. 바로 팔딱 일어나 문옥도 지나쳐서 빠르게 걸어간다. 문옥, '저거 뭐 해?' 이상한 듯 바라보고 철경 역시 가만히 멀어지는 이강을 바라보는데.. 다가와서 정류장 앞에 멈춰 서는 버스.
멀어지던 이강, 열받고 짜증나는 눈빛으로 멈춰 서다가 뒤돌아서서 다시 정류장 쪽으로 뛰어온다. 버스 앞에 선 철경에게 뛰어온 이강, 뭐라 말할 틈도 없이 철경의 등짝을 풀 스윙으로 '철썩' 때리고는 다시 뒤돌아 뛰어가기 시작한다. 쪽팔린 얼굴로 점점 속도를 높이며 우사인 볼트처럼 뛰어가는 이강의 모습에서..

씬/19　D, 2018년, 비담대피소, 사무실

책상에 앉아 창밖을 바라보며 생각에 잠겨 있는 이강.
뒤쪽에서 유실물 장부를 내려다보고 있는 현조.

현조　내용물은 특별한 게 없는데.. 크리스마스에 이걸 찾으러 오는 거 보면 꽤 소중한 물건인가 봐요. 누구한테 선물 받은 건가?

대답 없이 창밖을 바라보고 있는 이강.

현조　그런데 왜 아까부터 조용해요. 무슨 일 있어요?

| 이강 | 아무 일 없다니까. |

현조, 왜 저러지? 보는데 순간, '치치칙' 울리는 무전기.

| 이강 | (무전기에 대고) 비담대피솝니다. |
| (소리) | 본소 당직실인데, 조난신고가 들어왔어. 비담대피소로 가다가 다리를 삐었나 봐. |

이강, 현조, 긴장해서 눈빛 마주친다.

| 이강 | 장소는요? |
| (소리) | 손바위 옆 고목 아래에서 대피 중이래. |

손바위란 말에 이강의 눈빛 보일 듯 말 듯 흔들린다..

이강	오늘 대피소에 온다는 사람인가요?
(소리)	그것까진 확인하지 못했어. 기상상황이 안 좋아서 전파가 약한가 봐. 전화가 중간에 끊어졌어.
이강	(무전기에 대고) 여기서 한 시간 거리예요. 우리가 출동하겠습니다.

무전을 끊자마자 캐비닛을 열어 방한복, 아이젠, 스패츠, 고글 등 설산 장비들을 꺼내기 시작하는 이강.

이강	넌 여길 지켜.
현조	저 날씨에 혼자 출동하겠다구요? 안 됩니다.
이강	누군가는 대피소를 지켜야 해.
현조	그럼 내가 갈게요.
이강	산은 너보다 내가 더 잘 알아. 무슨 일 생기면 장터목에 백업 요청하면 되니까, 넌 여기에 있어.

이강의 강경한 어조에 어쩔 수 없이 바라보는 현조.

씬/20   D, 비담대피소 건물 밖

고글 등 장비를 갖추고 문을 열고 나서는 이강. 그 뒤쪽에서 배웅을 나온
현조. 문을 열자마자 몰아치는 바람. 눈이 벌써 발목 위까지 쌓여 있다.
이강, 개의치 않고 출발하려는데

현조   무슨 일 생기면 무전 해요. 바로 데리러 갈 테니까..
이강   (힐긋 뒤돌아 현조 보며) 든든하네.. 많이 컸다.
현조   원래 컸어요.

피식 웃는 이강.

이강   무전기 앞에서 졸지나 마.

이강, 고개 돌려 쏟아지는 눈발을 뚫고 한 발 두 발 멀어진다. 그런 이강을
바라보는 현조의 불안한 눈빛.

씬/21   N, 지리산 인근, 국도 일각

눈발이 흩날리고 있는 국도. 천천히 주변을 돌면서 순찰 중인 순찰차 안. 주
변을 계속 두리번거리며 이상이 없는지 확인하는 웅순과 운전석에는 졸려
죽겠는 얼굴의 박순경.

박순경   (웅순에게) 크리스마슨데.. 이제 마무리하고 들어가면 안 돼요?
웅순   크리스마스에는 사고가 안 나나? 순찰에 대충이 어딨어?

하다가 웅순, 뭔가를 발견한 듯

웅순   어? 저거 뭐지?

          웅순의 시선 쫓아가면 헤드라이트 불빛에 비춰진 국도변에 아무렇게나 세
          워져 있는, 12씬의 두원이 택시를 타고 쫓아가던 허름한 승용차. 이미 꽤 눈
          이 쌓여 있다.

웅순   이런 날에 불법 산행인가? 옆에 좀 세워봐.

          승용차 옆에 순찰차를 대고 손전등 들고 내리는 웅순과 박순경.

웅순   차 넘버 좀 조회해봐.

          박순경, 차 넘버 조회하고 웅순, 손전등으로 자동차 주변을 둘러보는데.. 차
          넘버를 조회하던 박순경, 놀라서 웅순에게

박순경   선배님! 이거 수배차량이에요.
웅순   뭐?

          순간, '탕' 저 멀리 산 쪽에서 들려오는 총소리.
          놀라서 산 쪽을 바라보는 웅순과 박순경.

씬/22   N, 비담대피소, 사무실

          불안한 눈빛으로 무전기를 바라보고 있는 현조. 그때, 현조의 귓가에도 '타
          아아앙' 총소리가 들려온다.
          놀란 눈빛으로 고개 들어 창밖을 바라보던 현조. 무전기에 대고

현조   비담대피소. 북서쪽 11시 방향에서 이상한 소리가 들렸습니다. 이강 선배,
          괜찮아요?
이강(소리) 비담 하나. 아무 소리 못 들었는데

본소(소리) 본소 당직실. 눈사태일지도 몰라. 확인해볼게.

씬/23   N, 산 일각

쏟아지는 눈을 맞으며 무전 소리를 듣던 이강.

이강 비담 하나, 손바위까지 100미터 지점. 도착하면 다시 무전 할게.

헤드랜턴 불빛에 비치는 하얀 눈길을 바라보다가 다시 출발하는 이강.

씬/24   N, 비담대피소, 사무실

불안한 눈빛으로 무전기를 바라보다가 답답한 듯 일어서서 창밖을 바라보는 현조. 끝도 없이 쏟아지는 하얀 눈을 바라보는데.. 순간 눈발 사이에서 뭔가가 희끗 움직이고 있다. 뭐지? 현조, 창문에 얼굴을 더욱 갖다 대고 바깥을 바라보는데 '쾅' 눈발 사이에서 튀어나온 손이 창문과 부딪친다. '헉' 놀라서 뒤로 물러서던 현조. 정신 차리고 창밖을 보면 커다란 눈사람이 된 구영이 한쪽 손에 들고 온 치킨박스 들어 보이며 문 열어달라는 듯 창문을 두드린다.

- 시간 경과되면
사무실 한 편에서 따뜻한 커피 두 잔을 타는 현조. 이불 뒤집어쓰고 발발 발 떨고 있는 구영에게 커피 잔 하나를 건네고 마주 앉는다.

구영 (발발 떨면서 커피 마시는) 하.. 따뜻해.. 달다..

그런 구영을 기가 막힌 듯 보는 현조.

현조 아니, 이 날씨에 산에 올라오는 사람 통제는 못 할망정, 이게 뭐 하시는 거예요.

구영, 자기가 갖고 온 치킨 상자 가리키며

구영   야, 너네 배고플까 봐 치킨 사 왔잖아.
현조   저게 치킨이에요. 얼음덩어리지.
구영   구박 좀 그만해.. 갈 데가 없었어..
현조   .... (멈칫해서 보는)
구영   (울상이 돼서) 나.. 바람맞았다..

       - 인서트
       - 12씬, 영화관 티켓박스 앞에서 계속 양선을 기다리고 있는 구영. 시간은
       이미 네 시가 가까워져 있다. 낙담한 구영의 눈빛. 들고 있던 꽃다발의 꽃잎
       하나가 힘없이 바닥으로 떨어진다.

       - 다시 비담대피소 사무실로 돌아오면
       세상 다 잃은 듯한 구영.

구영   누구라도 만나서 위로받고 싶었는데.. 크리스마슨데.. 갈 데가 산밖에 없더
       라구..

       현조, 뭐라고 할 말도 없이 딱하게 바라보다가 커피를 한 모금 마시는데 구
       영, 감기 기운이 도는 듯 에취 재채기하고 책상 위의 티슈 뽑으려다가 책상
       위에 펼쳐져 있는 유실물 장부에 붙은 메모의 '임철경'이란 이름을 보자..

구영   어.. 이 사람.
현조   왜요?
구영   서이강 첫사랑이잖아.

       현조, 눈빛 멈칫..

구영　맞네. 임철경. 이름 진짜 특이하잖아. 봐봐. 나이도 비슷하네. 동갑이라 그랬거든.

현조, 정말인가? 다시 철경의 이름을 물끄러미 바라보는데..

구영　너 알잖아. 서이강 술 마시면 지 얘기 줄줄 하는 거. 저 첫사랑, 지리산 불량 청소년 써클에서 처음 만났다는데, 서이강 가출해서 서울 갔을 때 또 우연히 만났대. 운명인 거지.

철경의 이름을 바라보는 현조의 모습에서..

씬/25　D, 2002년, 서울 일각

봄, 버스 정류장 가판대에 꽂혀 있는 신문 날짜, 2002년 3월.
1면 헤드라인 **'히딩크호 날다! 한일월드컵 청신호. 핀란드와의 평가전 2대 0 완승!'** 돈을 내고 그런 신문을 뽑아 가는 행인을 쫓아가는 화면. 그런 화면 위로 들려오기 시작하는 당시 유행하던 빠른 비트의 가요. 신장개업한 핸드폰 대리점 앞에서 스피커에서 흘러나오는 음악에 맞춰 춤추고 있는 내레이터 모델들. 그리고 그 앞에서 뒤뚱뒤뚱하고 있는 커다란 축구공 하나. 축구공 모양 의상에 팔다리가 겨우 나와서 뒤뚱거리면서도 열심히 전단지를 나눠주고 있는 이강이다.

이강　월드컵도 파이팅! 고객님도 파이팅! 우리 모두 파이팅입니다!!

정신없이 멘트를 치면서 지나치는 행인들한테 전단지를 돌리던 이강, 지나가던 누군가에게 전단지를 건네다가 멈칫한다. 앞에 서 있는 사람, 철경이다. 찰나 놀라서 서로를 바라보는 이강과 철경.

철경　지리산... 맞지? 아닌가? 축구공인가?
이강　.. (뭐라고 할 말을 찾지 못하는데)

철경   ...또 가출했냐?
이강   (뜨악, 감정이 깨진다) 뭐?

그런 이강에게 철경, 자기 옆구리에 끼고 있던 전단지를 이강의 손에 쥐어
준다. '신장개업, 내 고기가 니 고기이냐 니 고기가 내 고기이냐'.

철경   맛은 그저 그런데 값이 싸. 할머니 한번 모시고 와.

돌아서서 멀어지는 철경. 그런 철경을 바라보던 이강.

이강   야!

철경, 뒤돌아본다. 이강, 무슨 말을 어떻게 할지 모르겠다..
철경, 그런 이강을 무슨 일인가 바라보는데..

이강   ...얼마냐?
철경   ...뭐?
이강   너네 가게 한 시간에 얼마냐고..

서로 바라보는 두 사람의 모습에서..

씬/26   N, 2002년, 번화가 일각/고깃집 건물 뒤편

여름, 대학가 근처에 위치한 번화가. 붉은 악마 옷을 입고 '대한민국!!' 외치
면서 신이 나 월드컵 열기를 즐기면서 지나치는 젊은이들.
번화가 중앙에 위치한 고깃집. 건물 사이 으슥한 골목, 고깃집 후문 쪽을 비
추면 고기 불판에 넣을 숯을 태우며 문옥과 통화 중인 이강.

문옥(소리) 빨리 안 기어 들어와?! 대학교 안 갈 거야? 재수해야지!
이강   아, 공부하고 있다고!

문옥(소리) 거기서 무슨 공부를 해!

이강 할머니, 나 바빠. 다시 전화할게.

얼굴이 숯검댕이 돼가며 열심히 숯을 태우는 이강.

씬/27 2002년, 몽타주

- 가을, 저녁, 고깃집. 불판 위 고기를 능숙하게 자르고 있는 이강. 그 뒤쪽
보면 철경이 다른 테이블에서 알바를 하고 있다.

- 밤, 고시원 건물로 터덜터덜 다가와서 들어가는 이강.

- 밤, 고시원 이강의 방, 좁아터진 방 안, 벽면에는 'D-10'이라고 적혀 있고..
책상에 앉아 코피 쏟아가면서 공부를 하고 있는 이강. 문제지를 푼 뒤 뒤쪽
의 해답지 보고 맞춰보는데 하나도 맞은 게 없다. 머리 싸매고 괴로워하는
이강.

- 낮, '화이팅! 수험생 여러분을 응원합니다!'라는 플래카드가 붙은 학교 정
문. 엄마, 아빠, 가족, 후배들의 응원을 받으며 정문을 들어서고 있는 학생들
사이, 홀로 보무도 당당히 걸어 들어가는 이강.

씬/28 D, 2002년, 고시원 건물 앞

한 송이 두 송이 눈이 내리고 있는 고시원 건물 앞. 시험을 완전 망친 듯 금
방이라도 눈물이 쏟아질 듯한 얼굴로 걸어오던 이강, 뭔가를 발견하고 멈춰
선다. 저 앞쪽, 오토바이 옆에서 이강을 기다리고 있던 듯 선 철경이다.
이강, 우는 모습을 보이기 싫은 듯 빠르게 지나치려는데..

철경 바다 본 적 있냐?

그 소리에 멈춰 서서 철경을 가만히 바라보는 이강.

이강   ...웅.. 텔레비전에서..

씬/29 D, 2002년, 해안도로 일각

해안도로를 달리는 철경과 이강이 함께 탄 오토바이.

씬/30 D, 2002년, 바닷가

로맨스라고는 찾아볼 수 없는 엄청난 바람이 불고 있는 바닷가. 바람에 산발이 돼서 바닷가에 앉아 있는 이강과 철경.

철경   얼마나 망친 건데?

이강, 연신 얼굴을 가리는 머리를 넘기려고 애쓰며

이강   ...한두 개는 맞은 거 같아..

또다시 가만히 바다를 바라보는 두 사람.

철경   물어보고 싶은 게 있는데.. 그때.. 버스 정류장에서 나 왜 때린 거냐?

이강, 가만히 바다 보다가

이강   부러워서...
철경   뭐?
이강   넌.. 갈 데가 있잖아. 난 거기밖에 있을 데가 없는데..

철경, 바다를 바라보는 이강을 보다가 다시 고개 돌려 함께 바다를 보는데..

이강　넌.. 뭐가 될 거니..
철경　아직 모르겠어.. 넌?

더욱 거세지는 바닷바람.

이강　일단.. 바다는 아닌 것 같아.

산발이 돼서 바다를 바라보는 두 사람의 모습에서..

씬/31　N, 2002년, 고깃집 외경

크리스마스 캐럴이 깔리는 고깃집 외경 위로 '쨍그랑' 그릇 깨지는 소리가
들려온다.

씬/32　N, 2002년, 고깃집 안

한 대 얻어맞은 듯 그릇들과 함께 나가떨어지는 철경. 그 앞에는 화가 난 사
장이 서 있고, 뒤쪽으로는 겁먹은 이강을 비롯한 직원들. 영업이 끝난 듯 손
님들은 보이지 않는데..

사장　만 원 이만 원도 아니고 십만 원을 삥땅 쳐!

철경, 굳은 얼굴로 일어서서

철경　저 아닌데요.
사장　아니긴 뭐가 아냐. 니가 그럼 무슨 돈이 있어서 오토바이를 사냐구!

사장을 바라보는 철경의 눈매 더욱 굳어진다. 그런 철경의 머리를 계속 때리는 사장.

사장   믿는 도끼에 발등 찍힌다구 잘한다 잘한다 했더니 이게 뒤통수를 쳐!!

사장, 또다시 철경에게 손찌검을 하려는 듯 손을 올리는데

이강   그만하세요! 누가 그랬는지 확실하지도 않잖아요.

사장, 기가 막힌 얼굴로 이강을 보면서

사장   아, 알겠다. 니네 둘이 짰지? 엄마 아빠 없다고 오갈 데 없는 걸 받아줬더니 내 뒤통수를 쳐?

엄마, 아빠 얘기에 철경도 이강도 눈빛 떨려온다.

사장   둘 다 나가!! 다 짤라버릴 거야!! 나가라구!!
이강   (지지 않고 보며) 나가긴 할 텐데요. 이번 달 일한 돈은 주시죠.

씬/33   N, 2002년, 고깃집 건물 밖

건물 밖에 쫓겨나듯 나오는 철경과 이강. 그 뒤로 쫓아 나오는 사장, 비닐봉지에 들고 나온 엄청난 양의 잔돈을 바닥에 뿌려버린다.

사장   하나도 빼지 말고 다 가져가! 에이 더러워서..

'쾅' 문 닫히면서 들어가버리는 사장. 바닥에 나뒹구는 동전을 가만히 바라보는 철경과 이강. 철경은 그냥 굳은 얼굴로 가만히 보기만 하고.. 이강, 보다가 하나둘씩 줍기 시작하다가.. 문득 고개 들어 철경을 본다.

이강   ...그런데.. 진짜 니가 가져간 거 아니지?

철경, 눈빛 흔들리며 이강을 본다.

이강   (순간 후회되는 듯) 아니 난..

이강, 당황해서 말을 돌리려고 하는데 철경, 뒤로 돌아서서 뚜벅뚜벅 멀어진다.

이강   야!! 어디 가!

멈춰 서는 철경.. 어두운 눈빛으로 이강 뒤돌아보는..

철경   뭐가 될진 모르겠는데.. 이렇게 쪽팔리게는 안 살 거야..

다시 뚜벅뚜벅 빠르게 멀어지는 철경. 이강, 어찌해야 할지 모르겠다. 가만히 생각에 잠겨 있는데.. 뒤쪽에서 들려오는 취객들의 목소리. '어! 동전이다!' 순간, 뒤돌아 소리치는 이강.

이강   내 거예요!!

이강의 기세에 놀라서 지나치는 취객들. 이강, 무서운 기세로 바닥에 흩뿌려진 동전들을 줍기 시작하는데.. 동전들 중 몇 개가 더러운 하수구 아래에 떨어져 있다. 순간 눈가에 눈물이 고인다. 떨리는 눈빛으로 동전 보다가 눈물 한번 훔치면서 다시 하나씩 줍기 시작하는 이강의 모습 위로 들려오는 크리스마스 캐럴.

씬/34 N, 2018년, 비담대피소

구영의 얘기를 듣고 있는 현조의 모습에서

구영　그날 이후로 크리스마스에 마가 꼈는지 이강이한테 안 좋은 일만 생겼대.

얘기하다가 급 우울해지는 구영, 한숨을 내쉬며

구영　나도 왠지 오늘부터 그럴 것 같아..

그때, 울리는 유선전화기의 벨 소리. 현조, 다가가 전화를 받는다.

현조　비담대피소입니다.
웅순(소리)　여기 해동파출손데요. 산 아래에서 수상한 차량을 발견했습니다. 아무래도 수배자가 산에 간 것 같아요.
현조　무슨 말씀이시죠?
웅순(소리)　비담대피소랑 가장 가까운 지역인데 혹시 수상한 사람 못 봤습니까? 뇌물 수수로 수배 중인 마약반 형사예요. 이름은 임철경이구요.

놀라는 현조. 구영, 그런 현조를 의아한 눈빛으로 바라보는데.. 순간, '파파 팍' 정전이 돼버리는 비담대피소. CCTV 화면도 무전기 중계기도 모두 불이 나가면서 어둠에 휩싸이는 사무실.

씬/35　N, 산 일각

지리산 손바위 일각. 하얀 눈에 싸여서 손바위 근처까지 내려온 이강. GPS 를 확인해보고는 주변을 둘러본다. 하얗게 내리는 눈 너머로 듬성듬성 서 있는 나무들. 이강, 그런 나무들 쪽으로 이동하며

이강　계십니까! 국립공원에서 나왔습니다!

내리는 눈발을 헤치고 나무들 사이를 훑어보는데.. 가장 먼 커다란 고목 아

래쪽에서 움직이는 사람의 그림자. 긴장해서 바라보는데.. 불안하고 지쳐 보이는 낯빛의 수민이다. 이강, 잠시 수민을 보다가 다가가

이강   ..다리 괜찮아요?

수민   ...대피소에서 오셨어요?

이강   예. 비담대피소에서 나왔습니다. 잠깐 앉아보세요.

이강, 수민을 나무에 기대어 앉게 하고 발목을 살펴보는데 꽤 많이 부어 있다. 배낭 안에서 압박붕대 꺼내 발목에 테이핑 하면서 신발을 확인해보는데 새로 산 등산화다.

이강   등산 처음이죠? 새로 산 등산화를 길도 안 들이고 눈이 오는 산을 올라오니까 다리를 삐끗한 겁니다. 게다가 아이젠도 부착 안 했네요.

테이핑 하는 이강을 바라보던 수민, 불안한 눈빛으로

수민   ..철경 선배.. 임철경이란 사람이 대피소에 가지 않았나요?

이강, 멈칫해서 바라본다.

수민   유실물을 찾으러 갔을 거예요. 나이는 30대 중반에 키는 180정도예요. 그런 사람 봤어요?

이강   (보다가) 아뇨.. 오지 않았어요.

수민   (혼란스러운) 그럴 리가 없는데.. 분명히 거기에 갔을 거예요. (하다가) 대피소에 날 좀 데려다주세요. 부탁입니다.

수민, 주머니에서 자신의 신분증을 꺼내서 이강에게 보여준다.
'군산서 마약반 소속 경위 정수민'.

수민   난 군산서 마약반 형사예요. 같이 일하는 선배가 마약조직한테 뒷돈을 받았다고 누명을 썼어요. 결백을 증명할 수 있는 증거가 대피소에 있다고 했

	어요. 그걸 가지러 가야 해요.
이강	...그렇게 중요한 물건이 왜 대피소에 있는 거죠?
수민	그 선배가 조직 안에 심어놓은 정보원이 있대요. 남들 눈을 피해서 지리산에서 자주 접촉하곤 했는데 그 정보원이 이번에도 대피소에 증거물을 놓고 갔대요.

이강, 그런 수민을 가만히 바라보는데..

씬/36 N, 비담대피소 건물 밖

정전이 돼서 암흑이 돼버린 비담대피소 건물. 플래시로 창고 문을 열고 발전기를 비추고 있는 구영과 현조.

구영	(난감한) 아, 이거 어디를 고쳐야 되는 거야.

그런 구영을 내려다보다가 건물 안으로 들어가는 현조.

구영	야! 어디 가!

씬/37 N, 비담대피소, 사무실

캐비닛을 열어 옷을 입으며 출동 준비를 하는 현조. 따라 들어서는 구영.

구영	뭐 해.
현조	그 임철경이란 사람. 찾아봐야겠어요.
구영	그 사람? 임철경? 미쳤어. 수배자라잖아. 게다가 마약반 형사. 총이라두 갖고 있음 어쩔 건데.
현조	아까 이상한 소리를 들었어요. 북서쪽 11시 방향. 총소리 같았어요. 가까이서 들렸으니까 이 근처일 거예요.

구영	뭐? 그럼 더 안 되지. 정전 돼서 무전도 먹통인데 그러다가 사고라도 나면 어떡해.
현조	그러니까 선배는 빨리 발전기 고쳐놔요. 나라도 혼자 찾아볼게요.
구영	아 진짜 안 돼.
현조	그 사람 이강 선배 아는 사람이라면서요. 그럼 더 찾아봐야죠.

씬/38 N, 산 일각

'치치치칙' 먹통이 된 무전기를 바라보는 이강. 다시 한번 버튼을 눌러봐도 여전히 무전을 잡지 못한다. 의아한 눈빛으로 무전기를 내려다보는 이강을 불안하게 바라보는 수민.

수민	왜요? 무전이 안 되나요?

이강, 무전기를 넣고 배낭 안에서 아이젠을 꺼내 수민의 발에 부착해주며

이강	일어날 수 있겠어요?
수민	예.
이강	대피소로 가요.
수민	(눈빛 밝아지며) 고마워요.
이강	그쪽 선배 때문이 아니에요. 여기서 하산하려면 두 시간이 넘게 걸리는데 대피소까지는 한 시간 거리예요. 오늘 밤은 거기서 묵고 내일 날씨가 좋아지면 내려가세요.

이강, 수민을 부축해서 한 발 두 발 이동하기 시작하는데..

수민	그런데 철경 선배가 찾으러 온다는 물건이 뭐였어요?
이강	파란색 배낭이요.

씬/39   N, 또 다른 산 일각

하얗게 변한 산을 타고 있는 현조. GPS를 확인하면서 전진한다.

현조(소리) 소리가 들려온 곳은 북서쪽 11시 방향. 차가 발견된 곳에서 산을 오르기 시작했다면 분명 이 근처다.

그때, 저 앞쪽 눈밭에 나 있는 발자국을 발견하고 멈칫하는 현조. 빠르게 그 뒤를 쫓기 시작하는데.. 저 앞쪽으로 하얀 눈에 뒤덮인 채 쓰러져 있는 누군가를 발견하고 놀라서 뛰어간다.

씬/40   N, 비담대피소 건물 밖

플래시를 비추어 발전기 매뉴얼을 보면서 머리를 싸매고 있는 구영.

구영   아 진짜 발전기 교체하자고 몇 번을 얘기했는데.. 일해가 고칠 때 좀 봐둘 걸..

구영, 골치 아픈 듯 매뉴얼 보다가.. 발전기 컨트롤 박스 덮개를 열고 안쪽을 플래시로 비추던 구영. 뭔가를 발견하고 멈칫한다. 컨트롤 박스의 전선 하나가 예리하게 잘려 있다.

구영   뭐야.. 누가 이런 짓을..

놀라서 잘린 전선을 내려다보고 있는 구영의 뒤쪽으로 휙 지나가는 검은 그림자. 인기척에 놀라서 뒤를 돌아보는 구영. 사무실 문이 열려 있다. 뭐지? 불안한 눈빛으로 플래시를 비추며 사무실로 다가간다.

씬/41   N, 해동파출소 앞

빠르게 달려와 멈춰 서는 기동대 차량에서 네다섯 명의 형사들이 내려선다.

씬/42   N, 해동파출소

파출소 안으로 들어서는 형사들. 안에서 불안한 눈빛으로 대기하고 있던 웅순과 박순경 놀라서 일어나는데.. 신분증을 보여주는 형사들 중 청문1.

청문1   군산서 청문감사실에서 나왔습니다.
웅순   수배차량 때문에 오신 거죠? 수배자는 아무래도 산에 올라간 것 같습니다.
청문1   알고 있습니다.
웅순   (의아한) 예?
청문1   비담대피소는요? 연락이 됩니까?
웅순   수배자 수색을 전달했는데 그 이후로 전화를 받지 않습니다. 본소에 연락해봤는데 무전도 먹통이랍니다.
청문1   국립공원에 다시 연락해요. 지금 당장 산에 가봐야 합니다.

씬/43   N, 비담대피소 외곽

눈을 헤치고 산을 오르고 있는 이강과 수민. 저 앞쪽으로 대피소 건물이 보이기 시작한다.

이강   이제 조금만 더 가면 됩니다. 기운 내세요.

불어오는 바람과 눈발을 헤치고 계단을 겨우겨우 올라 대피소 마당에 도착하는 두 사람. 이강, 안도의 한숨을 내쉬다가 창고 문이 열려 있는 걸 어이가 없는 듯 보고 수민을 대피소 앞 나무 데크 의자에 앉히며

| 이강 | 잠시만 여기 계세요. |

창고 문 쪽으로 다가가며

| 이강 | 발전기는 안 고치고 어딜 간 거야. 문 열어놨다가 모터 얼어붙으면 어쩔려구.. |

창고로 들어가 발전기 보다가 잘린 전선을 보고 멈칫하는 이강. 눈빛에 불안감이 감돈다. 주머니에서 핸드폰 꺼내 보는데 기상상황 때문인지 전파가 잘 잡히지 않는다. 핸드폰을 주머니에 넣고 창고를 나와 다시 수민에게 다가오는 이강.

| 수민 | 왜요? 무슨 일이라도 있어요? |
| 이강 | 여기서 기다려요. |

이강, 플래시를 들고 사무실을 향해 다가가 문을 연다.

씬/44   N, 비담대피소, 사무실

어두운 사무실 안으로 들어서는 이강. 플래시 불빛에 비춰진 사무실 내부. 유실물 캐비닛 문이 활짝 열려 있고 바닥에는 아무렇게나 나뒹굴고 있는 유실물들. 그리고 책상 옆쪽에 쓰러져 있는 누군가의 손. 이강, 놀라서 다가가 보면 머리에 피를 흘린 채 정신을 잃은 구영이다.

| 이강 | 정구영. 괜찮아? |

구영의 맥박과 호흡을 확인한 뒤 다급히 유선전화기로 다가가는 이강. 수화기를 드는데.. 순간 어둠 속에서 이강의 뒤쪽으로 다가오는 인기척. 이강의 머리에 총구를 들이댄다. 두원이다.

두원	수화기 내려놔.

이강, 낯빛 굳어진다.

두원	수화기 내려놓으라구.

이강, 천천히 수화기를 내려놓는 척하다가 전화기 옆에 놓인 곰 스프레이를 들어 두원의 얼굴에 뿌려버린다. 예기치 못한 공격에 총을 떨어뜨리고 눈을 감싸며 괴로워하는 두원. 그사이 총을 발로 차서 문 쪽으로 밀어버리는 이 강. 다급히 다시 수화기를 들고 112를 누르는데.. 소리를 들은 듯 사무실로 들어서는 수민, 권총을 잡는다. '네 경찰입니다. 말씀하세요' 수화기 너머에 서 들려오는 소리에 이강, 뭐라고 대답하려는데 그런 이강을 겨누는 수민. 놀라서 그런 수민을 바라보는 이강.

수민	그거 내려놔.

이강, 믿기지 않는 듯 수민을 바라보는데 다가와서 이강의 손에서 수화기를 뺏어 끊어버리는 수민.

씬/45   N, 지리산 일각

겨울 산을 수색2, 3과 함께 빠르게 오르고 있는 청문 형사들. 저 앞쪽으로 '비담대피소 700미터'라는 이정표.

씬/46   N, 비담대피소, 사무실

믿기지 않는 눈빛으로 자신에게 총구를 겨눈 수민을 바라보고 있는 이강. 수민, 그런 이강을 차갑게 보다가 뒤쪽의 두원에게

수민	연락도 안 되고 대체 뭘 한 거예요.
두원	산이잖아. 전파가 안 잡혔어.
수민	증거는요? 찾았어요?
두원	(콜록거리며) 다 뒤져봤는데 보이지 않아.. 철경이도 그게 뭔지 끝까지 말하지 않았어.

– 인서트
– 밤, 눈이 내리고 있는 지리산 비법정. 철경과 마주 보고 있는 두원. 철경은 뒷모습 정도로만 보이는데..

두원	대체 증거가 뭐야?/정수민한테 그랬다면서 대피소에 결정적인 증거가 있다구. 그게 대체 뭐야!!

– 밤, 동 장소. 두 사람 사이에 몸싸움이 있었던 듯 입가에 피를 흘리고 있는 두원. 철경을 향해 총구를 겨누고 있다.
'탕!' 방아쇠를 당기는 손. 서서히 앞에서 쓰러지는 철경의 뒷모습.

– 다시 비담대피소로 돌아오면
떨리는 눈빛으로 두원과 수민을 바라보는 이강.

이강	당신들.. 대체.. 뭐야..

수민, 그런 이강을 겨눈 채 두원에게

수민	파란색 배낭이라고 했어요.

두원, 바닥에 아무렇게나 나뒹구는 유실물들 사이에서 파란색 배낭을 잡아 뒤지면서

두원	확실해? 아까도 찾아봤지만 이 안에는 별다른 게 없었어.
수민	확실해요. 이 여자가 그렇게 말했어요.

두원, 맘이 급한 듯 마구 배낭 안 여기저기를 뒤져본다. 생수병, 초코바 두 개, 손전등 외에는 아무것도 보이지 않는다.

두원 없어. 이 배낭 안도 마찬가지고 다른 데도 우리가 뒷돈을 받았다는 증거는 없어.

수민 (당황해서 눈가 떨려오며) 분명히 파란색 배낭이라고 했어요.

두원, 주변에 널브러진 유실물들을 보다가

두원 ...임철경.. 이 새끼가 거짓말을 한 거야.. 처음부터 증거 따위 없었던 거야..

수민 대체.. 왜..

순간, 끼이이익 들려오는 소리. 두원, 수민, 낯빛 굳어서 소리가 들려온 쪽을 바라본다. 대피소와 연결된 쪽문이 끼이익 열리고 있다. 그 너머로 보이는 어두운 텅 빈 대피소. 인기척은 느껴지지 않는데..

두원, 긴장한 눈빛으로 수민에게 이강을 잘 지켜보라는 듯 눈짓 주고는 쪽 문 쪽을 향해 천천히 다가가서 문밖을 살피는데.. 순간 '쾅' 문 너머에서 몸을 날리며 두원을 덮치는 그림자. 현조다.

놀라서 그쪽을 보는데 거의 동시에 대피소 마당과 연결된 문도 '쾅' 열리면 서 수민을 덮치는 그림자. 수민, 놀라서 반항해보지만, 예상치 못한 공격에 뒤로 넘어지고.. 수민이 들고 있던 권총이 땅에 떨어지며 어둠 속으로 사라 진다.

수민을 공격한 그림자, 능숙한 솜씨로 수민의 팔을 뒤로 당겨서 수갑을 채 운다. 놀라서 바라보는 이강. 쪽문 쪽에서 몸싸움을 벌이고 있는 두원과 현 조. 싸움 도중 두원, 수민이 놓친 권총을 보고는 달려가 총을 잡고 현조를 겨누는데.. 순간 마당 쪽 문을 통해서 들이닥치는 청문 형사들, 두원에게 권 총을 겨누며

청문1 꼼짝 마!!

두원, 자신을 겨눈 청문 형사들의 모습에.. 결국 어쩔 수 없이 총을 든 손을 떨군다. 그런 두원에게 다가가 수갑을 채우는 형사들. 청문1, 그런 두원 쪽을 보다가 한쪽에 서 있는 철경을 바라본다. 어둠 속에서 달빛 아래로 다가오는 철경, 그제야 드러나는 얼굴.

청문1   임형사 얘기가 맞았어. 진범이 결국 여기에 나타나긴 했네. 한 명이 아니라 두 명일 줄은 몰랐어.

이강, 형사들이 나타나자 정신을 차린 듯 구영을 향해 다가간다. 현조, 역시 구영을 향해 다가오고

현조   어떻게 된 거예요?
이강   맥박이랑 호흡은 정상이야. 잠시 기절한 거야. (하다가) 너야말로 어떻게 된 거야?
현조   총소리가 난 곳으로 수색을 나갔었어요. 불안해서..

- 인서트
- 39씬에 이어지는..
핏자국이 있는 곳으로 뛰어가는 현조. 정신을 잃고 쓰러져 있는 누군가에게 다가가서 얼굴 확인하면 철경이다. 철경의 맥박과 호흡을 확인하는 현조. 그러다가 옷 앞섶을 확인하면 총탄에 맞은 듯 구멍이 나 있다. 놀라서 보는데.. 신음 소리와 함께 눈을 뜨는 철경.

현조   정신이 듭니까? 괜찮아요?

총을 맞은 가슴에 여전히 통증이 느껴지는 듯 인상을 쓰면서 일어나는 철경. 겨울 점퍼 안을 확인해보는데 방탄조끼를 입고 있다.

- 다시 비담대피소로 돌아오면
현조의 얘기를 듣던 이강, 뒤를 돌아보다가 뒤쪽에서 청문1과 얘기 중이던 철경과 시선이 마주친다. 그런 두 사람의 모습에서..

씬/47   D, 2006년, 지리산 인근 국도 일각

국도를 달리고 있는 시내버스. 버스 안에 흘러나오는 라디오 뉴스 소리.

(소리)   한국 영화 '괴물'이 개봉 38일 만에 역대 1위 흥행 기록을 세웠습니다.

당시에 유행하던 웨이브 파마 머리의 이강. 창가 좌석에 앉아서 창밖을 바라보고 있는데 무슨 일인지 닭똥 같은 눈물을 줄줄줄 흘리고 있다.

씬/48   D, 2006년, 감나무집 외곽

'쾅' 중정 쪽 마당 문 열리면서 울먹이는 이강 들어선다. '할머니!!' 외치면서 식당 쪽 말고 반대편 집 문을 드르륵 열고 들어서다가 눈이 휘둥그레진다. 보면 마루에서 할머니들과 고스톱을 치고 있는 문옥이다.

이강   뭐.. 뭐야. 죽을병에 걸렸다며..

문옥, 그런 이강을 보다가 주변에 있는 할머니들에게

문옥   잡아!!

이강에게 달려드는 할머니들.

씬/49   D, 2006년, 해동분소 건물 밖

도망가려는 이강의 뒷덜미를 잡고 끌고 오고 있는 문옥.

이강	다 늙어서 손녀딸한테 거짓말이나 하고 이게 무슨 짓이야!!
문옥	가출해서 몇 년 동안 늙은 할미 들여다보지도 않은 주제에 뭔 말이 그렇게 많아!
이강	(문옥의 손을 뿌리치며) 됐어! 나 다시 서울 갈 거야!
문옥	가서 뭘 할 건데? 내가 지금까지 꾹 참고 두고 봤는데 니가 서울 가서 대학을 가길 했어. 취직을 하길 했어.

문옥 한쪽 손에 들고 있던 지역신문 하단에 실린 2006년 지리산 국립공원 특별채용 공고를 보여주며

문옥	봐봐. 지역주민들한테 가점을 준다잖아. 게다가 학벌도 안 본대. 이참에 그냥 여기서 취직해.
이강	싫어! 산이라면 질색이야!

씬/50   D, 2006년, 해동분소, 면접실

임시 면접실로 개조한 듯한 작은 사무실.
책상에 앉아서 이강의 이력서를 보고 있는 대진.
맞은편에는 억지로 앉아 있는 티가 나는 이강이다.

대진	지원동기는?

이강, 화난 얼굴로 대답 없이 가만히 앉아만 있다.
대진, 고개 들어 그런 이강을 보다가

대진	얘기해봐. 지원동기가 뭐야?
이강	없습니다. 이 일 하고 싶지 않아요. 산이.. 싫어요.
대진	산이 아직도 무섭니?

이강, 대답 없이 시선 돌린다.

대진	괜찮네. 산을 우습게 보는 것보단 좋은 자세야.
이강	(보는)
대진	니 나이 대 지원자도 얼마 없는데 한번 일해봐.
이강	싫어요.
대진	아직도 내가 너네 부모님을 죽게 만들었다고 생각하니?

이강, 말없이 굳은 눈빛으로 시선 돌리는데..

대진	너는 살리면 되잖아.
이강	(보는)
대진	나는 살리지 못했지만, 너는 나랑 달라. 산에서 사람들이 죽는 게 그렇게 무서우면.. 그 전에 살려. 사람들이 죽기 전에..

이강, 가만히 대진을 바라보는데.. 대진, 이력서 정리해서 일어서며

대진	이력서 보니까 딱히 다른 일 할 것도 없어 보이는데 열심히 해봐.

이강, '예?' 울컥하는데 무시하고 나가버리는 대진.

이강	아, 진짜.. 뭐래!!

씬/51 D, 2006년, 비담대피소 건물 밖

지금과는 다른 과거 디자인의 유니폼을 입고 있는 이강. 대피소 마당에서 라면에 술 한잔 마시고 있는 동네 할아버지를 타박 중이다. 옆에는 같이 입사한 듯한 구영이 구경 중이고..

이강	등산 중에 술은 안 된다구요.
할아버지	내가 지리산만 50년 올랐어. 눈 감고도 오른다니까.

이강	(부릅) 자꾸 이러시면 할머니한테 이를 거예요.
할아버지	(바로 기죽어서) 하.. 진짜 넌 왜 레인저가 됐니..
이강	(테이블 위의 소주병 가지고 가며) 이건 내려가실 때 돌려드릴게요.

이강, 소주병 들고 구경 중이던 구영에게 돌아서서 낮은 목소리로

| 이강 | 니가 계도하면 되잖아. 왜 자꾸 날 불러. |
| 구영 | 내가 얘기해봤자 씨알도 안 먹히니까 그렇지. |

씬/52   D, 2006년, 비담대피소, 사무실

매점에 앉아서 서류업무 중인 이강. 구영은 뒤쪽에서 꾸벅꾸벅 졸고 있는데.. 그때, 창문을 똑똑 두드리는 누군가.. '유실물을 찾으러 왔는데요'. 이강, '무슨 일이십니..' 고개 들다가 멈칫한다. 창밖에서 안을 바라보던 사람도 그런 이강과 시선 마주치자 놀라서 바라본다. 철경이다. 놀라서 서로를 가만히 바라보는 두 사람.

– 시간 경과되면
유실물 장부를 확인하는 이강. 캐비닛 안에서 작은 경찰수첩을 꺼낸다. 창밖에서 그 모습을 지켜보는 철경.

씬/53   D, 2006년, 비담대피소 건물 밖

철경에게 수첩을 건네는 이강.

이강	이거 맞아?
철경	응. 고맙다. 그런데 유실물들 관리를 꽤 꼼꼼하게 하네. 주인 말고는 못 찾아가는 거지?
이강	그렇지. 내용물을 모르면 못 찾아가니까.

철경 '아..' 하면서 수첩 주머니 안에 넣는데.. 이강, 그런 철경 보다가

이강　..경찰이 된 거야?

철경　아직은 말단 순경이야.

이강　..쪽팔리게 안 살겠다더니.. 폼 나게 사네.

철경, 유니폼을 걸친 이강을 바라보다가

철경　너도 그래..

이강　(보면)

철경　넌 역시 바다보다는 산이 어울린다.

이강, 어색하게 미소 짓고 철경 역시 어색하게 시선 돌린다.
서로 머뭇머뭇 말없이 바라보고 섰다가

철경　그런데..

이강　응?

철경　...너한테 할 말이 있어..

이강, 멈칫해서 바라보다가

이강　뭔데?...

철경　...그게..

철경, 쉽게 입을 떼지 못하는데..
그때 '쾅' 사무실 문 열리면서 안에서 튀어나오는 구영.

구영　조난신고야! 심정지 환자래!

이강, 놀라서 뒤돌아 뛰어가다가 멈칫 한번 철경 바라보는데..

철경   여기 오면 너 만날 수 있는 거지. 자주 올게. 다시 보자.

이강, 그런 철경을 보다가 다시 뒤돌아 뛰어간다.

씬/54 D, 2006년, 산 정상 일각

'타타타타타' 이륙하고 있는 엄청난 헬기 소리. 구명로프에 연결된 바스켓 들것과 함께 이륙하는 헬기를 땀범벅이 돼서 바라보고 있는 이강과 구영. 헬기가 저 멀리 사라지자 그제야 다리에 힘이 풀린 듯 주저앉는 두 사람.

구영   하.. 진짜 이거.. 뭐냐.. 나 진짜 저 사람 죽는 줄 알았어..

하지만 이강, 대답이 없다. 구영, 이강 돌아보면 창백한 낯빛에 손이 바들바 들 떨리고 있다.

구영   괜찮아?
이강   ...어..
구영   뭐가 괜찮아. 하나도 안 괜찮구만.
이강   ....
구영   (보다가) 너 맨날 이 일 그만둔다 그런 거 진짜 이해된다. 그냥 우리 같이 그 만두자. 나두 이 일 못 할 것 같아.

이강, 창백한 낯빛으로 가만히 생각하다가..

이강   아니.. 나 그만 안 둘래.. 나.. 이 산에.. 있을 거야...

천천히 고개 들어 눈앞에 펼쳐진 지리산을 바라보는 이강의 모습에서..

씬/55 N, 2018년, 비담대피소 건물 안

현장 정리를 하고 있는 청문 형사들. 그 옆에서 어느새 정신을 차린 구영의 이마에 응급처치를 하고 있는 현조.

구영   누가 날 내리쳤는데.. 그다음부턴 기억이 안 나.. 무슨 일이 있었던 거야?
현조   잠시만 쉬고 계세요. 물 좀 갖다줄게요.

현조, 일어나서 문가에 있는 매점 진열장에서 생수 꺼내려다가 뭔가를 보고 멈칫.. 열린 문밖으로 건물 밖 나무 테이블에서 캔커피를 하나씩 놓고 마주 앉아 있는 이강과 철경이다.

씬/56 N, 비담대피소 건물 밖/안

서로 어색하게 앉아 있는 철경과 이강.

철경   오랜만이다.
이강   그러게.. 오랜만이네.
철경   미안하다. 이렇게 위험해질 줄 몰랐어. 기상상황도 그렇고 여러 가지로 계획이 틀어져서..
이강   ..
철경   너.. 아직 산에 있을 줄 몰랐어. 한 번도 못 만나서 그만둔 줄 알았거든.
이강   그다음에도 지리산.. 자주 왔나 봐.
철경   응.
이강   ...산에 왔으면 연락하지 그랬어.

철경, 가만히 생각하다가..

철경   사실.. 나 너한테 고백할 게 있어.

이강, 무슨 얘기지? 철경 바라보는.. 대피소 건물 안에서 둘의 대화를 듣고 있던 현조도 멈칫해서 밖을 바라보는데..

철경 　　..니가 맞았어.. 그 돈.. 내가 훔쳤어..

이강, 놀라서 보는..

이강 　　진짜? 왜?
철경 　　..오토바이가 사고 싶어서.. 너랑 바다에 가고 싶었거든.

이강, 말없이 바라본다.

철경 　　몇 달 있다가 사장님한테는 가서 돈도 돌려드리고 사과도 드렸어.
이강 　　...
철경 　　전에 널 다시 만났을 때 그 얘길 털어놓으려고 했는데 못 하겠더라고.. 쪽팔려서..
이강 　　...
철경 　　만약에 산에서 널 우연히 만나면.. 그때는 꼭 얘기하려고 했는데 지리산이 넓긴 넓은가 봐.. 이제야 만나네..

철경, 이강을 바라보다가

철경 　　미안해. 거짓말해서..
이강 　　...이젠 안 쪽팔리냐?
철경 　　(미소 지으며) 나이가 들어서 그런가.. 이젠 괜찮은데.. 다음에 진짜 등산하러 올 때는 꼭 연락할게. 와이프도 산을 좋아하거든.

이강, 와이프란 말에 가만히 보다가 피식 웃는다. 철경도 미소 짓는데..

이강 　　(웃다가 정색하며) 등산화 등산복 장비 꼼꼼하게 챙겨서 와. 괜히 조난당해서 사람 귀찮게 하지 말고.

대피소 안에서 두 사람의 대화를 듣고 있던 현조의 입가에 엷은 미소.

씬/57 D, 몽타주

어느새 아침을 맞아 눈이 멎은 지리산. 나뭇가지들마다 탐스럽게 핀 눈꽃들./얼음이 언 폭포수에 쌓인 하얀 눈./산 중턱 새하얀 설원에 크리스마스 트리처럼 눈이 쌓인 소나무 등 평화로운 눈꽃 세상으로 변한 지리산의 모습에서..

씬/58 D, 해동분소 주차장

주차장에 세워진 기동차량에 수갑이 채워진 채 태워지는 두원과 수민. 그들을 인솔해 내려온 청문 형사들과 철경. 그 뒤쪽으로는 아직도 머리가 지끈거리는 듯한 구영과 함께 내려오는 이강과 현조.
청문 형사들 기동차량에 올라타기 시작하는데.. 철경 뒤돌아서 이강, 현조, 구영에게 다가와서

철경   나중에 증인으로 협조 요청드릴게요. 오늘 여러 가지로 감사했습니다. (이강에게) 연락할게.
이강   조심해서 들어가라.

철경, 기다리고 있던 기동차량에 올라타자 출발하는 기동차량.
멀어지는 차량을 보면서 구영, 머리 아픈 와중에도

구영   정말, 저 사람이 그 임철경?

이강, 도끼눈을 뜨고 바라보자 구영, 바로 깨갱 하고..

| 이강 | 빨리 가서 치료나 받아. |

저 앞쪽으로 대기하고 있던 앰뷸런스로 다가가는데.. 그 앞에서 초조하게 기다리고 있던 양선을 보고 멈칫하는 세 사람.

| 구영 | (놀라서) 양선 후배님. 여기는 왜.. |
| 양선 | 선배님.. 괜찮아요? 다치셨다면서요? |

구영, 생각지도 못한 양선의 출현에 당황해서 어쩔 줄 몰라 하며

구영	아.. 아뇨. 뭐.. 그렇게 크게 다친 건 아니구.. 그런데.. 저 때문에 오신 거예요?
양선	...예.. 걱정이 돼서.. 어제 약속 장소에도 안 오시고..
구영	(화들짝 놀라서) 예? 제가 안 갔다구요? 제가요? 아닌데.. 오셨었어요?
양선	영화관 앞에서 보자고 하셨는데 늦으셔서.. 무슨 일 생기셨나 했어요..

- 인서트
- 12씬, 영화관 건물에서 위를 올려다보던 양선. 건물 앞에 서서 구영을 기다리는 모습들. 시계 보는데 벌써 네 시다. 갸웃.. 핸드폰 꺼내서 연락해보려다가.. 주머니에 넣고 그냥 멀어지는 양선.

- 다시 해동분소 주차장으로 돌아오면
말문이 막혀서 뻐끔뻐끔 양선만 바라보고 있는 구영. 옆에서 듣던 이강, 현조, 말만 들어도 갑갑하다.

현조	그 정도면 서로 통화라도 한번 하지 그랬어요.
구영	아니.. 부담 드릴까 봐..
양선	저도.. 무슨 사정이 생기셨을까 봐..
구영	그런데 야.. 양선 후배님. 괜찮으세요? 감기 안 걸리셨어요?
양선	전 괜찮아요. 선배님이야말로 다친 데 괜찮으세요?

좋아 죽는 구영과 부끄러운 듯 미소 짓는 양선. 두 사람을 보다가 피식 웃

는 현조, 이강을 잡아끌면서 떨어지는

현조	우린 빠져주죠.
이강	으이그.. 저 답답이들..
현조	그래도 보기.. 좋잖아요.

그때, 또다시 한 송이 두 송이 내리기 시작하는 하얀 눈.
현조, 하늘 위에서 떨어지는 눈을 바라보다가..

현조	..진짜 크리스마스네요..

씬/59 몽타주

- 낮, 영화관 건물, 티켓박스 앞에서 흐뭇하게 웃고 있는 구영. 그 앞으로 다가오고 있는 양선.

- 낮, 영화관 안, 함께 행복하게 영화를 보고 있는 구영과 양선.

- 밤, 경기도 인근 산부인과 건물. 신생아실 앞에 거의 울 듯한 표정으로 유리벽 너머 갓난아기를 바라보고 있는 일해.

- 밤, 대진의 빌라 안. 휑한 빌라 안에서 또다시 라면에 소주 한 병을 마시고 있는데 울리는 '떵동' 초인종 소리. 대진, 누구지? 하는 눈빛으로 문을 여는데 문밖에는 여행용 가방을 들고 선 딸 새녘이다. 대진 놀라서 바라보는데..

씬/60 N, 감나무집 외경

흰 눈이 쌓인 감나무집. 창가에 색색깔의 전구 불빛들이 따뜻하게 반짝거리고 있다.

씬/61   N, 감나무집

늦은 밤, 소주잔에 또로로록 따라지는 소주. 파전에 소주를 마시고 있는 이
강. 맞은편에는 막걸리를 마시고 있는 현조다.

이강   참.. 너나 나나 처량하다. 남들은 다 신났는데 이게 뭐 하는 짓이니. 암튼 크
리스마스 딱 질색이야.

현조, 그런 이강 보다가 피식 웃으며

현조   그 임철경이란 분 그렇게 좋아했어요? 산도 떠나지 못하고 계속 기다릴 만
큼?
이강   뭔 개소리야.
현조   그런 거 같은데..
이강   아니라니까.
현조   그럼 뭔데요? 말끝마다 산이 그렇게 싫다면서 왜 계속 레인저를 했냐구요.
이강   나도 모르겠다. 왜 이러고 사는지.. (울컥하는) 아 진짜 이놈의 팔자.

이강, 또다시 술 한 잔을 원샷 하는데 현조, 놀라서 본다.

현조   어, 그거 내 잔... 막걸린데..

술 한 잔을 마시고 내려놓는 이강의 눈빛, 반쯤 풀려 있다.

이강   ...내가 왜 레인저가 됐는지 듣고 싶어? 내가 처음 산에 오른 게 여섯 살 때였
어..

씬/62 N, 이강의 방

떡이 된 이강을 업고 들어서는 현조. 이강, 현조의 등에 업힌 상태에서도 '그러니까 내가 열아홉 살 때는..' 웅얼거리고 있고.. 문옥, 그런 이강 한심하게 보며 이부자리 깔면서

문옥   여기에 눕히면 돼요.

현조, 낑낑거리면서 이강을 이불에 눕힌다.

문옥   신입이 고생이 많네.
현조   아닙니다. 이만 가볼게요.
문옥   아유, 수고했는데 꿀차라도 한 잔 먹고 가요.

씬/63 N, 이강의 집, 거실

거실에 서서 주방에서 꿀차를 타고 있는 문옥을 기다리고 있는 현조.

현조   진짜 괜찮습니다.
문옥   아냐. 전에도 그렇고. 길쭉한 애 업고 오느라고 얼마나 힘들었겠어.

현조, 더 사양도 못 하고 어색하게 서서 주변을 두리번거리는데 한쪽 벽면에 걸린 이강의 사진들이 눈에 들어온다. 어렸을 때부터 천왕봉에서 브이하면서 찍은 사진, 노고단에서 엄마와 함께 찍은 사진, 대피소 앞에서 라면 먹으면서 찍은 사진 등 산에서 행복하게 미소 짓고 있는 어린 이강의 사진 위로 3부, 23씬에서 현조에게 얘기하던 이강의 목소리가 깔린다.

이강(소리)   일곱 살 때 처음 천왕봉에 올랐어. 여덟 살 때부턴 혼자서 올랐지. 콜라를 가지고 가서 그 위에서 마시면 그 맛이 죽였거든./아홉 살 때는.. 종주를 시작했어. 지리산 위에서 별밤 못 봤지.. 완전 대박..

가만히 이강의 사진들을 바라보던 현조의 입가에 미소가 그려진다.

현조   산이.. 좋아서 못 떠난 거네...

현조, 미소 지으며 사진을 바라보는데.. 순간 뭔가 이상한 느낌이 드는 듯 눈빛이 굳어진다. '쿵쿵쿵쿵' 점차 커지는 심장 박동..
주방에서 차를 타던 문옥. '이거 한번 마셔봐요' 하는 소리들이 점점 멀어진다. 순간 또다시 현조의 뇌리를 스치는 편린.

- 인서트
- 밤, 활활 불타오르고 있는 커다란 나무가 카메라를 향해 우지끈 쓰러진다. 쓰러진 나무 아래 얼핏 보이는 불타고 있는 산불 통제 플래카드.

씬/64   N, 이강의 집 앞

천천히 집을 나서는 현조. 어두운 거리로 걸어 나와 어두운 지리산의 실루엣을 불안감에 휩싸여 떨리는 눈빛으로 바라보는 현조의 모습에서..

7 부

만약에 우리가 막는다면.. 예전처럼..
아무 일 없었던 것처럼 지내던 그때로
돌아갈 수도 있지 않을까..

D, 2020년, 도원계곡, 망바위 뒤편

늦가을, 단풍의 끝자락에 선 도원계곡. 망바위 뒤쪽 참나무 썩은 밑둥에 있는 표식 앞에 무인 센서 카메라를 꼼꼼하게 설치하고 있는 다원. 설치가 끝난 뒤 하늘을 올려다보면 푸르른 하늘 아래 떠 있는 드론.
다원, 무전기를 꺼내

다원   선배님. 망바위에 센서 카메라 설치 끝냈어요.

씬/2   D, 도원계곡 입구 공터

휠체어에 앉은 채 통제장치 모니터를 통해 다원의 모습을 내려다보고 있는 이강, 무전기에 대고

이강   다음은 백토골 기도터야. 세 시 방향으로 보이는 까치숲을 넘어가면 지름길이 나와. 낙엽들 조심해. 며칠 전 비가 와서 꽤 미끄러울 거야.

씬/3   D, 도원계곡, 망바위 뒤편

드론을 바라보며 밝게 미소 짓는 다원.

다원   걱정 마세요. 저 이래 봬도 레인저예요.

다원, 무전을 끄고는 힘차게 출발한다.
그 뒤를 따라 서서히 출발하는 드론.

씬/4   D, 도원계곡 입구 공터

통제장치의 모니터를 바라보는 이강. 하늘 위에서 내려다보이는 다원, 나무
들 사이에서 보였다 사라졌다를 반복하고 있다. 서서히 드론의 고도를 높
이자 끝도 없이 펼쳐진 지리산이 시야에 들어온다. 그리운 듯, 가만히 모니
터를 바라보는 이강.
모니터에 담겼던 지리산, 시원하게 뻗은 실제의 모습으로 바뀌며

* 자막 - 2020년, 가을

씬/5   D, 지리산 일각

숲길을 따라 힘차게 걷고 있는 다원. 하늘을 바라보는데 나무들 사이에 가
려 드론이 보이지 않는다. 잠시 멈춰 서서 이강과 무전을 하는 다원.

다원   선배님. 이제 까치숲 거의 다 지났어요.

씬/6   D, 도원계곡 입구 공터

울창한 나무들만 보이는 모니터를 바라보며 다원과 무전 중인 이강.

이강   까치숲을 지나면 오른쪽으로 너덜길이 보일 거야. 길이 막힌 것처럼 보이지
       만 따라가다 보면 좁은 산길이 나와.

씬/7   D, 지리산 일각

무전기 너머에서 들려오는 이강의 목소리를 듣던 다원.

다원   예. 알겠습...

다원, 대답을 하려다가 뭔가를 보고 놀라서 멈칫한다. 빽빽하게 줄지어 선
나무들 사이, 한 나무를 잡고 있는 피 묻은 손이다. 순간 놀라 '으아악' 비명
을 지르다가 발을 헛디디고 넘어지는 다원. 땅에 떨어지면서 저 앞쪽으로
데굴데굴 굴러가는 무전기.

씬/8   D, 도원계곡 입구 공터

다원의 비명 소리를 들은 이강, 놀라서 무전기에 대고

이강   왜 그래? 무슨 일이야?

하지만 무전기 너머에서는 아무 소리가 들리지 않는다.
이강, 드론의 통제장치 모니터를 본다. 빽빽한 숲 위, 나무들밖에 아무것도
보이지 않는데.. 순간 '지지지직' 노이즈가 끼는 화면. 이강, 뭐지? 드론을 다
시 조작해보지만 '지지지직' 노이즈가 심해지면서 화면이 보이지 않는다.

씬/9   D, 지리산 일각

까치숲. 바닥에 떨어진 무전기에서 들려오는 이강의 목소리.

이강(소리) 이다원! 괜찮아? 대답해봐.

다원, 그런 무전기를 쳐다만 볼 뿐 겁먹은 눈빛으로 움직이지 못한다. 그런 다원의 시선 쫓아가면 저 앞쪽으로 나무들 사이를 지나 이쪽으로 다가오고 있는 현조. 점차 어두워지는 주변. 불어오는 바람. 현조, 이강의 목소리가 들려오는 무전기를 믿지 않는, 그리운 눈빛으로 바라보다가 다가와 무릎을 꿇고 내려다본다.

현조 선배..

씬/10 D, 도원계곡 입구 공터

이강, 초조한 눈빛으로 다시 무전을 보낸다.

이강 내 목소리 들리니? 무슨 일이야? 다쳤어? 괜찮아?

씬/11 D, 지리산 일각

무전기에서 들려오는 걱정스런 이강의 목소리를 듣던 현조.

현조 선배.. 나야..
이강(소리) 다원아! 이다원! 대답해봐.

현조, 자기 소리를 듣지 못하는 이강이 안타깝다. 무전기의 송신 버튼을 눌러보려 하지만 무전기를 그냥 통과하는 현조의 손. 안타깝고 답답한 눈빛의 현조, 어떻게든 무전기 송신 버튼을 눌러 이강에게 자기 목소리를 전달하고 싶지만 할 수가 없다.

현조   선배!... 서이강!

하지만 계속해서 다원만을 부르는 이강.
다원, 그저 겁먹은 눈빛으로 현조를 바라보는데 점점 거세어지는 바람. 더욱 어두워지는 사위. 이강의 목소리가 들려오는 무전기를 어찌할 바를 모르고 안타깝게 바라보다가 순간 온 힘을 모아 무전기를 내려치는 현조.

씬/12   D, 도원계곡 입구 공터

무전기 너머에서 순간 '지이이이잉' 엄청난 굉음이 들려온다. 놀라서 무전기를 떨어뜨리는 이강.

씬/13   D, 병원 중환자실

코마 상태로 누워 있는 현조의 귀와 코에서 붉은 피가 흘러내린다. '삐삐삐삐' 급격하게 움직이기 시작하는 바이탈 사인.

씬/14   D, 지리산 일각

겁먹은 눈빛으로 현조를 바라보는 다원.
순간, 다시 한번 더 무전기를 내려치려는 현조의 모습에서..

씬/15   D, 도원계곡 입구 공터

놀라서 떨어진 무전기를 내려다보는 이강. 무릎 위에 올려놓은 드론 통제장치 모니터의 노이즈도 더욱 심해진다. 이게 무슨 일이지? 당황한 눈빛으로 통제장치 모니터와 땅에 떨어진 무전기를 번갈아 바라보는데..

순간, 모니터의 노이즈가 사라지면서 울창한 까치숲이 보이기 시작한다. 그런 모니터를 보다가 멈칫.. 푸른 나무들 사이로 언뜻언뜻 산 아래를 향해 빠르게 뛰어 내려오는 다원이다. 다원이 무사한 걸 확인하고 안도의 한숨을 내쉬는 이강, 다급히 통제장치를 조작해 다원의 뒤를 쫓기 시작한다.

씬/16   D, 지리산 일각

얼어붙은 얼굴로 미친 듯이 산을 내려오고 있는 다원. 그 뒤를 쫓는 이강의 드론.

씬/17   D, 도원계곡 입구 공터

드론을 조작하며 걱정스런 눈빛으로 다원을 기다리고 있는 이강, 저 멀리에서 뛰어 내려오는 다원이 보이기 시작하자, 드론을 서서히 착륙시킨다.

'헉헉' 숨이 넘어갈 정도로 산을 내려온 다원, 주저앉아버리고.. 이강, 그런 다원에게 다가가

이강	왜 그래? 대체 무슨 일이 있었던 건데?
다원	(잔뜩 겁먹은 표정, 눈빛 흔들린다)
이강	얘기해봐.

다원, 겁먹은 눈빛으로 이강을 보다가

다원	..레인저 유니폼을 입은 사람을 봤어요..
이강	(멈칫해서 보는)
다원	겨울 유니폼이었는데.. 옷도 손도 다 피투성이였어요.

이강, 핸드폰을 꺼내서 현조의 사진을 보여준다.

이강   이 사람이었어?
다원   (울상이 돼서 고개 끄덕끄덕)
이강   걘 지금 어디 있어? 놔두고 그냥 내려온 거야? 아직도 산에 있어?
다원   (보다가) ...사라졌어요..

- 인서트
- 14씬에 이어지는..
다시 한번 더 무전기를 내려치려는 현조를 겁먹은 얼굴로 바라보는 다원.
순간, 현조의 모습 흐릿해지더니 서서히 흩어지듯 사라진다. 놀라서 그런 모
습을 바라보는 다원.

- 다시 도원계곡 입구 공터로 돌아오면
역시 놀라서 흔들리는 눈빛으로 다원을 보는 이강.

이강   ...사라졌다구?
다원   정말이에요. 무슨 마술처럼 눈앞에서 사라졌어요.

이강, 혼란스러운 듯 다원을 보다가 문득 생각난 듯 어디론가 전화를 건다.

이강   저예요. 현조.. 잘 있나요?

핸드폰 너머로 들려오는 가라앉은 간호사1의 목소리.

간호사1(소리)   그게.. 상황이 좀 좋지 않아요..

이강의 눈빛, 불안감이 감돈다.

씬/18   N, 종합병원 외경

서울, 대형 종합병원 외경.

씬/19   N. 병원 중환자실 밖 복도

유리창 너머 창백한 낯빛으로 누워 있는 현조를 믿기지 않는 얼굴로 바라보고 있는 다원. 그 옆에서 어두운 눈빛으로 현조를 보고 있는 이강. 간호사1, 그런 두 사람의 옆에 서서 현조의 상태를 설명해주고 있다.

간호사1   갑자기 혈압이 올라가면서 내부 출혈이 있었어요. 사실, 그동안 이강씨한테 얘기하진 않았지만 몇 번 이런 적이 있었어요. 그때마다 할 수 있는 검사를 다 해봤지만 원인을 밝혀내진 못했어요.

가만히 현조를 바라보는 이강.

간호사1   이렇게 이상이 생길 때마다 몸 상태가 눈에 띄게 약해지고 있어요. 이대로 간다면.. 힘들겠지만 마음의 준비를 해야 할 것 같아요.

낯빛 어두워지는 이강.

－ 시간 경과되면
어느새 간호사1은 사라지고 둘만 남아 현조를 바라보고 있는 이강과 다원. 다원, 여전히 믿기 힘든 얼굴로 현조를 바라보며

다원   ..말도 안 돼요.. 산에서 분명히 저분을 봤어요. 어떻게 이런 일이 있을 수 있죠?

이강, 가만히 현조를 보다가..

이강   처음부터.. 말이 안 되는 애였어. 지리산에서 아끼던 동료를 잃은 뒤부터 산

에서 사람들이 죽는 모습이 보였대. 현조는 그걸 막기 위해서 산에 왔었어.

다원, 여전히 믿기 힘든 얼굴로 이강을 본다.

이강   그런데.. 저렇게 되고 나서도 산을 떠나지 못하고 있을 줄은.. ...몰랐어.

이강, 안타까운 눈빛으로 현조를 바라본다.
유리창 너머 생명유지장치에 연결된 채 코마 상태에 빠진 현조의 모습에서
들려오는 레인저들의 목소리. '서이강!!' '정신 차려!! 이강아!!'

씬/20   D, 지리산 일각, 검은다리골 일각

낮, 눈부시게 빛나는 설산. 점점이 흩뿌려져 있는 피. 피투성이가 된 이강,
들것에 실려 어디론가 이동 중인데.. 가물가물해지는 이강의 시선에 저만치
쓰러진 누군가에게 심폐소생술을 실시하고 있는 대진이 보인다. 피투성이
가 된 채 정신을 잃은 현조의 가슴팍을 세게 압박하다가 맥박을 확인해보
는 대진, 눈빛 반짝한다.

대진   맥박이 돌아왔어!

주변에 선 레인저들, 낯빛 밝아지는데..

대진   헬기 한 대 더 불러! 빨리!

     - 시간 경과되면
     들것에 정신을 잃은 현조를 싣고 빠르게 이동하는 대진과 레인저들.

씬/21   D, 몽타주

- 낮, 병원 복도. 이동침대에 실려서 빠르게 수술실로 이동하는 이강과 현조.

- 낮, 수술실 침대 위에 눕혀지는 이강.

- 낮, 중환자실. 처치가 모두 끝난 듯 생명유지장치에 연결된 채 침대에 누워 있는 현조. 바이탈 사인을 비추면 뇌파측정장치의 그래프가 잠시 크게 움직였다 돌아오는데..

씬/22   D, 지리산 일각, 검은다리골 일각

레인저들이 이강과 현조를 구조해 떠난 뒤 정적만이 감도는 검은다리골. 어지럽게 난 발자국들과 붉게 떨어진 핏자국들을 따라 이동하는 화면. 아까 누워 있던 그곳에 여전히 피투성이가 된 설상복 차림으로 정신을 잃은 채 쓰러져 있는 현조에게 서서히 다가가는데..
순간 번쩍 눈을 뜨는 현조. 가만히 누운 채 자신의 주위를 감싸듯 선 눈 쌓인 나무들, 그 사이로 보이는 푸른 하늘을 바라보다가 벌떡 몸을 일으킨다.

현조   ...이강 선배..

현조, 주변을 두리번거리다가 이강이 걱정되는 듯 일어서서 어디론가 뛰어간다.

씬/23   D, 검은다리골 옛터/검은다리골 대피소

나무들 사이 좁은 샛길을 오르는 현조. 예전에 마을이 있던 곳인 듯 흉물스런 집터와 우물터, 돌담들을 빠르게 지나간다. 마을터를 지나 조금 더 올라가면 커다란 바위들. 그 사이로 좁은 틈이 보인다.
과거에 빨치산들이 비트로 사용했던 곳인 듯 틈 사이 구부러진 녹슨 쇠로 된 철문이 달려 있고.. 철문을 지나 어두컴컴한 안으로 들어가면 자연동굴 같은 구조로 된 검은다리골 대피소다.

바위들 틈 사이 당시 발전기를 사용했던 듯 얼기설기 드리워진 오래된 전선줄. 나무를 덧대 만든 텅 빈 선반들 등 과거의 흔적이 남겨져 있는 대피소 안을 초조한 눈빛으로 둘러보는 현조. 하지만 이강이 보이지 않자, 다시 대피소 밖으로 나온다. 주변을 둘러보며 '이강 선배!!' 외쳐보지만, 그 어디에서도 대답이 없다.

현조, 무전기가 생각이 난 듯 무전기를 찾아 주머니에 손을 넣으려다가 그제야 자신의 옷에 묻은 피를 본다. 이게 뭐지? 왜 피가 묻었는지 기억이 없는 듯 혼란스럽게 옷과 손에 묻은 피를 바라보는 현조. 다시 한번 주변을 둘러보다가 초조한 눈빛으로 어디론가 뛰기 시작한다.

씬/24 D, 비담대피소 인근 탐방로

저 위쪽으로 비담대피소 건물이 보이는 탐방로를 오르고 있는 현조. 맘이 급한 듯 더욱 속도를 내려는데.. 비담대피소 건물 쪽에서 내려오고 있는 어두운 낯빛의 일해와 수색1.

일해   개네는 왜 눈이 오는데 그런 데를 간 거야.
수색1 모르지. 근데 괜찮대? 많이 다쳤다며..

그런 두 사람을 아래에서 보고 반색하는 현조.

현조   선배님! 일해 선배님!

일해를 부르며 뛰어 올라가는 현조. 일해에게 다가서는데, 순간 현조의 몸을 통과해서 지나가는 일해. 현조, 놀라서 그 자리에 얼어붙는다. 믿기지 않는 듯 자신의 몸을 바라보다가 멀어지는 일해와 수색1을 바라본다.
다시 빠르게 뒤쫓아 가는 현조.

현조	선배님!!

다시 일해의 어깨를 잡으려 하지만 그냥 통과해버리는 손. 놀라서 어찌할 바를 모르고 떨려오는 눈빛으로 멀어지는 일해와 수색1의 뒷모습을 바라보는 현조.

씬/25 D, 탐방로 일각

'해동분소 200미터'라고 적힌 표지판이 세워진 탐방로. 계곡 위로 놓인 다리를 건너가는 일해와 수색1. 멀리에서 떨리는 눈빛으로 두 사람을 쫓아오고 있는 현조. 두 사람을 쫓아 다리를 건너려 하는데 순간 아무리 걸어도 앞으로 나아가지 못한다. 어떻게든 뛰어서라도 다리 쪽으로 다가가려 하지만 더욱 뒤로 밀려나는 현조. 일해와 수색1이 점점 더 멀어진다.
당황해서 주변을 둘러보는데.. 현조를 둘러싸고 빙빙 도는 듯한 산. 구름 속으로 해가 숨으면서 어두워지는 주변. 위협적으로 현조를 에워싸는 나무들. 순간, 현조의 뇌리를 스치는 또 다른 편린.

- 인서트
- 겨울, 밤, 지리산 일각. 벼랑 옆 좁은 샛길. 아슬아슬하게 벼랑 위 수풀에 떨어져 있는 등산용 스틱. 누군가 그걸 주우려고 하다가 벼랑 아래로 추락해버린다. 벼랑 저편에는 천왕봉이 보인다.

- 다시 탐방로로 돌아오면
불안감에 휩싸여 어찌할 바를 모르는 현조. 잠시 생각하다가 산 위를 향해 다시 뛰어오르기 시작한다.

씬/26 D, 외래계곡, 비법정 일각

석양이 내려앉고 있는 지리산. 초조한 눈빛으로 외래계곡 벼랑 위 샛길 수풀들을 확인하며 오르고 있는 현조. 그때 뭔가를 보고 멈칫한다. 편린에서 본 것과 비슷한 각도로 보이는 천왕봉이다. 이 근처다.

수풀 쪽을 예의 주시하며 앞으로 걸어가는데 저 앞쪽에 놓여 있는 등산용 스틱. 현조, 다가가서 스틱을 잡으려고 하는데 또다시 통과하며 잡을 수가 없다. 어떡하든 잡으려고 애쓰는 현조. 계속 통과하는 현조의 손. 그러던 순간, 균형을 잃으면서 벼랑 아래로 속절없이 떨어지는 현조.

'쾅' 벼랑 아래 날카로운 돌에 부딪치기 바로 직전에.. 들려오는 '삐삐삐삐' 불길한 바이탈 사인 소리.

씬/27   N, 병원 중환자실

미친 듯이 폭주하는 바이탈 사인. 침대에 누운 채로 귀에서 피를 흘리고 있는 현조. 달려오는 간호사1을 비롯한 의료진들.

'맥박이 잡히지 않습니다' '제세동기 가져와!'

피를 흘리며 위독해 보이는 현조의 모습에서..

씬/28   D, 지리산, 검은다리골 일각

어느새 눈이 녹은 초봄의 검은다리골 일각.

22씬과 똑같은 장소에서 눈을 뜨는 현조. 여기가 어디지? 가만히 주변을 두리번거리다가 기억이 돌아온 듯 벌떡 일어난다. 외래계곡을 향해 뛰기 시작한다.

씬/29   D, 외래계곡, 비법정 일각

26씬의 벼랑 위 샛길로 뛰어오는 현조. 그때 놓여 있던 스틱은 사라져 있다. 현조, 불안한 눈빛으로 벼랑 아래를 내려다보다가 눈빛, 가라앉는다.

씬/30 D, 외래계곡, 벼랑 아래

따뜻한 초봄의 햇볕이 내리쬐고 있는 벼랑 아래로 허탈하고 슬픈 눈빛으로
다가와 내려다보는 현조. 덤불 사이, 추락해서 숨진 듯 보이는 백골 사체다.
산에서 또다시 누군가 죽었다.. 무력감에 무너지듯 시신 옆에 앉는 현조. 답
답하고 안타까운 듯 백골 사체를 내려다보다가.. 문득 자기 손을 바라본다. 앉
으면서 자기도 모르게 옆의 나무를 잡고 있다.
멈칫.. 나무를 잡은 손을 본다. 나무를 만져본다. 통과하지 않는다. 옆에 있
는 풀을 잡아본다. 돌을 만져보고, 바위를 만져본다. 희망이 감도는 현조의
눈빛.

현조(소리) 풀.. 나무.. 바위.. 산에서 난 것은 만질 수 있어..

순간 또다시 현조의 눈에 보이는 편린.

- 인서트
- 봄, 낮, 전묵골. 아슬아슬한 암벽 위에 묶여 있는 낡은 밧줄이 끊어지고
있다.

- 다시 외래계곡 벼랑 아래로 돌아오면
백골 사체를 바라보다가 전묵골을 향해 뛰기 시작하는 현조.

씬/31 몽타주

- 초봄, 낮, 전묵골. 커다란 바위 아래로 뛰어오는 현조. 이강과 약속한 장소
중 하나인 듯 바위 아래에 빨치산 표식이 설치되어 있다. 그곳에 나뭇가지
로 편린을 본 곳을 표시하는 현조.

- 여름, 밤, 무진계곡 소나무 군락지. 소나무들 사이 덤불 아래에 또다시 표

식을 남기는 현조.

- 현조의 편린.
여름, 낮, 이석계곡 비법정에 묶여 있는 노란 리본들.

- 여름, 낮, 개암폭포로 다가오는 현조. 지치고 슬픈 표정. 개암폭포 덤불 아래쪽에 추락한 채 이미 숨져 있는 양근탁의 시신.

- 여름, 밤, 비법정 한 곳에 표식을 남기는 현조. (1부 엔딩 때 현조를 생각했습니다) 표식을 바라보다가 고개를 들어 어둡고 무섭기만 한 산의 실루엣을 바라보다가 다시 정처 없이 걷기 시작한다. 현조의 발걸음은 점점 느려지고 지쳐간다.

현조(소리) 이강 선배.. 막아줘.. 제발.. 막아줘...

씬/32   D, 2020년, 해동분소 앞

운해가 낀 지리산을 올려보고 있는 휠체어에 탄 이강과 곁에 선 다원.

다원   그분.. 아직도 저기 있을까요?

이강, 말없이 지리산을 바라본다.

다원   사실.. 그분 처음 봤을 때 되게 무섭긴 했는데요.. 그런데.. 많이 외로워 보였어요..

이강   ...

다원   무전기에서 선배님 목소리를 듣고.. 어떻게든 선배님하고 얘기하고 싶어 했어요. 선배님을.. 많이 기다렸던 것 같았어요..

어두운 눈빛으로 생각에 잠겨 있던 이강. 마음을 다잡은 듯 산을 바라본다.

씬/33 D, 몽타주

- 힘차게 산을 오르고 있는 다원. 그 뒤를 따르는 이강의 드론.

- 백토골, 기도터. 계곡 인근 나무 밑둥 아래에 센서 카메라를 설치하는 다원. 하늘 위, 이강의 드론을 향해 오케이 사인을 보낸다.

- 산 밑에서 드론 통제장치 모니터로 지리산을 바라보고 있는 이강.

- 다른 날, 낮, 전묵골, 31씬, 현조가 표식을 남겼던 큰 바위 아래에 센서 카메라를 설치하는 다원의 모습 위로

이강(소리) 우리밖에 없어.. 누군가 산에서 사람들을 죽이고 있어. 우리가 막아야 해.

- 낮, 검은다리골. 22씬의 모습 그대로 다시 깨어나는 현조. 천천히 일어나서 주변을 둘러본다.

이강(소리) 왜 이런 일이 벌어졌는지 모르겠지만.. 만약에 우리가 막는다면..

- 산 밑에서 드론을 조작하고 있는 이강의 모습에서

이강(소리) 예전처럼.. 아무 일 없었던 것처럼 지내던 그때로 돌아갈 수도 있지 않을까..

- 가을, 산을 오르는 다원의 모습에서 서서히 초봄, 연둣빛 새순으로 뒤덮인 지리산의 모습으로 바뀌면서..

씬/34 D, 체육관 안

* 자막 - 2019년, 봄

잔뜩 긴장한 채 전면을 바라보고 있는 이강, 현조, 구영, 일해, 양선, 수색1의 모습 위로 사회자의 목소리.

사회자(소리) 해동 비담팀. 멸종 위기종 맞추기입니다.

화면 빠지면 '지리산 국립공원 한마음 축전'이란 현수막이 걸린 체육관 안. '해동, 비담' 팀 외에도 '무진, 우송' 등 각 분소와 대피소 이름이 적힌 입간판. 해동 비담팀의 '몸으로 말해요' 게임 순서인 듯, 앞에서 설명을 듣기 위해 대기한 이강, 현조, 구영, 일해, 양선, 수색1. 설명을 위해 맞은편에 선 대진. 주변에 앉아서 게임을 관전 중인 수십 명의 다른 팀 레인저들.

사회자 시작!

사회자의 구호와 함께 대원들 뒤쪽에서 정답판을 드는 진행 요원. '반달가슴곰' '구렁이' '올빼미' 등 쉬운 문제에 이어 '큰말똥가리' '광릉요강꽃' '하늘다람쥐' '붉은배새매' '삵' '까막딱다구리' '복주머니란' '세뿔투구꽃' 등 맞히기 힘든 정답들. 게다가 대진의 몸짓 그닥 정답에 부합하지 못한다.
구영과 일해, 양선, 수색1, 대체 저게 뭔 말이야 보는데 이강과 현조, 두세 번 만에 신들린 듯이 맞혀버린다. 대진의 몸짓에 눈 빠지게 집중하면서 미친 듯이 문제를 맞히는 두 사람.

구영 (일해에게) 대체 저걸 어떻게 맞혀?

- 이어달리기를 하고 있는 레인저들. 대진에게서 배턴을 건네받는 이강, 미션 용지가 있는 곳으로 달려가 용지를 꺼내서 확인한다. 등짐펌프 있는 곳으로 달려가 호스로 과녁을 명중시키고 맹렬하게 달려간다.

- 이강에게서 배턴을 건네받는 구영, 미션 용지를 뽑는데 울상이 돼서 팀원들 쪽으로 달려와 현조를 업고 뛰기 시작한다. 그 틈에 떨어진 미션 용지.

'막내 업고 달리기'. 키 차이가 나는 현조를 업고 달리느라 기진맥진하는 구영. 나중엔 업힌 현조 거의 질질 끌리다가 같이 '쾅' 엎어진다.

씬/35   D, 동 장소

해동 비담팀 자리에 모여서 회의 중인 대진, 이강, 현조, 구영, 일해, 양선, 수색1.

이강   정구영이 다 말아먹었어. 이어달리기 꼴찌가 뭐냐.

구영, 억울한 얼굴로 현조 가리키며

구영   니가 쟤 업고 달려봐. (하다) 아 나 진짜 허리 나간 거 같아.
대진   야유회 취지가 단합이잖아. 같은 팀원들끼리 이러면 쓰나.
양선   대장님 말씀이 맞는 것 같아요. 구영 선배님 많이 애쓰셨잖아요.
이강   어라. 너네 사귀는 거 티 내니?
현조   장기자랑 남았잖아요. 배점이 제일 크니까 거기서 1등 하면 다시 역전입니다.
일해   (현조에게) 근데 너 발목은 괜찮냐? 아까 쎄게 엎어지던데.
현조   말짱합니다!
이강   근데 우리 장기자랑 뭐 하기로 했지?

구영과 일해, 서로 시선 마주치다가

일해   (자기도 좀 이상한) 그게.. 대장님이 시 낭송하기로 하셨어.

이강과 현조, 뒤돌아 다른 팀들 준비상황을 힐긋 본다. 뽀글머리 파마가발에 반달곰 탈까지 각양각색 소품들이 눈에 띈다.

이강   바꿔야겠는데.

현조   예. 꼭이요.

씬/36   D, 동 장소

체육관. 조명이 켜진 무대 위, 어느새 다 같이 여장을 한 채 아모르 파티를 부르고 있는 대진, 현조, 구영, 일해. 무대 아래쪽에 이강, 홍에 겨워 박수 치고 있고.. 양선도 수줍게 박수 치고 있다. 클라이맥스 부분에서 다 같이 빙글빙글 도는 해동 비담 팀원들의 모습에서 음악 커지다가..

씬/37   D, 차 안

국도를 달리는 미니버스 안. 자랑스럽게 좌석 위에 놓여 있는 1등 트로피. 하지만 띄엄띄엄 앉아 있는 레인저들의 분위기는 그닥 밝지만은 않다. 제일 앞자리에 앉은 대진, 눈이 침침한 듯 보다가 보면 속눈썹이 남아 있다. 에휴 한숨 쉬면서 떼버리고는 걱정스러운 듯 뒤돌아보며

대진   괜찮아?

돌아보면 뒤쪽에 풀 죽은 얼굴로 앉아 있는 현조.

현조   예.

구영, 역시 현조 힐긋 보다가

구영   이거야말로 상처뿐인 영광이구만.
일해   그러니까 아프면 아프다고 얘길 했어야지. 산에서도 날라다니던 애가 춤추다가 인대가 나가냐.

풀 죽은 얼굴의 현조의 다리 비추면 발목에 깁스를 하고 있다.

현조   진짜 아무렇지도 않았어요. 하나도 안 아팠는데..

현조 옆옆 자리쯤에서 눈치 보다가 쑥 올라오는 얼굴, 이강이다.

이강   그냥 시 낭송할걸 그랬나 봐..

일해, 구영 동시에 '으이그..' 하자 다시 쑥 내려가는 이강의 얼굴.

대진   (뒤돌아보며) 그래도 1등 하려고 열심히 하려다 다친 거니까 맛있는 거라도
       사주고 들여보내. 난 오늘 좀 일이 있어서 먼저 들어갈게.
구영   어, 양선씨랑 저 영화 예매했는데..
일해   어.. 저도 와이프랑 애가 내려와서 같이 저녁 먹기로 했어요.
수색1   저도..

다시 쑥 올라오는 이강.

이강   제가 책임지고 사주겠습니다...

씬/38   N, 해동마을, 편의점 안

테이블에 컵라면 두 개를 두고 앉아 있는 이강과 현조.

이강   더 맛있는 거 먹어도 되는데..
현조   아니에요. 제가 뭐 한 게 있다고..
이강   야.. 내가 하자 그런 건데.. 내가 미안하지.
현조   아니에요.. 하필 지금 다리를 다쳐서.. 다음 주면 산불 통제 기간인데..

힘이 빠진 얼굴로 앉아 있는 현조를 보다가

이강   그러니까 더 기운 내야지.

현조, 이강을 본다.

이강   산불 통제 현수막을 봤다고 했지.
현조   (눈빛 가라앉는다) 예.

- 인서트
- 6부, 63씬. 밤, 활활 불타오르고 있는 커다란 나무가 카메라를 향해 우지
끈 쓰러진다. 쓰러진 나무 아래 얼핏 보이는 불타고 있는 초록색 글씨의 '산
불 통제' 현수막.

- 다시 편의점 안으로 돌아오면

현조   너무 어두워서 어딘지 전혀 보이지 않았어요. (답답함에 눈빛 가라앉는) 장
소를 알아내야 하는데.. 그것밖에 본 게 없어요..
이강   이건 너만의 문제가 아냐.

- 인서트
- 밤, 환상처럼 허공을 타고 날아가는 불씨들. 팔랑팔랑 공기를 타고 날다
가 지리산, 울창한 나무들 사이를 오가다가 나무들 사이 쓰러져 있는 고사
목 위에 내려앉는다. 고사목을 타고 서서히 타오르기 시작하는 불꽃, 맹렬
히 바람을 타고 산 정상을 향해 달려가며 수목을 태우기 시작한다.

이강(소리) 산은 도시하고 달라. 소방도로가 없어서 소방차가 접근하기 힘들어서 직접
진화가 힘들어. 소방헬기도 야간이나 돌풍이 불 때는 띄울 수가 없지. 한번
불이 나면 막대한 피해를 볼 수밖에 없어.

- 다시 편의점 안으로 돌아오면
유리창 너머 아직은 평화로운 지리산을 바라보는 이강과 현조.

| 이강 | 산불은 우리 모두가 막아야만 하는 문제야. 다들 눈에 불을 키고 감시할 거니까 혼자 떠안지 말라구. |

현조, 자신의 부담을 덜어주려는 듯한 이강을 미소 지으면서 보다가

현조	사실.. 끝났으면 좋겠다고 생각했었어요. 몇 달 동안 보이지 않았으니까..
이강	...산이 준 선물이라면서.
현조	(보는)
이강	덕분에 승훈이도 살렸고, 안일병도 살렸잖아. 이번에도 그럴 거야.

기운 내라는 듯 현조를 바라보는 이강의 모습에서..

| 이강 | 뽈겠다. 얼렁 먹자. |
| 현조 | 예. |

사발면 열고 먹으려다가 '우리 1등도 했는데 삶은 계란이라도 더 먹을까?' '삼각김밥도요'. 이강, 부다다 일어나서 이것저것 먹을 것을 다시 사 오고 사이좋게 식사를 하는 두 사람.

씬/39 N, 편의점 밖 골목

편의점 유리창 너머로 멀리서 이강과 현조를 바라보고 있는 시선. 어두운 골목길에 몸을 숨기고 있는 누군가. 손에는 검은색 등산용 장갑이다.

씬/40 N, 사택, 현조의 방

어두운 방으로 들어오는 현조. 불을 켜자 예의 깔끔한 방이 드러난다. 현조, 윗옷을 벗어 한쪽 벽면에 걸린 옷걸이에 걸려다가 뭔가를 보고 멈칫. 한쪽 벽면에 가지런하게 놓여 있던 운동용품 중 배드민턴 라켓이 다른 곳

에 놓여 있다. 뭐지? 의아한 듯 갸웃 바라보는 현조.

씬/41   N, 해동분소 외경

불빛 하나 없이 어두운 해동분소 건물.

씬/42   N, 해동분소, 사무실

은밀하게 현조의 책상을 뒤지고 있는 누군가.. 파일철들을 하나씩 꺼내 내용들을 확인하고, 책상 서랍 안을 살펴보고 있는 검은 등산용 장갑이다.

씬/43   D, 해동분소 외경

아침, 맑게 갠 하늘 아래 해동분소.

씬/44   D, 해동분소, 사무실

회의실. 테이블에 모여 앉아 있는 이강, 현조, 구영, 일해, 양선, 수색1. 회의를 주관하는 대진을 바라보고 있다.

대진   다들 알겠지만, 다음 주부터 산불 통제 기간이 시작된다. 벌써 건조주의보가 발령됐고, 풍속도 점점 세지고 있어. 다른 말로 하자면 일 년 중에 산불이 날 가능성이 가장 큰 시기라는 거야.

집중해서 대진을 바라보는 레인저들.

대진   다른 업무보다 탐방로 및 비법정 순찰에 집중해야 해. 특히 화기 사용 엄격히 통제하고. (일해와 수색1 보며) 당분간 비담팀이 이강이랑 구영이 지원해주고 현조는 다리 나을 때까지 양선이랑 지상근무 하도록 해.

대진, 일어서서 나간다. 이강, 구영, 일해, 수색1 역시 일어서며

일해   순찰 가자.

일해를 따라 나가는 레인저들. 이강도 뒤따라 나가려는데

현조   (불안한) 조심해요.
이강   (어이없다) 나 너 선배야.
현조   선배니까 챙기는 겁니다.
이강   (미소 지으며) 산불 통제 기간은 다음 주부터야. 불안해하지 마.

웃으면서 인사하고 나가는 이강.
현조, 여전히 불안한 눈빛으로 보는데.. 양선, 다가와

양선   그럼 먼저 장비 확인하러 갈까요?

씬/45   D, 해동분소, 장비실

안전모, 진화복, 방연마스크 등을 확인하고 있는 현조와 양선.

현조   이게 다 산불 진화 때 착용하고 나가는 장비들인 거죠?
양선   예. 하나라도 불량이 있으면 안 돼요. 레인저들 생명하고 연관이 있는 거니까요.
현조   (문득) 산에 순찰 갔을 때 산불 신고가 들어오면 착용하러 내려올 시간이 없을 텐데 그땐 어떻게 하죠?
양선   산불이 자주 나는 포인트들마다 산불장비함을 설치해놨어요. 거기에도 이런 장비들이 다 구비돼 있어요.

현조, 양선의 설명을 들으면서 하나하나 꼼꼼하게 보다가 아래쪽에 보관된 방염텐트들을 발견한다.

현조   이게 그 방염텐트예요?
양선   예. 가장 위험할 때 쓰는 마지막 수단이긴 한데 효과를 100프로 확신할 순 없대요. 산불이 워낙 위험하잖아요. 산불이 발화됐을 때 연기 온도만 600도, 중심부 화염은 1200도까지 올라간대요.

현조, 양선을 보다가 다시 방염텐트를 바라본다.

현조   산불이란 거.. 정말 무서운 거네요.

씬/46   D, 몽타주

- 겨울을 지나 검게 갈변된 바싹 마른 낙엽들, 마른 나뭇가지들, 마르고 부러진 억새풀들 등 건조한 초봄의 산의 모습들 보인다.

- 백토골, 기도터. 순찰을 돌고 있는 수색2, 3. 아무도 없이 텅 비어 있자, 한 바퀴 돌아보고 사라지는데.. 숨어 있다가 천천히 나오는 무속인1. 배낭을 들고 인적이 드문 커다란 바위 아래에 상을 차리고 촛불을 켠다. 그 앞에서 절을 하면서 기도를 드리는데.. 바람에 위태롭게 흔들리는 촛불.

- 또 다른 비법정. 무덤터. 아저씨 한 명이 벌초를 하고 있다. 벌초를 끝내고 힘든 듯 앉아서 쉬다가 주머니에서 담배와 라이터를 꺼낸다.

- 또 다른 비법정. 평평한 바위 위에서 약초가 가득 든 가방들을 옆에 두고 버너에 불을 켜 밥을 지어 먹고 있는 아주머니들. 그 사이에 끼어 있는 일만처. 일만처가 방석처럼 깔고 앉은 현수막 천이 얼핏 보이고.. 밥솥이 앉혀진 버너. '치이이이익' 가스 소리와 함께 파랗게 흔들리는 가스 불빛에서..

씬/47 D, 본소 주차장

'지리산 국립공원 사무소'라는 푯말을 지나 주차장에 주차하는 순찰차량.
차에서 내려서는 양선과 현조. 양선, 조수석에서 내리는 현조에게

양선 난 행정과 가서 서류 좀 받아 올게요. 사무실 가서 산불 통제 현수막이랑
홍보물만 좀 받아 와주세요.

현조 예.

씬/48 D, 본소, 사무실

분소에 비해 훨씬 넓은 규모의 사무실. 각 과를 나눈 파티션들 안으로 놓
여 있는 책상들. 그 사이를 분주하게 오가는 직원들.
현조, 그런 사무실을 지나 안으로 들어가는데 가장 안쪽, 각종 CCTV 장비
들과 관측기기들이 놓인 널찍한 상황실을 보고 호기심이 동하는 듯 다가가
는데, 뒤에서 들려오는 목소리.

솔(소리) 여긴 웬일이에요?

현조, 놀라서 돌아보면 서류 들고 상황실로 들어오던 솔이다.

현조 아, 안녕하세요. 산불 통제 현수막이랑 홍보물 받으러 왔어요.

　－ 시간 경과되면
상황실 한 편에 쌓여 있던 박스 두 개를 내어놓는 솔.

솔 그런데 발은 왜 그래요?

현조 뭐.. 쪼끔 다쳤어요. 그런데 선배는 원래 여기서 근무하세요?

솔   왔다 갔다 하는데, 산불 기간이라 비상이 걸려서요.

         순간, 상황실에서 여러 CCTV를 확인하던 직원1, 놀란 듯

직원1   어.. 저거 뭐야.

         현조, 솔, 멈칫해서 바라보고.. 사무실을 오가던 직원들 역시 놀라서 바라본
         다. 직원1, 산불 감시 카메라 중 하나를 조작한다.

         - 인서트
         - 지리산 중턱에 설치된 산불 감시 카메라. 본소의 직원1의 통제에 따르는
         듯 서서히 어딘가를 비춘다.

         - 다시 본소 상황실로 돌아오면
         어느새 직원1의 뒤편으로 모인 현조, 솔, 직원들. 카메라 영상에 집중하는
         데, 카메라가 비추는 곳에 검은 연기가 피어오르고 있다. 놀라서 바라보는
         사람들.

씬/49   D, 몽타주

         - 지리산, 곳곳에서 순찰 중이던 레인저들의 모습들 위로 '치치치칙' 무전이
         시작된다.

직원1(소리) 본소, 상황실. 전 대원에게 알린다. 산불 감시 카메라에 산불로 추정되는 연
         기가 감지됐다.

씬/50   D, 본소, 상황실

         무전을 전파 중인 직원1.

직원1   백토골 구역으로 추정된다. 육안으로 확인 가능한 레인저, 상황 보고 바란다.

잠시 뒤 '치치칙' 소리에 뒤이어 들려오는 이강의 목소리.

이강(소리)   해동 둘. 현재 위치 백토골 능선. 우리가 확인하겠다.

이강의 목소리가 들리자, 긴장하는 현조.

씬/51   D, 백토골 능선 위

능선 위를 뛰기 시작하는 이강. 그 뒤를 따르는 구영. 빽빽한 나무들 사이를 지나 시야가 뻗은 능선 위에 도착하자, 바로 가까이에 검은 연기가 육안으로 확인된다.

이강   (무전 치는) 해동 둘. 산불 확인. 백토골, 달귀숲 인근으로 추정된다. 현재 지점에서 1킬로미터 지점. 우리가 먼저 출동할게.

씬/52   D, 몽타주

- 탐방로를 오르는 탐방객들의 핸드폰에 재난문자가 도착한다. '국립공원 내 백토골에 산불 발생. 인근에 있는 탐방객들은 즉시 대피하십시오'.

- 탐방로 입구에 울려 퍼지는 방송. '산불이 발생하여 입산을 통제합니다. 다시 한번 말씀드립니다. 산불이 발생하여 입산을 통제합니다'.

- 비법정 깊은 곳에서 백토골에서 피어오르는 검은 연기를 겁먹은 눈빛으로 바라보고 있는 일만처를 비롯한 아주머니들.

- 백토골 달귀숲으로 뛰어가는 이강과 구영. 산길 중간에 설치된 산불장비함에서 진화복을 꺼내 갈아입고 안전모, 방연마스크, 방염텐트, 불갈퀴 등 진화장비를 챙겨 들고 다시 뛰어가기 시작한다.

- 백토골 인근 산길을 순찰 중이던 일해와 수색1 역시 '비담 하나, 현재 1.5 킬로미터 지점. 우리도 출동한다'.

- 산 위 다른 대피소에서도 진화장비를 들고 무전 하며 출동하는 레인저들.

- 헬기장, 소방헬기 출동 준비를 시작하는 정비사.

씬/53 D, 본소, 복도

장비실에서 진화복으로 갈아입고 정문을 통해 다급히 출동하는 레인저들. 그런 복도로 나오는 현조, 답답함에 어찌할 바를 모르고 서 있는데, 장비실에서 드론 장비 들고 나오는 솔, 현조에게

솔   나랑 같이 가요. 다리 못 써도 할 일이 있으니까.

씬/54 D, 백토골, 달귀숲

달귀숲으로 뛰어오는 이강과 구영, 다가올수록 점차 시야에 연기가 가득하다. 그리고 점차 보이기 시작하는 화염. 아직은 지표층만 태우고 있는 불띠다.

구영   (무전으로) 달귀숲 도착!
이강   (주변을 둘러보며) 진화선 구축 시작!

* 자막 – 진화선 : 불이 번지는 것을 막기 위해 불에 탈 만한 것을 제거해놓은 지대

씬/55   D, 산길 일각

빠르게 달려와서 끼이익 멈춰 서는 순찰차량에서 내려서는 솔, 현조. 저 앞쪽으로는 산불이 만든 연기가 가득하다. 솔, 트렁크에서 가지고 온 박스들을 내려놓는다. 현조, 그 옆에서 도우면서

현조   이게 다 뭐예요?
솔   정찰조죠.

신속하게 드론 기기를 조작하는 솔, 드론의 전원과 통제장치의 전원을 켠 뒤 서서히 드론을 날리기 시작한다. 서서히 백토골을 향해 날아가는 드론.

씬/56   D, 백토골, 달귀숲, 몽타주

- 달귀숲 산불 발화 현장으로 뛰어오기 시작하는 일해와 수색1.

- 다른 곳에서도 뛰어오는 레인저1, 2의 모습 위로 들려오는 무전기 소리.

(소리1)   무진 하나, 백실 아래 2킬로 지점에서도 불길 확인. 진화선 구축 시작한다.
(소리2)   이석 둘, 달귀숲 북서쪽 방면 도착.
(소리3)   장터목 하나, 십 분 후 달귀숲 발화지점 도착 예정.

- 산을 뛰어오는 일해와 수색1, 진화선을 구축하고 있는 이강, 구영과 합류하는데 다른 곳에서도 속속들이 도착하는 레인저들.

일해	(이강에게) 어떻게 됐어?
구영	아직 수관화는 진행되지 않았어.

* 자막 – 수관화 : 나무의 가지와 잎까지 태우는 불. 그 과정에서 생성된 불티가 바람에 날려 비산화가 일어날 수 있기 때문에 매우 위험하다.

이강	바람도 아직 쎄지 않아. 진화선만 만들면 초동 진화가 가능해.

일해, 주변에 모인 레인저들을 바라보며

일해	알겠지만 진화차량 접근이 불가능해서 기계화장비는 쓸 수 없어. 간접 진화만 가능한 상황이야. 각자 진화선 확실하게 구축해. 특히 동남쪽 소나무 군락지로 퍼지는 것만은 막아야 해.

*자막 – 기계화장비 : 소형화된 자동기계로서 기동성과 편리성을 높인 산불진화장비. 소방차 접근이 어려운 산림지역에 주로 쓰인다.

일해의 말이 끝나기가 무섭게 각자 자리로 흩어지는 레인저들. 열기와 연기를 참아가며 진화선을 구축하기 시작한다.

씬/57   D, 산길 일각

드론을 날리고 있는 솔과 현조. 통제장치 모니터를 통해 전달되는 화면. 마른 숲 사이 긴 띠를 이루면서 타오르고 있는 화선에서 쉴 새 없이 검은 연기가 오르고 있는데 화두는 정상 능선 쪽을 향하고 있다.

솔	(무전으로) 자원 하나. 달귀숲 드론 촬영 중. 화두는 달귀숲 서북쪽 3킬로미터 지점. 정상 쪽을 향하고 있다.

* 자막 – 화두 : 불머리

솔, 무전을 치고 난 뒤 화면을 바라보며

솔   그래도 불행 중 다행이네요.
현조   (보면)
솔   달귀숲은 참나무가 주종인 극상림이에요. 참나무는 껍질이 두껍고 습기를 많이 머금고 있어서 수관화가 잘 이뤄지지 않아요. 화두만 잡는다면 초기 진화가 가능할 거예요.

그때 멀리에서 들려오는 헬기 소리.

솔   왔네요.

현조, 솔과 함께 하늘을 바라보면 저 멀리에서 날아오고 있는 소방헬기다.

씬/58   D, 백토골, 달귀숲

진화선을 구축하던 레인저들의 귓가에도 들려오는 헬기 소리. '피해!' 외치는 일해. 각자, 나무 아래, 바위틈 안쪽으로 안전모를 잡고 피하는 레인저들. 소방헬기가 지나가면서 순식간에 엄청난 물이 투하되면서 지표면의 불과 만나 하얀 연기가 솟아오른다.

씬/59   산길 일각

통제장치 모니터에 흰 연기가 가득하다.

솔   주불이 어느 정도 잡혔어요. 한 번 더 공중 투하를 하고 지상작업을 하면 초기 진화는 어느 정도 끝날 거예요.

하늘을 바라보는 현조. 서서히 해가 길어지고 있다.

씬/60   D, 백토골, 달귀숲

어느새 시간이 지나 황혼이 내려앉고 있는 달귀숲. 물에 젖고, 재투성이가
된 이강, 구영, 일해, 수색1을 비롯한 레인저들, 흩어져서 잔불 처리를 하고
있다. 어느 정도 진화가 끝난 현장을 둘러보는 일해.

일해   (무전으로) 초기 진화 완료. 뒷불 감시반 투입 바란다.

몇 시간 동안 진화에 전력을 다한 듯 주저앉는 이강. 그런 이강에게 물병을
건네는 구영.

구영   괜찮냐?
이강   괜찮겠냐?

물을 꿀꺽꿀꺽 마시는 이강과 구영에게 다가오는 일해.

일해   일단 비담대피소로 철수하자. 거기서 휴식을 취하다가 뒷불 감시 임무를 교
대할 거야.

일해, 이강과 구영에게 전파하고는 다른 레인저들을 향해 멀어지는데.. 가만
히 생각에 잠기던 이강, 구영에게

이강   이 주변에 산불 통제 현수막은 없겠지?
구영   무슨 소리야. 아직 현수막 걸리지도 않았어. 그리고 현수막을 왜 이 첩첩산
중에 달겠냐.
이강   그래.. 그렇지..

이강, 그럼에도 불구하고 일말의 불안감을 가지고 주변을 둘러본다.

씬/61   N, 해동분소 건물 밖

건물 밖에 와서 멈추는 솔이 운전하는 순찰차량.
현수막과 홍보물이 있는 박스를 가지고 내리는 현조.

솔   조심해서 들어가요.
현조   선배님은 다시 산에 가세요?
솔   예. 뒷불 감시반에 합류할 거예요.
현조   뒷불 감시는 언제까지 하는 거죠? 초동 진화한 레인저들도 모두 참여하나
         요?
솔   초기 진화도 중요하지만 뒷불 감시도 중요해요. 땅 아래에 숨어 있던 불씨
         하나가 더 큰 산불을 만들 수도 있거든요. 앞으로 3일 동안은 지켜봐야 해
         요.
현조   힘드시겠네요. 선배님도 조심하세요.

         솔, 미소로 인사하고는 차를 돌려 사라진다.

씬/62   N, 비담대피소 건물 밖

대피소 테이블 위에서 컵라면에 김치로 끼니를 때우고 있는 지친 얼굴의 이
강, 구영, 일해.

일해   아우 힘들어. 젓가락 들 힘도 없네.
구영   (바로 일해 컵라면에 젓가락 꽂으며) 그럼 내가 먹어줄게.
일해   안 치워? 감히 팀장 라면을 넘봐.

         구영, 일해, 투닥거리고 있는데.. 대피소로 다가오는 헤드랜턴들. 보면 다른
         곳에서 합류한 듯한 레인저들과 그 뒤를 따르고 있는 일만처를 비롯한 아

줌마들이다. 이강, 일만처와 시선 마주치고 멈칫.. 일만처는 보기 싫다는 듯 시선 돌리는데..

일해 (레인저1에게) 뭐야?

레인저1 불법 약초 채취. 밤이라 산 아래까지는 무릴 것 같아서 이쪽으로 모시고 왔어. (뒤돌아 아줌마들에게) 가지고 오신 배낭들 다 열어보세요. 모두 압숩니다.

아줌마들, 짜증나고 힘 빠지는 얼굴로 와서 배낭들을 내려놓는다.
배낭을 열어보는 일해.

일해 가시오갈피에 상황버섯에 많이도 따셨네.

레인저1 2박 3일 동안 따셨대.

구영 힘드셨겠네. 빨리 신분증 주시고 들어가서 쉬세요.

아줌마들, '아이구 진짜 너무들 하네' '어렵게 캔 건데' 구시렁대면서 어쩔 수 없이 신분증을 꺼내기 시작하는데.. 이강, 일만처의 가방 안에 약초들과 함께 들어 있는 반으로 잘린 현수막 천을 힐긋 본다.

씬/63 N, 해동분소, 사무실

현수막과 홍보물이 담긴 박스를 들고 사무실로 들어서는 현조. 상황실에서 수치를 확인하고 있던 대진과 마주친다.

현조 다녀왔습니다.

대진 솔이랑 드론팀 다녀왔다며? 수고했어.

현조 양선 선배는 본소에서 마무리하고 들어온대요. (박스를 테이블에 내려놓으며) 이건 어떡할까요?

대진 내용물 확인해서 품목별로 창고에 정리해놓으면 돼.

현조 알겠습니다.

현조, 박스를 밀봉한 테이프를 뜯어 열어보다가 내용물을 확인하고 눈빛 멈
칫한다. 산불 통제 현수막의 글씨가 붉은색이다.
(색깔은 다르기만 하면 됩니다. 현장에서 임의로 정하셔도 돼요)

- 인서트
- 6부, 63씬. 쓰러진 나무 아래 보이는 초록색 글씨의 '산불 통제'.

- 다시 해동분소 사무실로 돌아오면
이게 뭐지? 현수막을 꺼내서 펼쳐보는 현조. 더욱 확연하게 보이는 붉은색
의 '산불 통제' 글씨. 대진, 의아한 눈빛으로 다가와

대진   왜 그래? 뭐 문제라도 있어?
현조   (당황해서 보다가) 현수막 글씨 색깔이.. 원래 빨간색인가요?
대진   뭐 그때그때 다르지. 해마다 통제 기간이 다르니까 그때마다 새로 뽑거든.
현조   (생각하다가) ..작년에는요?
대진   작년? 글쎄..
현조   혹시 초록색 아니었어요?
대진   그랬던 것 같은데... 그건 왜?
현조   작년에 썼던 현수막은 어디에 있나요? 따로 모아놓는 곳이 있나요?
대진   그걸 왜 모아놓겠어. 산불 통제 끝나면 바로 폐기하지.

현조, 올해 현수막을 내려본다. 잘못 본 건가? 혼란스러워하는데..

대진   가끔 폐기하려고 내놓은 현수막을 가져가는 사람들도 있긴 해.
현조   누가요?
대진   산에 약초 캐러 다니는 사람들. 방수가 되니까 잘 때 덮고 자기도 하고 잘
       라서 방석처럼 쓰기도 하고..

씬/64   N, 비담대피소 건물 밖

압수한 약초들을 모으고 있는 일해, 구영 등 레인저들을 조금 떨어진 곳에서 바라보고 있는 이강. 그때 울리는 핸드폰. 현조다.

이강   어, 왜.

씬/65 N, 해동분소 건물 밖

건물을 나와 이강에게 전화를 걸고 있는 현조.

현조   올해 현수막이 아니었어요.
이강(소리) 뭐?
현조   내가 봤다는 현수막이요. 작년 거였어요.

씬/66 N, 비담대피소 건물 밖

이강, 현조의 얘기에 눈빛 굳는다.

이강   초록색 글씨?
현조(소리) 예. 그게 어디 있는지만 알아내면 산불이 나는 장소를 알아낼 수 있어요.

이강, 잠시 생각하다가 주변을 두리번거린다. 저 멀리에서 연신 어디론가 전화를 걸고 있는 일만처를 발견하고는

이강   내가 다시 걸게.

전화 끊고 일만처에게 다가가는 이강.

일만처   (계속해서 핸드폰으로 전화를 걸면서) 얘들이 왜 이렇게 전화를 안 받아.

하다가 다가오는 이강을 보고 눈빛 차가워지며 시선 외면하려는데

이강   아까, 배낭에 있던 거요. 작년 산불 통제 현수막인가요?
일만처   그건 또 왜요? 버리려고 내놓은 거 갖고 온 것도 법에 걸려요?
이강   한 장만 가져간 거예요? 아니면 다른 현수막들도 가져갔나요?
일만처   가져갔으면 왜요?

불길한 느낌이 점점 커지는 이강, 다급히

이강   그거 어디에 뒀어요?

기분 나쁜 눈빛으로 이강을 바라보는 일만처.

씬/67   N, 해동분소 건물 밖

현조, 이강과 통화하면서 주차장으로 이동하고 있다.

현조   창고요? 구렁이 찾은 거기 말하는 거죠?

씬/68   N, 비담대피소 건물 밖

건물 밖 나무 데크 테이블 위에 놓인 자신의 배낭을 챙기면서 현조와 통화
중인 이강.

이강   맞아. 나도 내려갈 테니까 거기서 보자. 소나무 군락지로 가면 지름길이니
        까 오래 걸리지는 않을 거야.

씬/69   N, 해동분소, 주차장

'알았어요' 대답하고 끊는 현조, 주차장에 세워진 순찰차량에 올라타서 출
발하는데.. 점점 멀어지는 순찰차량의 모습을 숨어서 바라보는 듯한 누군가
의 시선.

씬/70   N, 국도 일각

늦은 밤, 가로등도 없는 어두운 국도를 달리는 순찰차량. 불안한 눈빛으로
인적 하나 없는 국도를 주시하며 액셀을 밟고 있는 현조.

씬/71   N, 일만의 집 앞

빠르게 달려와 멈춰 서는 순찰차량에서 내리는 현조.
창고도 집도 불이 꺼진 채 조용하기만 한 일만 집.
다급히 차에서 내려 절룩거리며 창고로 다가간다.

씬/72   N, 일만네 창고 안

현조, 어두운 창고 안으로 들어서며

현조   계십니까? 국립공원에서 나왔습니다.

더듬더듬 벽면을 만지다가 불을 켜고 주변을 샅샅이 둘러보는데 어디에도
현수막은 보이지 않는다.

씬/72-1 N, 일만네 창고 밖

답답한 얼굴로 창고 건물을 나서서 차를 향해 다가가던 현조. 창고 건물 뒤쪽에 불이 켜진 또 다른 작은 창고 건물을 발견하고 멈칫.. 그쪽으로 다가간다. 그런 현조를 지켜보는 누군가의 시선.

씬/72-2 N, 또 다른 일만네 창고 안

'끼이익' 문이 열리며 들어서는 현조. 구렁이가 있던 창고보다 작은 규모의 건물 안으로 천천히 들어서다가 안에서 놀고 있던 듯한 일만네 아이들과 시선 마주친다. 아이들, 겁먹은 듯 한쪽 선반 뒤쪽으로 숨는데..

현조   얘들아. 아저씨, 나쁜 사람 아냐. 나 기억 안 나? 국립공원 아저씨야..

아이들을 안심시키려는 듯 다가가던 현조, 아이들이 숨은 선반 위쪽에 아무렇게나 쌓여 있는 작년 현수막들을 발견하고 놀라서 멈춰 선다. 초록색으로 적힌 '산불 통제'. 여기구나.. 눈빛에 불안감이 감도는데..
그때, 문 쪽에서 들려오는 '끼이이익' 소리. 돌아보는데 철컹 닫히는 문. 놀라서 바라보는 현조와 아이들.

씬/73 N, 일만네 창고 밖

닫힌 창고 문밖, 빗장을 거는 검은 등산용 장갑을 낀 손.

씬/74 N, 일만네 창고 안

놀라서 달려와 닫힌 문을 열어보려 하지만 굳게 닫힌 철문은 꿈쩍도 하지 않는다. 불안한 눈빛으로 다시 '쾅쾅쾅' 문을 두드리는 현조.

현조   여기요. 밖에 아무도 없어요? 여기요!!

하지만, 밖에서는 아무 인기척이 느껴지지 않는다. 당황한 현조, 핸드폰을
찾아보는데 핸드폰이 없다.

- 인서트
- 집 밖에 세워진 순찰차량 조수석에 떨어져 있는 현조의 핸드폰.

- 다시 창고 안으로 돌아오면
현조, 놀라서 바라보는 아이들을 돌아보며

현조   집에 어른 안 계시니?
큰애   엄마 산에 가시고 아무도 안 계세요.

현조, 당황한 눈빛으로 주변을 둘러본다.

씬/75   N, 백토골, 소나무 군락지

랜턴에 비춰진 어두운 산길을 따라 산을 내려오고 있는 이강. 강하게 부는
밤바람을 등지면서 소나무 군락지로 접어든다. 빽빽하게 난 소나무들 사이
를 지나 빠르게 전진하는데.. 순간 랜턴 불빛에 불씨 하나가 획 지나간다.
놀라서 멈칫하는 이강, 불안한 시선으로 주변을 둘러보는데..

씬/76   N, 백토골, 달귀숲/소나무 군락지

진화가 끝난 숲 여기저기에 퍼진 레인저들, 불갈퀴로 땅을 파헤치며 혹시라
도 지표면 아래에 불씨가 숨어 있을까 찾고 있는데.. 그런 레인저들을 비추
던 화면. 서서히 그 옆쪽으로 검게 탄 풀, 바위 등을 따라 이동하는데 검은
재들 사이 땅 안쪽에서 희미하게 보이는 붉은 불씨들. 불어오는 바람에 하

나둘씩 날리기 시작한다.

밤하늘을 너울너울 반짝이며 춤추듯이 날아가는 불씨들. 어둠에 휩싸인 끝도 보이지 않는 소나무 군락지로 날아가던 불씨들, 서서히 소나무에 내려앉는 순간, 파르륵 타오르기 시작하는 소나무 한 그루.

달귀숲에서 소나무 군락지 쪽 방면 뒷불 감시를 하던 레인저들 중 한 명, 그 모습을 놀라서 내려다보고..

씬/77 N, 또 다른 소나무 군락지

불안한 시선으로 뒤돌아보던 이강의 시선에도 저 위쪽에서 파르륵 타오르기 시작하는 소나무의 불길이 보인다. 놀라서 바라보는 이강, 다급히 무전기를 꺼내 든다.

이강   해동 하나! 달귀숲 아래 소나무 군락지! 발화가 감지됐다! 반복한다!

씬/78 N, 산, 능선 위

진화복을 갖춰 입고서 능선으로 뛰어오는 구영, 일해를 비롯한 레인저들. 능선 위에 도착해 뭔가를 바라보고 놀라서 멈춰 선다. 불길과 화염에 주홍빛으로 물든 밤하늘 아래, 달귀숲 아래쪽 소나무 군락지가 맹렬히 타오르고 있다. 쉴 새 없이 뿜어져 나오는 황동색 연기.

구영   소나무 군락지야. 송진에 불이 붙으면 간접 진화만으로는 불길을 잡을 수 없어. 야간이라 헬기도 못 뜨잖아.

일해   그것보다 더 중요한 게 있어. 밤에는 정상에서 산 아래로 산풍이 불어. 잘못하면 민가까지 번질 수 있어.

충격에 휩싸여 불타는 소나무 군락지를 내려다보는 레인저들.

씬/79   N, 백토골, 소나무 군락지

이강, 점점 불이 붙기 시작하는 소나무 군락지를 어찌할 바를 모르고 바라본다. 이젠 불씨가 아니라 타기 시작한 솔방울들이 여기저기 튀기 시작하면서 더 큰 불씨들을 만들고 있는데..
순간 이강을 향해 강하게 불어오는 바람과 함께 빠르게 이강을 향해 다가오는 불길들. 이강, 뒤돌아서 빠르게 뛰기 시작하는데 그 뒤로 마치 이강의 뒤를 쫓듯이 불길이 솟구치기 시작한다.

씬/80   N, 일만네 창고 밖

소나무 군락지에서 난 거센 산불 때문인 듯 창고 인근 밤하늘이 점차 주홍빛으로 물들어오고 있다. 그런 밤하늘을 바라보고 있는 누군가의 시선. 검은 등산용 장갑을 낀 손으로 종이에 불을 붙여 창고 인근에 있는 나무들에 던진다.

씬/81   N, 일만네 창고 안

물건들을 아슬아슬 쌓아놓고 그 위로 오르고 있는 현조. 창고 천장 아래 뚫린 작은 창문까지 겨우 손이 닿는다. 창문을 힘껏 열어보지만, 열리지 않는다. 하.. 답답한 낯빛으로 창밖을 바라보는데 창문 밖으로 붉은 화염이 느껴진다. 놀라서 보면 창고 주위의 나무들이 불타고 있다.
낯빛이 굳는 현조. 다급히 바닥으로 내려선다. 아이들 중 큰아이 뭔가 불안함을 느낀 듯

큰애   아저씨.. 괜찮아요?

현조, 눈빛 여전히 불안하지만

현조   괜찮아. 거기 있어.

현조, 그런 아이들을 보다가 '쾅' 잠긴 창고 문을 향해 몸을 부딪친다. 그러나 문은 열리지 않는다. 창문 밖에서 서서히 스며들기 시작하는 매캐한 연기. 현조, 더욱 절박한 눈빛으로 '쾅' '쾅' 연신 문을 향해 몸을 부딪쳐보지만, 문을 열리지 않는다.

씬/82   N, 백토골, 소나무 군락지

불길을 피해 소나무 군락지를 뛰어 내려가고 있는 이강. 그런 이강의 뒤를 쫓는 불길들. 불화살처럼 쏟아져 내리는 솔방울들. 아슬아슬 이강을 덮치려는 찰나, 이강, 커다란 바위들 아래로 굴러 떨어진다.
불길은 피했지만 여기저기 타오르는 연기들. 이강, 거친 숨을 내쉬면서 고개를 들다가 멈칫.. 눈빛이 흔들린다. 이강의 눈앞에 흙 사이에 파묻힌 백골 사체. 그 곁에는 백골 사체가 신었던 듯한 신발과 옷가지들.

이강   세욱이..

빠르게 다가오고 있는 붉은 화염과 매캐한 연기 속, 떨리는 눈빛으로 세욱의 백골 사체를 바라보고 있는 이강의 모습과 창고 안에 갇힌 채 어떻게든 문을 열어보려고 몸을 부딪치는 현조의 모습 교차되면서..

8 부

다음번에 또다시 범인이 날 노릴 때,
산이 뭔가를 보여줄 거예요. 어떤 일이 벌어질 건지..

씬/1   N, 2019년, 몽타주

- 부감으로 보이는 달귀숲 아래 소나무 군락지.
맹렬하게 타오르고 있는 소나무들. 강한 바람을 타고 비산되는 불들. 불붙은 솔방울들이 탄환처럼 빠르게 날아다니며 불을 옮기고 있다. 강풍을 타고 뜨겁게 타오르는 불길들, 산 아래 반짝반짝 불이 켜진 민가로 향하고 있다. 그 위로 들려오는 다급한 무전 소리.

(소리)   본소 상황실이다. 달귀숲 아래 소나무 군락지에 산불 발생. 현재 강풍을 타고 분당 80미터의 속도로 진행 중. 화두의 방향은 소나무 군락지 아래 남동쪽 진계리 방향이다.

- 본소 주차장, 세워진 진화차량들로 달려오는 레인저들. 다급한 얼굴로 하나둘씩 출발한다.

- 무진분소 앞, 순찰차량에 다급히 올라타며 출발하는 레인저들.

- 국도 일각, 순찰차량을 타고 달려가는 레인저들의 모습 위로

(소리)   각 분소, 대피소의 모든 레인저들. 최소 인원만 남기고 출동해서 소나무 군락지 아래에 방화선을 구축한다. 산불이 민가로 퍼지는 걸 막아야 한다.

- 소방서에서 사이렌을 켜고 출동하고 있는 소방차들.

- 파출소 앞에서 순찰차에 올라타는 웅순과 박순경.

씬/2   N, 소나무 군락지 남동쪽 아래 진계리 일각

꽤나 산불이 가까워진 듯 산 쪽의 하늘이 붉게 불타고 있고, 조금씩 불씨들이 날아다니고 있는 진계리 마을. 주민들, 불안한 눈빛으로 나와서 산 쪽을 바라보고 있는데..
하나둘씩 빠르게 도착하기 시작하는 소방차들과 레인저들의 순찰차량과 진화차량들. 뒤이어 도착하는 웅순과 박순경이 탄 순찰차. 소방차에서 내려서는 소방대장을 비롯한 소방관들. 순찰차량에서 내려서는 대진을 비롯한 본소와 분소의 레인저들. 소방대장과 대진, 웅순과 박순경 모여드는데..

소방대장   현재 상황은요?
대진   1킬로미터 근방까지 내려왔어요. 만약을 대비해서 주민들을 대피시켜야 합니다.
웅순   이장님과 상의해서 바로 조치하겠습니다.
대진   (소방대장 보며) 산 위는 우리가 맡을 테니까 민가로 불이 옮겨붙지 않도록 예방조치 해주세요.

회의를 끝낸 뒤 각자 흩어지는 소방대장과 대진, 웅순.
대진, 레인저들에게 '진화장비 갖춰서 올라간다!' 외치고, 진화복, 안전모, 불갈퀴를 갖춘 레인저들, 대진의 뒤를 따라 산으로 향하고..

씬/3   N, 소나무 군락지 남동쪽 아래 산 일각

불어오는 매캐한 검은 연기와 여기저기 날아다니는 불씨들을 뚫고 빠르게 올라오는 대진과 레인저들. 대진, 주변을 확인한 뒤 멈추라는 신호와 함께

대진 여기부터 1차 방화선을 구축한다! 방화선은 최대한 깊게 파야 해. 불에 탈 만한 낙엽, 나뭇가지들, 마른 풀들 하나라도 남아 있어선 안 돼!

대진의 말이 떨어지기가 무섭게 불갈퀴를 이용해서 방화선을 구축하기 시작하는 레인저들.

씬/4 N, 몽타주

- 소나무 군락지 남동쪽 아래 진계리 일각. 벌겋게 달아오르는 하늘 아래 벌써 날아다니기 시작하는 불씨들. 소방대장의 지휘 아래 산과 인접한 민가들 지붕과 마당에 소방호스로 물을 뿌리는 소방관들. 산불로 인한 열기로 지붕에 뿌려진 물에서 수증기가 올라온다.

- 주유소 건물 주변에 날아오는 불씨들을 진화하는 소방관들.

- LPG충전소 앞에도 소방차를 타고 출동한 소방관들이 내려서 물을 뿌리기 시작한다.

- 감나무집. 텅 빈 홀에 혼자 앉아 지역뉴스 특보가 흘러나오는 텔레비전을 걱정스러운 눈빛으로 바라보고 있는 문옥. '전북 대백면 진계리와 면해 있는 지리산 국립공원 일대에 산불이 발생했습니다'라는 앵커의 멘트.

- 마을회관. 뉴스를 이어가는 앵커. '인근 지역에 거주하시는 주민 여러분께서는 각별히 주의하시기 바랍니다'. 먼저 피신을 온 듯 불안한 얼굴로 삼삼오오 모여 있는 주민들 역시 뉴스를 예의 주시하고 있다.

– 마을 곳곳에 울리는 이장의 방송 소리. '현재 산불이 우리 마을을 향하고 있습니다. 주민 여러분께서는 신속하게 대피해주시기 바랍니다'. 당황한 낯빛으로 우왕좌왕 걸어 나오는 주민들. 확성기를 잡고 '이쪽이에요! 마을 회관으로 대피하시면 됩니다!' 주민들을 안내하고 있는 웅순과 박순경의 모습에서.. 서서히 하늘 위로 오르기 시작하는 화면. 부감으로 보이는 마을을 감싸고 있는 산. 소나무 군락지에서 마을을 향해 맹렬하게 내려오고 있는 산불의 모습에서 서서히 남서쪽 방향에 위치한 조용하고 어두운 해동마을 쪽을 비추는 화면. 해동마을의 가장 끝, 일만네 창고 인근에서 일렁거리고 있는 작은 화염과 검은 연기.

씬/5   N, 일만네 창고 안

검은 연기가 새어 들어오고 있는 창고 안. 어떻게든 탈출구를 찾으려는 듯 창고 벽면 쪽에 아슬아슬 짐들을 쌓아놓고 올라가 천장 바로 아래에 위치한 창문을 열어보려는 현조. 하지만 열리지 않는 창문. 창문 밖을 비추면 열리지 않도록 바깥쪽에 박혀 있는 녹슨 못. 있는 힘을 다해 창문을 밀다가 결국 쌓아놓은 짐들이 무너지면서 바닥으로 떨어져 구르는 현조. 연기에 뒤이어 뜨거운 열기가 느껴진다. 걱정되는 듯 콜록거리는 아이들을 바라본다. 큰애가 동생들을 감싸 안고 있는데 겁먹은 듯 울음을 터뜨리는 동생들. 현조, 다급히 주변을 둘러보다가 현수막 천을 발견하고 현수막 천으로 아이들을 감싸준다.

현조   이거 방염처리가 된 거니까 어느 정도는 열기를 막아줄 거야. 꼭 쓰고 있어.

하고는 다시 탈출구를 찾아보려 뒤를 돌려는데 현조를 잡는 큰애.

큰애   구멍이 하나 있어요.

놀라서 바라보는 현조. 큰애, 창고 쪽 어디론가 쪼르르 다가가 벽면을 가린 짐들을 치우기 시작한다. 현조, 역시 다가가 큰애를 도와 짐을 치우자 벽면 아래에 드러난 작은 개구멍. 하지만 현조는 물론이고 아이들이 나가기에도 턱도 없이 작다.

현조, 창고 안을 둘러보다가 삽을 발견하고 가지고 와서 빠른 속도로 파기 시작한다. 연기가 더욱 심해지고 있다.

씬/6   N, 해동분소 인근 탐방로 입구

빠르게 내려오는 일해, 구영을 비롯한 레인저들. 그 뒤를 따르고 있는 장터목과 비담대피소에서 묵은 듯 보이는 탐방객들과 일만처와 아주머니들.
일해를 비롯한 다른 레인저들 지체할 틈이 없는 듯 뛰어가고 그들 중 마지막에 섰던 구영, 탐방객들에게

구영   산불이 없는 곳으로 가세요. 산 근처에 계시면 위험합니다.

구영, 뛰어서 앞서간 일해 일행과 합류한다.
불안한 얼굴로 그런 레인저들을 바라보는 일만처.

씬/7   N, 일만네 창고 안

더욱 심해진 연기와 점차 커지기 시작하는 화염. 땀을 뚝뚝 흘리면서 개구멍을 파고 있는 현조. 어느 정도 크기가 되자 현조, 아이들을 뒤돌아보며

현조   이리 와.

다가오는 아이들을 큰애부터 하나둘씩 밖으로 피신시키는 현조. 아이들을 모두 밖으로 내보내고 난 뒤 자신도 나가보려 하지만 어른이 나가기에는 너무 좁다. 어떻게든 나가보려 애쓰지만 나갈 수가 없다. 구멍 밖으로 아이들을 바라보는데 뒤쪽에도 불길이 치솟기 시작한다.

현조   (다급히) 먼저 가!

동생들을 감싸고 선 큰애, 겁이 나는 듯 현조만 바라보고 서 있다.

현조   빨리 가! 마을로 가서 어른들한테 도와달라고 해!

현조가 다그치자, 큰애, 동생들을 데리고 마을로 향하는 진입로로 뛰어가
는데 아이들이 뒤집어쓰고 있던 현수막 천 하나가 바닥에 떨어진다. 순간
아이들이 뛰어가던 진입로에서 활활 불타오르고 있던 커다란 나무가 화염
을 이기지 못하고 우지끈 바닥에 있던 현수막 위로 떨어지면서 현수막 천에
도 불이 붙기 시작한다.
구멍 너머로 그 광경을 지켜보던 현조, 멈칫한다. 자신이 봤던 바로 그 편린
이다. 현조, 불안한 얼굴로 아이들을 바라보는데 불타오르는 진입로를 바라
보던 큰애, 주변을 둘러보다가 반대편으로 뒤돌아 그나마 안전해 보이는 산
을 향해 동생들을 데리고 뛰어 올라가기 시작한다. 현조, 불길한 예감이 드
는 듯 눈빛 떨려오며 어떻게든 좁은 구멍을 빠져나가려 하지만, 쉽지가 않
다. 그때, 창고 안쪽으로 더욱 거세지기 시작하는 화염. 금방이라도 현조가
위험해질 듯한데..

씬/8   N, 일만네 집 인근 마을 일각

쓰레기봉투를 들고 집 밖으로 나오는 아주머니. 봉투를 버리고 들어가려다
가 뭔가를 보고 놀라서 멈칫한다. 저 멀리 일만네 창고 쪽에서 타오르고 있
는 화염이다.

씬/9   N, 소나무 군락지 남동쪽 아래 진계리 일각

소방대장, 민가 지붕 위로 물을 뿌리고 있는 소방관들을 지휘하고 있는데
무전기가 울리기 시작한다. '해동마을 518번지. 화재 발생 신고. 반복한다.

해동마을 518번지 화재 발생 신고'. 소방대장, 놀라서 바라보다가 '화재 신고! 최소 인원만 남기고 출동한다!' 다급히 호스들을 정리해서 소방차를 향해 달리기 시작하는 소방관들. 사이렌을 켜고 빠르게 마을을 빠져나가는 소방차들을 불안한 눈빛으로 바라보는 주민들.

씬/10   N, 일만네 집 인근 도로 일각

사이렌을 켜고 일만네 쪽으로 다가오고 있는 소방차들.
이웃주민들, 소문을 듣고 나온 듯 불안한 눈빛으로 일만네 집을 바라보고 있다가 길을 비켜준다. 빠르게 내려서 소방호스를 풀면서 화염에 휩싸인 일만네 창고 주변 진입로를 진화하기 시작하는데..
주민들 뒤쪽으로 뒤늦게 도착한 일만처. 불이 난 자신의 집을 넋이 나가 바라본다. 이웃주민들 중 아줌마1이 일만처를 알아보고

아줌마1	아이구 이제 오믄 어떡해.
일만처	(보다가) 애들.. 애들은?
아줌마1	같이 있었던 거 아냐?

일만처, 패닉이 되어 타오르는 창고를 보다가 주변 주민들한테 '우리 애들 못 봤어? 우리 애들 못 봤냐구?' 묻지만 주민들 모두 굳은 눈빛으로 고개를 젓는다. 일만처, 바들바들 떨리는 눈빛으로 소방대장에게 뛰어가서 ..

일만처	우리 애들! 애들이 저 안에 있어요!!

놀라서 창고 건물을 바라보는 소방관들. 순간, '콰쾅' 굉음과 함께 창고 건물에서 솟아오르는 화염. 믿기지 않는 눈빛으로 그런 모습을 바라보는 일만처. 소방관들 더욱 속도를 높여서 진화작업을 시작하다가 어느 정도 진입로가 확보되자 불길을 뚫고 창고 건물 안으로 뛰어 들어간다.

씬/11 N, 일만네 창고 안

호스로 물을 뿌리면서 안으로 들어서는 소방관들. 진화를 하면서 아이들을 찾아 두리번거리지만, 텅 비어 있는 창고 안. 그런 소방관들의 옆쪽, 창고 벽면 아래에 난 구멍을 비추는 화면. 현조의 옷이 찢겨진 채 걸려 있다.

씬/12 N, 일만네 창고 뒤편, 임도 일각

창고에선 난 불에서 밀려오는 듯 검은 연기가 자욱한 창고 뒤편, 임도.
절뚝절뚝 산을 향해 오르고 있는 현조. 창고 안에서 뜨거운 연기와 열기 때문에 부상을 입은 듯 어질어질 현기증이 심해 보이지만 어떡하든 한 발 두 발 아이들이 사라진 쪽을 향해 걷다가 결국 '쿵' 바닥으로 쓰러진다. 그런 현조의 시선 앞쪽, 땅에 떨어져 있는 무언가.. 현조, 그쪽을 향해 떨리는 손을 뻗는다.
그때 저 멀리 창고 쪽을 수색하던 소방관들 현조를 발견한 듯 뛰어온다. '괜찮아요?' '생존자 한 명 발견!' 소방관들 현조를 부축하려는데 현조의 손에 들린 무언가.. 막내아이가 신고 있던 신발이다.

현조 산.. 아이들이.. 산으로 갔어요..

씬/13 N, 산 일각

깊은 산, 울창한 수풀 사이에 우뚝 설치되어 있는 자동기상관측장비. 불어오는 바람에 풍속 풍향계가 '끼이이익' 천천히 돌아가고 있다.

씬/14 N, 본소, 상황실

여기저기서 울리는 전화벨 소리. 산불 관련 사항들이 적힌 서류들을 들고 분주하게 오가는 직원들 너머로 보이는 실시간 기상정보판의 풍향 표시판. 남동쪽을 가리키던 표시판의 글자. 깜박거리더니 남서쪽으로 변한다.

씬/15   N, 소나무 군락지 남동쪽 아래 산 일각

방화선을 구축하고 있는 대진을 비롯한 레인저들.
대진, 레인저들 뒤에서 '오른편으로 오 미터 전진!' 지휘하고 있는데.. 그러다가 문득 멈칫.. 이상한 듯 고개를 든다.

대진   바람이 변했어..

씬/16   N, 국도 일각

순찰차량을 타고 이동 중인 구영, 일해를 비롯한 레인저들. 운전 중인 레인저1, 무전기에 대고 '현재 진계리까지 2킬로미터. 방화선 구축 지점까지 20분 소요 예정'.
구영과 일해 모두 초조한 눈빛으로 창밖을 바라보고 있다. 국도 너머로 한눈에 들어오는 타들어가고 있는 소나무 군락지. 창밖으로 산불을 확인하던 일해. 문득 이상한 듯 눈빛 굳는다.

일해   잠깐만! 차 세워봐.

끼이익, 멈춰 서는 순찰차량. 내려서서 망원경으로 소나무 군락지의 산불을 바라보는 일해.

일해   화두 방향이 바뀌었어.

그때, '치치치칙' 울리기 시작하는 무전기.

(소리)   본소 상황실. 풍향이 남동쪽에서 남서쪽으로 바뀌었다. 화두의 방향은 소
        나무 군락지 아래 남서쪽. 산불이 해동마을로 향하고 있다.

        놀라서 서로 바라보는 일해와 구영, 다급히 차에 올라타며

구영   차 돌려!

        끼이이익 급발진 하는 순찰차량, 유턴해서 해동마을 쪽으로 향한다.

씬/17   N, 일만네 집 인근 도로 일각

        여기저기 세워진 소방차들과 앰뷸런스들. 그런 차들 사이에 와서 멈춰 서
        는 순찰차량. 구영, 일해와 레인저들 내려서서 저 앞쪽으로 웅성거리고 있
        는 구경 나온 주민들 사이를 뚫고 앞쪽으로 다가가는데.. 진화가 거의 끝난
        일만네 창고 근처에서 얘기를 나누고 있는 소방대장과 일만처다.

일만처   (손에 막내아이의 신발을 들고서) 제발 우리 애들 좀 구해주세요.
소방대장 (난감한) 지금 우리 진화장비로는 산에 올라갈 수가 없습니다. 방법을 알아
        보고 있으니까 조금만 기다려주세요.
일만처   시간이 없잖아요. 빨리 애들을 찾아야죠.

        그때, 차들 뒤쪽에서 또 다른 순찰차량들이 도착하는 소리들 들려오고..

일만처   샘터 사잇굴에 갔을 거예요. 밤늦게까지 안 보이면 맨날 거기 있었어요. 분
        명히 거기 있을 거예요. 제발.. 부탁이에요.

        그때, 뒤쪽에서 들려오는 대진의 목소리.

대진(소리) 샘터 사잇굴이 확실합니까?

사람들, 돌아보면 사람들 사이로 들어서고 있는 대진과 다른 레인저들이다. 먼저 와 있던 구영과 일해, 대진을 보고.. 대진, 소방대장과 일만처에게 다가오며

대진   우리가 올라갈게요. 아직 샘터까지는 불이 오지 못했을 겁니다.

순간, 일만처 긴장이 풀린 듯 주저앉아서 울음을 터뜨리며 자기도 모르게 연신 '감사합니다' 읊조린다.

소방대장   (대진에게) 산불 방향이 바뀌었다면서요. 괜찮겠어요?
대진   저쪽은 좁지만 임도가 뚫려 있어요. 소방차는 커서 통과 못 하겠지만, 우리 진화차량은 접근이 가능합니다. 기계화장비로 한번 해보죠. 소방인력은 민가 쪽을 맡아주세요.

대진, 뒤쪽의 레인저들에게

대진   진화차량, 기계화장비들 준비해!

진화장비들을 갖추고 진화차량에 올라타고 출발하는 레인저들. 구영, 뒤쪽에 세워진 순찰차량에서 안전모를 꺼내는데 옆쪽의 앰뷸런스에서 응급처치를 받던 현조, 구영에게 다가온다.

구영   (놀라서) 너 뭐야. 다쳤어?
현조   나도 같이 가게 해주세요.
구영   뭔 소리야. 산불까지 난 데를 그 다리로 어떻게 가려구.
현조   괜찮습니다.
구영   안 된다면 안 되는 줄 알아. (하다가 현조 주변 보며) 그런데 서이강은?
현조   (멈칫하는) 이강 선배요? 선배들하고 같이 내려온 거 아니었어요?
구영   너 만난다고 먼저 내려갔는데.. (불안한 얼굴로 현조를 보는) 소나무 군락지에서 마지막 무전이 왔었어. 여기서 너랑 만난 거 아니었어?
현조   아뇨.. 오지 않았어요.

불길한 얼굴로 붉게 물들어가는 산을 바라보는 현조와 구영.

구영   뭐야.. 그럼 서이강 걔도 아직 저기 있다는 거야? 걔 진화장비도 하나 없이
        내려갔단 말야.

        구영, 산을 보다가 안전모를 다급히 쓰면서

구영   미치겠네.

        현조를 두고 빠르게 산을 향해 뛰어 멀어지는 구영.

씬/18   N, 몽타주

        - 검은 연기를 뚫고 좁은 임도를 아슬아슬 올라가는 진화차량들과 레인저
        들.

        - 진화차량 각 펌프에 간선호스를 연결하고 호스를 들고 산을 오르기 시작
        하는 레인저들.

        - 방화선 구축 지점에 도착하는 레인저들.

대진   장터목, 세석, 무진, 본소팀은 여기 남아서 방화선 구축한다.

        대진, 구영과 일해, 레인저1, 2 등을 바라보며

대진   해동, 비담팀은 현장으로 들어가서 조난자들을 수색한다. 목적지는 샘터 사
        잇굴이다.

        대진의 말이 떨어지자 장터목, 세석, 무진, 본소팀들 진화선을 구축하기 위

해 일렬로 흩어지기 시작하고, 일해, 구영, 레인저1, 2 등은 분배기에서 분배된 호스를 나눠 들고 대진과 함께 연기와 열기가 자욱한 산 위로 오르기 시작한다.

씬/19   N, 일만네 집 인근 도로 일각

혼자 남겨진 현조, 어찌할 바를 모르고 검은 연기와 붉은 화염이 넘실거리는 산을 올려다본다. 답답한 눈빛으로 바라보다가 주변에 세워져 있는 레인저들이 타고 온 순찰차량을 보고 절뚝절뚝 다가와 차량에 올라타서 무전기를 켜자, '치치치칙' 산 위로 올라간 레인저들의 현장음이 들려오기 시작한다. 불어오는 바람 소리와 '타타타탁' 나무와 풀이 타들어가는 소리들이 깔리면서 '조심해! 4시 방향! 나무 쓰러진다!'는 일해의 목소리. '지선호스 남는 거 없어?' '3번 분배기 담당 누구야! 2번 호스 수압 좀 올려' 들려오는 레인저들의 다급한 무전 소리를 초조하고 무기력한 눈빛으로 듣던 현조. 문득 생각나는 듯 순찰차량 뒤 트렁크를 뒤지기 시작하는데 그 안에 놓인 드론 기기를 발견한다.

- 시간 경과되면
주홍빛 하늘 위로 둥실 떠오르고 있는 드론.
순찰차량 문을 열고 차량 운전석에 걸터앉은 현조, 통제장치를 들고 드론을 날려 보내기 시작한다. 통제장치 모니터를 통해 서서히 들어오기 시작하는 산의 모습. 강풍을 탄 화염이 빠른 속도로 이동하고 있다.

씬/20   N, 소나무 군락지 아래 산 일각

진화선 위쪽을 향해 호스를 뿌리면서 앞으로 전진하고 있는 대진, 일해, 구영, 레인저1, 2. 아래쪽보다 훨씬 더 많이 비산되는 불씨. 총알처럼 날아다니는 불붙은 솔방울들. 너울대는 화염들을 호스를 이용해서 꺼보지만, 뜨거운 연기와 열기에 쉽지만은 않는데..

그때, 구영의 진화복에 솔방울 하나가 날아들면서 불이 붙기 시작하는데 일해, 재빨리 호스로 물을 뿌리자 불씨가 꺼진다. 죽다 살았다는 듯 일해를 보고 고맙다 손짓하는 구영.

그때, 울리는 무전기. 본소의 직원이다.

(소리)   본소 상황실. 풍속이 점점 더 빨라지고 있습니다. 방화선 구축 완료됐나요?

    - 인서트
    - 방화선 구축 라인에서 방화선 구축을 하고 있던 장터목1, 무전기에 대고

장터목1   방화선 구축 삼 분의 일 진행됐습니다. 해동 비담팀 상황 어떠세요?

    - 다시 소나무 군락지 아래 산으로 돌아오면
    전진하던 대진, 무전기에 대고

대진   샘터 사잇굴까지 200미터 남았어.

대진의 무전이 끝날 즈음. 또 다른 곳에서 무전이 들어오는 듯 '치치치칙' 소리와 함께 '조난자... 발생했나요?' 들렸다 말았다 무전기 너머에서 들려오는 이강의 목소리. 놀라서 멈칫하는 일동.

구영   (무전기에 대고) 서이강 너야?

또다시 들려오는 '치치치치칙' 잡음에 뒤이어 들려오는 이강의 목소리.

이강(소리) 서이강입니다! 소나무 군락지 남서쪽 사면으로 하산 중.

씬/21   N, 소나무 군락지, 또 다른 남서쪽 사면

산을 가득 메운 검은 연기를 뚫고 날듯이 바위 위에서 뛰어내려 착지하는

이강. 산불을 피해 뛰어 내려온 듯 여기저기 검은 재투성이지만, 몸놀림은 평소와 다름없이 가볍다.

이강   (무전기에 대고) 샘터 사잇굴. 10분 거리에 있습니다. 제가 먼저 가볼게요!

씬/22   N, 일만네 집 인근 도로 일각

드론을 날리고 있던 현조, 무전기 너머에서 들려오는 이강의 목소리에 눈빛 반짝한다.

현조   선배..

씬/23   N, 소나무 군락지 아래 산 일각

무전기 너머의 소리를 듣다가 무전을 하는 구영.

구영   아이들 세 명이야. 우리도 곧 올라갈게!

무전을 끄는 구영을 보는 대진.

대진   서둘러. 시간이 없어.

호스로 진화를 하면서 위로 향하는 대진, 구영, 일해, 레인저1, 2.

씬/24   N, 일만네 집 인근 도로 일각

일말의 기대감을 가진 채 드론을 날리는 현조. 통제장치 모니터를 통해서 산을 내려다보지만, 붉게 타오르는 화염 때문에 샘터 사잇굴이 잘은 보이지 않는다. 그 사이로 언뜻 보이는 문이 닫힌 산불장비함.

씬/25   N, 샘터 사잇굴

붉게 물든 하늘. 바람을 타고 비산되는 불씨들 사이, 샘터 사잇굴로 다가서
고 있는 이강. 빨치산들이 사용하던 비트였던 듯 중첩된 바위들이다.
이강, 불씨들을 피해 빠르게 다가서서 바위틈 사이를 내려다본다. 어두
운 바위틈 사이. 아이들이 아지트로 사용한 듯 널려 있는 싸구려 장난감들.
그리고 한쪽에 옹기종기 붙어 있는 겁먹은 눈빛의 아이들이다.
이강, 무사한 아이들의 모습에 짧게 안도의 한숨을 내쉬며

이강   얘들아. 나와. 같이 내려가자.

아이들, 겁나는 듯 뒤쪽으로 물러선다.

이강   그 안은 낙엽들이 많아서 위험해. 어서 나와.

손을 내미는 이강. 큰애, 그런 이강을 바라보기만 한다.
순간, 화르륵 불어오는 뜨거운 바람. 이강, 고개 들어 앞을 바라보면 거대한
화염이 빠르게 다가오고 있다. 놀라서 바라보는 이강의 눈빛에서..

씬/26   N, 일만네 집 인근 도로 일각

드론으로 샘터 쪽을 보고 있는 현조.
순간, 커다란 화염이 샘터를 휩쓸고 지나간다. 자기도 모르게 멈칫한다.

씬/27   N, 샘터 사잇굴 인근, 산 일각/샘터

호스로 진화를 하면서 빠르게 올라가고 있는 대진, 구영, 일해, 레인저1, 2.
점점 더 열기가 심해진다. 순간, 열기를 담은 공기가 빠르게 다가온다.
다들 가까운 바위 뒤쪽으로 몸을 숙여 바람을 피한다. 거칠게 숨을 내쉬면
서 앞쪽을 바라보는데 화염이 가득하다.

대진 기운 내. 조금만 더 가면 샘터야.

다시 일어서서 호스로 열기를 식히면서 앞으로 나아가는 일동.
일해, 한 발 앞으로 내딛는데, 신발 밑창이 뜨거워서 눌어붙는다. 다급히 호
스로 신발에 물을 뿌리는 일해. 옆을 보면 다들 열기로 숨이 거칠어져 있다.
한 발 한 발 힘겹게 앞으로 나아가다가 순간 멈춰 서는 사람들.
샘터 너머 보이는 사잇굴. 바위들 틈 사이에 화염이 가득하다. 놀라서 바라
보는 사람들. 타오르는 사잇굴을 바라보다가.. 구영, 떨리는 손으로 무전기
에 대고

구영 이강아. 어디야?

무전기 너머는 '치치치칙' 잡음만이 가득할 뿐, 대답이 없다.

구영 서이강!!

씬/28 N, 일만네 집 인근 도로 일각

차 안에서 들려오는 무전기 소리에 귀를 기울이고 있는 현조.

구영(소리) 이강아! 대답해!

하지만 계속해서 대답이 없는 이강.
'치치치치칙' 불길한 잡음들.. 현조의 눈빛 떨려온다.

씬/29 N, 샘터 사잇굴

그저 멍하니 불길에 휩싸인 사잇굴을 바라만 보고 있는 대진, 구영, 일해, 레인저1, 2. 대진, 사잇굴을 바라보다가 결심한 듯 한 발자국 앞으로 나아간다. 옆에 서 있던 일해, 그런 대진을 잡는다.

일해   안 됩니다.
대진   조금만 더 찾아보자.
일해   돌아가야 합니다. 더 이상은 무리예요.

서로 바라보는 대진, 일해. 구영과 레인저1, 2.
눈빛이 어두워진다.

씬/30 N, 일만네 집 인근 도로 일각

초조한 눈빛으로 순찰차량 안의 무전기를 바라보고 있는 현조의 귓가에 들려오는 대진의 목소리.

대진(소리) 해동 비담팀. 생존자 수색 실패.. 진화선 구축팀으로 복귀한다..

현조, 순간 그 소리에 마음이 내려앉는 듯.. 멍해지는 눈빛.

씬/31 N, 몽타주

- 방화선을 구축하고 있던 레인저들, 무전기 소리를 듣고 눈빛 어두워진다.

- 붉은 하늘, 불씨가 떨어지고 있는 일만네 인근 도로 일각. 주저앉아 있는 일만처, 불타오르는 산을 바라보며 눈물을 뚝뚝 흘리고 있다.

- 샘터 인근 산 일각. 점점 더 심해지는 불씨들. 대진, 구영, 일해, 레인저1, 2, 뒤로 뒤로 빠르게 물러서고 있다.

씬/32   N, 일만네 집 인근 도로 일각

멍하니 드론의 통제장치를 들고 차 안에 앉아 있는 현조.
순간, 통제장치에 배터리 부족 경고음이 뜬다. 그 소리에 천천히 고개 돌려 통제장치 모니터를 바라보던 현조의 눈빛, 흔들린다. 모니터에 녹화된 화면을 빠르게 되돌려보기 시작하는데..

씬/33   N, 샘터 인근 산 일각

화두를 피해 빠르게 산을 내려오고 있는 대진, 구영, 일해, 레인저1, 2. '치치치칙' 소리와 함께 울리기 시작하는 무전기 소리.

현조(소리) 대장님! 산불장비함이요!

무전 소리에 멈칫하는 대진 일행.

씬/34   N, 일만네 집 인근 도로 일각

순찰차량 안에서 무전을 하고 있는 현조.

현조 산불장비함 문이 분명히 닫혀 있었는데 지금은 열려 있습니다.

현조가 바라보고 있는 통제장치 모니터. 25씬에서는 닫혀 있던 산불장비함 문이 지금은 활짝 열려 있다.

씬/35 N, 샘터 인근 산 일각

멈춰 서서 무전기 소리를 듣고 있는 대진, 구영, 일해, 레인저1, 2.

구영　산불장비함 문은 자물쇠로 닫혀 있어요. 그냥 열릴 리가 없습니다. 누군가
　　　문을 연 거예요.

　　　사람들, 뒤돌아 자신들이 왔던 길을 바라본다. 화염이 가득하다. 서로 시선
　　　이 마주치는 대진, 구영, 일해, 레인저1, 2.

대진　산불장비함까지는 20미터도 안 돼. 나 혼자 다녀올 테니까 내려가 있어.

　　　말릴 새도 없이 뛰기 시작하는 대진. 아 씨.. 보다가 일해, 구영에게

일해　뭐해! 안 갈 거야!

　　　하고는 호스를 뿌리면서 대진의 뒤를 따르기 시작한다. 구영과 레인저1, 2
　　　역시 그 뒤를 따르기 시작한다.

씬/36 N, 샘터 인근 산 일각

부감으로 보이는 화면.
산불장비함을 향해 뛰어가는 대진 일행. 그 옆쪽으로 아슬아슬 화염에 휩
싸이는 소나무들. 호스를 이용해 불을 끄면서 산불장비함에 도착하는 사
람들. 활짝 열린 산불장비함 안을 살펴보는 대진. 방염텐트가 사라져 있다.

대진　이 근처일 거야! 바위 근처 열기를 피할 수 있는 데를 찾아!

구영, 일해와 레인저1, 2, 주변으로 흩어지며 '서이강!!!' '이강아!!' 외친다. 점점 뜨거워지는 열기들.
뭔가를 보고 멈칫하는 대진. 바위틈 사이 덮여 있는 방염텐트다.

- 인서트
- 26씬에 이어지는..
점차 가까워지는 화염을 보고 놀라는 이강. 바위틈 안의 아이들을 보다가 둘째 아이를 단호하게 잡아서 끌어올린다.

이강   나와! 어서!!

이강의 기세에 큰애도 놀라서 막내를 안고 나오고 이강, 둘째를 안고 뛰기 시작한다. 그 뒤를 따르는 큰애.
미리 생각한 듯 산불장비함을 향해 달려오는 이강. 거세게 다가오고 있는 화염. 머뭇거릴 시간이 없다. 산불장비함의 유리창을 힘껏 내리쳐 깬 뒤 문을 열고 방염텐트를 꺼내 들고 근처의 바위틈을 향해 달린다.
둘째 아이를 바위틈에 내려놓고, 뒤늦게 달려오는 큰애에게서 막내아이를 받아 들고 큰애의 손을 잡고 달린다. 바위틈에 막내와 큰애를 먼저 내려놓고 뒤돌아보면 거의 도착한 붉은 화염. 이강, 그런 화염을 한번 보고는 아슬아슬하게 방염텐트로 자신과 아이들의 몸 위를 덮는다.
얇은 방염텐트 안에서 아이들을 자신의 몸으로 막아서 보호하는 이강. 화염이 지나가는 듯 뜨거운 열기와 붉은 화염과 거센 진동이 느껴진다. 온몸이 탈 듯한 뜨거운 화염을 참아내는 이강의 모습에서..

씬/37   D, 지리산 일각

웅장한 산세 사이로 서서히 떠오르기 시작하는 태양. 어둠이 사라지면서 서서히 밝아지기 시작한다. 그 위로 들려오는 '타타타타타타' 소리에 뒤이어 지나가는 소방헬기.

씬/38   D, 소나무 군락지 일각

엄청난 물을 뿌리고 지나가는 소방헬기. 피어오르는 하얀 연기에 휩싸인 소나무 군락지.

씬/39   D, 일만네 집 인근 도로 일각

흩날리는 재들 사이로 도로에 세워진 채 대기 중인 몇 대의 앰뷸런스와 구급요원들. 밤새 방화선을 구축한 레인저들과 역시 밤새 민가에 튄 불들을 진화한 소방관들, 모두가 만신창이가 되어 주저앉아 휴식을 취하고 있다.
서로의 노고를 아는 듯 물병을 건네는 레인저들과 소방관들. 그들과 조금 떨어진 곳에 서서 산 쪽을 바라보고 있는 일만처. 그런 일만처를 부축한 채 서서 역시 산 쪽을 바라보고 있는 웅순. 그들 뒤편에 선 현조, 역시 산 쪽을 바라보고 있는데..
'어, 왔다!' 외치는 구급요원들 중 한 명. 휴식을 취하던 레인저들과 소방관들 모두 일어나서 다가오는데.. 임도 쪽에서 세 아이들을 업고 내려오고 있는 구영과 수색1, 2. 일만처, 아이들의 모습을 확인하고 왈칵 눈물을 흘리기 시작하고.. 레인저들에게서 아이들을 인계받아 이동침대에 눕히는 구급요원들. 산소마스크를 끼우고 드레싱을 하면서 앰뷸런스에 태우기 시작한다. 눈물을 흘리는 일만처, 앰뷸런스에 같이 올라타고.. 출발하는 앰뷸런스들.
사람들 모두 안도의 한숨을 내쉬는데.. 뒤이어 산을 내려오는 일해와 옆에서 어시스트를 해주는 대진. 일해의 등 뒤에는 이강이 업혀 있다. 그 모습을 지켜보던 현조, 절뚝거리면서 그쪽을 향해 뛰어간다. 일해를 도와 이강을 함께 이동침대에 이동시키는 현조. 이동침대에 눕혀진 이강, 힘없이 눈을 뜬다.

현조   선배. 괜찮아요?

응급처치를 하려는 구급요원들. '비켜주세요' 현조를 옆으로 밀어내리는데 그런 현조의 손을 굳게 잡는 이강.
현조, 이강을 본다. 이강, 힘없이 뭐라고 말을 읊조린다.

현조   (구급요원에게) 잠깐만요.

이강을 향해 몸을 숙이며 귀를 기울인다.

현조   뭐라구요?
이강   ...세욱이..
현조   (놀라서 본다)
이강   확실해.. 세욱이가.. 소나무 군락지에.. 있었어..

현조, 놀라서 이강을 내려다보는데.. 그 옆쪽에서 가만히 그 모습을 바라보는 대진. 구급요원들, '빨리 병원에 이송해야 합니다. 비켜주세요' 현조를 밀어내고, 이강을 앰뷸런스 안으로 옮긴 뒤 '쾅' 문을 닫고 차를 출발시킨다. 먼지와 함께 멀어지는 앰뷸런스를 믿기지 않는 듯 놀라서 바라보는 현조의 모습에서..

씬/40   D, 종합병원 외경

지리산 인근, 소도시에 위치한 종합병원 건물.

씬/41   D, 병실

눈부신 햇살이 쏟아지고 있는 병실.
침대에 누운 채 잠들어 있는 이강. 햇살이 눈부신 듯 천천히 눈을 뜬다. 여기가 어디지? 가만히 주변을 둘러보는데..

현조(소리) 물 한 잔 줘요?

이강, 쳐다보면 침대 옆에 앉아 있는 현조다.

현조 연기를 많이 마시긴 했지만 다행히 폐는 괜찮대요. 여기저기 경미한 화상
이 있긴 하지만 죽을 정도는 아니구요. 좀 더 상태를 지켜봐야 하긴 하겠지
만, 물도 먹어도 되고 밥도 먹어도 된다네요. 물 줘요?

이강 (보는)

현조 물이 싫으면 주스 먹을래요?

이강, 현조가 바라보는 곳을 보면 침대 옆 냉장고 위에 올려져 있는 주스 선
물 세트다.

현조 선배, 일어나기 전에 손님이 왔었어요.

이강, 의아한 듯 보는..

씬/42 D, 병원 복도

복도를 따라 걸어오는 이강과 현조. 그때, 저 앞쪽 병실에서 울면서 뛰어나
오는 환자복 차림의 일만네 둘째. '거기 안 서!' 외치면서 따라서 병실을 뛰
어나와 바둥대는 둘째 아이를 안아 드는 일만처.

일만처 동생도 잘 맞잖아. 주사 맞아야 건강해지지.

하면서 병실로 다시 들어가려다가 이강, 현조와 시선 마주친다.
이강, 아이들이 무사하구나.. 안도의 한숨을 내쉬면서 바라보는데.. 그런 이
강을 무안한 듯 바라보던 일만처. 천천히 고맙다는 눈빛으로 목례를 한 뒤
에 아이를 들고 병실로 들어간다.

현조	아주머님이 아까 그 주스 갖다주러 오셨었어요. 고맙다고 전해달래요.
이강	다른 애들도.. 괜찮은 거지?

현조, 미소 지으며 고개 끄덕이면 이강도 잘됐다는 듯 미소 짓는데.. 뒤쪽에서 누군가 이강의 등짝을 내려친다. '아!' 뭐야.. 돌아보면 화난 얼굴의 문옥이다.

문옥	이놈의 계집애. 대체 일을 어떻게 하는 거야?
이강	왜 이래? 환자한테!
문옥	사람 살리라고 보내놨더니 지가 다쳐서 내려오면 어떡해!

이강을 계속 때리려는 문옥을 진정시키려는 현조.

현조	진정하세요. 선배, 멀쩡하대요.
문옥	멀쩡해? 멀쩡한 게 늙은 할미 걱정을 시켜! 일루 와! 일루 안 와!

도망치는 이강과 그런 이강을 쫓는 문옥의 모습에서..

씬/43   D, 병원 휴게실

따뜻한 햇볕이 비치는 한적한 휴게실에 지친 듯 앉아 있는 이강. 그때, 주스병 몇 개를 들고 이강을 찾아 두리번거리며 들어서는 현조, 이강을 발견하고 들어와서 맞은편에 앉는데

이강	할머니 갔어?
현조	장난 아니신데요. 선배 침대에서 잠드셨어요. 선배가 누구 닮았나 했더니 할머니 닮으셨네.

이강, 죽을래? 눈 부라리자 현조, 생글거리면서 눈치껏 주스병 따서 대령한다.

현조   한 잔 드시죠.

이강, 한 모금 마시고는 내려놓는데..
그런 이강을 가만히 바라보던 현조.

현조   이세욱이란 사람.. 시신 발견했어요.
이강   (멈칫해서 보는)
현조   산불 때문에 유류품들이 모두 소실됐고, 디엔에이 감식도 불가능했지만,
         예전 치과 치료를 받았던 치과 기록과 치아 형태가 일치했대요.
이강   ....
현조   죽은 지 너무 오래돼서 확실한 건 모르겠지만, 백골 사체 여기저기에 골절
         상이 발견된 걸로 봐서 경찰들은 절벽에서 추락사한 걸로 결론을 내렸어
         요.

이강, 가만히 현조의 얘기를 듣고 있다가..

이강   그럼.. 이제 다 끝난 거네..

현조, 이강을 가만히 보다가 주머니 안에서 자신의 직원수첩을 꺼내서 건넨
다. 4부, 4씬에서 이강이 가지고 있던 '2019년, 해동분소 강현조'라는 이름
태그가 붙은 수첩이다.
현조, 앞장을 넘겨서 자신이 적어놓은 메모를 펼쳐 이강에게 건넨다. 의아
한 눈빛으로 현조를 보다가 수첩의 메모를 확인하는 이강.
'김현수. 2017년 9월 0일, 지리산 행군 훈련 도중 백토골 돌무지터에서 사망.
서금자. 2017년 11월 0일, 양석봉 새녘바위 인근. 로프가 끊어지며 사망.
이종구. 2018년 1월 0일, 덕서령 부암절벽에서 추락사.
김진덕. 2018년 3월 0일, 대영리 나리골에서 추락사. (사이 이금례 삭제)
최일만. 2018년 10월 0일, 새마골 무덤터에서 감자폭탄이 폭발하며 사망'.
(여기까지가 한 페이지인 걸로 생각했습니다)
이강, 수첩 내용들을 확인하다가

| 이강 | 이건 지금까지 네가 봤다는 사건들이잖아. 이걸 왜 정리한 거야? |

현조, 이강을 보다가

현조	왜 이 사건들만 보였을까요...
이강	무슨 소리야?
현조	김현수 중사가 죽고 난 이후부터 지금까지 지리산에서 발생한 사망사고는 스물다섯 건이었어요. 그런데 왜 그중에 이 사건들만 보인 걸까요.

이강, 혼란스러운 듯 다시 한번 메모를 확인해본다.

현조	제가 보지 못했던 스무 건의 사망사고를 살펴봤어요. 금례할머니 사건을 제외하고 다른 사건들은 원래 심장질환을 가지고 있던 탐방객들의 심정지 사고나 단순실족사였어요. 불행하지만 그저 단순한 사고였다는 거죠.
이강	그럼 니가 본 건..?
현조	사고사를 위장한 살인이죠.

이강, 놀라서 낯빛이 굳는다.

| 현조 | 독버섯이 든 요쿠르트도 그렇고 감자폭탄도 그랬어요. 다른 사건들도 그럴 가능성이 커요. |

메모에 적힌 서금자 사건을 가리키는 현조.
'서금자. 2017년 11월 0일, 양석봉 새녘바위 인근. 로프가 끊어지며 사망'.

| 현조 | 이 사건은 비법정에 설치된 낡은 로프가 끊어지면서 추락사한 사건이에요. 나도 로프가 끊어지는 걸 봤죠. |

- 인서트
- 낮, 가을. 가파른 너덜길을 내려가고 있는 배낭을 멘 서금자(70대, 여). 절

벽같이 위험한 바위에 예전부터 설치돼 있던 듯한 낡은 로프를 잡고 내려가기 시작하는데.. 로프의 가장 위쪽, 바위와 마찰되는 부분 보면 누군가 반쯤 로프를 끊어놓은 자국.

　- 다시 병원 휴게실로 돌아오면

현조　누군가 일부러 로프를 끊어놨을 수 있어요. 다음 사건도 마찬가지예요.

이강, 메모를 바라본다.
'이종구. 2018년 1월 0일, 덕서령 부암절벽에서 추락사'.

현조　설산을 등반하다가 역시 추락사한 사건이에요.

　- 인서트
　- 낮, 겨울. 설산 아래에 추락한 이종구(71세, 남)의 모습에서 이종구가 추락한 절벽 위를 비추는데 눈길에 남아 있는 발자국. 한 명이 아니라 두 명의 발자국이다.

　- 다시 병원 휴게실로 돌아오면
굳은 눈빛으로 현조를 바라보는 이강.

현조　분명히 두 명의 발자국이었어요. 누군가가 같이 걷다가 뒤에서 밀어버린 거예요.

그다음 줄의 메모를 가리키는 현조.
'김진덕. 2018년 3월 0일, 대영리 나리골에서 추락사'.

현조　절벽 옆에 등산 스틱이 떨어져 있었어요.

　- 인서트
　- 낮, 봄. 아슬아슬한 절벽길을 걸어가고 있는 김진덕(69세, 남). 길을 걷던

중 절벽길 위에 놓인 등산용 스틱을 발견한다.

김진덕   쓸 만한 걸 누가 버렸지..

하고는 아슬아슬 스틱을 주우려고 절벽 밖으로 몸을 내미는데, 순간 뒤쪽에서 튀어나온 검은 등산용 장갑이 김진덕을 절벽 아래로 밀어버린다.

– 다시 병원 휴게실로 돌아오면
혼란스러운 눈빛으로 얘기를 듣던 이강, 잠시 생각하다가

이강   그럼.. 이 사람들 모두 세욱이가 죽었다는 거야?
현조   ...혼자가 아니었어요.. 공범이 있었던 것 같아요.
이강   (믿기지 않는 듯 보는)
현조   누군가 우릴 창고에 가두고 일부러 불을 질렀어요.
이강   ...경찰한텐 얘기했어?
현조   얘기했지만, 증거가 없었어요. 창고 건물을 확인해봤는데 문은 잠겨 있지 않았대요. 어디에 문이 걸린 걸 착각한 게 아니냐고 묻던데요. 방화의 흔적도 찾지 못했구요.
이강   ...
현조   하지만 분명히 그날 밖에서 자물쇠 내리는 소리를 들었어요.
이강   누가 왜?
현조   이세욱이 죽기 전에 찾아갔었어요. 요쿠르트와 감자폭탄에 대해 물었더니 많이 당황해했었어요. 내가 뭔가를 알고 있다고 생각했겠죠.
이강   하지만..
현조   누군가 내 방을 뒤졌어요.
이강   (놀라서 보는)
현조   방뿐만이 아니에요. 분소의 내 책상도 뒤졌어요. 서류철 순서가 바뀌어 있었거든요.
이강   (불안한 눈빛으로 현조를 본다)
현조   그게 누군지 모르겠지만.. 날 노리고 있어요. 이번엔 실패했으니 한 번 더 날 죽이려고 할 거예요.

이강, 불안한 얼굴로 현조를 보다가 일어나서

이강   가자. 경찰한테 가서 다 얘기하자. 나도 옆에서 같이 얘기해줄게.

현조   선배가 얘기했잖아요. 아무도 믿어주지 않을 거예요.

이강   니가 위험하다며. 무슨 수라도 써봐야지.

현조   ...그래도 다행이잖아요. 다른 사람이 아니라 나라서..

이강   (기가 막힌) 뭐?

현조   범인은 모르고 있어요. 우리가 숨기고 있는 비밀이 뭔지..

이강   ... (보는)

현조   다음번에 또다시 범인이 날 노릴 때, 산이 뭔가를 보여줄 거예요. 어떤 일이 벌어질 건지..

이강   (여전히 불안하다)

현조   그때, 우리 손으로 잡아요. 잡지 못한다고 하더라도 증거라도 찾아서 그때 경찰한테 얘기해요.

불안한 눈빛으로 현조를 보는 이강.

이강   니가.. 다칠 수도 있어.

이강의 기운을 북돋아주려는 듯 미소 짓는 현조.

현조   우리가 누굽니까. 지리산 실과 바늘이잖아요. 분명히 잡을 수 있을 거예요.

이강, 보다가...

이강   알았다. 대신 하나만 약속해. 앞으로 뭘 알아내건 누굴 찾아가건 무조건 나 랑 같이 움직여. 혼자 다니다가 위험해지면 내가 가만 안 둘 거야.

현조   (보다가 웃으며) 알았어요. 화장실 갈 때랑 잠잘 때 빼고는 껌딱지처럼 딱 붙어 있겠습니다.

이강   농담 아냐.

현조   나도 농담 아니에요.

미소 짓는 현조. 이강은 여전히 불안감이 남아 있는 듯 낯빛 어두운데..
현조, 시선 돌려 창밖을 본다. 푸른 새싹들, 반짝이는 햇살. 봄이 시작됐다.

현조   이번에도 정말.. 다행이에요.
이강   (보면)
현조   대형 산불이 나긴 났지만.. 아무도 죽지 않았잖아요.

이강을 바라보는 현조.

현조   선배가 살렸어요. 아이들.. 고마워요.

이강, 그제야 엷게 미소 짓는다.
고개 돌려, 봄이 온 지리산을 바라보는 두 사람의 모습에서..

씬/44   D, 모처

전 씬의 밝은 느낌과 대비되는 어두운 모처.
울리는 핸드폰 벨 소리. 누군가 핸드폰 화면을 확인하면 발신인 '서이강'이
다. 휴... 긴 한숨 소리와 함께 핸드폰 거절을 누르지만, 다시 울리기 시작하
는 '서이강' 핸드폰 벨 소리.

씬/45   D, 마을회관 건물 뒤편

밝은 대낮, 누군가에게 전화를 걸고 있는 이강. 상대편 전화를 받는 듯 달
칵 소리가 들리자마자

이강   어디야? 왜 아까부터 안 보여?

현조(소리) 나.. 화장실이에요.

이강 (전혀 아무렇지 않은) 알았어. 빨리 나와.

씬/46 D, 화장실

화장실 칸막이 안에서 전화 끊고 여러모로 힘든 듯 한숨 내쉬는 현조.

씬/47 D, 마을회관 건물 밖

마을회관에 딸린 화장실에서 나오는 현조.
저 앞에서 기다리고 있는 이강.

이강 빨리 와. 이제 곧 다들 시작이야.

현조 예. 갑니다.

건물 앞쪽으로 함께 걸어가는 두 사람의 모습에서 화면 빠지면, 마을회관 앞 분주하게 음식이 든 상자들을 옮기고 있는 구영, 일해, 양선을 비롯한 레인저들. 마을회관 앞 비추면 '지역 주민과의 대화 -지리산 국립공원 해동분소-'라는 플래카드.
그때 저 멀리 논두렁길을 통해 다가오는 봉고차들. 건물 앞에 멈춰 서면 내려서는 비번인 듯 사복 차림의 웅순과 박순경. 웅순, 이강과 레인저들에게 밝게 손인사 한 뒤 차 안의 주민들을 향해

웅순 다 왔습니다. 내리세요.

박순경 조심해서 내려오세요.

차 안에서 내려서는 주민들. 4부, 60씬의 어색한 분위기와 달리 '아이고 수고 많으십니다' '맛있게 잘 먹을게요' 화기애애한 분위기로 인사하며 건물 안으로 들어간다. 가장 마지막 봉고차 멈춰 서고 문 열리면 후다닥 차에서

내려서 달려 들어가는 일만네 아이들. 뒤이어 차에서 내리는 문옥, 차 안에다 대고

문옥　　어여 내려요. 음식 식겠네.

문옥의 채근에 무안한 얼굴로 차에서 내리는 일만처, 건물 밖에 서 있던 레인저들과 시선 마주치고.. 그런 일만처의 손을 잡고 안으로 이끄는 문옥.

문옥　　들어갑시다. 얼른.

구영, 눈치껏 달려가서

구영　　잘 오셨어요. 들어가세요.

일만처, 구영과 문옥에게 이끌려 건물 안으로 들어가고..

일해　　이제 다 도착하셨네. 들어가서 일하자고.

일해, 먼저 건물로 들어가고 이강, 현조, 양선을 비롯한 레인저들도 뒤따라 들어가는 모습 위로 대진의 시낭송 하는 목소리 깔린다.

대진(소리)　행여 지리산에 오시려거든
　　　　　천왕봉 일출을 보러 오시라.

씬/48　D, 마을회관 건물 안

백숙이며 전, 잡채 등 푸짐한 음식들과 술, 음료수들이 차려진 상 앞에 앉은 주민들. 김빠지는 얼굴로 어딘가를 바라보고 있다. 주민들 앞에 서서 마이크를 잡고 분위기 있게 시 낭송을 하고 있는 대진이다.
시 낭송하는 대진의 소리 깔리면서 마을회관 안, 주민들을 비추면 김빠지

는 듯 하품하고 있는 문옥. 그 옆을 보면 음식들을 맛있게 먹고 있는 일만네 큰애와 작은애. 그 옆 일만처의 품에 안겨 있는 막내, 찡얼거리며

막내   엄마, 졸려..

일만처, '쉿' 조용하라는 듯한 제스처. 그런 주민들 사이를 음식이 든 접시와 술병을 들고 서빙을 하고 있는 이강, 현조, 구영, 일해를 비롯한 레인저들. 이강, 접시 놓고 돌아서다가 현조에게 다가가서 낮은 목소리로

이강   바꿔야겠지?
현조   예. 꼭요.

   - 시간 경과되면
7부, 36씬, 체육대회에서 했던 단체 장기자랑을 하며 분위기를 올리고 있는 이강, 현조, 일해, 구영. 박수 치면서 신나하는 주민들. 일만처도 미소 지으면서 바라보고 있고.. 일만네 애들 나와서 신나게 레인저들을 따라 한다. 웅순과 박순경도 기분 좋은 듯 레인저들 무리와 함께 하기 시작하고 하나둘씩 나와서 같이 춤추면서 함께 신나게 즐기는 주민들. 무안하게 앉아 있는 주민들 끌고 나와서 함께 춤추는 문옥.
아무 걱정 없이 즐겁고 평화로운 사람들의 모습에서..

씬/49   D, 마을회관 전경/지리산 일각

점점 클라이맥스로 향하는 음악 깔리다가 서서히 작아지고.. 마을회관을 비추던 화면, 건물 뒤 지리산을 향해 다가가기 시작한다. 봄내음이 완연한 지리산을 비추던 화면, 서서히 늦가을의 지리산으로 변하고..

씬/50   D, 현재, 본소 건물 외경

늦가을의 지리산을 배경으로 선 국립공원 본소 건물 모습 위로

* 자막 - 2020년, 가을

씬/51　D, 본소, 대회의실

널찍한 대회의실. 앞쪽에는 '2020년 하반기 월례회의' '참석 대상 - 지리산
전북 사무소 전 레인저'라는 글씨가 적혀 있고.. 긴 테이블에 빽빽하게 모여
있는 레인저들. 대진, 수색1, 2를 비롯한 낯익은 레인저들의 모습. 가장 끝
쪽에는 휠체어에 탄 이강, 그 옆에는 다원. 일해와 양선은 보이지 않는다.
어둡게 세팅된 조명 아래 전면에 보여지고 있는 빔 프로젝트 화면. 새롭게
단장된 무장애 탐방로 사진들이다. 그 옆에서 브리핑 중인 구영.

구영　다음 달에 새로 개통될 무장애 탐방로는 휠체어로도 이동이 가능해 고령
　　　자와 노약자를 비롯한 교통약자들이 보다 편하게 국립공원을 찾을 수 있습
　　　니다.
대진　안전성은 확보됐어?
구영　평균 기울기는 18분의 1이구요. 노선의 평균 폭은 약 1.5미터로 지형적 조
　　　건은 안전한 편입니다.
대진　개통 전까지 탐방로 안내문 설치 및 모든 준비 완료하고, 둘러보다가 개선
　　　해야 될 점이 생각나면 하나라도 빠짐없이 제출하도록 해.

'예' 대답하는 레인저들을 가만히 바라보고 있는 이강과 다원.

씬/52　D, 본소, 복도

회의가 끝난 듯 복도로 나서는 대진, 구영을 비롯한 레인저들. 그 뒤를 따라
서 복도 밖으로 나오는 이강과 다원. 뒤이어 회의실에서 나오던 수색1, 2와
몇몇 레인저들. 이강을 부른다.

수색1   서이강.

이강과 다원, 뒤돌아보면

수색1   괜찮은 거지?
이강   괜찮아.
수색2   뭐라도 도울 게 있으면 얘기해.

이강, 알았다는 듯 고개 끄덕하면 그런 이강을 지나쳐서 멀어지는 레인저들. 다원, 그런 레인저들의 뒷모습 보다가

다원   정말 저 선배님들 중에 한 명이 범인일 수도 있다는 거예요?

이강, 말없이 어두운 낯빛으로 멀어지는 레인저들을 보다가..

이강   비번날에 쉬지도 못하고 계속 산에 가느라 힘들겠지만.. 당분간은 비밀을 지켜줬으면 해.
다원   그럼요. 제가 좀 덜렁거리긴 해도 입은 진짜 무거워요.

이강, 다원을 보다가..

이강   미안해. 자꾸 위험한 일만 시켜서..
다원   에이, 자꾸 그런 말씀 하지 마세요. 저도 레인저예요. 레인저 일이 원래 위험한 일이잖아요.

이강, 멈칫.. 다원을 본다.

– 인서트
– 1부, 35씬. 태풍이 불던 바위 사이에서 이강을 향해 얘기하던 현조.

현조	원래 우리 일이 위험한 거 아니에요?

- 다시 본소 복도로 돌아오면
가만히 다원을 바라보고 있는 이강의 눈빛. 다원, 그런 이강을 의아한 듯 보는

다원	선배님?
이강	...아냐...
다원	예?
이강	....우리 일은 위험한 곳에서 무사히 살아 돌아오는 거야..
다원	(보는)
이강	..그러니까 다치지 말고 조심해서 다녀와.
다원	(보다가 밝게 미소 짓는다) 알겠습니다!

해맑게 미소 짓는 다원을 바라보는 이강의 모습에서..

씬/53 D, 몽타주

- 해동분소, 숙소. 다원의 직원수첩에 해동분소가 담당한 구역들에 현조와 표식을 남기기로 약속한 장소들 위치를 적어주고 있는 이강. 옆에 딱 붙어서 이강이 적고 있는 수첩 내용을 열심히 보고 있는 다원.

- 양석봉, 비번인 듯 사복을 입은 다원, 산을 오르다가 수첩을 꺼내서 확인해본다. 수첩에는 '양석봉, 2킬로미터 지점. 아들나무 옆 검은 바위틈'이란 메모와 함께 지름길이 표시된 확대된 지도가 붙어 있다. 지도와 메모를 확인한 뒤 계속 오르는 다원. 그러다가 저 앞쪽에 나타나는 커다란 바위에 걸린 로프. 멈칫해서 바라본다.

씬/53-1 D, 해동분소, 숙소

걱정스런 얼굴로 다원을 바라보는 이강.

이강   산에서 조심해야 할 게 있어. 범인은 여러 가지 방법으로 사람들을 죽였어.
바위에 설치된 낡은 로프를 잘라놓기도 했고, 독이 든 요쿠르트를 놔두기
도 했고. 뭐라도 미심쩍은 게 있으면 조심해야 해.

씬/53-2 D, 몽타주

- 양석봉, 커다란 바위에 설치된 로프를 조심스럽게 잡아당겨보는 다원. 튼
튼한 걸 확인한 뒤 로프를 잡고 바위를 오른다.

- 양석봉, 아들바위 옆 검은 바위틈 안을 확인하는 다원. 표식을 남겨놓기
로 약속한 장소에는 오래된 돌무더기만이 남겨져 있을 뿐 아무 신호도 남
겨져 있지 않다. 다원, 혹시나 싶어 미리 표식 앞에 설치해놓은 영상카메라
를 확인해보지만, 역시나 그 어떤 움직임도 포착되지 않았다. 실망한 듯 한
숨 내쉬는 다원.

씬/54 D, 해동분소, 사무실

홀로 앉아 서류 정리를 하고 있는 이강. 그때 울리는 전화벨.

이강   (전화 받으며) 해동분숩니다.
웅순(소리) 이강이니? 난데. 오늘 바쁘니?
이강   무슨 일인데?
웅순(소리) 좀 와줬으면 좋겠어서..

씬/55   D, 해동파출소

휠체어를 타고 들어서는 이강. 파출소 안에 풀 죽은 얼굴로 앉아 있는 장학수와 대여섯 명의 약초꾼들. 이강과 시선 마주친 학수, 무안한 듯 시선 돌리고..

한쪽 테이블 위에 약초꾼들의 배낭에서 나온 듯한 엄청난 양의 약초들과 희귀버섯들. 난감한 얼굴로 그런 약초들을 바라보던 웅순과 박순경, 이강이 들어서자 반색하며 본다.

웅순   왔어?

이강   (약초들 보며) 이거야?

웅순   응. 순찰 돌다가 현행범으로 연행하긴 했는데 너무 많아서 뭐가 뭔지 잘 모르겠더라고.

이강   (기가 막힌 듯 보는) 뭐가 이렇게 많아.

웅순   몰라. 뭐 손 없는 날에만 산에 갈 수 있다구, 올라간 김에 왕창 캐셨대.

이강, 손 없는 날이란 얘기에 멈칫해서 학수를 본다. 뒤쪽의 박순경, 궁금한 듯

박순경   그런데 진짜 손 없는 날이 뭐예요?

이강   (학수 보다가) 음력으로 9와 0이 들어가는 날. 사람들 일을 방해하는 귀신이나 악귀가 움직이지 않는 날이야.

씬/56   D, 검은다리골 일각

땅 위에 누워 있던 현조, 또다시 천천히 눈을 뜬다. 푸르른 가을 하늘이 올려다보이는데.. 서서히 안개가 끼듯이 눈앞이 흐릿해진다. 뭐지? 몸을 일으키려는데 마치 돌덩이가 잡아끄는 듯 손 하나 까딱할 수가 없다. 그런 현조를 향해 서서히 검은 안개가 몰려들기 시작한다.

씬/57   D, 해동파출소 앞

과태료를 끊은 듯 빈 배낭을 들고 풀 죽은 얼굴로 나서는 학수를 비롯한 약초꾼들 뿔뿔이 흩어지는데.. 뒤이어 파출소에서 휠체어를 밀고 나오는 이강.

이강   (학수를 향해) 잠시만요.

걸어가던 학수, 뒤를 돌아본다. 자신에게 다가오는 이강 보다가 무안한 표정으로

학수   캐지 말란 약초 캔 건 미안해. 근데 평생 그걸로 밥벌이했는데 귀신 무섭다고 손 놓고 있을 순 없잖아.
이강   ..그때 보셨다는 귀신.. 말씀이세요?
학수   그럼. 그 귀신 얘기 모르는 약초꾼이 없다니까. 다들 겁나니까 손 없는 날 다 같이 올라간 거지. 그 귀신 본 사람은 하나같이 다 죽었다구.
이강   ....그 얘기가 정말.. 사실이라구요?

이강, 반신반의하며 학수를 바라보는데..

학수   진짜야. 세 달 전에 무진계곡에서 죽은 장씨도 죽기 전에 나한테 그랬어. 피투성이 유니폼을 입은 남자를 봤다고..

점차 불안해지는 이강의 눈빛.

학수   장씨뿐만이 아냐. 오랜만에 성묘하겠다고 내려왔다가 외래계곡에서 죽은 기영이도 그 사람을 봤다고 했었어. 전묵골에서 밧줄이 끊어지는 바람에 죽었다 살아난 황씨도 그 사람을 봤다니까.

이강의 눈빛, 더욱 불안해지는데..

씬/58 D, 전묵골, 석산 군락지

수첩을 보면서 숲길을 걷고 있는 다원. 수첩을 비추면 '전묵골 두레숲. 석산 군락지 동남쪽 고사목'이란 메모와 함께 역시 지도가 붙어 있다. 숲길 사이 저 너머로 붉은 석산이 피어 있는 군락지가 보이기 시작하고..

- 시간 경과되면

군락지, 동남쪽 고사목 아래를 확인하는 다원. 그 전에 위치를 표시해놨던 듯한 나뭇가지가 바싹 마른 채 저절로 쓰러진 듯 돌무더기 아래에 떨어져 있다. 그 앞에 이미 설치해놓은 영상카메라를 확인해본다. 바람이 불어 나뭇잎이 몇 개 떨어졌을 뿐, 전혀 움직임이 포착되어 있지 않다. 다원, 실망해서 다시 영상카메라를 원위치 시켜놓은 뒤 수첩을 꺼내서 다음 목적지를 확인한 뒤 고사목 옆을 떠난다. 멀어지는 다원을 바라보는 듯한 누군가의 시선.

다원이 떠나고 난 뒤, 다시 정적이 감도는 샘터. 평화로운 새소리만이 들려오는데.. 서서히 다가오는 인기척. 고사목 쪽으로 다가오는 등산화. 고사목 아래에 남겨진 표식을 가만히 바라보는 누군가의 시선. 검은 등산용 장갑이다.

씬/59 D, 전묵골, 두레숲

울창한 두레숲을 지나고 있는 다원. 아무 생각 없이 한참을 걷다가 문득 이상한 느낌에 멈춰 선다. 조용한 주변을 두리번거리는데, 숲 안에는 자기 자신뿐이다.

다시 걷기 시작한다. 바스락바스락 자신의 발자국 소리. 그런데 그 사이에 자기의 등 뒤쪽에서 들려오는 또 다른 사람의 발자국 소리. 헉.. 놀라서 뒤돌아보는 다원. 하지만 울창한 숲 안에는 그 누구도 보이지 않는다.

씬/60　D, 검은다리골 일각

검은 안개에 휩싸인 현조. 힘겹게 몸을 움직여보려 하다가 멈칫한다. 또다시 눈앞에 편린이 보이기 시작하는데.. 마치 전파를 방해받는 듯 흔들리는 영상들이 보였다 사라졌다를 반복한다. 흔들리는 영상 속에 보이는 얼굴. 어딘가를 겁먹은 표정으로 바라보는 다원이다.
또다시 산속에서 누군가.. 레인저가 죽는다.. 현조, 어떡하든 기어서라도 움직여보려 하지만 안개가 놔주지 않는다.

씬/61　D, 길용의 집 마당

툇마루에 걸터앉은 황길용(50대 후반, 남)과 얘기를 나누고 있는 휠체어를 탄 이강.

이강	전묵골에서 사고를 당하셨다구요.
길용	맨날 다니던 길이었는데 밧줄이 끊어지는 바람에 죽을 뻔했지. 마침 지나가던 등산객이 아니었으면 꼼짝없이 죽었어.
이강	사고를 당하시기 전에.. 산에서 유니폼을 입은 사람을 만났다고 들었어요.

이강, 현조의 사진을 찾아서 보여준다. 화들짝 놀라는 길용.

길용	이 사람, 누구야? 아는 사람이야?
이강	...이 사람을 보셨나요?
길용	이 사람.. 사람이 아니야. 귀신이야. 저승사자라구.

떨려오는 이강의 눈빛.

길용	이 귀신을 본 사람은 다 죽었어.

씬/62   D, 전묵골, 두레숲

불안한 듯 점점 빠르게 걷고 있는 다원. 그런데 또다시 뒤쪽에서 들려오는 바스락 소리. 자기의 뒤를 쫓고 있다. 다원, 무서운 듯 빨리 뛰기 시작한다. 순간, 더욱 빨라지는 바스락바스락 소리. 놀라서 '으아악!' 빠르게 뛰어가다가 넘어지는 다원. 그 덕에 주머니 안에 넣어놨던 핸드폰이 바닥으로 떨어지는데 핸드폰 케이스 곁면에 다원의 이니셜이 새겨져 있다. 다시 일어나서 뛰어가려다가 뒤쪽에서 다가오는 누군가를 보고 멈칫하는 다원. (현조가 본 편린과 다른 장소입니다)

씬/63   D, 산기슭, 비법정 입구

불안한 얼굴로 휠체어를 끌고 비법정 입구로 다가오는 이강. 계속해서 다원에게 전화를 걸어보지만, 발신제한구역인 듯 '고객께서 전화를 받지 않사오니..' 신호음만 들려오고 있다.
더욱 불안해하는 눈빛으로 산을 바라보는 이강의 모습에서..

- 인서트
- 7부, 17씬. 도원계곡 공터에서 겁먹은 표정으로 이강에게 얘기하던 다원.

다원   ..레인저 유니폼을 입은 사람을 봤어요..
다원   겨울 유니폼이었는데.. 옷도 손도 다 피투성이였어요.

- 다시 비법정 입구로 돌아오면
초조한 눈빛으로 다시 다원에게 전화를 걸고 있는 이강.

씬/64   D, 전묵골, 두레숲

자신을 내려다보는 누군가를 바라보던 다원. 순간, 안도의 한숨을 내쉬며 핸드폰을 잡고 일어서서 뒤돌아본다.

다원   놀랬잖아요.

다원, 맞은편에 선 누군가를 바라보며 해맑게 미소 짓는다.

다원   여긴 무슨 일이세요?

미소 짓는 다원의 맞은편에는 검은색 등산용 장갑을 낀 누군가의 어깨가
보이는데 국립공원 레인저들의 유니폼을 입고 있다.

씬/65   D, 산기슭, 비법정 입구

불안한 눈빛으로 산을 바라보는 이강과 전묵골 두레숲에서 누군가를 바라
보며 환하게 미소 짓는 다원의 모습 교차되며...